DIE LETZTEN TAGE VON POMPEJI

EDWARD BULWER-LYTTON

DIE LETZTEN TAGE VON POMPEJI

Ein historischer Roman

GONDROM

Covergestaltung: Hilden Design, München
Coverabbildung: Bridgeman Art Library, London

008

ISBN 3-8112-2411-5

5 4 3 2 1

Inhalt

Erstes Buch

Erstes Kapitel

„Ha, Diomed, das trifft sich gut. Speisest du heute bei Glaukus zu Nacht?“, fragte ein junger Mann, der seine Tunika in jenen losen weiblichen Falten trug, die andeuteten, dass er ein Mann von Stande und ein Stutzer war.

„Ach nein, lieber Clodius, er hat mich nicht eingeladen“, entgegnete Diomed, ein Mann von stattlichem Aussehen und mittlerem Alter. „Beim Pollux, ein schönes Missgeschick! Denn man sagt, seine Nachtessen seien die besten in Pompeji.“

„Ganz leidlich – doch ist für mich nie genug Wein dabei. In seinen Adern fließt nicht das alte Griechenblut, denn er behauptet, der Wein mache ihm am anderen Morgen einen schweren Kopf.“

„Mag wohl einen anderen Grund für diese Knickerei geben“, erwiderte Diomed mit aufgezogenen Brauen. „Bei all seinem Dünkel und übertriebenem Wesen ist er, denk’ ich, nicht so reich, als er sich anstellt, und spart vielleicht lieber seine Amphoren als seinen Witz.“

„Ein weiterer Grund, bei ihm zu essen. Künftiges Jahr, Diomed, müssen wir einen anderen Glaukus ausfindig machen.“

„Er liebt auch die Würfel, hör’ ich.“

„Er liebt jedes Vergnügen, und solange er das Vergnügen, Abendessen zu geben, liebt, lieben wir ihn alle.“

„Ha! Ha! Clodius, gut gesagt. Hast du übrigens meine Weinkeller schon gesehen?“ „Ich meine nicht, mein guter Diomed.“

„Gut, da musst du dieser Tage mit mir zu Nacht speisen, ich habe erträgliche Muränen in meinem Fischbehälter und will Pansa, den Ädil, mit dir laden.“

„Ach, keine Umstände um meinetwillen! Ich bin leicht

zufrieden gestellt. Aber der Tag neigt sich, ich geh' ins Bad – und du?", „Zum Quästor – Staatsgeschäfte, nachher in den Tempel der Isis. Leb wohl."

„Ein großtuender, lästiger, ungebildeter Kerl!", murmelte Clodius vor sich hin, indem er gemächlich fortschlenderte. „Glaubt uns mit seinen Festen und Weinkellern vergessen zu machen, dass er der Sohn eines Freigelassenen ist." – Unter diesem Selbstgespräch gelangte Clodius in die Via Domitiana, die, von Fußgängern und Wagen vollgedrängt, die ganze freudige Überfülle des Lebens und Treibens darbot, die wir heutzutage in den Straßen von Neapel finden.

Die Schellen der rasch vorbeifahrenden Wagen klingelten lustig, und Clodius bekundete durch Lächeln und Kopfnicken seine Bekanntschaft mit den elegantesten oder durch phantastischen Prunk ausgezeichnetsten Equipagen. In der Tat gab es keinen bekannteren jungen Mann in Pompeji.

„He, Clodius, wie hast du auf dein Glück geschlafen?", rief mit wohl tönender Stimme ein Jüngling in einem Wagen von der feinsten, anmutigsten Bauart. Auf seiner Außenseite hatte die noch immer ausgesuchte Kunstfertigkeit griechischer Meister Reliefs aus den olympischen Spielen in hoher Vollendung angebracht, die beiden Pferde, die das Gefährt zogen, waren vom seltensten parthischen Schlage, ihre leichten Glieder schienen den Boden zu verachten und für die Luft bestimmt zu sein, und doch hielten sie auf die leiseste Berührung des Wagenlenkers, der hinter dem jungen Eigentümer des Fahrzeugs stand, bewegungslos still, als wären sie plötzlich in Stein verwandelt. – Der Eigentümer selbst war von jenem schlanken schönen Ebenmaß, dem die athenischen Bildhauer ihre Modelle entnahmen; sein griechischer Ursprung gab sich in den leichten geringelten Locken und der vollendeten Harmonie seiner Züge kund. Seine Tunika schimmerte in den reichsten Tinten der tyrischen Farbe, und die Schnallen, durch die sie befestigt war, schimmerten von Smaragden. Um den Hals hatte er eine goldene

Kette, die sich in der Mitte der Brust in die Form eines Schlangenkopfes verflocht, aus dessen Rachen ein großer Siegelring von der feinsten Arbeit herabhing. Die Ärmel der Tunika waren weit und an der Hand mit goldenen Fransen besetzt, ein Gürtel um die Mitte des Leibes, mit Arabesken verziert, diente dazu, Schnupftuch, Beutel, Griffel und Schreibtafel aufzunehmen.

„Mein teurer Glaukus“, rief Clodius, „ich bemerke mit Vergnügen, dass dein Verlust so geringen Einfluss auf deine Miene hat. Siehst du doch aus, als wärst du von Apoll begeistert, und dein Gesicht glänzt wie eine Sonne von Seligkeit; jedermann würde dich für den Gewinner und mich für den Verlierer halten.“

„Und was läge im Verlust oder Gewinn dieser elenden Metallstücke, das unsere Laune ändern dürfte, mein Clodius? Du speisest heute bei mir zu Nacht, weißt du noch?“

„Wer vergäße je eine Einladung von Glaukus?“

„Aber wohin gehst du jetzt?“

„Nun, ich wollte die Bäder besuchen, aber noch fehlt eine volle Stunde bis zur gewöhnlichen Zeit.“

„Ei, da will ich meinen Wagen wegschicken und mit dir gehen.“

Zweites Kapitel

In leichter Unterhaltung über tausenderlei Dinge schlenderten die beiden jungen Männer durch die Straßen. Sie befanden sich jetzt in dem mit den glänzenden Kaufläden gefüllten Stadtviertel. Die perlenden Springbrunnen, die ihren anmutigen Silberschaum in die sommerliche Luft emporwarfen, die Menge der Vorübergehenden, meist in Gewänder von tyrischem Purpur gekleidet, die fröhlichen Gruppen um jeden etwas anziehenderen Laden, die hin- und hereilenden

Sklaven, mit bronzenen Gefäßen in den anmutigsten Formen auf dem Kopf, die Landmädchen mit ihren Körben voll rotwangiger Früchte und Blumen, die zahlreichen Säulengänge, die bei diesem müßigen Volk die Stelle unserer Kaffeehäuser und Klubs einnahmen, die Läden, wo Gefäße mit Wein und Öl auf Marmorplatten standen: all das gewährte einen so bunten, anregenden Anblick, dass er dem athenischen Geist des Glaukus für seine Genussfreudigkeit gar wohl eine Entschuldigung darbot.

„Sprich mir nicht mehr von Rom“, sagte er zu Clodius. „In jenen mächtigen Mauern ist das Vergnügen zu prunkvoll und niederdrückend, hier dagegen überlassen wir uns mit Behagen jeder Lustbarkeit und haben den Glanz des Luxus ohne das Ermüdende seines Pompes.“

„In diesem Gefühl wähltest du Pompeji zu deinem Sommeraufenthalt?“

„Allerdings.“

Während sich die beiden in dieser Weise unterhielten, wurden ihre Schritte durch einen Haufen junger Leute aufgehalten, die sich um einen offenen Raum am Knotenpunkt dreier Straßen gesammelt hatten. Gerade wo die Säulenhalle eines leichten, zierlichen Tempels ihren Schatten hinwarf, stand ein junges Mädchen, in der Rechten einen Blumenkorb, in der Linken ein kleines dreisaitiges Instrument, zu dessen leisen, sanften Tönen sie ein ungeregeltes, halb barbarisches Lied sang. Bei jeder Pause in der Musik bot sie das Körbchen anmutig umher und lud die Zuschauer zum Kauf ein, und mancher Sesterz fiel in den Korb, entweder als Erwiderung auf das Lied oder aus Mitleid mit der Sängerin – denn sie war blind.

„Es ist meine arme Thessalierin“, sagte Glaukus und hielt an. „Ich habe sie seit meiner Rückkehr nach Pompeji nicht gesehen.“

„Ich muss diesen Veilchenstrauß haben, süße Nydia“, rief Glaukus, indem er sich durch die Menge drängte und einige kleine Münzen in den Korb warf. „Deine Stimme ist bezaubernder als je.“

Die Blinde fuhr, als sie die Stimme des Atheners vernahm, hastig auf ihn zu, hielt aber gleich drauf ebenso schnell inne und das Blut schoss ihr jäh in Nacken, Wangen und Schläfen. „So bist du zurück?“, fragte sie mit leiser Stimme und wiederholte dann, halb zu sich selbst redend, „Glaukus ist zurück.“

„Ja, Kind, erst seit einigen Tagen bin ich wieder in Pompeji. Mein Garten bedarf deiner Sorge wie früher – hoffentlich besuchst du ihn morgen. Und vergiss nicht, in meinem Haus sollen von keinen Händen Kränze geflochten werden, als von denen der niedlichen Nydia.“

Nydia lächelte freudig, antwortete aber nicht, und Glaukus wandte sich heiter und unbekümmert von der Menge weg.

„So ist das Kind eine Art Klientin von dir?“, fragte Clodius. „Ja. Singt sie nicht hübsch? Sie interessiert mich, die arme Sklavin, zudem stammt sie aus dem Lande des Götterberges. Der Olympus blickte auf ihre Wiege – sie ist aus Thessalien.“

„Dem Hexenland.“

„Allerdings, aber ich für meinen Teil finde in jedem Mädchen eine Hexe, und vollends in Pompeji scheint die Luft selbst einen Liebestrank geschlürft zu haben, so hübsch erscheint meinen Augen jedes bartlose Gesicht.“

„Und da haben wir eines der hübschesten in Pompeji, die Tochter des alten Diomed, die reiche Julia“, bemerkte Clodius, als eine junge Dame, das Gesicht mit dem Schleier bedeckt und von zwei Sklavinnen begleitet, auf ihrem Weg nach den Bädern auf sie zukam.

„Schöne Julia, wir grüßen dich!“, sagte Clodius. Julia lüftete den Schleier so weit als nötig, um mit ein wenig Koketterie ein kühnes römisches Profil, ein tiefdunkles, strahlendes Auge und eine Wange sehen zu lassen, über deren natürliche Olivenfarbe die Kunst einen schöneren und sanfteren Rosenton ausgegossen hatte.

„Und Glaukus ist auch zurückgekehrt?“, fragte sie mit einem bedeutsamen Blick auf den Athener. „Hat er“, setzte sie halb flüsternd hinzu, „seine Freunde vom vorigen Jahr vergessen?“,

„Entzückende Julia! Jupiter gestattet uns nicht, länger als einen Augenblick zu vergessen, Venus aber, noch strenger, gibt selbst das Vergessen für einen Augenblick nicht zu.“

„Um schöne Worte ist Glaukus nie verlegen.“ Julia ließ den Schleier langsam fallen, sodass ihr letzter Blick mit erkünstelter Scheu und innerlicher Kühnheit auf dem Athener weilte. Aus dem Blick sprach Zärtlichkeit und Vorwurf. Die Freunde gingen weiter.

„Julia ist wirklich schön“, bemerkte Glaukus. „Und voriges Jahr hättest du dieses Geständnis in noch wärmerem Ton abgelegt.“

„Gewiss, ich war beim ersten Blick verblendet und hielt für ein Juwel, was nur künstlich war.“

„Ach“, entgegnete Clodius, „alle Weiber sind einander im Herzen gleich. Glücklich, wer ein hübsches Gesicht und eine reiche Mitgift heiratet. Was kann er mehr wünschen?“, Glaukus seufzte.

Sie befanden sich jetzt in einer wenig bevölkerten Straße, an deren Ende sie das breite, liebliche Meer erblickten.

„Es ist immer noch zu früh fürs Bad“, sagte der Grieche, „lass uns aus dem Gedränge der Stadt fortwandern und die See betrachten, solang der Mittag noch auf ihre Wellen lacht.“

„Von Herzen gern, zudem ist die Bucht stets der belebteste Teil der Stadt.“

Pompeji lieferte ein Miniaturbild der Zivilisation jener Zeit. Im engen Umkreis seiner Mauern stellten sich Proben jeder Gabe dar, die der Luxus dem Reichtum darbot. In seinen kleinen schimmernden Läden, seinen kleinen Palästen, seinen Bädern, seinem Forum, seinem Theater, seinem Zirkus, in der Energie aber auch Verderbnis, der Verfeinerung aber auch Lasterhaftigkeit seines Volkes sah man ein Muster des ganzen Reiches.

In der kristallenen Bucht drängten sich Kahnführer neben vergoldeten Lustjachten der reichen Einwohner. Fischerboote glitten rasch hin und her, und in weiter Ferne erblickte man die hohen Masten der Flotte unter dem Befehl des Plinius.

Den Gefährten aus der Menge wegziehend, lenkte der Grieche seine Schritte nach einem einsamen Teil des Gestades. Die Freunde setzten sich auf ein kleines Felsstück, das mitten aus den glatten Kieseln emporstieg, und atmeten das kühlende Lüftchen ein, das über das Wasser setzend, in leise Musik ausströmte. Clodius schirmte die Augen gegen den brennenden Himmel durch die vorgehaltene Hand und berechnete den Gewinn der letzten Woche. Er lehnte sich auf den Arm, ohne Scheu vor der Sonne, der Schutzgottheit seines Volkes, schaute hinaus auf die breite Fläche und beneidete vielleicht jeden Wind, der seine Schwingen den Küsten von Hellas zuwandte.

„Sag mir, Clodius", sprach er endlich, „hast du je geliebt?",

„Ja, oft genug. Bist du denn in einer nüchternen, ernstlichen Liebe begriffen? Ich hätt' es nie gedacht, du kannst dich gut verstellen."

„So weit ist es mit mir noch nicht gekommen", erwiderte Glaukus lächelnd. „In der Tat bin ich nicht verliebt, aber ich könnte es sein, wenn ich nur Gelegenheit hätte, den Gegenstand meiner Liebe zu sehen. Eros möchte seine Fackel anzünden, aber die Priester haben ihm kein Öl gegeben."

„Soll ich den Gegenstand erraten? Ist es nicht Diomedes' Tochter? Sie betet dich an und lässt sich's nicht sonderlich angelegen sein, es zu verbergen; sie ist so reich als schön."

„Nein, ich habe nicht Lust, mich zu verkaufen. Diomedes' Tochter ist schön, ich geb' es zu. aber sie trägt alle Schönheit im Gesicht, ihr Benehmen ist nicht mädchenhaft, und ihr Geist kennt keine Verfeinerung als die des Vergnügens."

„Sehr undankbar. Nun, so sage mir denn, wer ist die beglückte Jungfrau?“,

„Du sollst es hören, mein Clodius. Vor mehreren Monaten hielt ich mich in Neapolis auf, einer Stadt ganz nach meinem Herzen. Eines Tages trat ich in den Tempel der Minerva, um ebenso sehr für Athen als für mich selbst mein Gebet darzubringen. Das Haus war menschenleer und öde, Erinnerungen an Athen drängten sich mir auf. Mitten im Beten wurde ich jedoch von einem tiefen Seufzer aufgeschreckt; schnell wandte ich mich um – hart hinter mir kniete ein Mädchen. Sie hatte im Gebet den Schleier zurückgeschlagen, und als sich unsere Augen begegneten, war mir's, als schösse aus diesen dunklen, glänzenden Kreisen plötzlich ein Himmelsstrahl in meine Seele. Nie, mein Clodius, sah ich ein herrlicher geformtes Menschenantlitz. Tränen rollten ihr die Wangen herab. Augenblicklich erkannte ich, dass auch sie athenischer Abkunft war und dass während meines Gebets für Athen ihr Herz dem meinigen geantwortet hatte. Mit unsicherer Stimme redete ich sie an: ‚Bist du nicht auch eine Athenerin, schöne Jungfrau?‘ Sie errötete bei dem Ton meiner Stimme und zog den Schleier halb über das Gesicht.

‚Mein Geburtsort ist Neapolis, aber mein Herz wie meine Abkunft sind athenisch.‘ ‚So lass uns‘, erwiderte ich, ‚unsere Opfer gemeinsam bringen‘. Und als nun der Priester erschien, standen wir Seite an Seite und sprachen ihm das übliche Gebet nach, zusammen berührten wir die Knie der Göttin – zusammen legten wir unsere Kränze auf den Altar.

Eine seltsame Bewegung fast heiliger Zärtlichkeit erfasste mich bei diesem gemeinsamen Tun. Fremde aus einem fernen, gesunkenen Land standen wir in diesem Tempel unserer heimischen Gottheit beisammen, und war's nicht natürlich, dass sich mein Herz zu meiner Landsmännin hinneigte? Es war mir, als kannte ich sie schon seit Jahren, der einfache Gottesdienst schien wie durch ein Wunder die Sympathien und Bande der Zeit ersetzt zu haben. Schweigend verließen wir den Tempel, und eben wollte ich fragen, wo sie wohne und ob ich sie besuchen dürfe, als ein auf den Stufen des Heiligtums stehender Jüngling, dessen Züge einige Familienähnlichkeit mit den ihrigen hatten, sie bei der Hand nahm. Sie wandte sich und bot mir Lebewohl. Die Menge trennte uns, ich sah sie nicht wieder. In meiner Wohnung angelangt, fand ich Briefe vor, die mich zur Abreise nach Athen nötigten, denn meine Verwandten bedrohten mich mit einem Prozess wegen meines Erbes. Nachdem dieses Geschäft glücklich beigelegt war, kehrte ich nach Neapolis zurück, ich stellte Forschungen in der ganzen Stadt an, vermochte aber keine Spur meiner verlorenen Freundin zu entdecken, und in der Hoffnung, in einem lustigen Leben jede Erinnerung an die schöne Erscheinung zu verlieren, eilte ich, mich in die Schwelgereien Pompejis zu stürzen. Dies ist meine ganze Geschichte. Ich liebe nicht, aber ich gedenke und fühle Sehnsucht."

Clodius wollte eben antworten, als sich ihnen ein langsamer, feierlicher Schritt nahte. Beim Geräusch, das derselbe in den Kieseln machte, wandten sich beide um, und beide erkannten den Ankömmling.

Es war ein Mann, der kaum das vierzigste Jahr erreicht haben mochte, von hohem Wuchs und magerem, aber kraftvollem Körperbau. Seine dunkle, bronzene Haut deutete östliche Abkunft an, die Züge hatten in ihrem Umriss etwas Griechisches, namentlich in Kinn, Lippe, Stirn und Hals. Seine Augen, groß und schwarz wie die dunkelste Nacht, leuchteten in einem wechsellosen, festen Glanz. Eine gedankenvolle, halb schwermütige Ruhe schien an dem majestätisch beherrschenden Blick zu haften, Schritt und Haltung waren gesetzt und stolz, und etwas Fremdartiges im Schnitt und in den nüchternen Farben seines lang herabwallenden Gewandes vermehrte den Eindruck des ruhigen Antlitzes und der stattlichen Figur. Beide Männer machten, als sie den Ankömmling begrüßten, ein leichtes Zeichen mit den

Fingern, denn Arbaces der Ägypter stand im Ruf, die gefährliche Gabe des „bösen Blickes“ zu besitzen.

„Das Schauspiel muss wirklich schön sein“, sagte Arbaces mit kaltem, doch höflichem Lächeln, „das den lebensfrohen Clodius und den allbewunderten Glaukus den wimmelnden Straßen der Stadt entreißt.“

„Ist die Natur im Allgemeinen so wenig anziehend?“, fragte der Grieche.

„Für den Zerstreuten – ja. Trotz allem habt ihr Recht, die Stunde zu genießen, solange sie noch für euch lächelt, die Rose welkt bald, der Duft verhaucht schnell – und uns, Glaukus, fremd in diesem Lande, von der Väter Asche entfernt, was bleibt uns als Sinnengenuss oder Sehnsucht? Für dich der Erstere, für mich vielleicht die Letztere.“

Mit diesen Worten hüllte er sich dichter in seinen Mantel und schritt langsam weg.

„Ein seltsamer Mensch“, erwiderte Glaukus nachdenklich. „So abgestorben für die Vergnügungen und so kalt gegenüber den Angelegenheiten dieser Welt er erscheint, können, falls die Lästerchronik keine Lügnerin ist, sein Haus und Herd ganz andere Geschichten erzählen.“

„Ja, man flüstert von Orgien in seiner düsteren Behausung. Auch soll er reich sein. Könnten wir ihn nicht in unsere Gesellschaft bekommen und ihm die Reize der Würfel beibringen? Lust aller Lüste, heißes Fieber der Furcht und Hoffnung, unnennbare Leidenschaft! Wie schön bist du, o Spielwut!“

Drittes Kapitel

Der Himmel hatte all seine Segnungen auf Glaukus ausgeschüttet, nur eine einzige nicht. Er hatte ihm Schönheit, Gesundheit, Vermögen, Genie, glänzende Abkunft, ein feuriges Herz und ein dichterisches Gemüt verliehen, aber er versagte ihm die Gabe der Freiheit. Er ließ ihn in Athen, der Untertanin Roms, geboren werden. Schon früh in den Genuss eines bedeutenden Erbes gelangt, hatte sich der junge Mann dem bei Leuten seines Alters so natürlichen Hang zum Reisen hingegeben und in den prachtstrotzenden Schwelgereien des Kaiserhofes tief aus dem berauschenden Becher der Lust getrunken.

Seine Sommerwohnung in Pompeji – ach, ihre Farben sind jetzt verblichen, ihre Wände der Malerei entkleidet – ihre Hauptschönheit, die Vollendung des Ganzen in Anmut und Schmuck, ist weg. Als sie jedoch zum ersten Mal dem Tag wieder zurückgegeben worden war, welche Lobpreisungen, welches Staunen riefen ihre zierlichen, farbenglühenden Dekorationen, ihre Gemälde, ihre Mosaiken hervor! Infolge der leidenschaftlichen Vorliebe ihres Besitzers für epische und dramatische Poesie wird das ausgegrabene Haus des Atheners Glaukus heute „das Haus des dramatischen Dichters“ genannt.

Ehe wir eine Beschreibung dessen liefern, mag es nicht unpassend sein, dem Leser einen allgemeinen Begriff von den pompejanischen Häusern überhaupt zu geben.

Gewöhnlich tritt man durch einen kleinen Gang, das so genannte *Vestibulum*, in eine Vorhalle. An drei Seiten dieser Halle befinden sich Türen, durch die man zu verschiedenen Schlafzimmern gelangt. Ist das Haus geräumig, so trifft man am Ende dieser Halle rechts und links zwei kleine Zimmer, gewöhnlich für die Frauen des Hauses bestimmt. In der Mitte ihres Mosaikbodens hat die Halle unabänderlich einen kleinen viereckigen Behälter für das Regenwasser, das durch eine Öffnung im Dach herabfiel. Nach Belieben wurde diese Öffnung durch eine übergespannte Decke verschlossen. In der Nähe des Behälters wurden zuweilen Bilder der Hausgötter aufgestellt. Der bei den römischen Dichtern so oft erwähnte, den Laren geweihte Herd, bestand in Pompeji fast ohne Ausnahme aus einer tragbaren Kohlenpfanne.

In dieser Vorhalle, *Atrium*, wurden in der Regel die Klienten und Besuche geringeren Ranges empfangen. In den Häusern der Angeseheneren wurde stets ein *Atriensis* oder eigens für den Dienst in der Vorhalle bestimmter Sklave gehalten, der einen hohen Rang unter seinen Mitsklaven einnahm. Gerade dem Eingang gegenüber, an die entgegengesetzte Seite der Halle anstoßend, befand sich ein Gemach, das *Tablinum*, dessen Boden in der Regel mit reichem Mosaik geschmückt war, während kunstvolle Malereien die Wände bedeckten. Auf der einen Seite dieses Salons war häufig ein Speisezimmer oder *Triclinium*, auf der anderen Seite ein Gemach, das vielleicht einem Raritätenkabinett der jetzigen Zeit entsprechen mochte, denn es enthielt diejenigen Gegenstände, die man für die seltensten und kostbarsten erachtete. Alle diese Zimmer öffneten sich nach einer viereckigen oder länglichen Kolonnade, in der Kunstsprache das *Peristyl* genannt.

Am Ende des Peristyls befand sich gewöhnlich die Küche. War das Haus groß, so endete es nicht mit dem Peristyl und der von demselben eingeschlossene Raum diente in solchem Fall nicht als Garten, sondern war etwa mit einem Springbrunnen oder einem Fischbehälter geschmückt, während an seiner Rückwand, gerade dem *Tablinum* gegenüber, in der Regel ein anderes Speisegemach lag, zu dessen beiden Seiten man Schlafzimmer, mitunter auch wohl einen Gemäldesaal, traf. Diese Gemächer führten wiederum auf einen viereckigen oder länglichen Raum, der gewöhnlich auf drei Seiten mit einer Kolonnade umgeben war. Dies war der eigentliche Garten, den gemeiniglich ein Springbrunnen oder Statuen und eine Fülle heiterer Blumen schmückten. An seinem Ende stand die Wohnung des Gärtners. Erforderte es die Größe der Familie, so befanden sich zuweilen noch Zimmer zu beiden Seiten neben dieser zweiten Kolonnade.

Dem zweiten oder dritten Stockwerk kam in Pompeji selten eine bedeutende Wichtigkeit zu, es war bloß über einen kleinen Teil des Hauses gebaut und enthielt Räume für die Sklaven.

Fast jedes Gebäude weicht in irgendeiner Einzelheit von den übrigen ab, aber der Hauptplan ist stets derselbe. In allen findet man aufeinander folgend das *Atrium*, das *Tablinum* und das *Perisryl*; in allen sind die Wände reich bemalt und in allen spricht sich eine Vorliebe für die feineren Genüsse des Lebens aus. Dagegen ließ sich über die Geschmacksreinheit der Pompeijaner in Bezug auf ihre Dekorationen streiten. Sie liebten die grellsten Farben und phantastische Zeichnungen, strichen die untere Hälfte ihrer Säulen bisweilen rot an, während der übrige Teil unbemalt blieb, und war der Garten klein, so wurde, um das Auge über seine Ausdehnung zu täuschen, die Mauer häufig mit Bäumen, Vögeln und Tempeln in perspektivischem Verhältnis bemalt.

Das Haus des Glaukus aber war eines der kleinsten und doch zugleich eines der schmuckreichsten und vollendetsten Privatgebäude in Pompeji.

„Ja, ja, ich muss gestehen“, sagte der Ädil Pansa, „dass dein Haus, obwohl kaum größer als eine Schachtel für Schnallen und Nadeln, in seiner Art ein Juwel ist. Wie schön gemalt dieser Abschied des Achilles und der Briseis; welch ein Stil! Welche Köpfe!“,

„Ein Lob des Pansa über dergleichen ist wahrhaftig schätzenswert“, bemerkte Clodius mit großem Ernst, „man denke an die Malereien auf seinen Wänden!“

„Allzu schmeichelhaft, mein Clodius“, entgegnete der Ädil, der in Pompeji dafür berüchtigt war, die schlechtesten Malereien in seinem Hause zu haben.

In diesem Augenblick erschienen die Sklaven, ein Speisenbrett mit den ersten Einleitungen zur Mahlzeit tragend. Zwischen köstlichen Feigen, frischen mit Schnee bestreuten Kräu-tern, Sardellen und Eiern standen kleine

Becher verdünnten, spärlich mit Honig vermischten Weines. Sobald dies auf den Tisch gesetzt war, überreichten junge Sklaven jedem der fünf Gäste das silberne Becken mit parfümiertem Wasser und ein mit Purpurfransen besetztes Handtuch.

„Sei günstig, o Bacchus!“, rief Glaukus und neigte sich ehrfurchtsvoll vor dem schönen Bild des Gottes, das mitten auf dem Tische stand. Die Gäste sprachen das Gebet nach und vollzogen sofort das gewöhnliche Opfer, indem sie von dem Wein über die Tafel aussprengten.

Sobald dies geschehen war, legten sie sich auf die Ruhebetten und die Tagesordnung nahm ihren Anfang.

„Nie soll wieder ein Becher an meine Lippen kommen“, rief der junge Sallust, als der Tisch nach Wegräumen der ersten appetiterregenden Speisen mit dem wichtigeren Teil des Mahles bestellt wurde und der bedienende Sklave ihm einen bis zum Rande gefüllten Cyathus überreichte, „nie soll wieder ein Becher an meine Lippen kommen, wenn dies nicht der beste Wein ist, den ich in Pompeji getrunken.“

„Wie herrlich ihn der Schnee abgekühlt hat!“, bemerkte Pansa. „Gerade das rechte Verhältnis!“,

„Er gleicht“, rief Sallust, „der Erfahrung eines Mannes, der seine Vergnügungen hinlänglich abkühlt, um ihnen dadurch einen doppelten Reiz zu geben.“

„Er gleicht dem Nein eines Mädchens“, setzte Glaukus hinzu, „er kühlt, aber um mehr zu entflammen.“

„Wann haben wir unser nächstes Tiergefecht?“, fragte Clodius den Pansa.

„Es ist auf Mitte August festgesetzt“, erwiderte der Ädil. „Wir haben einen sehr netten jungen Löwen dazu.“

„Wen werden wir zum Futter für ihn bekommen?“, fragte Clodius. „Ach, es ist ein großer Mangel an Verbrechern. Du musst wahrhaftig einen Unschuldigen zu den Löwen verdammen, Pansa.“

„In der Tat, ich habe erst neulich darüber nachgedacht“,

entgegnete jener ernst. „Ein schändliches Gesetz, das uns verbietet, die eigenen Sklaven den wilden Tieren vorzuwerfen. Uns mit unserem Eigentum nicht wie es uns beliebt schalten zu lassen, nenne ich einen Eingriff in den Besitz selbst."

Hier wurde das Gespräch auf einen Augenblick durch einen Flötentusch unterbrochen, und zwei Sklaven traten mit einer Schüssel ein.

„Ach, welchen Leckerbissen hast du uns hier zugedacht, mein Glaukus?", rief der junge Sallust mit funkelnden Augen.

Sallust war erst vierundzwanzig Jahre alt, aber keine Freude des Lebens ging ihm über das Essen – vielleicht hatte er alle übrigen bereits erschöpft.

„Ich seh's ihm am Gesicht an, beim Pollux!", rief Pansa, „es ist ein ambracisches Zicklein. Ho!"

„Ich hatte gehofft", sagte Glaukus mit schwermütigem Ton, „euch einige Austern aus Britannien verschaffen zu können, aber die Winde, die gegen Cäsar so grausam waren, haben uns dieses Gericht abgeschnitten."

„Die armen Briten! Etwas Gutes haben sie schließlich doch", bemerkte Sallust. „Sie senden uns die Austern."

„Ich wollte, sie sendeten uns einen Gladiator", entgegnete der Ädil, dessen fürsorgliches Gemüt noch immer über den Bedürfnissen des Amphitheaters brütete.

„Bei der Pallas!", rief Glaukus, indem ihm sein Lieblingssklave die Locken mit einem frischen Kranz krönte, „ich habe jene wilden Schauspiele gar gern, wenn Tiere mit Tieren kämpfen, aber wenn ein Mensch mit Fleisch und Blut wie wir unbedenklich in die Arena gesetzt und Glied um Glied zerrissen wird, so ist die Teilnahme zu entsetzlich. Mir wird übel, ich schnappe nach Luft, ich möchte fortstürzen und ihn verteidigen. Das gellende Geschrei des Volks dünkt mir grauenhafter als die Stimmen der Furien hinter Orestes."

„Das Zicklein ist vortrefflich!", sagte Sallust.

Der Sklave, dem das Amt des Vorschneidens zukam und der sich auf seine Kunst etwas zugute tat, hatte dieses Geschäft an dem Zicklein eben nach dem Ton der Musik vollzogen.

„Dein Koch ist natürlich aus Sizilien?“, fragte Pansa.

„Ja, aus Syrakus.“

„Ich will mit dir um ihn spielen“, rief Clodius. „Wir wollen zwischen den Gängen eine Partie machen.“

„Ein solcher Zeitvertreib ist allerdings besser als ein Kampf mit wilden Tieren, aber ich kann meinen Sizilianer nicht einsetzen. Du hast nichts gleich Wertvolles auf die Waagschale zu legen.“

„Meine Phillida – meine schöne Tänzerin!“,

„Ich kaufe nie Weiber“, entgegnete der Grieche.

Die im Portikus draußen aufgestellten Musiker stimmten eine sanfte, heitere Melodie an.

„Beiläufig gesagt“, fragte Sallust, „habt ihr die neue Ode Spurinnas zur Verherrlichung unserer ägyptischen Isis gesehen? Sie ist prachtvoll!“,

„Isis scheint eine Lieblingsgottheit in Pompeji zu sein?“, fragte Glaukus.

„Ja“, erwiderte Pansa, „zur Zeit hat sie einen ausnehmenden Ruf. Ihre Bildsäule hat die merkwürdigsten Orakel ausgesprochen. Ich bin nicht abergläubisch, aber ich muss gestehen, dass sie mich in meiner Amtsverwaltung durch ihre Ratschläge mehr als einmal aufs Wesentlichste unterstützte. Dabei sind ihre Priester so fromm, keine lustigen, stolzen Diener des Jupiter und der Fortuna! Sie gehen barfuß, essen kein Fleisch und bringen den größten Teil der Nacht in einsamem Gebet zu.“

„Man sagt, Arbaces der Ägypter habe den Isispriestern einige höchst bedeutende Mysterien mitgeteilt“, bemerkte Sallust. „Er rühmt sich der Abkunft von Ramses und behauptet, Geheimnisse aus dem fernsten Altertum hätten sich in seiner Familie fortgeerbt.“

„Auf jeden Fall besitzt er die Gabe des bösen Blickes“,

erwiderte Clodius. „Stoße ich je auf diese Medusenstirn, ohne vorher das abweisende Zeichen gemacht zu haben, so darf ich versichert sein, dass ich ein Lieblingspferd verliere oder den Hundewurf* neun Mal in einem fort werfe.“

„Wäre Arbaces nicht so reich“, versicherte Pansa mit gewichtiger Miene, „so wollt’ ich meine Autorität ein wenig in Anspruch nehmen und untersuchen, was an dem Gerücht wahr ist, das ihn einen Sterndeuter und Zauberer nennt. Als Agrippa Ädil von Rom war, verbannte er alle dergleichen Bewohner. Aber ein reicher Mann – es ist die Pflicht eines Ädils, die Reichen zu schützen. Was haltet ihr von der neuen Sekte, die, wie ich höre, selbst in Pompeji einige Anhänger haben soll – den Verehrern des hebräischen Gottes – Christus?“

„Ach, bloß spekulative Träumer“, erwiderte Clodius. „Sie zählen keinen einzigen Mann von Stand unter sich, ihre Proselyten sind immer armes, unbedeutendes, unwissendes Volk.“

„Die gleichwohl für ihre Ruchlosigkeit ans Kreuz geschlagen werden sollten“, rief Pansa mit Heftigkeit. „Sie leugnen Venus und Jupiter! Nazarener ist nur ein anderer Name für Gottesleugner. lasst mich nur einen bekommen!“,

Der erste Gang war vorüber, die Schmausenden sanken auf ihre Polster zurück, es entstand eine Pause.

„Auf deine Gesundheit, mein Glaukus“, rief Clodius und leerte auf jeden Buchstaben im Namen des Griechen einen Becher mit der Leichtigkeit eines ausgelernten Trinkers.

Der zweite Gang, bestehend aus Früchten, Pistazien, Süßigkeiten, Torten und Backwerk, in tausend phantastische, lustige Gestalten gebracht, wurde jetzt auf den Tisch gestellt, wo die *Ministri* oder Aufwärter nunmehr auch den Wein, den sie bisher den Gästen herumgereicht hatten, in großen gläsernen Flaschen aufsetzten, deren jede auf einem Zettel Alter und Name des Inhalts trug.

* *Der niedrigste Wurf beim Würfelspiel*

„Versuch einmal diesen Lesbier, mein Pansa“, sagte Sallust.

„Er ist köstlich“, bemerkte Pansa, „doch dürfte er vielleicht ein klein wenig zu viel Harzgeschmack haben.“

„Was für ein schöner Kelch!“, rief Clodius und ergriff ein Gefäß von durchsichtigem Kristall, dessen Handhaben mit Edelsteinen besetzt und in der Gestalt von Schlangen, der Lieblingsform in Pompeji, verschlungen waren.

„Dieser Ring“, entgegnete Glaukus, indem er ein kostbares Juwel vom ersten Fingergelenk nahm und an die Handhabe hängte, „gibt ihm ein reicheres Aussehen und macht ihn deiner Annahme minder unwürdig, mein Clodius. Mögen die Götter dir Gesundheit und Glück schenken, ihn lange und oft bis zum Rande gefüllt zu haben.“

„Zu viel Großmut, mein Glaukus!“, erwiderte der Spieler, den Kelch seinen Sklaven aushändigend. „Aber deine Liebe gibt dem Geschenk einen doppelten Wert.“

„Diesen Becher den Grazien!“, sprach Pansa und leerte dreimal seinen Kelch. Die Gäste folgten dem Beispiel.

„Wir haben keinen König des Festes ernannt“, rief Sallust.

„Lasst uns ihn herauswürfeln!“, sagte Clodius und schüttelte die Büchse.

„Nein!“, entgegnete Glaukus, „keinen kalten, abgedroschenen Obermeister für uns, keinen Diktator des Banketts! Haben die Römer nicht geschworen, nie einem König zu gehorchen? Sollen wir minder frei sein als eure Väter? He, Musikanten, das Lied, das ich vorige Nacht gedichtet! Es geht nach dem Muster der *‚Bacchischen Hymne der Stunden.‘*“

Die Musiker stimmten ihre Instrumente zu einer wilden ionischen Weise. Als sie geendet hatten, klatschten die Gäste lauten Beifall. Ist der Poet der Wirt, so darf er darauf rechnen, dass seine Verse bezaubernd sind.

„Durch und durch griechisch!“, rief Lepidus, „es ist

unmöglich, die Wildheit, Kraft, Energie dieser Sprache in der römischen Dichtkunst nachzuahmen."

„Wahrhaftig ein großer Gegensatz", bemerkte Clodius, „die Weise ist schön ionisch, dabei fällt mir eine Gesundheit ein: Gefährten, auf die schöne Ione!"

„Ione – der Name ist griechisch", bemerkte Glaukus mit sanfter Stimme. „Mit Freuden trink' ich die Gesundheit. Aber wer ist Ione?"

„Wärst du nicht eben erst nach Pompeji gekommen, so verdientest du für solche Unwissenheit die Verbannung", erwiderte Lepidus geziert. „Ione nicht kennen, heißt den Hauptreiz unserer Stadt nicht kennen."

„Sie ist von höchst seltener Schönheit", bemerkte Pansa. „Und welche Stimme!"

„Sie muss sich wirklich nur von Nachtigallenzungen ernähren", sagte Clodius. „Wisse denn, mein Glaukus, dass jene eine Fremde ist, die erst vor kurzem in Pompeji anlangte. Sie singt wie Sappho und ihre Gesänge sind ihr eigenes Werk. Ihre Schönheit ist blendend, ihr Haus das vollendetste; was man sehen kann, ein solcher Geschmack – solche Juwelen – solche Bronzen! Sie ist reich und ebenso freigebig als reich."

„So sorgen also ihre Liebhaber dafür, dass sie ein gutes Einkommen bezieht", sagte Glaukus.

„Ihre Liebhaber? Ah, da steckt eben das Rätsel! Ione hat nur einen Fehler, sie ist keusch. Ganz Pompeji liegt ihr zu Füßen, und sie hat keinen Geliebten, ja, sie will nicht einmal heiraten."

„Ein Wunder!", rief Glaukus. „Können wir sie nicht zu Gesicht bekommen?"

„Ich will dich heute Abend zu ihr mitnehmen", erwiderte Clodius.

Die Unterhaltung wurde jetzt belebt, der Wein kreiste freier, und noch einmal wurde Ione Gegenstand der Lobeserhebungen.

„Statt länger als die Sterne zu wachen, lasst uns lieber eine Schönheit besuchen, vor welcher die Sterne erbleichen“, bemerkte Lepidus.

So beschlossen sie denn insgesamt, mit Ausnahme Pansas, nach der Wohnung der schönen Griechin aufzubrechen. Man trank demgemäß auf die Gesundheit des Glaukus und des Kaisers, legte die Sandalen wieder an, durchschritt das erleuchtete *Atrium*, ging ungebissen über den grimmigen, auf der Schwelle abgebildeten Hund und stand im Licht des eben aufgestiegenen Mondes in den lebhaften, noch gedrängt vollen Straßen Pompejis.

Sie zogen durch das Viertel der Juweliere, dessen Lichter-gefunkel die Edelsteine in den Läden auffingen und zurückwarfen, und gelangten endlich vor Iones Tür.

Unter der Säulenhalle, die das duftende *Viridarium* umgab, fanden sie Ione, bereits umringt von anbetenden, Beifall rufenden Gästen.

„Sagtet ihr nicht, sie sei eine Athenerin?“, flüsterte Glaukus. „Nein, sie ist von Neapolis.“

„Neapolis?“, wiederholte Glaukus, und im gleichen Moment brachte die zu beiden Seiten auseinander weichende Gruppe die strahlende, nymphengleiche Schönheit vor sein Auge, die seit Monden die Flut seiner Erinnerungen bestrahlt hatte.

Viertes Kapitel

Die Geschichte kehrt zu dem Ägypter zurück. Wir verließen Arbaces nach der Trennung von Glaukus und dessen Freunden an der Küste des schimmernden Meeres. Als er dem mehr bevölkerten Teil der Bucht nahe kam, hielt er an und betrachtete das belebte Schauspiel vor ihm mit verschlungenen Armen und einem bitteren Lächeln auf dem dunklen Antlitz.

„Tröpfe, Toren, Narren, die ihr seid!“, murmelte er vor sich hin. „Sei Arbeit oder Vergnügen, Gewerbe oder Religion das Ziel, das euch vorschwebt, stets werdet ihr von den Leidenschaften, die ihr beherrschen sollt, in gleichem Maße betrogen! Wie ihr mich anekeln würdet, wenn ich euch nicht hasste, ja hasste! Griechen oder Römer, von uns, von der dunklen Weisheit Ägyptens, habt ihr das Feuer geraubt, das euch Seelen gibt. Euer Wissen, eure Poesie, eure Gesetze, eure Künste, eure barbarische Meisterschaft im Kriege habt ihr von uns gestohlen, wie ein Sklave die Überbleibsel des Mahles stiehlt! Und nun seid ihr, ihr Affen von Affen, ihr Römer, unsere Gebieter! Die Pyramiden blicken nicht mehr auf das Geschlecht des Ramses herab – der Adler sitzt auf der Schlange des Nils. Doch meine Seele beherrscht und fesselt euch durch die Macht eines überlegenen Geistes, sind auch die Ketten unsichtbar. Solange List die Kraft zu bemeistern vermag, solange die Religion eine Höhle hat, von wo aus Orakel die Menschen täuschen können, übt der Kluge eine Herrschaft über die Erde aus. Selbst aus euren Lastern gewinnt Arbaces seine Freuden.“

Mit diesen Worten ging der Ägypter langsam weiter, trat in die Stadt und schritt dem kleinen aber anmutigen Tempel der Isis zu.

Das Gebäude stand damals erst seit kurzer Zeit; der alte Tempel war bei dem Erdbeben vor sechzehn Jahren eingestürzt und der neue bei den veränderungssüchtigen Pompejanern bald in Mode gekommen. In der Tat zeichneten sich die Orakel der Göttin in Pompeji ebenso sehr durch den Glauben aus, womit man an ihren Aussprüchen und Verkündigungen hing, als durch die geheimnisvolle Sprache, in die sie gekleidet waren. Wurden sie von keiner Gottheit eingegeben, so waren sie wenigstens mit tiefer Menschenkenntnis verfasst.

Als Arbaces vor dem Gitter anlangte, das den Ungeweihten von dem Heiligtum trennte, umgab eine allen

Klassen angehörige Menge von Andächtigen in tiefster Stille und Ehrfurcht die Altäre in dem offenen Hof.

Zu beiden Seiten der Stufen war die Opferschar in weißen Gewändern aufgestellt, während ganz oben zwei Unterpriester standen, der eine mit einem Palmzweig, der andere mit einem kleinen Ährenbüschel. In dem engen Zugang drängten sich die Zuschauer.

„Und welche Veranlassung“, flüsterte Arbaces einem der Zuschauer zu, „versammelt euch jetzt vor den Altären der ehrwürdigen Isis? Nach den weißen Gewändern der Gruppe vor mir scheint es, dass ein Opfer gebracht werden soll, und nach der Schar von Priestern, dass ihr auf ein Orakel wartet. Was also ist der Grund eurer Versammlung?“

„Wir sind Kaufleute“, erwiderte der Angeredete, der kein anderer als Diomed war, „Kaufleute, die das Schicksal unserer morgen nach Alexandria absegelnden Schiffe zu erfahren wünschen.“

Ernst erwiderte der Ägypter: „Obwohl Isis eigentlich die Göttin des Ackerbaus ist, ist sie nicht minder die Beschützerin des Handels.“ Damit wandte er das Gesicht gegen Morgen und schien in stilles Gebet vertieft.

Jetzt erschien oben auf den Stufen ein von Kopf bis Fuß in Weiß gekleideter Priester, dessen Schleier sich auf dem Scheitel teilte. Zwei andere Tempeldiener, bis zur Hälfte der Brust nackt, den übrigen Körper mit weißen, langen Gewändern bedeckt, lösten die so lange zu beiden Seiten Stehenden ab. Im selben Augenblick stimmte ein vierter, unten an der Treppe sitzender Priester eine feierliche Weise auf einem langen Blasinstrument an.

Während die Opferbeschauer die Eingeweide untersuchten, schien das Gesicht des Arbaces seine ganze strenge Ruhe zu verlieren und in andächtiger Spannung zu schweben – sofort aber sich freudig aufzuhellen, als die Zeichen für günstig erklärt wurden. Eine Todesstille senkte sich auf die flüsternde Menge, und abermals stürzte ein neuer Priester hervor und flehte in einem wilden Tanz die Göttin um Antwort an. Erschöpft hörte er endlich auf, und alsbald ließ sich ein leises murmelndes Geräusch im Körper der Statue vernehmen. Dreimal nickte der Kopf, die Lippen öffneten sich und eine hohle Stimme sprach sofort folgende geheimnisvolle Worte:

„Es gibt Lüfte wie Rosse, zum Kampfe verbunden,
Es gibt Grüfte, gegraben im Felsenriff drunten;
Auf der Stirne der Zukunft Gefahren lauern,
Doch das Schiff wird die Stunde der Angst überdauern."

Die Stimme schwieg – die Menge atmete freier – die Kaufleute sahen einander an. „Nichts kann deutlicher sein", flüsterte Diomed. „Es wird einen Sturm auf der See geben, wie dies bei Beginn des Herbstes häufig der Fall ist, aber unsere Schiffe werden gerettet werden. O wohltätige Isis!"

„In Ewigkeit sei die Göttin gelobt!", sagten die Kaufleute.

Nach einem kurzen Schlussgebet war die Zeremonie vorüber, und die Versammelten wurden entlassen.

Indessen weilte der Ägypter immer noch an dem Geländer, und als der Raum etwas leerer geworden war, näherte sich einer der Priester und grüßte ihn mit dem Anschein enger Vertraulichkeit.

Das Gesicht des Nahenden hatte etwas deutlich auffallend Widerliches, sein kahler Schädel war nach vorn so niedrig und eng. Die dunklen kleinen Augen rollten in trüben gelben Höhlen, die kurze, dicke Nase stülpte sich an den Nüstern wie bei einem Satyr auf. Endlich vervollständigten die wulstigen bleichen Lippen, die hohen Backenknochen, die bleichen scheckigen Farben, die auf der pergamentartigen Haut miteinander kämpften, ein Antlitz, das niemand ohne Widerwillen und wenige ohne Schrecken und Misstrauen ansehen konnte.

„Kalenus", sagte der Ägypter zu diesem reizenden Flamen, „du hast durch Beachtung meines Winks die Stimme der Statue bedeutend verbessert und deine Verse sind trefflich, du prophezeist stets Glück, falls dessen Erfüllung nicht geradezu unmöglich ist."

„Überdies", fügte Kalenus hinzu, „wenn ein Sturm kommt und die verwünschten Schiffe verschlingt, haben wir's nicht vorausverkündet? Sind die Schiffe nicht wohl bewahrt, wenn sie in Ruhe liegen? Um Ruhe bittet der Schiffer auf dem Ägäischen Meer, mindestens sagt Horaz so, wo auf der See kann der Schiffer mehr Ruhe haben als auf dem Grund derselben?"

„Recht, mein Kalenus, ich wollte, Apäcides ging bei deiner Weisheit in die Schule. Doch ich muss mit dir über ihn und andere Dinge sprechen; kannst du mich nicht in eines eurer minder heiligen Gemächer führen?"

„Sogleich", erwiderte der Priester und ging nach einem der kleinen Zimmer voran, die das offene Tor umgaben. Hier nahmen sie vor einem Tischchen Platz, das mit Tellern voll Obst, Eiern und verschiedenen kalten Gerichten sowie mit Gefäßen voll herrlichen Weines besetzt war. Während die beiden Freunde davon genossen, verbarg sie ein Vorhang, der an dem nach dem Hof führenden Eingang herabhing. Die Schwäche dieser Scheidewand erinnerte sie jedoch, leise oder keine Geheimnisse zu sprechen. Sie wählten den ersteren Ausweg.

„Du weißt", hob Arbaces mit einer Stimme an, die kaum die Luft bewegte, „dass es stets mein Grundsatz war, mich an die Jugend zu halten. Aus ihren biegsamen, ungeformten Gemütern schneide ich mir die geeigneten Werkzeuge. Du weißt, dass ich vor einiger Zeit in Neapolis auf Ione und Apäcides stieß, Bruder und Schwester, Kinder von Athenern, die sich in Neapolis niedergelassen. Der Tod ihrer Eltern, die mich kannten und schätzten, machte mich zu ihrem Vormund. Den Apäcides unterwies ich in der heiligen Lehre der Isis, ich enthüllte ihm einiges von dem hohen Sinn, der unter ihrem äußerlichen Dienst verborgen liegt. In seiner für religiöse

Glut besonders empfänglichen Seele fachte ich die Begeisterung an, die aus der Einbildungskraft Glauben erzeugt. Ich habe meinen Schüler euch beigegeben, er ist einer von euch."

„Er ist es", erwiderte Kalenus, „aber indem du seinen Glauben entflammtest, hast du ihn der Klugheit beraubt. Er ist über seine Aufklärung wie vom Donner gerührt, unsere sprechenden Bildsäulen und geheimen Treppen ängstigen und empören ihn, er trauert, magert ab, murmelt vor sich hin und verweigert die Teilnahme an unseren Zeremonien. Man weiß, dass er den Umgang von Menschen sucht, die im Verdacht stehen, sich zu jenem neuen ruchlosen Glauben hinzuneigen, der all unsere Götter leugnet und unsere Orakel Eingebungen des bösen Geistes nennt."

„Das eben", entgegnete Arbaces nachdenklich, „fürchtete ich nach verschiedenen Vorwürfen, die er mir machte, als ich ihn das letzte Mal sah. In neuester Zeit hat er mich gemieden. Ich muss ihn aufsuchen, muss meinen Unterricht fortsetzen, muss ihn ins Allerheiligste der Weisheit einführen. Ich muss ihn lehren, dass es Stufen der Heiligkeit gibt – die erste Glauben, die zweite Täuschung, die erste für die Menge, die zweite für den Weisen."

„Ich selbst kam nie über die erste", bemerkte Kalenus, „und wohl auch du nicht, mein Arbaces."

„Du irrst", antwortete der Ägypter ernst, „ich glaube noch bis auf den heutigen Tag – allerdings nicht das, was ich lehre. Die Natur hat eine Heiligkeit, gegen die ich mein Inneres nicht verhärten kann. Ich glaube an mein eigenes Wissen, und das hat mir enthüllt – doch das gehört nicht hierher! Jetzt zu weltlicheren, einladenderen Gegenständen. Und er fuhr fort: „Strebte ich also meinem Zweck bei Apäcides nach, was war mein Plan hinsichtlich Iones? Es ist dir bereits bekannt, dass ich sie zu meiner Königin, meiner Braut, zur Isis meines Herzens bestimmt habe. Nie, bis ich sie zu sehen bekam, wusste ich, zu welcher Liebe meine Natur fähig ist."

„Ich vernehme von tausend Lippen, sie sei eine zweite Helena", erwiderte Kalenus mit den Lippen schmatzend.

„Ja, sie ist von einer Schönheit, die Griechenland selbst nie übertraf", nahm Arbaces wieder das Wort. „Doch das ist noch nicht alles, ihre Seele ist wert, sich der meinigen zu vermählen. Sie hat einen über dem Maß des Weiblichen stehenden scharfen, blendenden, kühnen Geist. Ione muss die Meinige werden!"

„Und so hast du also gar keine Besorgnis vor deinen Nebenbuhlern? Die italischen Liebhaber sind gewandt in der Kunst zu gefallen."

„Gar keine! Ihre griechische Seele verachtet die römischen Barbaren und würde mit sich selbst grollen, wenn sie nur einem Gedanken von Liebe zu einem Sohn dieses Geschlechtes von Emporkömmlingen Raum gäbe."

„Aber du bist ein Ägypter, kein Grieche!"

„Ägypten ist die Mutter von Athen. Das habe ich sie bereits gelehrt, und in meinem Blut verehrt sie den ältesten Herrscherstamm der Erde. Gleichwohl gesteh' ich, dass in neuester Zeit mehrmals ein unbehaglicher Argwohn meine Seele beunruhigte. Sie ist stiller als ehemals, liebt schwermütige, weiche Musik, seufzt ohne äußere Veranlassung. Dies dürfte Anfang der Liebe oder Bedürfnis nach Liebe sein. In beiden Fällen ist es Zeit für mich, meine Unternehmungen zu beginnen. Und darum habe ich dich aufgesucht."

„Und wie kann ich dir behilflich sein?"

„Ich will sie zu einem Fest in meinem Hause einladen. Ich möchte ihre Sinne blenden – verwirren, entflammen. Unter dem Schleier von Religionsmysterien will ich ihr die Geheimnisse des Herzens eröffnen."

„Ach, jetzt versteh ich, eines von den lustigen Gelagen, woran wir Isispriester trotz unserer albernen Gelübde kalter Enthaltsamkeit in deinem Hause teilnahmen."

„Nein, nein! Glaubst du, ihre keuschen Augen seien für solchen Anblick reif? Nein. Doch zuerst müssen wir den

Bruder in die Schlinge ziehen, die leichtere Arbeit! Höre meine Anweisungen."

Fünftes Kapitel

Glänzend schien die Sonne in das schöne Gemach in Glaukus' Haus, das jetzt das Zimmer der Leda heißt. Freundlicher noch drängten sich die Strahlen der Wonne dem Herzen des jungen Glaukus zu.

„So hab ich sie also gesehen", sprach er, das kleine Zimmer durchschreitend, „habe sie gehört, ja, habe wieder zu ihr gesprochen, wieder vernommen die Musik ihres Gesanges – und sie sang von Ruhm und Griechenland! Gefunden hab' ich den lang gesuchten Abgott meiner Träume."

Vielleicht hätte das entzückte Selbstgespräch des jungen Mannes noch länger angehalten, wäre in diesem Augenblick nicht ein Schatten über die Schwelle geglitten und die Einsamkeit von einem jungen Mädchen, fast noch einem halben Kind an Jahren, gestört worden. Sie war einfach in eine weiße Tunika gekleidet, die vom Nacken bis zu den Fußknöcheln reichte. Unter dem Arm trug sie ein Blumenkörbchen, in der anderen Hand hielt sie ein bronzenes Wassergefäß. Es lag etwas unbeschreiblich Mildes, man hätte sagen mögen Geduldiges, in ihrem Aussehen. Etwas Scheues und Vorsichtiges in ihrem Tritt – etwas Unstetes in ihren Blicken ließ das Unglück, das von Geburt an auf ihr geruht, vermuten: Sie war blind. In den Augen selbst lag jedoch kein sichtbarer Fehler, ihr schwermütiges, weiches Licht war klar, wolkenlos und heiter. „Man sagt mir, Glaukus sei hier", sprach sie, „darf ich herein?"

„Ach meine Nydia", erwiderte der Grieche. „Dacht' ich's doch, du würdest meine Einladung nicht vergessen."

Nydia seufzte und sagte nach einer Pause, ohne auf seine Bemerkung zu antworten: „Du bist erst seit kurzem zurück?“

„Dies ist die sechste Sonne, die mich in Pompeji bescheint.“

„Und bist du gesund?“

„Ich bin wohl, und du, Nydia? Was du gewachsen bist! Nächstes Jahr wirst du dich über die Antworten besinnen, die wir deinen Liebhabern geben sollen.“

Eine neue Röte flog über Nydias Wange. „Ich habe dir einige Blumen gebracht“, sprach sie, ohne auf eine Bemerkung, die sie zu verletzen schien, etwas zu erwidern. Damit fühlte sie im Zimmer umher, bis sie den neben Glaukus stehenden Tisch fand.

„Als kämen sie von Flora selbst“, sprach er freundlich, „und ich erneuere mein den Grazien dargebrachtes Gelübde, keine anderen Kränze zu tragen, solange deine Hände mir solche wie diese hier winden.“

„Und wie findest du die Blumen in deinem Viridarium? Gedeihen sie?“

„Wundervoll.“

„Ach, jetzt machst du mir Freude. Sooft ich mir einen Augenblick Zeit stehlen konnte, kam ich, um sie während deiner Abwesenheit zu begießen und zu pflegen.“

„Wie soll ich dir danken, schöne Nydia? Glaukus ahnte nicht, dass er jemanden in Pompeji zurücklässt, der an ihn denken und sich seiner Lieblinge mit so vieler Sorgfalt erinnern würde.“

Die Hand des Kindes zitterte und seine Brust hob sich unter der Tunika. Verlegen wandte es sich ab. „Die Sonne ist heute zu heiß für die armen Blumen“, sagte sie. „Sie werden mich vermissen, denn es ist bereits neun Tage her, seit ich zum letzten Mal nach ihnen gesehen habe.“

Damit ging sie in den Garten.

„Arme Nydia“, dachte Glaukus. „Dein Los ist hart.

Du siehst weder die Erde noch die Sonne noch das Meer noch die Sterne, geschweige denn Ione."

Mit diesem letzten Gedanken flog sein Gemüt zu dem vergangenen Abend zurück und wurde in seinen Träumen durch den Eintritt des Clodius zum zweiten Mal unterbrochen. Merkwürdig war es und ein Beweis, wie viel ein einziger Abend zum Wachstum und zur Verfeinerung der Liebe beitragen kann, die der Athener für Ione fühlte, dass er, der dem Clodius das Geheimnis seiner ersten Begegnung mit ihr anvertraut hatte, jetzt einen unüberwindlichen Widerwillen empfand, auch nur ihren Namen zu erwähnen. Er hatte Ione strahlend, rein, unbefleckt mitten unter den mutwilligsten und verdorbensten Modeherrn Pompejis gesehen. Selbst den Kühnsten hatte sie ein ehrfurchtsvolles Benehmen mehr durch Anmut als durch Stolz abgenötigt. Wer ihre Seele nicht zu verstehen vermochte, wurde durch die Magie ihrer Schönheit gehoben. Wer kein Herz für die Poesie besaß, hatte mindestens ein Ohr für die Melodie ihrer Stimme. Indem er sah, wie sie durch ihre Gegenwart ihre Umgebung läuterte und erhellte, empfand er, wie unwürdig der Göttin seiner Träume sein bisheriger Umgang, sein Tun und Treiben gewesen war. Er fühlte, dass es fortan seine Bestimmung sei, emporzusehen und sich vom Boden zu erheben. Nicht länger vermochte er den Namen, der seiner glühenden Phantasie als etwas Heiliges und Göttliches erklang, gegen unzüchtige, gemeine Ohren auszusprechen. Sie war bereits die Gebieterin, die Göttin seiner Seele.

Als ihm daher Clodius mit affektierter Begeisterung von Iones Schönheit sprach, fühlte Glaukus nur Verdruss und Un-willen, dass solche Lippen sich unterfangen sollten, sie zu preisen. Er antwortete kalt, und der Römer hielt deshalb die Leidenschaft des Freundes als für geheilt. Kaum bedauerte er es, denn ihm lag daran, dass Glaukus eine noch reicher ausgestattete Erbin heiraten möchte – Julia, die Tochter des begüterten Diomed, dessen Gold der Spieler auf diesem Weg leicht in die eigenen Kassen ableiten zu können glaubte. Das Gespräch floss nicht mit der gewohnten Leichtigkeit, und sobald Clodius ihn verlassen hatte, nahm Glaukus den Weg nach Iones Haus. An seiner Tür stieß er noch einmal auf Nydia, die mit ihrer zierlichen Arbeit eben zu Ende gekommen war. Sie kannte seinen Schritt im Augenblick.

„Du gehst früh aus“, sprach sie.

„Ja, der Himmel Kampaniens zürnt den Trägen, die ihn vernachlässigen.“

„Ach könnt' ich ihn auch sehen!“, flüsterte die Blinde, aber so leise, dass Glaukus die Klage nicht vernahm.

Einige Momente weilte die Thessalierin noch auf der Schwelle und schlug dann mit Hilfe eines langen Stabs, den sie mit großer Gewandtheit führte, den Heimweg ein. Von den eleganteren Straßen ablenkend, trat sie in ein bei anständigen und gesitteten Leuten nur wenig beliebtes Stadtviertel. Ihr selbst ersparte die Blindheit den Anblick der niederen, rohen Abzeichen des Lasters um sie her.

Sie klopfte an die Hintertür einer Art Schänke, diese ging auf, und eine rauhe Stimme hieß sie ihre Sesterze verrechnen. Ehe sie antworten konnte, bemerkte ein anderes, weniger gemein klingendes Organ:

„Nimm es doch mit diesem ärmlichen Gewinn nicht so genau, Burbo. Bald wird man die Kehle des Mädchens wieder bei einem Gelage unseres reichen Freundes nötig haben, und der bezahlt, wie du weißt, so ein Nachtigallenzüngchen recht anständig.“

„Oh, ich will es nicht hoffen“, rief Nydia zitternd. „Von Sonnenaufgang bis Sonnenuntergang will ich betteln, aber schickt mich nicht dorthin.“

„Und warum?“, fragte dieselbe Stimme.

„Weil – weil ich jung und von zarter Natur bin und die Gefährtinnen, die ich dort treffe, kein geeigneter Umgang für eine sind, die – die –“

„Sklavin im Hause Burbos ist“, erwiderte die Stimme höhnisch mit einem rauhen Gelächter.

Die Thessalierin setzte die Blumen nieder, bedeckte das Gesicht mit den Händen und weinte still.

Unterdessen begab sich Glaukus nach der Wohnung der schönen Neapolitanerin. Er fand sie unter ihren Dienerinnen sitzend, die mit verschiedenen Arbeiten beschäftigt waren. So gewöhnt er an Schmeicheleien war, erstarb ihm jedes Schmeichelwort auf den Lippen, als er die Errötende anredete. Sie unterhielten sich über Griechenland. Dies war ein Gegenstand, bei dem Ione lieber die Zuhörerin als die Sprechende war, und ein Gegenstand, über den Glaukus sein ganzes Leben lang hätte beredt sein können. Hingerissen und stumm hörte Ione ihm zu; teurer waren ihr diese Töne und Beschreibungen als all die verschwenderische Anbetung ihrer zahllosen Verehrer. War es Sünde, ihren Landsmann zu lieben? Sie liebte Athen in ihm – die Götter ihres Volkes, das Land ihrer Träume sprachen zu ihr aus seiner Stimme! Von dieser Stunde an sahen beide einander täglich. In der Abendkühle machten sie Fahrten auf der ruhigen See. Nachts trafen sie in Iones Säulengängen und Hallen wieder zusammen. Ihre Liebe war das Werk des Augenblicks, aber sie war stark, sie füllte alle Quellen ihres Lebens. Herz, Kopf, Verstand, Phantasie – alles wurde Diener dieses Gefühls. Wie der Verfolgte Zuflucht im Heiligtum sucht, so erkannten sie im Altar ihrer Liebe eine Freistätte von den Schmerzen der Erde. Sie bedeckten ihn mit Blumen, ohne die Schlangen zu ahnen, die dahinter aufgerollt lagen.

An einem Abend, dem fünften nach ihrem ersten Zusammentreffen in Pompeji, kehrten Glaukus und Ione mit einem kleinen Kreis auserwählter Freunde von einer Fahrt um die Bucht nach Hause zurück. Während die übrige Gesellschaft in einer heiteren Unterhaltung begriffen war, lag Glaukus zu Iones Füßen und hätte ihr gern ins Antlitz geschaut, aber er wagte es nicht. Ione brach die Stille zwischen ihnen.

„Mein armer Bruder“, sprach sie mit einem Seufzer, „wie würde er einst diese Stunde genossen haben!“

„Dein Bruder?“, erwiderte Glaukus. „Ich habe ihn noch nicht gesehen. Mit dir beschäftigt, dachte ich an nichts anderes; sonst würde ich dich gefragt haben, ob der nicht dein Bruder gewesen ist, an dessen Hand du mich am Tempel der Pallas in Neapolis verließest.“

„Er war es.“

„Und ist er hier?“

„Er ist’s“, antwortete Ione. „Er ist ein Priester der Isis.“

„So jung und Glied dieser, wenigstens ihrem Gesetz nach, so strengen Priesterschaft?“, rief der Grieche mit Verwunderung und Mitleid. „Was konnte ihn dazu verleiten?“

„Es war die Beredsamkeit eines Ägypters, unseres Freundes und Vormundes, sie fachte in ihm den frommen Wunsch an, sein Leben der geheimnisvollsten unserer Gottheiten zu weihen.“

„Er bereut seine Wahl nicht? Hoffentlich ist er glücklich.“

Ione seufzte tief und ließ den Schleier über ihre Augen herabfallen.

„Ich wollte“, sprach sie nach einer Pause, „er wäre nicht so rasch gewesen.“

„So ist er denn in seinem neuen Verhältnis nicht glücklich, und dieser Ägypter, war er selbst Priester?“

„Nein. Sein Hauptinteresse war unser Glück. Er glaubte, das Wohl meines Bruders zu fördern. Wir waren Waisen.“

„Wie ich selbst“, entgegnete Glaukus.

Mit niedergeschlagenen Augen nahm Ione wieder das Wort: „Und Arbaces suchte uns die Eltern zu ersetzen. Du musst ihn kennen lernen. Er liebt geistreichen Umgang.“

„Arbaces! Ich kenne ihn bereits, wenigstens sprechen wir miteinander, wenn wir zusammentreffen. Aber wenn du nicht seine Lobrednerin wärest, so würde ich mich nicht nach einer näheren Bekanntschaft mit ihm sehnen.“

„Seine Ruhe, seine Kälte“, fuhr Ione ausweichend fort,

„sind vielleicht bloß Erschöpfung durch früher erlittene Schmerzen, wie der Vesuv, den wir dort dunkel und lautlos in der Ferne erblicken, einst Flammen nährte, die jetzt auf ewig erloschen sind.“

Beide sahen bei diesen Worten nach dem Berg. Der übrige Himmel war in rosige, zarte Farben gebadet, über der grauen Kuppe aber, dem emporragenden Mittelpunkt der Wäldchen und Weingärten, die sich damals bis zur Hälfte der Höhe emporwanden, hing eine finstere, Unheil drohende Wolke. Eine nicht erklärbare Beklemmung überkam sie bei diesem Anblick, und mit jener Sympathie, welche die Liebe sie bereits gelehrt hatte, wandten sich ihre Blicke im gleichen Moment vom Berg ab und begegneten sich voll unaussprechlicher Zärtlichkeit.

Was brauchten sie noch der Worte, um sich zu sagen, dass sie sich liebten?

Sechstes Kapitel

Arbaces war in letzter Zeit wenig in Iones Haus gekommen, er hatte, wenn er dasselbe je besuchte, Glaukus nicht getroffen, noch wusste er bis jetzt etwas von der Liebe, die so plötzlich zwischen ihm und seinen Entwürfen aufgesprossen. Zudem hatte ihn der Plan auf den Bruder eine Weile genötigt, den Plan auf Ione selbst hinauszuschieben. Sein Stolz und seine Selbstsucht waren bei der plötzlichen Veränderung, die über das Gemüt des Jünglings gekommen war, rege geworden. Ihm bangte, er könnte einen fügsamen Schüler, Isis einen begeisterten Diener verlieren. Apäcides suchte und befragte ihn nicht mehr, war selten zu finden, wandte sich verschlossen von dem Ägypter ab, ging ihm geradezu aus dem Weg, wenn er ihn in der Ferne bemerkte. Arbaces gehörte zu jenen stolzen, mächtigen Geistern, die daran gewöhnt sind, andere zu beherrschen. Er ergrimmte bei dem Gedanken, dass jemand, der einst sein gewesen, seinem Griff wieder entwischen könne, und schwor innerlich, Apäcides solle ihm nicht entgehen.

Mit diesem Entschluss ging er auf dem Weg zu Ione durch ein dichtes Gehölz, das mitten in der Stadt zwischen seinem und der Geliebten Hause lag. Unerwartet traf er hier den jungen Isispriester an einen Baum gelehnt, den Blick auf den Boden geheftet.

„Apäcides, mein Sohn“, sprach der Ägypter, „was ist vorgefallen, dass du mich zu meiden suchst?“

Apäcides blieb still und verschlossen, sein Auge haftete am Boden, seine Lippen zitterten und seine Brust hob sich schwer:

„Sprich zu mir, mein Freund“, fuhr Arbaces fort. „Sprich! Etwas lastet auf deiner Seele. Was hast du zu enthüllen?“

„Dir – nichts!“

„Und warum hast du gegen mich so wenig Vertrauen?“

„Weil du dich als mein Feind gezeigt hast.“

Apäcides stand im Lenz der Jahre, schien jedoch mehr Lebensgeist verbraucht zu haben als der Ägypter selbst. Seine zarten, regelmäßigen Züge waren abgezehrt und farblos, seine Gestalt beugte sich vorzeitig nieder.

„Du sagst, ich hätte mich als dein Feind gezeigt“, hob Arbaces an. „Ich kenne den Grund dieser ungerechten Anklage. Ich habe dich unter die Priester der Isis gebracht, du bist über ihre Gaukelkunst und Betrügerei empört – du hältst auch mich für einen der Betrüger.“

„Du kanntest die Lügen dieser ruchlosen Zunft“, erwiderte Apäcides. „Warum verhehltest du mir diese? Als du in mir den Wunsch erregtest, mich dem Amt zu weihen, dessen Kleid ich trage, sprachst du mir vom Leben heiliger, der Wissenschaft hingegebener Männer. Du hast mich unter eine unwissende, in Sinnlichkeit versunkene Herde geworfen, die von nichts Kenntnis hat als von den gröbsten Betrügereien . . .“

Ein krampfhaftes Schluchzen erstickte des Priesters Stimme, er bedeckte das Gesicht mit den Händen, aber durch die abgemagerten Finger drängten sich große Tränen und flossen auf sein Kleid.

„Was ich dir versprochen, will ich dir halten, mein Freund, alles war nur eine Probe deiner Tugend. Du hast sie strahlend bewährt in deinem Noviziat, denke nicht mehr an jene einfältigen Lügen, halte dich ab jetzt nicht an dieses Gesinde der Göttin. Ich will fortan dein Priester, dein Führer sein, und du, der jetzt meiner Freundschaft flucht, wirst sie noch segnen!"

Der junge Mann erhob das Haupt und stierte den Ägypter mit irrem, verwundertem Blick an.

„Höre mich", fuhr Arbaces mit ernster Stimme fort. „Von Ägypten kam alles Wissen in die Welt. Während unsere Väter am Nil die ersten Elemente, durch welche das Chaos zerstört wird, nämlich Gehorsam und Ehrerbietung der Menge gegen wenige, ins Leben riefen, zogen sie aus ihren erhabenen, den Sternen entnommenen Betrachtungen die Weisheit, die keine Täuschung war. Sie erfanden die Gesetze und Regeln des gesellschaftlichen Zustands, die Künste und Veredlungen des Daseins. Sie forderten Glauben und erwiderten diese Gabe durch die Gesittung, die sie einführten. Doch du forderst, dass ich diese allgemeinen Sätze auf dich anwende? Ich eile, deinem Wunsch zu entsprechen. Die Altäre unseres alten Glaubens müssen Diener haben, Diener auch an jenen stumpfen, seelenlosen Wesen, die nur wie die Pflöcke und Haken sind, woran man Binde und Mantel aufhängt. In dir, Apäcides, sah ich einen Zögling, der meiner Unterweisung würdig war."

Apäcides stöhnte laut auf. Der Ägypter fuhr, ohne auf die Unterbrechung zu achten, fort.

„Unvorbereitet brachte ich dich daher in den Tempel, überließ dich plötzlich dir selbst, damit du all die Mummereien, die den großen Haufen blenden, durchschauen, damit du von ihnen abgestoßen werden möchtest. Es ist die Probe, die von altersher jedem unserer Priester auferlegt wird. Mich freut es, in dir denjenigen Charakter zu finden, den ich erwartet hatte. Du hast das Gelübde abgelegt, zurück kannst du nicht mehr. Vorwärts also – ich will dein Führer sein."

Gerührt, aufgeregt, wirr von den Worten des Ägypters, gab ihm Apäcides die Hand, und Lehrer und Zögling trennten sich.

Wirklich gab es für Apäcides keine Umkehr. Er hatte das Gelübde der Ehelosigkeit abgelegt, hatte sich einem Leben geweiht, das ihm jetzt die ganze Herbheit des Fanatismus ohne die Tröstungen des Glaubens darzubieten schien. Natürlich musste er deshalb noch immer eine heiße Sehnsucht empfinden, sich mit der unwiderruflichen Laufbahn zu versöhnen. Des Ägypters mächtiger, tiefer Geist übte noch immer eine Herrschaft über seine junge Phantasie, regte ihn zu den unbestimmten Vermutungen an und erhielt ihn schwebend zwischen Furcht und Hoffnung.

Unterdessen lenkte Arbaces den langsam würdevollen Schritt zum Haus Iones. Beim Eintritt in das *Tablinum* vernahm er eine Stimme aus den Säulengängen des *Peristyls* herüber, die trotz ihrem Wohllaut seinem Ohr missfällig klang – die Stimme des jungen, schönen Glaukus, und zum ersten Mal durchbebte ein unwillkürliches Zucken von Eifersucht seine Brust. In das *Peristyl* getreten sah er Glaukus neben Ione sitzen. Die Fontäne in dem duftenden Garten warf ihren Silberschaum in die Luft und unterhielt mitten in der Mittagsschwüle eine köstliche Frische. Die Dienerinnen, fast fortwährende Gefährtinnen Iones, die mit der Ungebundenheit ihres Lebens die feinste Züchtigkeit verband, saßen in einiger Entfernung. Zu Glaukus' Füßen lag die Leier, auf welcher er Ione ein Lied gespielt hatte.

Einen Augenblick hielt Arbaces an und betrachtete das Paar mit einer Stirn, der die gewohnte ernste Heiterkeit gänzlich entschwunden war, mit gewaltsamer Anstrengung gewann er die Fassung wieder und näherte sich langsam, jedoch mit so leisem, lautlosem Tritt, dass ihn selbst die Dienerinnen nicht vernahmen, geschweige denn Ione und Glaukus.

Beide fuhren erschrocken auf und erblickten hinter Iones Stuhl das kalte, spöttelnde Gesicht des Ägypters.

„Du bist ein unverhoffter Gast“, sprach Glaukus aufstehend, mit erzwungenem Lächeln.

„Mich freut's“, sagte Ione, „euch endlich beisammen zu sehen, denn ihr passt zueinander und seid zu Freunden geschaffen.“

„Schon zwei- oder drei Mal, schöne Ione, habe ich in letzter Zeit deine Schwelle betreten, ohne so glücklich zu sein, dich zu Haus zu treffen.“

„Die spiegelglatte See lockte mich oft hinaus“, entgegnete Ione ein wenig verwirrt.

Diese Verwirrung entging Arbaces nicht, aber mit einer Miene, als hätte er sie nicht bemerkt, erwiderte er lächelnd: „Du weißt, der alte Euripides sagt, Frauen sollen zu Haus bleiben und sich dort unterhalten.“

„Der Dichter war ein Zyniker“, antwortete Glaukus, „und hasste die Frauen.“

Arbaces blieb still, und nach einem kurzen, verlegenen Gespräch verabschiedete sich der Grieche.

Nach seinem Weggang rückte Arbaces den Stuhl näher zu der schönen Neapolitanerin und begann mit jenem schmeichlerischen gedämpften Ton, in dem er die Mischung von List und wilder Glut in seinem Wesen so gut zu verdecken vermochte.

„Glaube nicht, mein holdes Mündel, wenn ich dich so nennen darf, dass ich an einer Freiheit, deren Zierde du bist, rütteln wolle. Doch diesen jungen Wüstling, diesen Glaukus, wie lerntest du ihn kennen? Hast du ihn schon mehrmals gesehen?“

Damit heftete Arbaces den Blick fest auf Ione, als wollte er in das Innerste ihrer Seele dringen.

Vor diesem Blick mit einer seltsamen Furcht, die sie sich nicht zu erklären vermochte, zurückbebend, erwiderte die Griechin verlegen:

„Er wurde bei mir eingeführt als Landsmann meines Vaters. Etwa eine Woche kenn ich ihn; aber wozu diese Fragen?"

„Verzeih mir", entgegnete Arbaces, „ich glaubte, du kennest ihn schon länger. Ein elender Prahler!"

„Wie, was meinst du damit? Warum dieser Ausdruck?"

„Du kennst sein Treiben, seine Gefährten, seine Gewohnheiten, Gelage und Würfel sind seine Beschäftigung – wie kann ihm unter Verbündeten des Lasters ein Gedanke an Tugend kommen?"

„Immer noch redest du in Rätseln. Bei den Göttern beschwör ich dich, sprich das Schlimmste auf einmal aus."

„Gut denn, wenn es sein muss. Wisse also, meine Ione, dass noch gestern Glaukus sich öffentlich – ja in den allgemeinen Bädern, deiner Liebe zu ihm rühmte. Aber er lachte höhnisch, als sein Clodius oder Lepidus ihn fragte, ob er dich genug liebe, um dich zu heiraten."

„Unmöglich! Wo hörtest du diese niedrige Verleumdung?" Ione sank zurück, das Antlitz bleicher als die Säule, gegen die sie sich lehnte, um nicht zu fallen.

„Ich gestehe, es quälte, es entrüstete mich, dass dein Name so leicht von Lippe zu Lippe ging wie der Ruf einer Tänzerin. Diesen Morgen eilte ich, dich aufzusuchen und zu warnen. Ich fand Glaukus bei dir . . ."

Ione antwortete aber nicht.

„Denke nicht weiter an die Sache", fuhr er fort, „aber lass sie eine Warnungsstimme sein. Der, den zu lieben die erhabene Ione sich je herablässt, muss ja ein ganz anderes Wesen sein."

„Lieben", flüsterte Ione mit krampfhaftem Lachen. „Ja wahrlich!"

Höchst schlau hatte der Ägypter Ione bei ihrer schwächsten Seite gefasst, höchst gewandt den Giftpfeil nach ihrem Stolz geschleudert. Er verließ sie, entschlossen, künftig der Abwesenheit nicht mehr so sehr zu vertrauen, sondern die Geliebte jeden Tag zu besuchen – zu bewachen. Sobald sein Schatten aus der Tür war, brach die stolze Ione in leidenschaftliche Tränen aus.

Siebentes Kapitel

Der Abend dunkelte über der ruhelosen Stadt, als Apäcides den Weg nach dem Hause des Ägypters einschlug. Er mied die helleren, belebteren Straßen. Bald jedoch begegnete ihm ein Mann und fasste ihn, nachdem er zwei Mal mit prüfendem, aber zweifelhaftem Blick vorübergegangen, an der Schulter.

„Apäcides!", sprach er und machte ein schnelles Zeichen mit der Hand; es war das Zeichen des Kreuzes.

„Ah, Nazarener", erwiderte der Priester, und sein blasses Gesicht wurde noch blasser. „Was willst du?"

„Nun", erwiderte der Fremde, „ich will dich nicht im Nachdenken stören, als wir aber das letzte Mal zusammentrafen, schien ich dir weniger unwillkommen zu sein."

„Du bist nicht unwillkommen, Olinth, aber ich bin traurig und abgemattet und heute Abend nicht im Stande, über die Gegenstände zu sprechen, die dir am angenehmsten sind."

„O du Kleinmütiger", entgegnete Olinth mit bitterem Eifer. „Du bist traurig und abgemattet und willst dich von eben der Quelle abwenden, die erfrischt und heilt!"

„O Erde", rief der junge Priester, sich leidenschaftlich auf die Brust schlagend. „Von welchem Ort aus sollen meine Augen in den wahren Olymp dringen, wo deine Götter wirklich wohnen? Soll ich mit diesem Mann glauben, dass keiner von denen, zu welchen meine Väter so viele Jahrhunderte hindurch gebetet, Wesen und Namen haben? Soll ich als eine Schmach und Entweihung der Gottheit eben die Altäre umstoßen, die ich für die heiligsten hielt? Oder soll ich mit Arbaces glauben?“

Er schwieg und tat einige Schritte rasch vorwärts mit der Hast eines Menschen, der sich selbst entfliehen will.

Aber der Nazarener war eine von jenen festen, kräftigen, begeisterten Naturen, durch welche Gott jederzeit die Umwälzungen auf Erden vollbracht hat und die vor allem, sei es bei der Gründung, sei es bei der Verbreitung seiner Religion, geschaffen sind, andere zu bekehren, weil sie geschaffen sind, zu dulden, Männer, die nichts entmutigt, nichts erschreckt. In der Glut ihres Glaubens sind sie begeistert und begeistern.

So gab denn Olinth nicht zu, dass Apäcides ihm so leicht entrann. Er holte ihn ein und redete ihn folgendermaßen an,

„Mich wundert's nicht, Apäcides, dass ich dir unleidlich bin, dass ich alle Elemente deines Gemüts erschüttere, dass du in Zweifel versunken bist, dass du im großen Meer ungewisser, umnachteter Gedanken allenthalben umhertreibst. Ich wundere mich darüber nicht, aber halte es noch etwas länger mit mir aus, wache und bete – die Finsternis wird schwinden, der Sturm sich zur Ruhe begeben und Gott selbst, wie er einst über die See Samarias ging, wird über die beruhigten Wogen hingehen, um deine Seele zu befreien. Unsere Religion ist eifrig in ihren Forderungen, aber verschwenderisch in ihren Gaben! Sie macht dir eine unruhige Stunde und belohnt dich mit Unsterblichkeit.“

„Dergleichen Zusagen“, entgegnete Apäcides finster, „sind Vorspiegelungen, durch die der Mensch stets getäuscht wird. Herrlich waren die Verheißungen, die mich zum Altar der Isis führten.“

„Aber“, erwiderte der Nazarener, „frage deine Vernunft, kann eine Religion richtig sein, die aller Sittlichkeit Hohn spricht? Du bist gerührt – bewegt, Gott wirkt in deinem Herzen. Sein Geist ist mit dir. Komm, widerstrebe dem heiligen Antrieb nicht, komm sogleich – unverweilt. Einige von uns sind jetzt versammelt, das Wort des Herrn auszulegen. Komm, lass mich dich zu ihnen führen. Du bist traurig, abgemattet. So höre auf die Worte Gottes. ‚Kommtet her zu mir alle, die ihr mühselig und beladen seid, ich will euch erquikken.‘, so spricht er."

„Ich kann jetzt nicht", erwiderte Apäcides. „Ein andermal!"

„Jetzt, jetzt!", rief Olinthus drängend und ergriff ihn beim Arm. Aber Apäcides, noch nicht vorbereitet zur Entsagung eines Glaubens, eines Lebens, dem er so viel geopfert, und von dem Versprechen des Ägypters immer noch mächtig bewegt, machte sich gewaltsam los und floh mit einer Schnelligkeit, die jede Verfolgung unnütz machte.

Atemlos und erschöpft langte er vor der einsamen Wohnung des Ägypters an. Kein anderes Haus befand sich in der Nähe, dunkle Rebenblätter umrankten weithin die Vorderseite, nach hinten erhob sich eine Gruppe hoher, im schwermütigen Mondlicht schlafender Waldbäume.

Apäcides trat durch den Rebengang und gelangte zu dem breiten, geräumigen Portikus. Davor, zu beiden Seiten der Treppe, lag das Bild der ägyptischen Sphinx. Er klopfte an die Tür. Lautlos öffnete sich das Tor und ein großer äthiopischer Sklave winkte ihm ohne Frage oder Gruß zu weiterzugehen.

Die weite Vorhalle war durch hohe Kandelaber von künstlich gearbeiteter Bronze erleuchtet. Am Ende der Halle trat ein Sklave auf ihn zu, dessen Gesicht, wenn auch nicht afrikanisch, doch um viele Grade dunkler war als die gewöhnliche Farbe des Südens.

„Ich suche Arbaces", sagte der Priester und hörte selbst, wie seine Stimme zitterte. Der Sklave verneigte sich schweigend und führte Apäcides in einem Flügel jenseits der Halle eine enge Treppe hinauf. Nachdem sie hier mehrere Zimmer durchschritten hatten, stand er in einem dämmernden, halb erleuchteten Gemach dem Ägypter gegenüber.

Arbaces saß vor einem Tischchen, auf dem mehrere offene Papyrusrollen lagen. In einiger Entfernung stand ein kleiner Dreifuß, von dem der Weihrauch in langsamen Wolken aufstieg, neben diesem eine große Kugel mit den Himmelszeichen bemalt. Auf einem anderen Tisch lagen verschiedene Instrumente von seltsamer, eigentümlicher Form, deren Gebrauch Apäcides nicht kannte. Der Hintergrund des Zimmers war durch einen Vorhang bedeckt.

„Setze dich, Apäcides“, begann der Ägypter ohne aufzustehen. Der junge Mann gehorchte.

„Du fragst mich“, nahm er nach einer kurzen Pause wieder das Wort, „du fragst mich, möchtest mich wenigstens fragen, nach den erhabensten Geheimnissen, die des Menschen Seele aufzunehmen im Stande ist. Es ist das Rätsel des Lebens selbst, dessen Lösung du von mir forderst. Der Mensch muss einen Glauben haben. Er muss seine Hoffnung an etwas heften, dies will die uns allen gemeinsame, ererbte Natur. Ich gestand dir, dass die Götter, für die so viele Altäre rauchen, bloße Erfindungen sind. Ich gestand zu, dass unser Ritus, unsere Zeremonien nur Mummereien sind, um die Menge zu ihrem eigenen Besten zu täuschen. Ich erklärte dir, dass durch solche Täuschungen die Bande der Gesellschaft, die Harmonie der Welt, die Macht der Weisen hergestellt würde, diese Macht liegt in der Unterwürfigkeit des großen Hauses. Fahren wir also fort mit diesen heilsamen Täuschungen. Muss der Mensch einen Glauben haben, wohlan, so lass uns denjenigen weitererhalten, den ihm seine Väter teuer gemacht, den die Gewohnheit heiligt und kräftigt. Das ist weise – ist menschenfreundlich.“

„Weiter!“

„Sieh dich in der Welt um, bemerke ihre Ordnung, ihre Regelmäßigkeit, ihren Plan. Etwas muss sie erschaffen haben, die Schöpfung lässt auf einen Schöpfer schließen. Was ist aber dieses Etwas? Ein Gott, rufst du. Halt! Keine verworrenen und verwirrenden Namen. Geben wir jenem Schöpfer einen Namen, der keine verwirrenden Nebenvorstellungen im Gefolge hat, so beginnt das Geheimnis sich aufzuhellen. Dieser Name ist Notwendigkeit. Notwendigkeit, sagen die Griechen, zwingt die Götter – warum aber dann überhaupt noch Götter?“

Als der Ägypter geendet, erhob sich sanfte Musik. Sie glich den Melodien unsichtbarer Geister, wie sie die Hirten in der goldenen Zeit durch Thessaliens Täler oder durch die sonneschimmernden Haine von Paphos fluten hörten.

Als die Töne verhallten, führte der Ägypter Apäcides ungeachtet seines halben Widerstrebens durch das Zimmer gegen den Vorhang zu. Plötzlich schienen hinter demselben tausend schimmernde Sterne hervorzubrechen, während der bisher dunkle Schleier durch diese Glut zum zartesten Himmelblau erhellt wurde.

„Ha! Welch Wunder ist das, Arbaces?“, fragte der Jüngling mit schwankender Stimme.

Als sie jetzt auf den Vorhang zutraten, brach eine wilde, laute, jauchzende Weise hinter der Hülle hervor. Mit diesen Tönen zerriss der Vorhang in seiner ganzen Länge, teilte sich, schien in die Luft zu verschwinden, und ein nie gesehenes Schauspiel stellte sich den geblendeten Blicken des jungen Priesters dar. Ein großer Bankettsaal dehnte sich vor ihm aus, funkelnd von zahllosen Lichtern, welche die laue Luft mit den Düften von Weihrauch, Jasmin, Veilchen, Myrrhen füllten. Alles was die würzigsten Blumen, die kostbarsten Spezereien auszuhauchen vermochten, schien in eine nicht zu beschreibende Essenz gesammelt. Von den leichten Säulen, die sich zu der hohen Decke emporschwangen, hingen weiße, mit goldenen Sternen besetzte Draperien herab. An beiden Enden des Gemaches warfen zwei Springbrunnen einen Perlenschaum empor, der im Widerschein des rosigen Lichtes gleich unzähligen Diamanten flimmerte.

Da näherte sich ihm eine mit einer Sternblumenkette umwundene Gruppe von drei Mädchen. Sie wanden ihm ihren Kranz ums Haupt und kniend reichte ihm sofort die Jüngste von den dreien den Kelch, worin der Wein schäumend perlte. Der Jüngling widerstand nicht länger, er fasste den berauschenden Becher, das Blut tobte ihm wild durch die Adern. Als er sich mit schwimmenden Augen nach Arbaces umschaute, den er im Taumel der Empfindungen verloren hatte, sah er diesen oben am Tisch unter einem Thronhimmel sitzen und ihn mit einem Lächeln anblicken.

„Trinke, schmause, liebe, mein Zögling“, sprach er. Und Apäcides tat, wie ihm geheißen.

Zweites Buch

Erstes Kapitel

Wir versetzen uns nunmehr nach einem jener Teile Pompejis, der nicht von den Beherrschern des Genusses, sondern von dessen Dienern und Opfern bewohnt wurde – dem Aufenthalt der Gladiatoren und Lohnfechter, des Lasters und der Armut, der Roheit und des Schmutzes, kurz, nach der Alsatia* einer alten Stadt.

Es war ein großes Zimmer, das sich unmittelbar nach der engen, vollgedrängten Gasse öffnete. Vor der Tür stand eine Gruppe Männer, deren mächtig hervortretende Muskeln, deren herkulische Nacken, deren harte, gefühllose Züge die Helden der Arena ankündigten. Auf einem Brett außerhalb des Raumes war Wein und Öl in irdenen Krügen aufgestellt und unmittelbar darüber eine grobe Malerei an der Wand angebracht, das Konterfei trinkender Gladiatoren, so alt und ehrwürdig ist der Brauch der Wirtshausschilder! Im Zimmer standen mehrere Tischchen, an denen saßen verschiedene Gruppen von Männern, einige trinkend, andere würfelnd.

Es war noch früh am Tag und die unzeitige Stunde selbst lieferte wohl den besten Beweis für den zur Gewohnheit gewordenen Müßiggang dieser Schankgäste.

„Beim Pollux“, rief einer der Gladiatoren, indem er sich gegen den Türpfeiler lehnte, „der Wein, den du uns gibst, alter Silen, kann einem das beste Blut in den Adern verdünnen.“ Damit klopfte er einer vierschrötigen Gestalt auf die Schultern.

Der mit solcher Schmeichelei begrüßte Mann, dessen entblößte Arme, weiße Schürze und nachlässig in den Gürtel gesteckte Schlüssel samt Wischtuch ihn als Wirt bezeichneten, war bereits in den Herbst seiner Jahre eingetreten. Aber

* *Ein ehemals berüchtigter Stadtteil in London*

noch immer behielten seine Körperverhältnisse eine athletische Kraftfülle, welche die markigen Figuren neben ihm hätte beschämen können, ausgenommen dass die Muskeln in Fleisch übergegangen, die Backen geschwollen und aufgedunsen waren und der anwachsende Bauch die über ihm sich erhebende breite, massive Brust etwas in Schatten stellte.

„Keine von deinen einfältigen Possen gegen mich", brummte der riesige Wirt mit dem angenehmen Halbgebrüll eines ungehaltenen Tigers. „Mein Wein ist gut genug für ein Aas, das bald den Staub des *Spoliariums** schlucken wird."

„Krächzest du so, alter Rabe?", erwiderte der Gladiator verächtlich. „Sollst dich noch aus Ärger aufhängen, wenn du mich die Palmenkrone gewinnen siehst. Bekomm' ich die Börse im Amphitheater, was sicherlich geschieht, so soll mein erstes Gelübde an Herkules sein, dass ich dich und dein elendes Gesindel auf immer verschwöre."

„Hör mir einer diesen bescheidenen Pyrgopolinices! Gewiss hat er unter Bombochides Kluninstaridysarchides gedient", sagte der Wirt. „Sporus, Niger, Tetraides. Er meint, er gewinne euch den Preis ab. Könnt ihr doch, bei den Göttern, mit jedem Muskel den ganzen Kerl zusammendrücken, oder ich verstehe nichts von der Arena!"

„Ha!", entgegnete der Gladiator, rot vor Zorn, und sah seine Gegner mit unbekümmerter, herausfordernder Miene an. „Die Probezeit wird bald da sein, spart euren Mut bis dahin."

„Ja, tut das", sagte der griesgrämige Wirt, „und wenn ich den Daumen einschlage, um euer Leben zu retten, sollen die Parzen meinen Faden abschneiden!"

„Deinen Strick willst du sagen", erwiderte Lydon höhnisch. „Hier ist ein Sesterz, um einen zu kaufen."

Der titanenhafte Weinhändler ergriff die ihm dargebotene Hand und klemmte sie mit der Gewalt einer Schraube zusam-

** Der Ort, wohin die Getöteten oder tödlich Verwundeten aus der Arena geschleppt wurden.*

men, dass das Blut unter den Nägeln hervor auf die Kleider der Umstehenden spritzte.

Diese schlugen ein wildes Gelächter an.

„Ich will dich lehren, junger Prahlhans! Ich bin kein schwächlicher Perser, sag ich dir! Was, Kerl, hab ich nicht zwanzig Jahre lang in der Arena gefochten, ohne meine Arme ein einziges Mal zu senken? Und soll ich jetzt von einem Gelbschnabel geschult werden?“ Damit stieß er die Hand verächtlich von sich.

Ohne mit einem Muskel zu zucken und mit demselben lächelnden Gesicht, womit er den Wirt zuvor bespöttelt hatte, ertrug der Gladiator den schmerzhaften Griff. Aber sobald seine Hand los war, duckte er sich wie eine wilde Katze, das Haar sträubte sich ihm an Kopf und Bart empor, und unter einem wilden, gellenden Schrei fuhr er dem Riesen mit einer Gewalt an die Kehle, die diesen, so groß und stämmig er war, aus dem Gleichgewicht brachte. Mit dem Getöse eines stürzenden Felsens fiel er nieder und über ihn auch sein rachedurstiger Feind.

„Beim Kastor!“, rief der Wirt. „Ein stärkerer Bursch als ich glaubte. Ich sehe, du bist ein Mann von Verdienst und Tugend. Gib mir die Hand, mein Held!“

„Braver alter Burbo!“, jauchzten die Gladiatoren. „Durch und durch ein Kerl.“

„Schön! Schön!“, erwiderte Stratonice, die das Schänken besorgte. „Wenn ihr jetzt wieder alle gute Freunde seid, so empfehl ich euch, ruhig und ordentlich zu sein, denn einige junge Herren, eure Gönner und Beschützer, haben melden lassen, sie wollten euch hier einen Besuch machen. Sie möchten euch mit mehr Bequemlichkeit sehen als in den Fechtschulen, ehe sie ihre Wetten auf den großen Kampf im Amphitheater abschließen.“

„So, diese zarten Gönner wollen sich unsere Muskeln besehen“, sagte Niger. „Wer hat dich davon benachrichtigen lassen, Wirtin?“

„Lepidus. Er bringt den Clodius mit, den glücklichsten Wetter in Pompeji, und den jungen Griechen Glaukus."

„Eine Wette auf eine Wette!", rief Tetraides. „Clodius wettet auf mich, es gilt zwanzig Sesterze! Was sagst du, Lydon?"

„Er wettet auf mich!", erwiderte Lydon.

„Nein, auf mich", brummte Sporus.

„Tröpfe, glaubt ihr, er werde einen von euch dem Niger vorziehen?", fragte der Gigant, sich selbst in dieser bescheidenen Weise nennend.

„Sag mir doch", fragte Tetraides, an Stratonice gewandt, „wo ist denn deine hübsche Sklavin, das blinde Mädchen mit den glänzenden Augen? Hab sie schon lange Zeit her nicht zu Gesicht bekommen."

„Oh, die ist ein zu guter Bissen für dich, du Sohn Neptuns.* Wir schicken sie in die Stadt, um Blumen zu verkaufen und vor den Damen zu singen, auf diese Art trägt sie uns mehr Geld ein, als wenn sie dir aufwartete."

„Aber hör mal, Stratonice, wie kamst du zu so einer zarten Sklavin? Sie würde eher zum Dienstmädchen bei einer reichen Matrone in Rom als für dich taugen."

„Das ist wahr, und ich denke auch dereinst noch durch ihren Verkauf einen schönen Gewinn zu machen. Wie ich zu Nydia gekommen, fragst du?"

„Meine Sklavin Staphyla – du erinnerst dich der Staphyla, Niger?"

„Ja, ein großhändiger Mensch mit einem Gesicht wie eine komische Maske. Wie könnt' ich sie vergessen, beim Pluto!"

„Halt's Maul, Bestie! Na, Staphyla starb, und das war mir ein großer Verlust. Ich ging auf den Markt, mir eine andere Sklavin zu kaufen. Aber bei den Göttern, sie waren alle so teuer geworden, seit ich die arme Staphyla gekauft, und das Geld war so rar, dass ich den Platz eben ohne alle Hoffnung wieder verlassen wollte, als mich ein Kaufmann am Rock

**Bezeichnung für einen derben, ungeschliffenen Menschen*

zupfte. ‚Frau', sprach er, ‚möchtest du eine wohlfeile Sklavin kaufen? Ich habe da ein Mädchen, mit dem sich ein hübscher Handel machen ließe. Sie ist zwar klein und noch fast ein Kind, aber flink und still, gelehrig und verständig, singt hübsch, stickt und ist von gutem Blut!', ‚Aus welchem Land?', fragte ich. ‚Eine Thessalierin.' Ich sagte, ich wollte das Mädchen besichtigen. Ich fand sie gerade wie ihr sie noch jetzt seht, dem Äußeren nach kaum ein wenig kleiner oder jünger. Sie sah geduldig und unterwürfig genug aus mit ihren auf der Brust gekreuzten Armen und niedergeschlagenen Augen. Ich fragte den Händler um den Preis; er war mäßig, und ich kaufte sie sogleich. Der Mensch brachte sie in mein Haus und verschwand im Augenblick wieder. Denkt euch mein Erstaunen, meine Freunde, als ich entdeckte, dass sie blind sei. Ha! Ha! Ein sauberer Zeisig, der Kaufmann! Ich lief gleich vor die Obrigkeit, aber der Schurke war bereits aus Pompeji weg. So behielten wir sie eben. Freilich hatte sie nicht die Stärke der Staphyla und war von sehr geringem Nutzen im Hause, aber in der Stadt fand sie ihren Weg bald so gut, als hätte sie die Augen des Argus gehabt, und als sie uns eines Morgens eine Handvoll Sesterze mit zurück brachte, die sie, wie sie sagt, vom Verkauf einiger Blumen aus unserem armseligen Gärtchen gelöst hatte, glaubten wir, die Götter hätten sie uns zugeschickt. Die Leute haben offensichtlich Mitleid und bezahlen sie besser als ein anderes Blumenmädchen, und derzeit bringt sie uns alles zurück, was gewiss mehr ist, als jede andere Sklavin tun würde. So verrichte ich denn die Arbeit im Hause selbst, aber ihre Einnahme wird mir bald so viel eingetragen haben, dass ich mir eine zweite Staphyla kaufen kann. Ohne Zweifel hat der thessalische Seelenverkäufer das blinde Mädchen von

* *Die thessalischen Sklavenhändler waren dafür berüchtigt, Personen aus gutem Hause zu rauben; sogar ihre eigenen Landsleute verschon ten sie nicht. Aristophanes spottet bitter über dieses schon sprichwört lich verräterische Volk wegen seiner unausrottbaren Bereicherungssucht.*

ordentlichen Leuten gestohlen.* Außer ihrer Fertigkeit im Kranzwinden singt sie auch und spielt auf der Zither, was uns ebenfalls Gewinn trägt, und seit kurzem – doch das ist ein Geheimnis –“

„Was!“, rief Lydon, „bist du eine Sphinx geworden?“

„Sphinx, nein. Warum eine Sphinx?“

„Lass dein Geschwätz, gute Frau, und bring uns unser Essen, ich bin hungrig“, sagte Sporus ungeduldig.

„Ich auch“, wiederholte der grimmige Niger, sein Messer an der flachen Hand wetzend.

Die Amazone schritt nach der Küche und kehrte bald mit einem Brett voll großer halbgekochter Fleischstücke zurück, denn dadurch glaubten die Helden des Lohnkampfs wie noch jetzt, ihre Stärke und Wildheit am besten zu erhalten. Sie setzten sich an den Tisch mit den Blicken ausgehungerter Wölfe. Das Fleisch verschwand, der Wein floss. So verlassen wir diese wichtigen Personen antiken Lebens und folgen den Schritten Burbos, des Wirts.

Zweites Kapitel

In den früheren Zeiten Roms war die Beschäftigung des Priesters ein Ehrenamt, mit dem kein Gewinn verbunden war. Es wurde von den edelsten Bürgern verwaltet und blieb den Plebejern untersagt. Später jedoch, schon lange vor der Zeit, worin unsere Geschichte spielt, öffnete sich jener Stand allen Klassen – mindestens diejenige Abteilung desselben, welche nicht sowohl die Diener der Religion überhaupt; als die so genannten *Flamines* oder Priester besonderer Gottheiten in sich begriff. Selbst die Stelle des Jupiterpriesters *(Flamen Diais)*, der einen Liktor vor sich hergehen hatte und durch seine Würde zum Sitz im Senat berechtigt war, blieb später nicht mehr ausschließlich den Patriziern vorbehalten, sondern wurde durch

Volkswahl vergeben. Die weniger volkstümlichen und in minderem Ansehen stehenden Gottheiten wurden in der Regel von plebejischen Priestern bedient.

So war Kalenus, der Priester der Isis, von der niedrigsten Herkunft. Seine Angehörigen, wenn auch nicht seine Eltern, waren Freigelassene. Von diesen hatte er eine gute Erziehung und von seinem Vater ein kleines Vermögen erhalten, das er in kurzer Zeit durchbrachte. Er ergriff den Priesterstand als letztes Rettungsmittel gegen den Mangel. Was immer die Einkünfte sein mochten, die der Staat den heiligen Männern angedeihen ließ, die Diener eines beliebten Tempels hatten sich über den Ertrag ihres Berufs nie zu beklagen. Von ‚Kalenus' Verwandten in Pompeji lebte nur noch einer, und dieser war Burbo.

In einen von jenen großen Mänteln gehüllt, deren weite Falten die Gestalt verhüllten und an denen eine Art Kapuze auch die Gesichtszüge nicht minder versteckte, saß Kalenus jetzt in dem Privatzimmerchen des Weinhändlers, von wo aus ein kleiner Gang unmittelbar nach jener Hintertür führte, die fast in jedem Hause in Pompeji angebracht war.

Ihm gegenüber hatte der stämmige Burbo Platz genommen und zählte auf einem zwischen ihnen stehenden Tisch sorgfältig ein Häufchen kleiner Münzen, die der Priester soeben aus seiner Börse geschüttelt hatte.

„Du siehst", sprach Kalenus, „dass wir dich hübsch bezahlen, und solltest mir danken, dass ich dich für einen so einträglichen Handel empfohlen habe."

„Das tu ich, Vetter, das tu ich", erwiderte Burbo mit Wärme, indem er die Geldstücke in ein ledernes Säckchen strich, das er sofort in den Gürtel steckte. „Und bei der Isis, Pisis und Nysis oder was sonst noch für Götter in Ägypten sein mögen, meine kleine Nydia ist für mich ein wahrer Hesperidengarten, eine Goldgrube."

„Sie singt gut und hat ein Saitenspiel wie eine Muse", entgegnete Kalenus. „Das sind Eigenschaften, die mein Patron stets freigiebig bezahlt."

„Aber komm, einen Becher Wein, Alter, und sag mir was Näheres von diesen Dingen. Was hat sie zu tun? Sie ist eingeschüchtert, spricht von ihrem Eid und verrät nichts."

„So wenig als ich, bei meiner rechten Hand! Auch ich habe diesen furchtbaren Eid der Geheimhaltung geschworen."

„Eid? Was sind Eide für unsereins?"

„Wär's so ein Alltagseid, aber dieser!", Und der massive Priester schauderte. „Ja", fuhr er fort, einen mächtigen Becher ungemischten Weines leerend, „ich gesteh dir, es ist nicht so sehr der Eid, den ich fürchte, als die Rache dessen, der ihn mir vorlegte."

In diesem Augenblick vernahmen sie ein leichtes Geräusch am Hinterpförtchen, als ob jemand nach der Klinke fühlte. Der Priester ließ die Kapuze über das Gesicht.

„Sei ruhig", erwiderte der Wirt, „es ist nur das blinde Mädchen." Damit hatte Nydia geöffnet und trat in das Gemach.

„Na Kind, wie geht dir's? Siehst blass aus, hast dich tief in die Nacht hinein lustig gemacht? Hat nichts zu sagen, Jugend muss nun einmal jung sein", rief Burbo ermutigend.

Ohne Antwort zu geben, sank das Mädchen mit dem Ausdruck der Mattigkeit auf einen Sitz. Dann hob sie den Kopf und sagte mit entschlossenem Ton:

„Herr, du kannst mich verhungern lassen, kannst mich schlagen, mit dem Tod bedrohen – aber nach diesem unheiligen Ort geh' ich nicht mehr."

„Was, Närrin", rief Burbo wild. „Was, du widerspenstiges Ding? Nimm dich in Acht."

„Ich hab es ausgesprochen", entgegnete das arme Mädchen, die Hände über die Brust kreuzend.

„Was, meine Sittsame, meine zarte Vestalin, du willst nicht mehr gehen? Gut, man wird dich hintragen."

„Ich bringe die Stadt mit meinem Geschrei in Aufruhr",

rief sie leidenschaftlich, und die Röte stieg ihr bis in die Stirn.

„Dafür wollen wir auch sorgen, man steckt dir einen Knebel in den Mund.“

„Dann mögen mir die Götter helfen“, erwiderte sie und stand auf. „Ich wende mich an die Obrigkeit.“

„Denke an deinen Eid!“, sagte eine hohle Stimme, indem sich Kalenus in die Unterhaltung mischte.

Bei diesen Worten fasste ein Zittern den ganzen Körper des armen Kindes, flehend faltete sie die Hände.

„Unglückliche, die ich bin“, rief sie und brach in ein heftiges Schluchzen aus.

Mochte es dieser laute Schmerzenston gewesen sein, der die sanfte Stratonice herbeiführte oder nicht, ihre Schrecken erregende Gestalt erschien jedenfalls in diesem Augenblick im Zimmer.

„He da, was hast du mit meiner Sklavin getrieben, du Vieh?“, wandte sie sich grimmig an Burbo.

Plötzlich warf sich Nydia zu Stratonices Füßen, umschlang ihre Knie und sah mit den lichtlosen, aber rührenden Augen zu ihr empor.

„Oh, meine Gebieterin“, schluchzte sie, „du bist ein Weib, du hast Schwestern gehabt, bist jung gewesen wie ich. Fühle für mich, rette mich! Ich kann nicht mehr zu diesen fürchterlichen Festen gehen.“

„Dummheiten!“, rief die Hexe und riss sie an einer der zarten Hände, die zu keiner härteren Arbeit fähig waren als Blumen zum Vergnügen oder zum Verkauf in Kränze zu winden, rauh vom Boden empor. „Dummheiten! Dergleichen zarte Bedenken sind nicht für Sklavinnen.“

„Nimm sie fort“, sagte Burbo ungeduldig. „Ich kann dieses Gewinsel nicht leiden.“

„Fort!“, rief Stratonice und stieß das arme Kind in die Schultern.

Nydia beugte sich auf die Seite, mit einer Miene, die der

Entschlossenheit plötzlich ein stolzes Ansehen gab.

„Hört mich“, sprach sie, „ich hab euch treu gedient.“ Sie wischte die Tränen aus den Augen und fuhr fort: „Befehlt mir alles andere und ich will gehorchen, aber ich sage euch hiermit, so hart, streng, unerbittlich ihr auch seid, ich sage euch, dass ich nicht mehr dorthin gehe, oder wenn man mich zwingt, dass ich das Erbarmen des Prätors selbst anrufe. Ich habe es ausgesprochen: Hört mich, ihr Götter, ich schwöre!“

Die Augen der Hexe sprühten Feuer. Sie fasste das Kind mit einer Hand bei den Haaren und hob die andere hoch auf – die furchtbare Rechte, deren geringster Schlag die schwache, zarte Gestalt, die unter ihrem Griff zitterte, zermalmen zu können schien. Es war, als durchzuckte die Gebieterin selbst dieser Gedanke, denn sie unterließ den Schlag, änderte ihren Vorsatz und zerrte Nydia nach der Wand, nahm einen, ach nur zu oft zu solchem Zweck, gebrauchten Strick vom Haken, und im nächsten Augenblick hallte das Geschrei des blinden Mädchens durchdringend durch das Haus.

Drittes Kapitel

„Hallo, meine braven Burschen!“, rief Lepidus, indem er mit gesenktem Kopf durch den niederen Torweg von Burbos Haus trat. „Wir wollen sehen, wer von euch eurem Lanista die meiste Ehre macht.“

Die drei Gladiatoren erhoben sich vom Tisch, um die drei zu begrüßen, die als die reichsten und lebensfrohesten jungen Männer in Pompeji bekannt waren und deren Stimmen daher über den Ruf im Amphitheater verfügen konnten.

„Was für schöne Tiere!“, sagte Clodius zu Glaukus. „Wert, Gladiatoren zu sein.“

„Schade, dass sie keine Krieger sind“, antwortete Glaukus.

Merkwürdig war es zu sehen, wie der süßliche, heikle Lepidus die mächtigen Schultern der Gladiatoren mit seiner weißen Mädchenhand klopfte, mit zartem Druck ihr Fleisch und ihre eisernen Muskeln befühlte.

„Ha! Niger, wie wirst du fechten?“, fragte Lepidus. „Und mit wem?“

„Sporus hat mich herausgefordert“, erwiderte der Riese. „Wir werden hoffentlich kämpfen, bis einer tot ist.“

„Das versteht sich“, brummte Sporus mit einem Blinzeln seines kleinen Auges.

„Er nimmt das Schwert, ich das Netz und den Dreizack. Es wird einen seltenen Spaß geben. Ich hoffe, der Überlebende wird genug zu tun haben, die Würde der Siegerkrone aufrechtzuhalten.“

„Sei unbesorgt, wir wollen die Börse füllen, mein Hektor“, erwiderte Clodius. „Lass sehen, du fichtst gegen Niger; Glaukus, eine Wette! Ich setze auf Niger.“

„Sagte ich's euch nicht?“, rief Niger jubelnd. „Der edle Clodius kennt mich, sieh dich bereits für tot an, Sporus.“

Clodius nahm seine Schreibtafel heraus. „Eine Wette, zehn Sesterzien. Was meinst du?“

„Sei es so“, antwortete Glaukus, „aber wen haben wir da? Diesen Helden hab' ich noch nie gesehen.“ Damit betrachtete er den Lydon, dessen Glieder zarter als die seiner Gefährten waren.

„Es ist Lydon, ein Anfänger, der bis jetzt bloß das hölzerne Schwert handhabte“, entgegnete Niger mit Herablassung. „Aber er hat das echte Blut in sich.“

„Ist er ein Bürger oder ein Sklave?“, fragte Clodius.

„Ein Bürger, wir alle hier sind Bürger“, sagte Niger. „Strecke deinen Arm, Lydon“, sprach Lepidus mit Kennermiene.

Mit einem bedeutsamen Blick auf seine Gefährten reckte der Gladiator seinen Arm aus, der, wenn nicht so gewaltig im Umfang wie die seiner Kameraden, in seinen Muskeln so fest, so harmonisch in seinen Verhältnissen war, dass die drei

Untersucher in einen gemeinsamen Ruf der Bewunderung ausbrachen.

„Aber ich sehe Burbo nicht, wo ist er? Ich muss mit Burbo sprechen“, rief Clodius.

„Er ist da drin“, antwortete Niger und wies auf die Tür im Hintergrund.

„Und Stratonice, die tapfere Alte, wo ist sie?“, fragte Lepidus.

„Sie war eben da, eh ihr eintratet, aber da hörte sie da drüben etwas, das ihr missfiel, und weg war sie. Zum Pollux! Der alte Burbo hatte vielleicht ein Mädchen im Hinterzimmer erwischt. Ich hörte eine Weiberstimme laut schreien, die alte Dame ist so eifersüchtig wie Juno.“

„Vortrefflich“, rief Lepidus lachend. „Komm Clodius, wir wollen mit Jupiter teilen, vielleicht hat er eine Leda gefunden.“ In diesem Augenblick erschreckte ein lautes Geschrei des Schmerzes und der Angst die Sprechenden.

„Oh! Schone mich! Ich bin nur ein Kind, ich bin blind, ist das nicht Strafe genug?“

„Ich kenne diese Stimme, es ist mein armes Blumenmädchen“, rief Glaukus und stürzte nach dem Ort zu, woher die Jammertöne kamen.

Er stieß die Tür auf und sah, wie Nydia sich unter den Händen des wütenden Weibes krümmte. Der bereits mit Blut benetzte Strick war hoch in die Luft erhoben.

„Furie!“, rief er und entriss mit der Linken Nydia ihrem Griff. „Wie wagst du ein Mädchen so zu behandeln – ein Wesen von deinem eigenen Geschlecht, ein Kind? Meine Nydia, meine arme Kleine!“

„Oh, bist du es, ist es Glaukus?“, rief das Blumenmädchen. Die Tränen standen ihr auf den Wangen still, sie lächelte, klammerte sich an seine Brust und küsste ihm das Gewand.

„Und wie wagst du, unverschämter Fremdling, dich zwischen ein freies Weib und ihre Sklavin zu drängen?“

„Höflich, Frau! Höflich!“, sagte Clodius, der jetzt mit Lepidus eintrat. „Das ist mein Freund und Bruder, er muss gegen deine Zunge ein Obdach erhalten, meine Holde, sie regnet Steine!“

„Gib mir meine Sklavin!“, schrie das Weib und setzte ihre mächtige Tatze auf die Brust der Griechin.

„Nein, und wenn alle Furien dir helfen“, erwiderte Glaukus. „Fürchte nichts, süße Nydia. Ein Athener verlässt das Unglück nie!“

„He da!“, rief Burbo, indem er zögernd aufstand. „Was für ein Lärm ist das um einer Sklavin willen! Lass den jungen Herrn los, Weib – lass ihn los, um seinetwillen soll dem naseweisen Ding diesmal verziehen sein.“

„O verlass mich nicht!“, rief Nydia und klammerte sich noch fester an den Athener.

Ergriffen von ihrem hilflosen Zustand, ihrer schutzsuchenden Bitte, setzte sich der Grieche auf einen der groben Stühle. Er nahm sie auf den Schoß, wischte ihr mit seinem langen Haar das Blut von den Schultern, küsste ihr die Tränen von den Wangen, flüsterte ihr tausend von den tröstenden Worten zu, womit wir den Schmerz eines Kindes zu sänftigen suchen. Und so schön nahm er sich in seinem freundlichen Bemühen aus, dass selbst das wilde Herz Stratonices bewegt wurde. Seine Gegenwart schien einen Glanz über diese niedere, schmutzige Stätte auszustrahlen. Jung, schön, herrlich, war er ein Bild der Vereinigung von allem, was die Welt an Glück bieten kann, indem er ein von der Welt verlassenes Wesen tröstete.

„Ei! Wer hätte das gedacht, dass unsere blinde Nydia so zu Ehren käme“, sagte die Amazone und wischte sich die Stirn.

Glaukus sah den Burbo an.

„Mein guter Mann“, sprach er, „das ist deine Sklavin. Sie singt gut und versteht sich auf die Pflege der Blumen. Ich wünsche einer Dame eine solche Sklavin zum Geschenk zu machen. Willst du sie mir verkaufen?“ Bei diesen Worten fühlte er, wie der ganze Körper des armen Kindes vor Entzücken bebte; sie fuhr auf, streifte das aufgelöste Haar aus den Augen und blickte umher, als hätte sie die Kraft zu sehen.

„Unsere Nydia verkaufen? Nein, keinesfalls!“, erwiderte Stratonice griesgrämig.

„Unsinn!“, rief Clodius gebieterisch. „Ihr müsst es mir zu Gefallen tun. Habt mich zum Feind, und euer Weinschank ist ruiniert. Ist nicht Burbo Klient meines Vetters Pansa? Bin ich nicht das Orakel des Amphitheaters und seiner Helden? Ein einziges Wort von mir und ihr verkauft nichts mehr. Glaukus, die Sklavin ist dein.“

Burbo kratzte sich den gewaltigen Kopf in sichtbarer Verlegenheit: „Das Mädchen müsste mir mit Gold aufgewogen werden.“

„Nennt den Preis, ich bin reich“, entgegnete Glaukus.

„Ich habe sechs Sesterzien für sie bezahlt, jetzt ist sie zwölf wert“, brummte Stratonice.

„Ihr sollt zwanzig haben, kommt sogleich vor die Obrigkeit und folgt mir dann in mein Haus, dass ich euch das Geld einhändige.“

„Ich hätte das liebe Kind nicht um hundert Sesterzien verkauft, wär’s nicht gewesen, dem edlen Clodius einen Gefallen zu tun“, sagte Burbo weinerlich. „Und du willst also mit Pansa über die Stelle eines *Designators** beim Amphitheater sprechen, edler Clodius? Das wäre gerade ein Posten für mich.“

„Du sollst sie haben“, erwiderte Clodius.

„*An dabis?*“, fragte Glaukus nach der üblichen Formel bei Verkauf und Tausch.

„*Dabitur*“, antwortete Burbo.

„So geh’ ich denn mit dir – mit dir, o Glück!“, lispelte Nydia.

Ja, niedliche Kleine, und deine härteste Arbeit soll fortan sein, deine griechischen Lieder der reizendsten Dame in Pompeji zu singen.“

* *(lat.) Platzanweiser*

Das Mädchen fuhr von seinem Arm zurück, eine Veränderung kam über ihr eben noch strahlendes Gesicht, sie seufzte tief und sagte dann, indem sie ihn noch einmal an der Hand ergriff:

„Ich glaubte, ich sollte in dein Haus gehen.“

„Und das sollst du auch für jetzt; komm, wir verlieren Zeit.“

Viertes Kapitel

Ione war eine von den glänzenden Erscheinungen, die uns nur ein- oder zweimal im Leben begegnen. In der höchsten Vollkommenheit vereinte sie die seltensten Gaben der Erde – Genie und Schönheit. Nie besaß jemand höhere geistige Fähigkeiten, ohne sich deren bewusst zu sein. Ione war auch besonders geeignet, die minder gewöhnlichen, kühneren männlichen Naturen zu beherrschen und zu fesseln. Kein Wunder, dass sie die geheimnisvolle, aber flammende Seele des Ägypters, eines Mannes, in dem die wildesten Leidenschaften wohnten, gänzlich in Bande geschlagen und überwältigt hatte. Ihre Schönheit und ihre Seele in gleichem Grade machten ihn zum Sklaven.

War es nicht zu verwundern, dass Ione auf diese Weise den Ägypter an sich kettete, so war es noch mehr zu begreifen, dass sie das helle, sonnige Herz des Atheners ebenso schnell und unwiderruflich gefangen genommen hatte. Und war es natürlich, dass er sie liebte, so war es ebenso natürlich, dass sie die Liebe erwiderte. Jung, glänzend, beredt, liebend und ein Athener, erschien er ihr als die verkörperte Poesie des Landes ihrer Väter. Doch schnitt ihr die Geschichte von der Unzartheit, der Roheit des Glaukus tief ins Herz. Sie dünkte ihr wie ein Vorwurf gegen ihren Charakter und ihre Lebensweise.

Seit der Stunde, wo der Ägypter sie verlassen hatte, war

sie in ihr abgelegenstes Gemach gegangen, hatte ihre Dienerinnen daraus entfernt und ließ sich verleugnen. Glaukus wurde mit den Übrigen abgewiesen; er wunderte sich, vermutete aber den Grund nicht. Niemals schrieb er Ione, seiner Beherrscherin, seiner Gottheit, die weibliche Launenhaftigkeit zu, über welche die Liebesdichter Italiens so unaufhörlich klagen. Er stellte sie sich in der Majestät ihrer Wahrhaftigkeit erhaben über alle Kunstgriffe dieser Seelenquälerei vor. Er war beunruhigt, aber seine Hoffnung war nicht getrübt, denn bereits wusste er, dass er liebte und geliebt werde, welches kräftigere Amulett gegen die Furcht konnte er noch verlangen?

In tiefster Nacht, wenn die Straßen still waren und nur der Mond seine Andacht sah, schlich er sich zu dem Tempel seines Herzens, zu ihrem Hause, und warb um sie nach der schönen Weise seines Landes. Er bedeckte ihre Tür mit den reichsten Blütengewinden, in welchen jede Blume ein Brief süßen Seelenergusses war, und ließ die lange Sommernacht vom Klang der Leier und von Liedern ertönen, welche die Begeisterung des Augenblicks ihm eingab.

Aber das Fenster oben öffnete sich nicht, kein Lächeln machte den Dämmerschein der Nacht noch heiliger. Alles im Haus blieb still und dunkel. Er wusste nicht, ob seine Lieder unwillkommen waren, seine Bitten gehört wurden.

Doch schlief Ione nicht und verschmähte keineswegs, ihm zuzuhören. Die milden Töne stiegen empor zu ihrem Gemach, sie besänftigten, überwältigten sie.

Wie gesagt, erlaubte sie niemandem den Zutritt, nur eine Ausnahme fand statt; eine Person gab es, die, über ihre Handlungen und ihr Haus eine beinah väterliche Autorität beanspruchend, sich nicht abweisen ließ, Arbaces machte für sich eine Enthebung von allen Förmlichkeiten geltend, die von anderen beobachtet wurden. Er trat in die Tür mit der Sicher-heit eines Mannes, der fühlt, dass er hier ein Vorrecht hat und zu Hause ist. Er drang in ihre Einsamkeit ein mit jener ruhigen, keine Entschuldigung suchenden Miene, welche eine solche Befugnis als etwas ganz Natürliches anzusehen schien. Bei aller Unabhängigkeit in Iones Wesen hatte ihm seine Gewandtheit geholfen, eine geheime Herrschaft über ihr Gemüt zu erlangen. Sie vermochte dieselbe nicht abzuschütteln, zuweilen wünschte sie dies, aber nie kämpfte sie wirklich gegen ihn an. Sein Schlangenauge hatte sie bezaubert. Er verbot, gebot ihr durch die Magie eines an Einschüchterung und Bewältigung lang gewöhnten Geistes. Ohne die mindeste Ahnung von seinem wirklichen Charakter oder seiner versteckten Liebe, fühlte sie für ihn die Ehrfurcht, welche der Genius vor der Intelligenz, die Tugend vor der Heiligkeit stets fühlt. Sie betrachtete ihn als einen jener hohen Weisen des Altertums, die, indem sie frei von den Leidenschaften der anderen Menschen waren, in die Geheimnisse der Wissenschaft eindrangen.

Kaum sah sie ihn als ein irdisches Wesen, sondern als ein dunkles, heiliges Orakel. Sie liebte ihn nicht, aber sie fürchtete ihn. Seine Gegenwart war ihr unwillkommen; er verdüsterte ihren Geist, selbst in der heitersten Stimmung. Aber nie fiel es ihr ein, ihm seine Besuche zu untersagen.

Arbaces beschloss sofort, alle Künste anzuwenden, um sich in den Besitz eines so glühend ersehnten Schatzes zu setzen. Sein Sieg über ihren Bruder ermutigte ihn. Seit der Stunde, da Apäcides unter dem wollüstigen Zauber jenes Festes gefallen war, fühlte der Ägypter seine Herrschaft über den jungen Priester gesichert und unumstößlich.

Als Apäcides mit dem Morgenlicht von dem tiefen Schlaf wieder erwacht war, hatte er sich allerdings beschämt, erschreckt niedergeschlagen gefühlt. Die reinen, strengen Lehren jenes Glaubens, zu dem ihn Olinth zu bekehren gesucht hatte, waren aus seiner Erinnerung weggeschwemmt, und der Ägypter, der die Sätze dieser neuen Religion kannte und von seinem Zögling bald die Wirkung erfuhr, welche die Anhänger jener Lehre auf ihn hervorgebracht, suchte diese

Wirkung auf nicht ungewandte Art durch einen halb spottenden, halb ernsten Ton der Erörterung zu zerstören.

Danach erschien der Ägypter in den Augen des jungen Priesters als ein überirdisches, mit natürlichen Kräften begabtes Wesen.

Nachdem er diesen leichten Sieg gewonnen, konnte sich der Ägypter ganz der Verfolgung eines ihm wichtigeren, höheren Zweckes hingeben. In seinem Triumph über den Bruder begrüßte er ein Vorzeichen seines Erfolges bei der Schwester. Er kam auf die Anmaßung des Glaukus nicht wieder zurück, er nannte seinen Namen, aber nicht öfter als den des Clodius oder Lepidus.

Es war am vierten Tag nach den am Schluss des vorigen Buches erzählten Ereignissen, als Arbaces und Ione beisammensaßen.

„Du trägst einen Schleier zu Hause“, bemerkte der Ägypter. „Das ist nicht schön gegen die, welche du mit deiner Freundschaft beehrst.“

„Was kann es dem Arbaces“, antwortete Ione, die den Schleier übergeworfen hatte, ihm ihre rot geweinten Augen zu verbergen, „was kann es dem Arbaces, der nur auf den Geist sieht, verschlagen, ob das Gesicht bedeckt ist?“

„Ich sehe bloß auf den Geist“, erwiderte der Ägypter, „drum eben zeig mir dein Gesicht, denn dort werde ich ihn sehen.“

„Du wirst galant in der Luft von Pompeji“, sagte Ione mit einem Ton erzwungener Heiterkeit.

„Es gibt eine Liebe, schöne Griechin, die nicht bloß die Liebe der gedankenlosen Jugend ist – eine Liebe, die nicht mit dem Auge sieht, nicht mit dem Ohr hört, sondern in der die Seele für die Seele entbrennt. Aber diese Liebe hat keinen Widerhall für die große Herde – es ist eine Liebe, die bloß hohe und edle Naturen zu fassen vermögen.“

„Du hast noch nie“, sagte er, dabei ein anderes Thema wählend, „das Innere meines Hauses gesehen. Vielleicht, dass dir die Besichtigung Vergnügen gewährt, es enthält einige Räume, die dir eine Erläuterung von dem geben können, was du so oft von mir beschrieben haben wolltest – von der Einrichtung einer ägyptischen Wohnung. Widme also dem strengen Freund deiner Jugend einen von diesen hellen Sommerabenden und gönne mir den Ruhm, dass mein düsteres Haus von der Gegenwart der bewunderten Ione beehrt worden sei."

Ohne Ahnung von der Gefahr, die ihrer wartete, nahm Ione den Vorschlag bereitwillig an. Der nächste Abend war für den Besuch festgesetzt, und der Ägypter entfernte sich mit heiterer Stirn und einem Herzen, worin eine wilde, unheilige Freude pochte. Kaum war er fort, als ein anderer Besuch um Einlass bat – aber hier kehren wir zu Glaukus zurück.

Fünftes Kapitel

Die Morgensonne schien auf den kleinen, duftigen Garten, den das *Peristyl* im Haus des Atheners einschloss. Dieser lag trüb und unlustig auf dem weichen Gras, während ein leichter, oben aufgespannter Baldachin die glühenden Strahlen der Sommersonne brach. Leise murmelte er vor sich hin.

„Warum verweigert Ione mir den Zutritt? Tage sind vergangen, seit ich ihre Stimme gehört! Zum erstenmal wird das Leben schal für mich. Ich bin wie einer, der nach einem Festmahl allein zurückbleibt – die Lichter herabgebrannt, die Blumen verwelkt! Ach Ione, könntest du ahnen, wie ich dich anbete!"

In diesen Liebesträumen wurde Glaukus durch den Eintritt Nydias unterbrochen. In der Hand hatte sie ihr Wassergefäß und besprengte die dürstenden Gewächse, die bei ihrer Annäherung neu aufzuleben schienen.

„Nydia, mein Kind", rief Glaukus.

Beim Ton seiner Stimme hielt sie plötzlich an – horchend, errötend, atemlos! Mit geöffneten Lippen setzte sie das Gefäß nieder, eilte zu ihm, und wunderbar war es zu sehen, wie sicher sie ihren dunklen Pfad durch die Blumen fand und auf dem kürzesten Weg an die Seite ihres neuen Herrn gelangte.

„Nydia“, sagte Glaukus und strich ihr das lange schöne Haar zärtlich zurück. „Es ist nun drei Tage, seit du dich unter dem Schutz meiner Hausgötter befindest. Haben sie auf dich gelächelt? Bist du glücklich?“

„Ach, so glücklich!“, seufzte die Sklavin.

„Und jetzt“, fuhr Glaukus fort, „da du an ein Glück gewöhnt bist, das dir die Götter für ewig gewähren mögen, bin ich im Begriff, dich um einen Dienst zu bitten!“

„Ach, was kann ich für dich tun?“, fragte Nydia und faltete die Hände.

„Höre“, erwiderte Glaukus, „so jung du bist, sollst du meine Vertraute sein. Hast du je den Namen Ione gehört?“

Das blinde Mädchen rang nach Luft und bleich wie eine der Bildsäulen antwortete sie nur mit Anstrengung und nach einer kleinen Pause.

„Ja, ich habe gehört, sie sei von Neapolis und sehr schön.“

„Schön! Ihre Schönheit könnte den Tag blenden! Neapolis! Nein, sie ist ihrer Abkunft nach eine Griechin, nur Griechenland vermochte, solche Gestalten hervorzubringen. Nydia, ich liebe sie!“

„Das dachte ich“, erwiderte Nydia ruhig.

„Ich liebe sie, und du sollst es ihr sagen.“

„Was! Willst du mich denn von dir schicken?“,

„Ja, du kommst zu Ione“, erwiderte Glaukus mit einem Ton, der ausdrückte: „Was kannst du noch mehr wünschen?“

Nydia brach in Tränen aus.

Glaukus stand auf und zog sie mit der tröstenden Liebkosung eines Bruders an sich.

„Mein Kind, meine Nydia, du weinst, weil du nicht weißt, welches Glück ich dir bereite. Sie ist zart und freundlich und sanft wie der Frühlingshauch. Sie wird deiner Jugend eine Schwester sein. Weinst du immer noch, liebes Närrchen! Zwingen will ich dich nicht, süße Kleine. Willst du mir diesen Gefallen nicht tun?“

„Wohlan, wenn ich dir dienen kann, gebiete. Sieh, ich weine nicht mehr. Ich bin ruhig.“

„Das ist wieder meine Nydia!“, fuhr Glaukus fort und küsste ihre Händchen. „Geh also zu ihr, findest du dich in Bezug auf ihre Freundlichkeit getäuscht, hab ich dir falsche Erwartungen erregt, so kehre zu mir zurück, sobald du es willst. Ich gebe dich nicht weg, ich verleihe dich bloß. Mein Dach soll auf immer deine Zuflucht sein, liebe Kleine. Ach, könnt' es allen Freundlosen und Unglücklichen Schutz bieten! Aber wenn mein Herz mir die Wahrheit zuflüstert, werde ich dich bald wieder als mein Eigentum ansprechen, mein Kind. Mein und Iones Haus wird eins werden, und du wirst bei uns beiden wohnen.“

Ein Schauer ging durch die zarte Gestalt des blinden Mädchens, aber sie weinte nicht mehr; sie hatte resigniert.

„Geh also zu Ione, meine Nydia, man wird dir den Weg zeigen. Bring ihr die schönsten Blumen, die du pflücken kannst, das Gefäß dazu will ich dir schenken. Auch die Laute, die ich dir gestern gab, und in der du die zauberkräftige Seele so wohl zu wecken verstehst, wird man dir hintragen. Überreich ihr diesen Brief, worin ich nach hundert Versuchen einigen meiner Gedanken Worte gegeben habe. Möge dein Ohr jeden Ton, jede Abstufung ihrer Stimme auffassen, und sag mir, wenn wir wieder zusammentreffen, ob ihre Musik meinen Hoffnungen schmeichelt oder sie entmutigt. Bereits sind es mehrere Tage, Nydia, dass ich bei Ione nicht vorgelassen wurde. Es liegt etwas Geheimnisvolles in dieser Abweisung. Ich bin von Zweifeln und Furcht gefoltert. Suche, denn du begreifst schnell, und deine Sorge für mich wird deinen Scharfsinn noch zehnfach verfeinern, suche den Grund dieser Unfreundlichkeit zu erfahren! Sprich von mir so oft du kannst! Rufe meinen Namen stets von neuem auf deine Lippen, und lass sie mehr erraten wie sehr ich sie liebe, als dass du es geradezu aussprichst. Sei meine Freundin, sprich für mich. Ach, wie unendlich vergiltst du mir dadurch das Wenige, was ich für dich getan. Du verstehst mich, Nydia, du bist noch ein Kind hab' ich mehr gesagt, als du verstehst?"

„Nein."

„Und du willst mir dienen?"

„Ja."

„So komm zu mir, wenn du die Blumen gepflückt hast, und ich will dir das Gefäß geben, wovon ich sprach. Such mich im Zimmer der Leda: Du bist mir nicht böse, liebe Kleine?"

„Glaukus, ich bin eine Sklavin, was hab' ich mit Freud' oder Leid zu tun?"

„Sprichst du so? Nein, Nydia, sei frei. Ich schenke dir die Freiheit – gebrauche sie nach deinem Gefallen und verzeih mir, dass ich deinerseits auf den Wunsch rechnete, mir zu dienen."

„Du bist beleidigt. Ich möchte um aller Schätze der Freiheit willen dich nicht beleidigen, Glaukus, mein Beschützer, mein Retter. Verzeihe dem armen blinden Mädchen! Es klagt nicht, selbst über seine Trennung von dir, wenn es dadurch zu deinem Glück beitragen kann."

„Mögen die Götter dies dankbare Herz segnen", erwiderte Glaukus in großer Bewegung, und unbewusst der Flammen, die er anfachte, küsste er ihre Stirn.

Schweigend nahm Nydia aus der Hand des Glaukus das kostbare, juwelenbesetzte Gefäß, worin die Blüten an Farbe und Duft miteinander wetteiferten. Ohne Tränen empfing sie seine letzte Anweisung. Nachdem er zu reden aufgehört, blieb sie noch einen Augenblick stehen, sie wagte keine Antwort, sie suchte seine Hand, drückte sie an die Lippen, ließ den Schleier über das Gesicht fallen und entriss sich dann plötzlich seiner Gegenwart. Als sie an die Schwelle kam, hielt sie noch einmal an, streckte ihre Hände gegen sie aus und flüsterte:

„Drei selige Tage wurden mir anteil, seit ich dich überschritten, gesegnete Schwelle! Möge nach meinem Fortgang ewig Friede auf dir ruhen. Mein Herz reißt sich jetzt von dir los, und der einzige Laut, der in ihm widertönt, heißt mich sterben!"

Sechstes Kapitel

Eine Sklavin trat in Iones Zimmer. Eine Botin von Glaukus wünschte, vorgelassen zu werden.

Ione zauderte einen Augenblick.

„Sie ist blind, die Botin", bemerkte die Sklavin. „Sie will sich ihres Auftrags nur gegen dich selbst entledigen."

Niedrig ist das Herz, welches das Unglück nicht achtet. Sobald Ione gehört hatte, dass die Botin blind sei, fühlte sie die Unmöglichkeit, eine kalte Antwort zu erteilen. Glaukus hatte einen Herold gewählt, der wirklich heilig war – einen Herold, der nicht abgewiesen werden konnte.

„Was kann er von mir wollen? Welche Botschaft mag er mir senden?" Iones Herz schlug schneller. Der Vorhang an der Tür wurde weggezogen. Ein sanfter Tritt bewegte sich auf dem Marmor, und Nydia, von einer der Dienerinnen geführt, trat mit ihrer kostbaren Gabe ein.

Sie stand einen Augenblick still, als horche sie auf einen Laut, der sie leiten möchte.

„Will die edle Ione", sprach sie mit sanfter, leiser Stimme, „mich eines Wortes würdigen, damit ich weiß, wohin ich diese umnachteten Schritte zu lenken und wo ich meine Geschenke ihr zu Füßen zu legen habe?"

„Schönes Kind", erwiderte Ione gerührt, „gib dir nicht die Mühe, über diesen glatten Boden zu gehen. Meine Dienerin wird mir bringen, was du mir zu geben hast." Damit winkte sie ihrer Sklavin zu, das Gefäß zu übernehmen.

„Ich darf es nur dir selbst überreichen", antwortete Nydia, näherte sich, von ihrem Ohr geleitet, langsam dem Ort, wo Ione saß und hielt ihr kniend die Vase entgegen.

Ione nahm sie aus ihrer Hand und stellte sie neben sich auf den Tisch. Dann erhob sie die Kniende sanft und wollte sie neben sich auf das Polster setzen, was jedoch das bescheidene Mädchen nicht zugab.

„Ich habe meinen Auftrag noch nicht ganz ausgeführt", sprach sie und zog den Brief des Glaukus aus dem Gewande hervor.

Die Griechin nahm den Brief mit einer Hand, deren Zittern Nydia fühlte. Ione winkte mit der Hand und die Dienerinnen zogen sich zurück. Noch einmal schaute sie in Verwunderung und schönem Mitleid auf die junge Sklavin, trat dann ein wenig von ihr zurück, öffnete und las folgenden Brief:

Glaukus sendet Ione mehr, als er auszusprechen wagt. Ist Ione unwohl? Deine Sklavinnen sagen nein, und diese Versicherung tröstet mich. Hat Glaukus Ione beleidigt? Seit fünf Tagen bin ich aus deiner Gegenwart verbannt. Hat die Sonne seitdem geschienen? Ich weiß es nicht. Hat der Himmel gelächelt? Für mich hat er kein Lächeln gehabt. Meine Sonne und mein Himmel sind Ione. Du willst mich nicht sehen. Du hast zwar auch die gewöhnlichen Schmeichler, die sich um dich drängen, von dir entfernt, kannst Du mich aber mit ihnen verwechseln? Unmöglich! Du weißt zu gut, dass ich nicht zu ihnen gehöre. Hat man mich bei dir verleumdet, Ione? Verbirg es wie du willst, Ione, es ist etwas Verwandtes zwischen uns, und unsere Augen erkannten es an, obwohl unsere Lippen schwiegen. Lass dich herab, mich zu sehen, mich anzuhören, und dann weise mich von dir, wenn du willst. Du bist liebevoll gegen Fremdlinge, willst du weniger mitleidig gegen die eigenen Landsleute sein? Ich sehe deiner Antwort entgegen. Nimm die Blumen an, die ich dir sende. Ich sende dir die Gabe durch eine Botin, die du, wenn nicht um meinetwillen, doch um ihrer selbst willen in dein Haus aufnehmen wirst. Sie ist blind und eine Sklavin. Die arme Nydia! Ich suche, indem ich um die Erlaubnis bitte, sie dir zuzugesellen, ihr die Härte des Schicksals und der Natur bestmöglich zu vergüten. Sie ist sanft, behend und gelehrig, in Musik und Gesang wohl unterrichtet und eine wahre Mutter für die Blumen. Sie glaubt, Ione, du werdest sie lieb gewinnen, wenn nicht, so schicke sie mir zurück.

Noch ein Wort. Lass mich kühn sein, Ione. Warum denkst du so hoch von jenem dunklen Ägypter? Er hat nicht das Wesen eines ehrlichen Mannes an sich. Arbaces ist nicht der Mann, dem man allzu leicht trauen darf. Wäre es möglich, dass er mich bei dir angeschwärzt hätte? Mir ist es nicht unwahrscheinlich. Du sahst, wie unangenehm ihm meine Gegenwart war. Von da an hast du mich nicht wieder vorgelassen. Glaube das nicht, was er zu meinem Nachteil sagt. Hast du aber etwas geglaubt, so sag es mir geradeheraus, denn dies ist Ione dem Glaukus schuldig.

Lebe wohl! Dieser Brief berührt deine Hand. Diese Buchstaben begegnen deinem Auge. Sollen sie glücklicher sein als ihr Urheber? Noch einmal, lebe wohl!

Ione war es, als sie diesen Brief las, als sei ein Nebel von ihren Augen gesunken. Was war das vermeintliche Vergehen des Glaukus gewesen? Dass er sie nicht wirklich liebte! Jetzt aber gestand er offen in unzweideutigen Ausdrücken seine Liebe. Von diesem Moment an war seine Macht über sie vollkommen hergestellt. Bei jedem zärtlichen Wort in seinem Brief voll so dichterischer und vertrauensvoller Leidenschaft war sie von ihrem Herzen gescholten. Hatte sie nicht seine Treue in Zweifel gezogen und einem anderen geglaubt? Hatte sie ihm wenigstens das Recht des Verbrechers zugestanden, sein Vergehen zu erfahren, zu seiner Verteidigung sprechen zu dürfen? Die Tränen rollten ihr die Wangen herab – sie küsste den Brief und wandte sich zu Nydia.

„Willst du sitzen", fragte sie, „während ich eine Antwort auf diesen Brief schreibe?"

„So wirst du ihn denn beantworten?", sagte Nydia kalt. „Gut, der Sklave, der mich begleitete, wird die Antwort mit zurücknehmen."

„Was dich betrifft", entgegnete Ione, „so bleibe bei mir, vertraue mir. Dein Dienst soll leicht sein."

Nydia neigte das Haupt.

„Wie ist dein Name, schönes Mädchen?" „Sie nennen mich Nydia."

„Deine Heimat?"

„Das Land des Olympus, Thessalien."

„Du sollst mir eine Freundin sein", entgegnete Ione liebkosend, „wie du mir bereits eine halbe Landsmännin bist. Einstweilen bitte ich dich, bleib nicht auf diesem kalten, glatten Marmorboden stehen."

Sie schrieb:

Ione grüßt den Glaukus! Komm zu mir, Glaukus, komm morgen zu mir. Vielleicht, dass ich ungerecht gegen dich war, aber ich will dir mindestens das Vergehen sagen, dessen du angeklagt wurdest. Fürchte fortan den Ägypter nicht fürchte niemand. Lebe wohl.

Als Ione mit dem Brief wieder erschien, fuhr Nydia von ihrem Sitz auf.

„Du hast dem Glaukus geschrieben?"

„Ich hab es."

„Und wird er dem Boten danken, der ihm deinen Brief überbringt?"

Ione vergaß, dass die Fragende blind war. Sie errötete von der Stirn bis in den Nacken und blieb still.

„Ich meine dies so", setzte Nydia in ruhigerem Ton hinzu, „das leichteste Zeichen von Kälte deinerseits wird ihn traurig machen, die geringste Freundlichkeit ihn beglücken. Ist Ersteres in dem Schreiben enthalten, so möge der Sklave, der mich hergebracht, die Antwort mitnehmen, enthält sie das Letztere, so lass mich die Überbringerin sein – bis zum Abend bin ich wieder zurück."

„Und warum, Nydia", fragte Ione ausweichend, „möchtest du die Trägerin meines Briefes sein?"

„Er enthält also Freundliches?", erwiderte Nydia. „Ach! Wie wäre es anders möglich! Wer könnte unfreundlich gegen Glaukus sein?"

„Mein Kind!", erwiderte Ione mit etwas mehr Zurückhaltung als zuvor. „Du sprichst warm, so ist also Glaukus in deinen Augen liebenswert?"

„Edle Ione, Glaukus war mir, was weder das Schicksal noch die Götter mir gewesen sind – ein Freund."

Die mit Würde gepaarte Trauer, womit Nydia diese Worte aussprach, rührten die schöne Ione. Sie beugte sich nieder und küsste das Kind. „Du bist dankbar und das mit Recht, warum sollte ich mich schämen auszusprechen, dass Glaukus deiner Dankbarkeit wert ist? Geh, meine Nydia – bringe du selbst ihm diesen Brief – aber kehre wieder zurück. Bin ich bei deiner Zurückkunft nicht zu Haus, so soll dir dein Zimmer neben dem meinigen hergerichtet werden. Nydia, ich habe keine Schwester – willst du mir eine sein?"

Die Thessalierin küsste Ione die Hand.

Nachdem Nydia sie verlassen hatte, versank Ione in eine tiefe, wonnige Träumerei. Glaukus liebte sie also. Sie wunderte sich, wie sie je einer Silbe gegen ihn Glauben beizumessen vermochte. Ein Schauer durchzuckte sie, als sie auf die Warnung von Glaukus vor Arbaces zurückkam. Aus diesen Gedanken wurde sie von ihren Mädchen aufgeweckt, die ihr meldeten, dass die zum Besuch bei Arbaces bestimmte Stunde da sei. Sie fuhr zusammen, sie hatte die Zusage vergessen. Ihre erste Empfindung war, sie müsse sich entschuldigen lassen, ihre zweite, über ihre Besorgnisse vor ihrem ältesten Freund zu lachen. Hastig fügte sie ihrer Kleidung den gewöhnlichen Schmuck hinzu, und ungewiss, ob sie den Ägypter über seine Anschuldigungen gegen Glaukus noch näher befragen oder warten solle, schlug sie den Weg zu der düsteren Wohnung des Arbaces ein.

Siebentes Kapitel

„Oh, teuerste Nydia!", rief Glaukus, nachdem er Iones Brief gelesen, „glückbringendster Bote, der je zwischen Erde und Himmel verkehrte – wie soll ich dir danken!"

„Ich habe meinen Lohn bereits", erwiderte die arme Thessalierin.

„Morgen, morgen! Wie werd' ich die Stunden bis dahin verbringen?"

Der liebestrunkene Grieche gab nicht zu, dass Nydia sich entfernte, obwohl diese mehrmals aus dem Zimmer zu kommen suchte. Wieder und wieder ließ er sie jede Silbe der kurzen Unterredung sagen, die zwischen ihr und Ione stattgefunden hatte, tausendmal vergaß er ihren Naturfehler und fragte sie nach den Blicken, den Zügen der Geliebten. Rasch und entzückend für ihn, peinlich für Nydia, verflossen die Stunden, und schon war die Dämmerung eingetreten, als er sie endlich mit einem zweiten Brief und mit neuen Blumen zu Ione zurücksandte. Gleich nach ihrem Weggang drang Clodius mit mehreren seiner munteren Gefährten bei ihm ein. Sie zogen ihn mit seiner Einsamkeit während des ganzen Tages auf, sie luden ihn ein, sie nach den Vergnügungsstätten der lebhaften Stadt zu begleiten. Glaukus war zu selig, um ungefällig zu sein, willig nahm er den Vorschlag der Freunde an und lachend zogen sie die bevölkerten, schimmernden Straßen entlang.

Unterdessen erreichte Nydia zum zweitenmal das Haus Iones, die es längst verlassen hatte. Gleichgültig fragte sie, wohin die Gebieterin gegangen sei.

Die Antwort erschreckte, ja entsetzte sie.

„In das Haus des Arbaces – des Ägypters? Unmöglich!“

„Es ist dennoch so, Kleine“, erwiderte die Sklavin, die ihr zuerst geantwortet. „Sie kennt den Ägypter schon lange.“

„Schon lange? Ihr Götter! Und Glaukus kann sie lieben?“, flüsterte Nydia für sich hin. „Und hat sie ihn“, fragte sie laut, „hat sie ihn früher schon oft besucht?“

„Nie bis jetzt“, entgegnete die Sklavin.

Nydia zauderte einen Augenblick, setzte ihre Blumen nieder, rief den Sklaven, der sie begleitet hatte, und verließ das Haus ohne ein weiteres Wort zu sagen.

Erst nachdem sie bereits den halben Weg zu Glaukus' Wohnung zurückgelegt hatte, brach sie das Stillschweigen, und auch jetzt flüsterte sie nur leise vor sich hin:

„Sie ahnt nichts von den Gefahren, in die sie sich gestürzt. Torin, die ich bin – soll ich sie retten? Ja, denn ich liebe Glaukus mehr als mich selbst.“

Als sie vor dem Hause des Atheners ankam, erfuhr sie, dass er mit einer Gesellschaft von Freunden ausgegangen sei, aber niemand wisse wohin. Wahrscheinlich werde er vor Mitternacht nicht zurückkehren.

Die Thessalierin seufzte, sie sank auf einen Stuhl in der Halle und bedeckte das Gesicht mit den Händen. „Es ist keine Zeit zu verlieren“, dachte sie und fuhr auf.

Sie wandte sich zu dem Sklaven, der sie hergeführt hatte. „Ist dir bekannt“, sprach sie, „ob Ione etwa einen Verwandten oder einen Freund in Pompeji hat?“,

„Ei, beim Jupiter“, antwortete der Sklave, „wie einfältig du fragst! Jedermann in Pompeji weiß, dass Ione einen Bruder hat, jung und reich, der, unter uns gesagt, Narr genug war, ein Isispriester zu werden.“

„Ein Isisprieser? Oh, Götter! Sein Name?“

„Apäcides."

„So weiß ich alles", flüsterte Nydia. „Bruder und Schwester sollen also Opfer werden. Apäcides! Ja, das war der Name, den ich hörte in – Ha! So kennt er denn die Gefahr, in der seine Schwester schwebt, genau. Ich will zu ihm."

Bei diesem Gedanken sprang sie auf, ergriff den Stab, den treuen Führer ihrer Schritte, und eilte nach dem benachbarten Tempel der Isis. Jede Straße, jede Biegung in den besuchteren Teilen der Stadt war ihr bekannt, und da die Einwohner eine zarte, halb abergläubische Verehrung gegen Blinde hegten, so hatten die Vorübergehenden ihren schüchternen Schritten stets Platz gemacht.

Seit sie sich unter dem Dach des Glaukus befand, hatte dieser einen Sklaven beauftragt, sie überall zu begleiten. Indessen brauchte Nydia seine Hilfe wenig, um ihren Weg zu dem vielbesuchten Isistempel zu finden. Der Raum vor diesem war leer, und ohne Hindernis gelangte sie bis vor das heilige Gitter!

„Es ist niemand da", sagte der Sklave. „Was oder wen willst du?",

„Rufe!", erwiderte sie ungeduldig.

Der Sklave rief – niemand erschien.

„Siehst du niemand?"

„Niemand."

„Du irrst dich. Ich höre ein Seufzen, sieh dich noch einmal um."

Verwundert und murrend warf der Sklave seine schweren Augen umher und erblickte endlich vor einem der Altäre, deren Überbleibsel noch jetzt den kleinen Raum beengen, eine in Nachdenken versunkene Gestalt.

„Ich sehe jemand", sprach er, „und nach den weißen Kleidern ist es ein Priester."

„Oh, Flammen der Isis", rief Nydia, „Diener der ältesten Gottheit, höre mich!"

„Wer ruft?", fragte eine dumpfe, schwermütige Stimme.

„Dies ist keine Stunde für dein Anliegen. Geh, störe mich nicht. Die Nacht ist den Göttern geweiht, der Tag den Menschen.“

„Mich dünkt, ich kenne diese Stimme, du bist der, den ich suche, obwohl ich dich früher nur einmal sprechen gehört. Bist du nicht Apäcides?“

„Der bin ich“, erwiderte der Priester, indem er von dem Altar aufstand und sich dem Gitter näherte.

„Du bist es, gelobt seien die Götter!“, Damit winkte sie dem Sklaven zu und hieß ihn, sich etwas zurückzuziehen. Er, der natürlich glaubte, es könne sie nur irgendeine religiöse Handlung, die vielleicht mit Iones Leben zusammenhinge, nach dem Tempel geführt haben, gehorchte und setzte sich eine kleine Strecke weiter weg auf den Boden.

Nydia begann zu sprechen. „Sprich leise, beuge dich zu mir, gib mir deine Hand. Kennst du Arbaces?“

„Wer bist du, woher kommst du, blasses Mädchen?“, fragte Apäcides bestürzt. „Ich kenne dich nicht, ich habe dich früher nie gesehen.“

„Aber meine Stimme hast du vernommen, doch das gehört nicht hierher. Diese Erinnerungen zurückzurufen, muss uns beiden zur Beschämung gereichen. Höre, du hast eine Schwester.“

„Sprich, sprich! Was ist mir ihr?“

„Du kennst die Feste des Todes, Fremdling. Es macht dir vielleicht Vergnügen, daran teilzunehmen – würde es dir auch gefallen, wenn deine Schwester daran teilnähme? Würde es dir gefallen, wenn Arbaces ihren Wirt machte?“

„Oh, Götter! Das darf er nicht! Mädchen, wenn du deinen Spott mit mir treibst, so zerreiße ich dich Glied um Glied.“

„Ich spreche die Wahrheit, und während ich spreche, ist Ione in den Hallen des Arbaces – zum ersten Mal sein Gast. Du weißt, ob dieses erste Mal Gefahr bringt! Lebe wohl! Ich habe erfüllt, was mir oblag.“

„Halt, halt!“, rief der Priester, mit der bleichen Hand über die Stirn fahrend. „Wenn das wahr ist, was kann zu ihrer Rettung geschehen? Vielleicht lässt man mich nicht ein. Ich kenne nicht alle Irrgänge des verwickelten Gebäudes. O Nemesis! Ich leide gerechte Strafe!“

„Ich will den Sklaven fortschicken, sei du mein Führer und Gefährte, ich will dich an die geheime Tür des Hauses bringen, will dir das Einlasswort zuflüstern. Nimm eine Waffe, sie dürfte nötig sein.“

„Warte einen Augenblick“, erwiderte Apäcides, indem er sich in eine der Seitenzellen des Tempels zurückzog. Nach wenigen Sekunden erschien er wieder, in einen großen Mantel gehüllt, eine damals bei allen Ständen übliche Tracht, die seine heilige Kleidung verbarg. „Nun“, sprach er zähneknirschend, „wenn Arbaces gewagt hat – aber er wagt es nicht! Er wagt es nicht! O Götter, schützt! – Still! Gibt es denn Götter? Ja, eine Göttin gibt es mindestens, deren Stimme mir zu Gebot steht, und das ist die Rache!“

Unter solchen unzusammenhängenden Gedanken eilte Apäcides, von seiner schweigenden, blinden Begleiterin gefolgt, durch die einsamen Wege nach dem Hause des Ägypters.

Der von Nydia plötzlich weggeschickte Sklave zuckte die Achseln, murmelte einen Schwur und trollte sich, mit diesem Ausgang nicht übel zufrieden, nach Hause in sein Schlafgemach.

Achtes Kapitel

Wir müssen im Verlauf unserer Geschichte um einige Stunden zurückgehen. Beim ersten Grauen des Tages saß der Ägypter schlaflos und allein oben auf dem hohen, pyramidenartigen Turm, der an sein Haus stieß. Ein Tisch, auf dem eine mit geheimnisvollen Figuren beschriebene Rolle lag, stand vor ihm. Am Himmel wurden die Sterne bleich und dämmerig, und die Schatten der Nacht schwanden auf den dürren Bergkuppen.

Es war die Stunde, die für die kühne, althergebrachte Kunst des Ägypters als die geeignetste galt; die Kunst, die unser wechselvolles Schicksal in den Sternen lesen möchte.

Er hatte seine Linien gezogen, hatte Augenblick und Himmelszeichen eingetragen und überließ sich jetzt, auf die Hand gestützt, den Gedanken, welche ihm seine Berechnungen eingaben.

„Abermals warnen mich die Sterne! Sicherlich wartet eine Gefahr!“, sprach er langsam, „eine Gefahr von gewaltsamer, unerwarteter Art. Wohlan, wenn mein Stundenglas auf der Neige ist, soll der Sand noch bis zum letzten Augenblick hell funkeln. Entgehe ich aber dieser Gefahr, so glänzt der Rest meines Lebens klar und heiter wie der Streifen des Mondes auf dem Wasser.“

Der Ozean lag ruhig und weithin, wie mit ausgestreckten Armen, in das grüne, reizende Land einbiegend, schien er unbewusst die an seinem Rande hängenden Städte Stabiä, Herkulanum und Pompeji an die Brust zu drücken.

„Ihr schlummert“, sprach der Ägypter mit finsterem Blick auf diese Städte, den Stolz und die Blüte Kampaniens, „ihr schlummert! Wäre es doch die ewige Ruhe des Todes! Wie ihr jetzt Juwelen in der Krone des Reiches seid, so waren es einst die Städte des Nil! Ihre Größe ist von ihnen gewichen – sie schlafen unter Trümmern. Ihre Paläste und Tempel sind Gräber geworden, die Schlange windet sich im Gras ihrer Straßen, die Eidechse sonnt sich in ihren verödeten Hallen. Durch jenes geheimnisvolle Gesetz der Natur, das den einen erniedrigt, um den anderen zu erhöhen, seid ihr Neulinge auf den Ruinen eurer Vorgänger aufgeblüht. Du, stolze Roma, hast die Herrlichkeit eines Sesostris und einer Semiramis an dich gerissen. Du bist eine Räuberin, die sich in die Gewänder der Beraubten kleidet! Doch die Zeit soll kommen, wo Ägypten gerächt wird! Wo das Ross des Barbaren sein Futter im goldenen Haus des Nero frisst, du, die du mit deinen Eroberungen Wind gesäet hast, sollst im Sturm der Verödung ernten.“

Nie trat in die Träume eines Malers oder Dichters ein erns-teres, unheimlicheres Bild übler Vorbedeutung als die Gestalt des Ägypters, wie er eine Verkündigung aussprach, die das Schicksal so furchtbar erfüllt hat.

Er wandte den Blick von der Stadt und dem Meer ab, vor ihm lagen die Weingärten und Auen des reichen Kampaniens. Einzelne Landsitze und Dörfer zogen sich zu beiden Seiten den Abhang des Vesuv hinauf, der damals noch nicht so steil und hoch war wie jetzt. Wie Rom selbst über einem ausgebrannten Vulkan erbaut ist, so hatten in gleichem Sicherheitsgefühl die Bewohner des tieferen Südens die grünen, Wein bekränzten Gefilde um einen Feuerberg her inne, dessen Flammen sie für immer zur Ruhe gegangen glaubten.

Arbaces besaß ein Vermögen, das selbst dem Reichtum der meisten römischen Edlen gleichkam. Dies setzte ihn instand, seiner lüsternen Phantasie, welcher er weder durch Geschäfte noch Ehrenstellen einen Abweg eröffnen konnte, die größten Opfer zu bringen. Von Land zu Land reisend, und überall nur Rom erblickend, verstärkte er seinen Hass gegen die Gesellschaft und seinen Hang für den Genuss. Er befand sich in einem ungeheuren Gefängnis, das er jedoch mit den Werkzeugen seiner Lüste zu erfüllen vermochte. Eine Flucht aus dem Kerker war unmöglich. Sein einziges Bestreben ging daher darauf, demselben den Anschein eines Palastes zu geben. Von den ältesten Zeiten her waren die Ägypter für die Freuden der Sinne eingenommen gewesen. Arbaces erbte sowohl ihre Neigung zur Sinnlichkeit als die Glut ihrer Einbildungskraft, die sich an ihrer Fäulnis selbst entzündete. Aber still, ungesellig, in seinen Vergnügungen wie in seinem ernsteren Streben weder einen Höheren noch einen Gleichen duldend, ließ er wenige in seinen Umgang zu, ausgenommen die willigen Sklaven seiner Begierden. Er war der einsame Herr eines dicht bevölkerten Harems. Dabei fühlte er sich jedoch zu jener Übersättigung verdammt, dem Fluch aller Menschen, deren Geist über ihrem Tun steht, und was einst Antrieb der Leidenschaft gewesen, war zur Diät der Gewohnheit eingefroren. Von der sinnlichen Unbefriedigung suchte er sich durch die Pflege der Wissenschaft zu erheben. Da aber sein Zweck nicht darauf ging, den Menschen zu dienen, so verachtete er das praktische, nützliche Wissen. Seine dunkle Phantasie liebte sich in jenen schwärmerischen, nächtlichen Forschungen zu ergehen, die für ein verkehrtes, einsiedlerisches Gemüt stets die anlockendsten sind, und zu welchen ihn überdies der kühne Stolz seines Charakters und die geheimnisvollen Überlieferungen seines Landes hinzogen. Ohne Glauben an die verwirrenden Religionesmeinungen der heidnischen Welt, setzte er den höchsten Glauben in die Macht des menschlichen Geistes. Er, wie überhaupt vielleicht seine ganze Zeit, kannte die Grenzen nicht, welche die Natur unseren Entdeckungen gesteckt hat. Da er wahrnahm, dass je höher wir in unserer Erkenntnis steigen, wir desto mehr Wunder erblicken, redete er sich ein, die Natur sei nicht nur in ihrem gewöhnlichen Lauf wunderbar, sondern könne auch durch die Beschwörung mächtiger Seelen von diesem Lauf abgelenkt werden. So trieb er die Wissenschaft über ihre angewiesenen Grenzen hinaus in das Land des Irrtums und des Schattens. Von der Wahrheit der Astronomie ging er zum Trug der Astrologie über. Von den Geheimnissen der Chemie wanderte er in das gespenstige Labyrinth der Magie, und derselbe Geist, der die Macht der Götter in Frage stellte, hatte einen kindlichen Aberglauben hinsichtlich der Macht des Menschen.

Sein Name und seine Entdeckungen waren allen Anhängern der Magie bekannt. Ihre Verehrung schuf ihm einen geheimnisvolleren Titel, und lange blieb er in Großgriechenland wie in den Ebenen des Orients unter der

Benennung „Hermes, der Herr des flammenden Gürtels“ im Andenken. Seine spitzfindigen Grübeleien und Weisheitsergüsse befanden sich, mehrere Bücher stark, unter jenen Quellen der „geheimen Künste“, welche die neu bekehrten Christen unter großem Jubel in Ephesus verbrannten und so die Nachwelt um die Belege zu der List des Satans brachten.

Wie alle Menschen mehr oder weniger nach Macht streben, so entsprach dieses Bestreben in Arbaces genau seinem Charakter. Es war nicht das Streben nach einer äußeren, rohen Gewalt. Er liebte es, seine Untertanen in den Seelen der Menschen zu finden, über ein unsichtbares, unmaterielles Reich zu gebieten!

Arbaces beschloss, keine Zeit mehr mit der gefährlichen Vorsicht der Vorbereitungen zu verlieren, er beschloss, sich der Person Iones zu bemächtigen und dadurch eine unwiderrufliche Schranke zwischen sich und seinen Nebenbuhler zu setzen. In diesem Entschluss bekräftigte ihn sein Glaube an die Sterne noch mehr. Längst hatten sie ihm das laufende Jahr, ja den gegenwärtigen Monat, als den Zeitpunkt eines großen, lebensgefährlichen Unglücks vorausgesagt. Zum gewissen nahen Ziel gedrängt, beschloss er, wie ein König, alles was seiner Seele am teuersten war, auf seinem Scheiterhaufen aufzuhäufen. Mit seinen eigenen Worten, wenn er sterben sollte, so wollte er wenigstens fühlen, dass er gelebt habe . . .

Neuntes Kapitel

Als Ione die geräumige Halle des Ägypters betrat, drängte sich ihr derselbe Schauder auf, der auch ihren Bruder beschlichen hatte. Der lange äthiopische Sklave grinste ihr zu, als er sie einließ, und bedeutete ihr durch einen Wink, weiterzugehen. Auf halbem Weg in der Halle trat ihr

Arbaces selbst entgegen in festlichem, von Juwelen schimmerndem Gewande. Obwohl draußen Tag, war das Gebäude, der üppigen Sitte jener Zeit gemäß, künstlich verdunkelt, und die Lampen warfen ihr stilles, duftendes Licht über den reichen Boden und den mit Elfenbein ausgelegten Plafond.

Auf den Wänden waren Gemälde von unschätzbarer Kunst angebracht, die Lampen beleuchteten Statuen aus der edelsten Zeit Griechenlands. Juwelenkästchen, jedes Kästchen selbst ein Juwel, füllten die Zwischenräume der Säulen, die kostbarsten Holzarten dienten zu Schwellen und Türen, Gold und Edelsteine schienen überall ausgeschüttet.

Arbaces begrüßte sie und führte sie noch durch verschiedene Räume des Hauses.

Als sie dann in einer mit weißen, silbergestickten Draperien bekleideten Halle standen, klatschte Arbaces plötzlich in die Hände, und wie durch einen Zauberschlag stieg ein Tisch aus dem Boden empor. Zugleich erhob sich ein Ruhebett oder Thron mit einem scharlachenen Himmel vor Ione, und im gleichen Augenblick tönte hinter den Vorhängen eine unsichtbare sanfte Musik hervor. Arbaces setzte sich zu Iones Füßen, und Kinder, jung und schön wie Liebesgötter, warteten bei dem Mahle auf. Das Festmahl war vorüber, die Musik sank zu einem leisen, gedämpften Ton herab, und der Wirt wandte sich zu seinem reizenden Gast.

„Hat dich in dieser dunklen, ungewissen Welt – hat dich nie verlangt, über das Jetzt hinauszublicken, meine Schülerin? Hast du nie gewünscht, den Schleier der Zukunft zu heben und an dem Uferrand des Schicksals das Schattenbild dessen, was da kommen soll, zu sehen? Willst du mein Wissen erproben, Ione, und die Darstellung deiner eigenen Zukunft sehen? Es ist ein Schauspiel, ergreifender als die des Äschylus; eines das ich für dich vorbereitet habe, wenn du die Schatten ihre Rolle spielen sehen willst.“

Die Neapolitanerin zitterte, sie dachte an Glaukus und seufzte unter dem Zittern. Halb ungläubig, halb gläubig, blieb sie einige Augenblicke still und erwiderte dann:

„Es könnte mich zurückstoßen, könnte mich scheu machen, die Kunde der Zukunft wird mir vielleicht die Gegenwart nur verbittern."

„Nicht so, Ione, ich selbst habe bereits einen Blick auf dein künftiges Geschick getan. Die Geister deiner Zukunft wandeln in den sonnigen Gärten Elysiums, und die Parzen, so streng gegen andere, weben für dich nur ein Gewebe von Seligkeit und Liebe. Willst du kommen und dein Geschick sehen, sodass du es im Voraus genießen kannst?"

Abermals flüsterte das Herz Iones den Namen des Glaukus. Sie sprach ein kaum hörbares Ja. Der Ägypter stand auf, nahm sie bei der Hand und führte sie durch das Bankettzimmer.

Sie traten in eine schmale Vorhalle, deren Hintergrund mit einem schwarzen Vorhang verhüllt war. Arbaces hob diesen, Ione trat ein und fand sich in vollkommener Finsternis.

„Sei unbesorgt", sprach er, „es wird sogleich hell werden." Noch während dieser Worte verbreitete sich stufenweise ein sanftes, warmes Licht. Als es die Gegenstände hinlänglich erhellte, schien es Ione, es umgebe sie ein ringsum schwarz verhangenes Gemach von mäßiger Größe, ein Ruhebett von gleicher Farbe stand neben ihr. Mitten im Zimmer befand sich ein kleiner Altar, davor ein Dreifuß aus Erz. An der einen Wand trug eine hohe granitene Säule ein kolossales Haupt vom schwärzesten Marmor, das sie an dem Kranze von Weizenähren, der die Stirn umgab, als die große ägyptische Göttin erkannte. Arbaces hatte sich dem Altar genähert und schien soeben beschäftigt, den Inhalt einer ehernen Vase auf den Dreifuß auszugießen. Sogleich schoss eine blaue, bewegliche, schlängelnde Flamme auf; der Ägypter zog sich an Iones Seite zurück, murmelte einige Worte in einer ihr unverständlichen Sprache, und leise wogte der

Vorhang hinter dem Altar hin und her. Er teilte sich langsam und durch die so entstandene Öffnung erblickte Ione eine Gestalt, und in ihr erkannte Ione sich selbst!

Eine neue Figur erschien; sie war von Kopf zu Fuß in ein dunkles Gewand gehüllt, sodass man weder das Gesicht noch die Umrisse des Körpers unterscheiden konnte. Sie kniete vor Iones Schattenbild nieder, fasste dessen Hand und zeigte nach dem Thron.

Das Herz der Neapolitanerin schlug heftig.

„Soll sich der Schatten enthüllen?“, flüsterte eine Stimme neben ihr – die Stimme des Arbaces.

„Ja“, antwortete Ione sanft.

Arbaces hob die Hand – das Spukgebilde warf den verhüllenden Mantel ab, und Ione schrie laut auf, es war Arbaces selbst, der vor ihr kniete.

Ione fuhr zusammen. Der schwarze Vorhang schloss sich und Arbaces selbst, der wirkliche, lebende Arbaces, lag zu ihren Füßen.

„O Ione“, rief er leidenschaftlich, „höre einen Menschen, der lange vergebens mit seiner Liebe gerungen hat. Ich bete dich an! Das Schicksal lügt nicht – du bist bestimmt, die Meinige zu werden! Die ganze Welt hab ich durchsucht und nichts gleich dir gefunden. Von Kindheit an hab’ ich mich nach einem Wesen wie dir gesehnt. Wende dich nicht von mir, Ione! Nie wurde ein Weib so hingebend, so leidenschaftlich geliebt, als ich Ione lieben werde. Ich, der nie vor einem sterblichen Wesen kniete, ich, der über das Schicksal anderer gebot, empfange jetzt von dir mein eigenes. Ione, zittere nicht, du bist meine Königin – meine Göttin, sei meine Braut. Jeder Wunsch, den du äußerst, soll erfüllt werden. Arbaces soll keinen anderen Ehrgeiz kennen als den Stolz, dir zu gehorchen. Ione, wende diese Augen auf mich – umstrahle mich mit deinem Lächeln. Meine Seele ist finster, wenn sich dein Angesicht ihr verbirgt. Bescheine mich, meine Sonne, mein Himmel, mein Tag! Ione, Ione – verstoße meine Liebe nicht!“

Allein und in der Gewalt des seltsamen, furchtbaren Mannes fühlte Ione gleichwohl noch keine Angst. Die Ehrerbietung in seinen Ausdrücken, die Sanftheit seiner Stimme gaben ihr Mut, und sie empfand ihren Schutz in der eigenen Reinheit. Aber sie war verwirrt – erst nach einigen Momenten gewann sie Fassung zur Antwort.

„Stehe auf, Arbaces", sprach sie endlich und ließ ihm wieder ihre Hand, die sie aber ebenso schnell zurückzog, als sie den brennenden Druck seiner Lippen darauf fühlte. „Stehe auf, und wenn es dir Ernst ist, wenn du die Wahrheit sprichst . . ."

„Wenn!", rief er zärtlich.

„Wohlan denn, höre mich: Du bist mein Vormund – mein Freund – mein Berater gewesen, auf diese neue Eigenschaft aber war ich nicht vorbereitet. Denke nicht", fügte sie schnell hinzu, als sie seine dunklen Augen in Ungestüm der Leidenschaft funkeln sah, „dass ich dich verachte, dass ich von dieser Huldigung nicht gerührt sei, mich nicht geehrt fühle, aber sprich – kannst du mich ruhig anhören?"

„Ja, wären deine Worte auch Blitze und zerschmetterten mich."

„Ich liebe einen anderen!", sprach Ione errötend, aber mit fester Stimme.

„Bei den Göttern – bei der Hölle!", schrie Arbaces, sich zu seiner vollen Höhe emporrichtend. „Wage nicht, mir so etwas zu sagen! Wen hast du gesehen? Wen hast du kennen gelernt? O Ione! Es ist Frauenlist was aus dir spricht, du möchtest Zeit gewinnen. Ich habe dich überrascht, habe dich erschreckt. Sage, du liebst mich nicht, aber sage nicht, du liebst einen anderen!"

Arbaces trat näher auf sie zu. Sein Atem brannte wild auf ihrer Wange, er schlang seine Arme um sie, sie entriss sich seiner Umarmung. In diesem Kampf fiel ihr ein Brief auf den Boden. Arbaces bemerkte ihn und haschte danach – es war das Schreiben, das sie am Morgen von Glaukus erhalten hatte.

Rasch durchlief Arbaces den Inhalt. Die Neapolitanerin wagte nicht, ihn anzusehen, sie bemerkte die Totenblässe, die über sein Gesicht kam, nicht. Er las bis zum Ende und sagte dann, indem der Brief seiner Hand entsank, im Ton erheuchelter Ruhe.

„Ist der Schreiber dieses Briefes der Mann, den du liebst?"

Ione schluchzte, gab aber keine Antwort. „Sprich!", rief er mit schneidender Stimme. „Er ist es!"

„Und sein Name – er steht hier geschrieben – sein Name ist Glaukus. Höre mich denn", sprach Arbaces, seine Worte zu einem Flüstern herabsenkend, „Eher sollst du in dein Grab als in seine Arme. Glaubst du, ich habe die Frucht reifen lassen, um sie einem anderen abzutreten? Nein, süßes Närrchen! Du bist mein – ganz – einzig mein! Und so mache ich mein Recht auf dich geltend."

Damit schloss er Ione in die Arme, und in dieser wilden Umschlingung lag die ganze Kraft nicht so sehr der Liebe als der Rache.

Ione aber riss sich von Neuem von ihm los – und stürzte nach der Seite des Gemachs. Ihr Verfolger fasste sie zum dritten Mal . . .

In diesem Moment wurde der Vorhang heftig zur Seite gerissen, und der Ägypter fühlte sich von einer ungestümen, starken Faust an der Schulter gepackt. Er wandte sich um und erblickte die blitzenden Augen des Atheners und das blasse, abgelebte, aber drohende Gesicht des Apäcides.

„Ha!", murmelte er, die beiden anstierend, „welche Furie hat euch hierhergesandt?"

„Ato*!", erwiderte Glaukus und griff unverweilt den Ägypter an. Unterdessen hob Apäcides die ohnmächtig gewordene Schwester vom Boden auf. Er legte sie auf das Ruhebett, stellte sich mit erhobenem Dolch neben sie und sah dem Kampf zwischen Glaukus und dem Ägypter zu,

* *Rachegöttin*

bereit, seine Waffe in die Brust des letzteren zu senken, sollte dieser der Sieger sein. Beide Gegner hielten sich jetzt eng umfasst, die Hand eines jeden die Kehle des anderen suchend, die Gesichter zurückgebogen, die Augen rachefunkelnd, die Muskeln angespannt, die Adern aufgelaufen, die Lippen offen, die Zähne zusammengebissen. Beide waren von unbezähmbarer Wut beseelt. Sie krümmten und wanden sich, wankten hin und her, stießen Rufe des Zorns und der Rache aus; jetzt waren sie am Fuße der Säule, wo der Kampf begonnen hatte. Sie ließen voneinander ab, um Atem zu schöpfen; Arbaces lehnte sich an die Säule, Glaukus stand einige Schritte weiter entfernt.

„Heilige Göttin“, rief Arbaces die Säule umfassend, und erhob die Augen gegen das Bild, das sie trug, „schütze deinen Erwählten, verkünde deinen Zorn gegen diesen Knecht eines falschen Glaubens, der dein Heiligtum entweiht und deinen Diener anfällt.“

Indem er sprach, schienen die stillen, mächtigen Züge der Göttin plötzlich von Leben durchglüht zu werden, um das Haupt spielten und züngelten bläuliche Flämmchen – die Augen wurden wie Bälle brennenden Feuers und schienen in verderblichem, nicht zu ertragendem Zorn auf das Gesicht des Griechen gewandt. Erschreckt und eingeschüchtert von dieser plötzlichen, wunderbaren Antwort auf das Gebet seines Feindes und nicht frei von dem anererbten Aberglauben seines Volkes, erblasste Glaukus bei der seltsamen, schauerlichen Belebung des Marmors von heiligem Grauen ergriffen stand er kraftlos, betäubt, halb entmannt vor dem Gegner. Arbaces ließ ihm nicht Zeit, sich von der Erschütterung zu erholen. „Stirb, Elender“, rief er mit Donnerstimme und sprang auf den Griechen los, „die große Mutter fordert dich als lebendes Opfer.“ So in der ersten Lähmung einer abergläubischen Furcht überrascht, verlor der Grieche – der Marmorboden war so glatt wie Glas – den Halt, glitt aus und fiel. Arbaces setzte den Fuß auf die Brust des gefallenen

Gegners. Apäcides, durch sein Priesteramt wie durch seine Kenntnis von Arbaces Charakter gegen alle wunderhaften Einmischungen misstrauisch gemacht, hatte den Schrecken seines Genossen nicht geteilt. Er stürzte vorwärts und sein Dolch funkelte hoch in der Luft. Der wachsame Ägypter jedoch packte den niederfahrenden Arm. Ein Ruck seiner mächtigen Hand entriss die Waffe der schwachen Faust des Priesters, ein mächtiger Schlag streckte ihn zu Boden. Mit lautem Freudenruf schwang Arbaces das Messer in der Luft. Glaukus sah dem nahenden Schicksal mit festem Auge und der strengen, verachtenden Ergebung eines gefallenen Gladiators entgegen. Da erschütterte in diesem furchtbaren Moment den Boden unter ihnen ein krampfhaftes Zucken. Ein mächtigerer Geist als der des Ägypters war gekommen – eine riesenhafte, zermalmende Gewalt, vor der seine Leidenschaft und seine Künste zu plötzlicher Ohnmacht herabsanken. Der furchtbare Dämon des Erdbebens hatte sich aufgerichtet und verlachte die Zauberei menschlicher List wie den Grimm menschlichen Zornes. Wie ein Titan, auf den Berge getürmt sind, stieg er aus langjährigem Schlaf empor, regte sich auf seinem Lager, und die Höhlen drunten stöhnten und zitterten unter dem Wälzen seiner Glieder. Weithin unter dem Boden lief ein hohles, polterndes Getöse – die Vorhänge des Gemaches flatterten wie vom Wehen eines Sturmes. Der Altar wankte, das dunkle Haupt der Göttin taumelte und stürzte von seinem Gestell. Und eben als der Ägypter sich über sein beabsichtigtes Opfer niederbeugte, traf die Marmormasse den Gebückten zwischen Schulter und Nacken! Der Schlag streckte ihn jählings, ohne Laut, Bewegung oder Lebenszeichen, auf den Boden, dem Anschein nach von eben der Gottheit zerschmettert, die er um Leben angefleht hatte!

„Die Erde hat ihre Kinder bewahrt“, rief Glaukus sich aufraffend. Er half Apäcides aufstehen und richtete dann das Gesicht des Arbaces empor. Der Tod schien ihm sein Siegel aufgedrückt zu haben. Blut strömte aus den Lippen auf die glänzenden Kleider herab, schwer fiel er aus Glaukus' Armen zurück, und der rote Strom träufelte langsam auf dem Marmor hin. Aufs Neue bebte die Erde unter ihren Füßen; sie mussten sich aneinander klammern; die Erschütterung ließ ebenso schnell nach, wie sie gekommen war. Sie verweilten nicht länger, Glaukus trug ione in den Armen leicht fort, und sie flohen von der unheiligen Stätte.

Kaum waren sie in den Garten gelangt, als von allen Seiten her fliehende, ungeordnete Scharen von Mädchen und Sklaven mit ihnen zusammenstießen, deren festliche, glänzende Gewänder wie ein Spott gegen die furchtbaren Schrecken der Stunde abstachen. Sie schienen die Fremden nicht zu beachten – sie waren bloß mit ihrer eigenen Angst beschäftigt.

Nach sechzehn Jahren der Ruhe drohte der brennende, trügerische Boden aufs Neue Zerstörung.

Sie stießen nur einen Schrei aus: „Ein Erdbeben! Ein Erdbeben!"

Apäcides und sein Gefährte eilten eine der Alleen hinab und flohen durch ein offenes Pförtchen. Hier saß auf einer kleinen Erhöhung, über die die dunkelgrünen Aloen sich düster hinabbeugten, das volle Mondlicht auf der zusammengesunkenen Gestalt, das blinde Mädchen. Es weinte bitterlich.

Drittes Buch

Erstes Kapitel

Es war früh am Mittag, und das Forum von Geschäftigen und Müßigen belebt. Hier saßen die Geldwechsler, vor sich ihre glänzenden Münzhaufen. Schiffer und Kaufleute in mannigfaltigen Trachten drängten sich um ihre Tische. Auf der anderen Seite eilten verschiedene Leute einem stattlichen Gebäude zu, worin die Magistrate zu Gericht saßen.

Dann und wann machte die Menge unten einem Senator ehrerbietig Platz. Dieser nickte auf dem Wege zum Jupitertempel seinen Freunden oder Klienten mit vornehmer Herablassung zu.

Neben dem Tempel zeigte sich der Triumphbogen und die lange, Menschen wimmelnde Straße jenseits desselben, in einer der Nischen des Triumphbogens spielte ein Springbrunnen lustig in den Sonnenstrahlen, und über dem Karnies zeigte sich, in kräftigem Gegensatz mit dem lustigen Sommerhimmel, die eherne Reiterstatue Caligulas.

Den Stufen des Jupitertempels gegenüber stand mit verschränkten Armen und gefurchter, verachtender Stirn ein Mann von ungefähr fünfzig Jahren. Sein Anzug war auffallend einfach, nicht so sehr dem Stoff nach, als durch den Mangel aller Verzierungen, die von den Pompejanern jedes Standes getragen wurden. Seine Stirn war hoch und kahl, die wenigen Locken hinten am Kopf durch eine Art Kapuze bedeckt, die einen Teil seines Mantels ausmachte, um nach Gefallen aufgezogen oder niedergelassen zu werden und als Schutz gegen die Sonnenstrahlen jetzt über den Kopf gestreift war. Sein Kleid war braun, keine beliebte Farbe bei den Pompejanern, all die gewöhnlichen Beimischungen von Scharlach oder Purpur waren sorgfältig vermieden. Sein Gurt enthielt ein kleines, eingehängtes Tintengefäß, einen Griffel und eine Schreibtafel von ungewöhnlicher Größe. Was noch besonders auffiel: In dem Gürtel stak keine Börse, das sonst fast unerlässliche Utensil, selbst wenn die Börse das Unglück hatte, leer zu sein.

Es geschah nicht oft, dass die heiteren, selbstsüchtigen Pompejaner sich herabließen, die Gesichter und Handlungen ihrer Nachbarn zu beobachten, aber in Lippe und Auge jenes Mannes, der eben zusah, wie eine religiöse Prozession die Tempeltreppe hinaufschritt, sprach sich etwas so auffallend Bitteres und Verächtliches aus, dass es doch einige Aufmerksamkeit erregen musste.

„Wer ist jener Zyniker?“, fragte ein Kaufmann seinen Gefährten, einen Juwelier.

„Es ist Olinth“, erwiderte der Juwelier, „der für einen Nazarener gehalten wird.“

Der Kaufmann schauderte. „Eine entsetzliche Sekte“, sprach er mit leiser, ängstlicher Stimme. „Man sagt, bei ihren nächtlichen Zusammenkünften fingen sie ihre Zeremonien jedes Mal mit der Ermordung eines neu geborenen Kindes an. Auch behaupten sie eine Gemeinschaft der Güter! Was würde aus uns Kaufleuten und Juwelieren werden, wenn solche Begriffe in Mode kämen!“

„Das ist sehr richtig“, erwiderte der Juwelier. „Überdies tragen sie keine Juwelen und murmeln Verwünschungen, wenn sie eine Schlange zu Gesicht bekommen, da doch in Pompeji alle unsere Zierrate Schlangengestalt haben.“

„Sieh einmal“, sprach ein Dritter, ein Bronzefabrikant, „wie jener Nazarener den heiligen Dienst des Opferzuges verhöhnt. Gewiss brummt er Flüche auf den Tempel. Weißt du, Celsinus, dass dieser Bursche, als er neulich an meiner Werkstätte vorbeiging und mich mit einem Standbild der Minerva beschäftigt sah, mir mit Stirnrunzeln sagte, wäre die Statue Marmor, so würde er sie zerbrochen haben, aber das Erz sei zu fest. ‚Eine Göttin zerbrechen?’, rief ich. ‚Eine Göttin?‘, erwiderte der Atheist, ‚eine Dämonin ist es, ein böser Geist.‘ Damit ging er unter Verwünschungen seines Weges. „Soll man sich so was gefallen lassen? Was Wunder, dass die Erde gestern Nacht so furchtbar erbebte, als wollte sie den Atheisten aus ihrem Schoß werfen.“ Indem Olinth durch das Gewühl schritt, bemerkte er, dass ihn ein bleiches, ernstes Gesicht, das er sofort erkannte, scharf ansah. Olinth, an Personen aus allen Ständen gewöhnt und mit seiner Glaubensbegeisterung eine tiefe Menschenerfahrung verbindend, erriet vielleicht aus dem Gesicht etwas von dem, was in der Brust des Priesters, denn es war Apäcides, vorging. Mit festem Auge und einer Miene heiterer, offener Aufrichtigkeit gab er den Blick des Priesters zurück.

„Friede sei mit dir!“, sprach er grüßend.

„Friede?“, wiederholte der Priester mit so hohler Stimme, dass sie dem Nazarener durchs Herz ging.

„In diesem Wunsch“, fuhr Olinth fort, „ist alles Gute vereinigt. Ohne Tugend kannst du keinen Frieden haben. Wie der Regenbogen ruht der Friede auf der Erde, aber seine Wölbung verliert sich in den Himmel!“

„Ach“, hob Apäcides an, wurde aber hier das Angaffen der neugierigen Müßiggänger gewahr, die gar zu gern gewusst hätten, was wohl Gegenstand des Gesprächs zwischen einem verrufenen Nazarener und einem Isispriester sein möge. Er brach ab und fügte dann mit leiser Stimme hinzu, „Wir können hier nicht miteinander sprechen, ich will dir ans Ufer des Flusses nachkommen, dort ist ein Weg, der um diese Zeit von niemand besucht wird.“

Olinth nickte. Mit hastigem Schritt, aber regem, aufmerksamem Auge ging er durch die Straßen. Da und dort wechselte er einen bedeutsamen Blick, ein leichtes Zeichen mit einem der Vorübergehenden, der seiner Kleidung nach gewöhnlich zu den niederen Ständen gehörte, denn das Christentum war darin ein Vorbild aller anderen und weniger gewaltigen Revolutionen, dass das Senfkorn in den Herzen der Unangesehenen keimte. Unter den Hütten der Dürftigkeit und Arbeit lag die unbeachtete Quelle des gewaltigen Stromes, die in der Folge sein breites Gewässer an den Städten und Palästen der Erde hinwälzte.

Zweites Kapitel

„Aber sage mir, Glaukus“, sprach Ione, als sie in ihrem Lustboot den kräuselnden Sarnus hinabglitten, „wie erschienst du mit Apäcides zu meiner Befreiung von dem schändlichen Mann?“

„Frage Nydia dort“, entgegnete der Athener und zeigte auf das blinde Mädchen, das in einiger Entfernung gedankenvoll auf seine Leier gelehnt saß. „Ihr gehört dein Dank, nicht uns. Es scheint, dass sie in meine Wohnung kam, und, da sie mich nicht zu Haus fand, deinen Bruder aus dem Tempel herbeiholte. Er ging mit ihr zu Arbaces, unterwegs begegneten sie mir mit einer Gesellschaft Freunde, denen ich mich in der Freude über deinen liebevollen Brief beigesellt hatte. Nydias scharfes Ohr entdeckte meine Stimme, wenige Worte reichten, mich zum Begleiter deines Bruders zu machen. Ich sagte meinen Genossen nicht, warum ich sie verließ, konnt’ ich deinen Namen ihren leichten Zungen und geschwätzigen Mutmaßungen anvertrauen? Das Mädchen führte uns zu dem Gartentor, wir traten ein und waren eben im Begriff, uns in die Geheimnisse des verruchten Hauses zu stürzen, als wir deinen Angstschrei von einer anderen Seite her vernahmen. Das Übrige weißt du.“

Ione errötete tief, sie hob dann die Augen gegen Glaukus, und er fühlte den ganzen Dank, den sie nicht auszusprechen vermochte.

„Komm her, meine Nydia“, wandte sie sich zärtlich an die Thessalirin. „Sagt’ ich dir nicht, du solltest meine Schwester und Freundin sein? Bist du mir nicht bereits mehr gewesen – eine Hüterin, eine Retterin.“

„Es will nichts sagen“, erwiderte Nydia kalt ohne aufzustehen.

„Ah! Ich vergaß“, fuhr Ione fort, „dass ich zu dir kommen muss.“ Damit ging sie längs der Schiffsbänke hin, bis sie an den Ort kam, wo Nydia saß, schlang ihren Arm liebkosend um sie und bedeckte ihre Wangen mit Küssen.

Nydia war an diesem Tag blasser als gewöhnlich, und ihr Gesicht wurde noch fahler und farbloser, als sie sich der Umarmung der schönen Neapolitanerin hingab.

„Aber wie“, flüsterte Ione, „errietest du so genau die Gefahr, der ich ausgesetzt war? Kanntest du den Ägypter schon von früher her?“

„Ja, ich wusste von seinen Verbrechen.“

„Und wie das?“

„Edle Ione, ich war eine Sklavin frevelhafter Menschen. Meine Gebieter waren seine Gehilfen.“

„Und du warst schon früher in sein Haus gekommen, da du den geheimen Eingang so genau kanntest?“

„Ich habe dem Arbaces auf meiner Leier gespielt“, antwortete die Thessalierin verlegen.

„Und du selbst bist dem Verderben entgangen, von dem du Ione errettet hast?“, erwiderte die Neapolitanerin in einem Ton, der für Glaukus’ Gehör zu leise war.

„Edle Ione, mich zeichnen weder Schönheit noch Rang aus, ich bin ein Kind und eine Sklavin und blind. Die Verachteten sind immer sicher.“

Nydia hatte diese demütige Antwort in einem schmerzlichen, stolzen und bitteren Ton gegeben, und Ione fühlte, dass sie dem Mädchen durch längeres Verweilen bei diesem Gegenstand nur weh tue. Sie blieb still, und die Barke bog jetzt in die See ein.

„Gestehe, dass ich Recht hatte, Ione“, sagte Glaukus.

„Du hattest Recht, Glaukus“, erwiderte Nydia kurz.

„Das liebe Kind spricht für dich“, entgegnete der Athener. „Aber erlaube mir, mich dir gegenüber zu setzen, sonst verliert unser leichtes Boot das Gleichgewicht. Du wolltest sagen“, meinte er dann, „warum mir deine Tür so viele Tage verschlossen blieb.“

„O denke nicht mehr daran!“, antwortete Ione schnell. „Ich lieh mein Ohr, wie ich jetzt erkenne, boshafter Verleumdung.“

„Und mein Verleumder war der Ägypter?“ Iones Stillschweigen bejahte die Frage. „Seine Beweggründe liegen hinlänglich zutage.“

„Sprich nicht von ihm“, rief Ione und bedeckte sich das Gesicht mit den Händen.

„Wie ruhig“, sprach sie weiter, indem sie sich aus der Verstimmung zu erheben suchte, worin der Gedanke an Apäcides sie gestürzt hatte, „wie ruhig scheinen die Wolken am Himmel zu schweben.“

„Ja“, erwiderte er und sah zu Boden.

Nydia rückte ein wenig aus dem noch immer um sie geschlungenen Arm Iones weg, als ob dieses sanfte Umfangen ihr hinderlich wäre, setzte sofort ihr leichtes, anmutiges Instrument auf das Knie und sang nach einem kurzen Vorspiel folgendes Lied:

Der Wind und der Lichtstrahl liebten die Rose,
Die Rose aber liebte das Licht,
Wer mag den Wind wohl mit seinem Getose,
Jedoch die Sonne, wer liebte die nicht?

Kein Mensch sieht, wohin der Wind doch sich stehle,
Den Wolken ein ärmlich, gehorsames Spiel –
Beim Winde träumt keiner sich wohl eine Seele
Und legt in sein trauriges Ächzen Gefühl!

O glücklicher Strahl – wie kannst du sie zeigen,
Die glühende Liebe, die dich erfüllt?
Ist doch das glänzende Licht dir zu eigen,
Du scheinst nur – und hast deine Liebe enthüllt.

Aber der Wind, dessen Töne erschrecken,
Womit tut er seine Liebe nur dar?
Will er sich seiner Rose entdecken,
Muss er verstummen – sein Tod macht's ihr klar!

„Du singst ein trauriges Lied, süßes Mädchen", sagte Glaukus.

„Ich singe, wie man mich's gelehrt hat", erwiderte Nydia seufzend.

„So hatte denn dein Lehrer Unglück in der Liebe. – Versuch es mit einer fröhlicheren Weise. Doch nein, gib mir das Instrument." Indem Nydia gehorchte, streifte ihre Hand die seinige, und bei dieser leichten Berührung hob sich ihre Brust und ihre Wange flammte auf. Ione und Glaukus, mit sich selbst beschäftigt, bemerkten diese Anzeichen einer seltsamen, vorzeitigen Bewegung in einem Herzen nicht, das mit Phantasien genährt, sich der – Hoffnung beraubt sah.

Glaukus begann mit sanfter Stimme eine Melodie zu singen und zu spielen.

Noch zitterten die letzten Worte des Liedes über die See hin, als Ione die Augen erhob und diese denen des Geliebten begegneten. Glückliche Nydia! Glücklich in deinem Kummer, dass du diesen entzückten Blick, der so viel sagte, der das Auge zur Stimme der Seele machte, der die Unmöglichkeit eines Wechsels versprach, nicht sehen konntest!

War aber die Thessalierin auch nicht imstande, den Blick wahrzunehmen, so erriet sie seinen Sinn doch an dem Schweigen, den Seufzern der beiden. Sie drückte die Hände fest gegen die Brust, als wolle sie die bitteren, eifersüchtigen Gefühle niederhalten, und beeilte sich, dann zu Worte zu kommen – denn dieses Schweigen war ihr unerträglich.

„Schließlich liegt nichts besonders Heiteres in deinem Lied, Glaukus", sprach sie.

„Und doch wollte ich etwas Heiteres, als ich die Leier zur Hand nahm, liebe Kleine. Vielleicht gestattet wahres Glück keine äußere Fröhlichkeit."

„Wie wunderlich", bemerkte Ione, ein Gespräch wechselnd, das sie mehr beklommen machte als entzückte, „dass schon seit mehreren Tagen jene Wolke bewegungslos über dem Vesuv hängt, oder eigentlich nicht bewegungslos, denn zuweilen wechselt sie ihre Form. Und eben jetzt dünkt sie mir wie ein ungeheurer Riese, der einen Arm über die Stadt ausstreckt. Kommt sie auch dir so vor – oder liegt das Bild bloß in meiner Phantasie?"

„Auch ich sehe es, schöne Ione, die Ähnlichkeit ist wirklich zum Erstaunen. Der Riese scheint auf dem Gipfel des Berges zu sitzen, die verschiedenen Schatten der Wolke bilden ein weißes, weites Gewand um Brust und Glieder her, mit festem Gesicht scheint er auf die Stadt unten zu blicken, mit der einen Hand, wie du sagst, auf ihre schimmernden Straßen zeigend, die andere – siehst du nicht? – gegen den Himmel erhebend. Er ist wie der Geist eines gewaltigen Titanen, der über die schöne Welt brütet, die er verloren hat, trauernd über die Vergangenheit, aber nicht ohne Drohung für die Zukunft."

„Sollte dieser Berg in irgendeinem Zusammenhang mit dem Erdbeben von gestern Nacht stehen? Man sagt, vor Jahrhunderten, fast in der frühesten Zeit der uns erhaltenen Geschichte, habe er Feuer ausgeworfen, wie noch jetzt der Ätna. Vielleicht lauern die zuckenden Flammen noch immer in seiner Tiefe."

„Wohl möglich", erwiderte Glaukus nachdenkend.

„Du sagst, du glaubest nicht sonderlich an Magie?", fragte plötzlich Nydia. „Ich habe gehört, eine mächtige Hexe wohne in den verbrannten Höhlen des Berges – jene Wolke ist vielleicht der dunkle Schatten des Dämons, mit dem sie Zwiesprache hält."

„Ist dir das Köpfchen doch voll von der Romantik deines

Vaterlandes Thessalien“, bemerkte Glaukus, „du bist eine seltsame Mischung von Verstand und Aberglauben.“

„Im Dunklen ist man immer abergläubisch“, erwiderte Nydia. „Sag mir“, setzte sie nach einer kleinen Pause hinzu, „sag mir, o Glaukus, gleichen alle schönen Menschen einander? Ich höre, du seiest schön und Ione ebenfalls. Sind eure Gesichter denn die gleichen? Ich glaube nicht, obwohl ich’s vielleicht sollte.“

„Tu Ione kein so schmähliches Unrecht“, erwiderte Glaukus lachend. „Ach, wir gleichen einander nicht einmal so, wie sich der Hässliche und Schöne bisweilen gleichen. Iones Haar ist dunkel, das meinige hell, iones Augen sind – von welcher Farbe Ione? Ich kann sie nicht sehen, wende sie mir zu. Sind sie schwarz? Nein, sie sind zu sanft. Sind sie blau? Nein, sie sind zu tief, sie wechseln mit jedem Sonnenstrahl – ich weiß ihre Farbe nicht, die meinigen aber, süße Nydia, sind grau und glänzen nur, wenn Ione auf sie scheint! Iones Wange ist . . .“

„Ich verstehe kein Wort von deiner Beschreibung“, unterbrach ihn Nydia fast unwillig, „ich fasse bloß, dass ihr einander nicht gleicht und bin froh darüber.“

„Warum, Nydia?“, fragte Ione.

Nydia errötete leicht. „Weil“, antwortete sie kalt, „ich mir euch stets unter verschiedenen Formen vorgestellt habe und man sich stets freut, wenn man Recht hat.“

„Und wie stellst du dir Glaukus vor?“, fragte Ione sanft.

„Wie Musik!“, erwiderte Nydia und sah zu Boden. „Du hast Recht“, dachte Ione.

Unter solchen Gesprächen vergingen die Stunden.

Drittes Kapitel

Gefolgt von Apäcides erreichte der Nazarener das Ufer des Sarnus. Dieser Weg war am Abend ein Lieblingsaufenthalt der Pompejaner, wurde aber während der Hitze und Geschäftigkeit des Tages selten besucht.

„Bist du, seit du mich so plötzlich verließest, glücklich gewesen?“, fragte Olinth. „Hat dein Herz Befriedigung gefunden unter diesem Priestergewand? Hast du in deiner Sehnsucht nach der Stimme Gottes dir aus den Orakeln der Isis Trost zuflüstern gehört? Dieser Seufzer, dieses abgewandte Gesicht geben mir eine Antwort, wie sie meine Seele voraussagte.“

„Ach“, erwiderte Apäcides niedergeschlagen, „du siehst einen unglücklichen, zerrissenen Menschen vor dir! Von Kindheit an hab’ ich moralische Reinheit mit Schwärmerei verehrt, habe die Heiligkeit der Männer beneidet, die in Höhlen und einsamen Tempeln zur Genossenschaft mit überirdischen Wesen gelangten. Meine Tage verzehrten sich in fieberhafter, unbestimmter Sehnsucht, meine Nächte unter täuschenden Traumgesichten, die in ihrer Erhabenheit nur ihren Spott mit mir trieben. Verführt durch die geheimnisvollen Verkündigungen eines Betrügers legte ich diese Gewänder an. Meine Natur – ich gestehe es dir offen – empörte sich über das, was ich sah und woran teilzunehmen ich gezwungen war! Nach Wahrheit strebend, ward ich nur ein Diener der Lüge. An dem Abend, an dem wir uns zuletzt sahen, erhoben mich Hoffnungen, die derselbe Lügner, den ich bereits hätte besser kennen sollen, in mir erweckt hatte. Ich habe – ich habe . . . kurzum, ich habe Meineid und Sünde der Übereilung und dem Gram hinzugefügt. Jetzt aber ist der Schleier auf immer von meinen Augen gerissen – ich sehe einen Schurken, wo ich einem Gott zu gehorchen glaubte. Die Erde dunkelt mir vor den Blicken, ich liege im tiefsten Abgrund der Finsternis, ich weiß nicht, ob es da oben Götter gibt, ob wir Geschöpfe des Zufalls sind, ob nach dem beschränkten, trüben Jetzt ein Nachher oder eine Vernichtung folgt. Teile mir denn deinen Glauben mit – löse mir diese Zweifel, wenn du wirklich die Macht dazu hast."

„Ich wundere mich nicht", versetzte der Nazarener, „dass du so geirrt hast, so in Zweifel gefallen bist. Vor achtzig Jahren hatte der Mensch noch keine Gewissheit von Gott oder von einer sicheren, entschiedenen Zukunft jenseits des Grabes."

Und mit dem ganzen Ernst eines Menschen, der selbst mit der vollen Glut des Herzens glaubt und ebenso sehr strebt, andere zu bekehren, verbreitete sich der Nazarener vor Apäcides über die Verheißungen der Schrift. Er sprach von den Leiden und Wundern Christi und weinte während seiner Worte; dann wandte er sich zu der glorreichen Auferstehung des Heilandes, zu den klaren Prophezeiungen der Offenbarung. Er beschrieb den reinen, nichtsinnlichen Himmel, welcher der Gerechten warte, die Flammen und Qualen, die das Los der Sünde seien.

„Komm", sprach der Nazarener, „komm in die niedere Halle, in der wir uns versammeln – wenige Auserlesene und Erwählte. Höre dort unsere Gebete an, sieh die Aufrichtigkeit unserer bußfertigen Tränen; nimm teil an unserem einfachen Opfer, das nicht aus Tieren oder Kränzen besteht, sondern aus reinen Gedanken, die auf dem Altar des Herzens dargebracht werden. Verliere keinen Augenblick, bereite dich schon jetzt vor auf die große, ernste Reise von der Finsternis zum Licht, von der Trauer zur Freude, von der Verderbnis zur Unsterblichkeit! Dies ist der Tag des Herrn, ein Tag, den wir zu unserer Andacht besonders eingesetzt haben. Obwohl wir in der Regel nachts zusammenkommen, sind einige von uns auch jetzt versammelt. Welche Freude, welcher Triumph wird bei uns allen sein, wenn wir ein verirrtes Lamm in die heilige Herde bringen."

Dem jungen Mann, der von Natur ein so reines Herz hatte,

schien etwas unaussprechlich Edles und Liebevolles in dem Geist der Bekehrung zu liegen, die seinen Freund beseelte. Ein Geist, der sein eigenes Glück in dem Wohlergehen anderer fand, dessen umfassende Nächstenliebe darauf ging, sich Gefährten für die Ewigkeit zu schaffen.

Einen Moment hielt er an, warf einen Blick auf seine Kleidung, dachte an Arbaces, schauderte und erhob dann die Augen zu der majestätischen Stirn des Nazareners, die aufmerksam, ängstlich, wachsam erschien – aber für sein Heil, für seine Rettung. Da zog er den Mantel um sich, sodass er das Priestergewand gänzlich verhüllte, und sprach, „Voran, ich folge dir."

Freudig drückte ihm Olinth die Hand, stieg dann mit ihm vom Uferweg hinunter und rief einen der Nachen herbei. An einer Stelle der Vorstadt, wo eine Reihe niedriger Häuschen sich bis an das Gestade hinstreckte, erreichten sie das Ufer. Sie stiegen ans Land, Olinth ging durch ein Labyrinth von Gässchen voran. Endlich hielt der Priester vor der verschlossenen Tür einer geräumigen Wohnung. Er klopfte dreimal an, die Tür ging auf und schloss sich wieder, sobald Apäcides seinem Führer gefolgt war.

Durch ein leeres Atrium gelangten sie in ein inneres Gemach von mäßiger Größe. Olinth blieb an der Schwelle stehen, klopfte an und rief: „Friede sei mit euch."

Die Tür ging auf. Zwölf bis vierzehn Personen saßen schweigend und, wie es schien, in tiefen Gedanken in einem Halbkreis. Ihnen gegenüber stand ein roh in Holz geschnitztes Bild des Gekreuzigten.

Ohne zu sprechen, erhoben sie bei Olinths Eintritt die Augen. Olinth wandte sich an die Versammlung:

„Männer und Brüder", sprach er. „Erschreckt nicht, einen Priester der Isis unter euch zu sehen, er ist mit den Blinden gewandelt, aber der Geist ist über ihn gekommen; er wünscht zu sehen, zu hören und zu verstehen."

„Das möge er", entgegnete einer aus der Versammlung,

und Apäcides erblickte in dem, der gesprochen hatte, einen noch jüngeren Mann als er selbst, mit einem gleich bleichen und abgemagerten Gesicht, dessen Auge in gleichem Maß auf die unruhige feurige Tätigkeit eines strebenden Gemüts schließen ließ.

„Das möge er“, wiederholte eine zweite Stimme. Der Sprechende stand in der Blüte der Jahre, die dunkle Haut und die asiatischen Züge deuteten einen Sohn Syriens an.

„Das möge er“, sagte eine dritte Stimme, und der Priester erblickte einen alten Mann mit einem langen grauen Bart, in welchem er einen Sklaven des reichen Diomed erkannte.

„Das möge er“, wiederholten einstimmig die übrigen Männer, die, mit zwei Ausnahmen, offenbar den niederen Klassen angehörten. Die Ausnahmen aber bildeten ein Offizier der kaiserlichen Leibwache und ein Kaufmann aus Alexandria.

„Wir verpflichten dich nicht zum Geheimnis“, nahm Olinth wieder das Wort, „wir legen dir keinen Eid auf, uns nicht zu verraten, wie einige von unseren schwächeren Brüdern wohl tun würden. Verrate uns der Menge! Klage uns an, verleumde, verlästere uns, wenn du willst, wir stehen über dem Tod, wir würden freudig in die Löwengrube oder auf die Folterbank gehen, wir können das Dunkel des Grabes niedertreten, und was für einen Verbrecher Tod ist, ist Ewigkeit für den Christen.“

Ein leises Geflüster des Beifalls lief durch die Versammlung.

„Du bist unter uns gekommen als ein Forschender, mögest du bleiben als ein Bekehrter. Unsere Religion? Du siehst sie! Jenes Kreuz ist unser einziges Bild. Unsere Moral? Sie drückt sich in unserem Leben aus: Wir alle sind Sünder gewesen, wer kann uns jetzt eines Verbrechens anklagen? Wir haben die Vergangenheit durch die Taufe von uns abgewaschen. Glaube nicht, solches sei unser Werk, es kommt von Gott. Tritt her, Medon, du bist der einzige unter uns, der nicht frei ist. Aber im Himmel soll der Letzte der Erste werden: So sei es auch bei uns. Entfalte jene Rolle, lies und erkläre!“

Überflüssig würde es sein, wollten wir die Vorlesung Medons oder die Erläuterungen der Versammlung wiederholen. Allbekannt sind jetzt die Lehren, die damals seltsam und neu klangen. Achtzehn Jahrhunderte haben aus der Schrift oder dem Leben Christi wenig zu erörtern übrig gelassen.

Ein Umstand rührte den Neapolitaner besonders. Als die Vorlesung zu Ende war, vernahm man ein ganz leises Pochen an der Tür. Das Einlasswort wurde gefordert und gegeben, die Tür öffnete sich und zwei Kinder, deren ältestes das siebte Jahr zurückgelegt haben mochte, traten furchtsam ein. Es waren die Kinder des Hausherrn, jenes dunklen, stämmigen Syriers, dessen Jugend unter Rauben und Blutvergießen verflossen war. Der Älteste in der Gemeinde, jener alte Sklave, öffnete ihnen die Arme; sie flogen auf ihn zu, kletterten an seiner Brust empor, und seine harten Züge wurden weich und freundlich, als er sie liebkoste. Und diese kühnen, glaubenseifrigen Menschen, unter Gefahren aufgewachsen, von den rauhen Winden des Lebens zerschlagen, Männer von eisernem, unerschütterlichem Mut, bereit, einer Welt Trotz zu bieten, gefasst auf die Folter und gestählt für den Tod, drängten sich um die beiden, und ein freundliches, ermutigendes Lächeln spielte um die bärtigen Lippen. Sofort öffnete der Greis die Rolle und ließ die Kleinen das schöne Gebet nachsprechen, das wir noch immer das Gebet des Herrn nennen und unsere Kinder lehren. Dann erzählte er in einfachen Ausdrücken von der Liebe Gottes zu den Kindern und wie kein Sperling vom Dach falle, den sein Auge nicht sähe. Die liebliche Sitte, das zarte Alter auf diese Weise in die Lehren der Religion einzuweihen, blieb in der frühesten Kirche lang im Gebrauch zum Gedächtnis der Worte: „Lasset die Kinder und wehret ihnen nicht, zu mir zu kommen.“

In diesem Moment öffnete sich sanft eine innere Tür, und ein sehr alter Mann trat, auf einen Stab gelehnt, in das

Zimmer. Bei seinem Eintritt erhob sich die ganze Versammlung, ein Ausdruck tiefer, zärtlicher Ehrerbietung stand auf jedem Gesicht, und Apäcides fühlte sich beim Anblick dieser Züge durch eine unwiderstehliche Sympathie an den Greis gefesselt. Niemand sah je ohne Liebe auf dieses Antlitz, denn auf ihm hatte das Lächeln der Gottheit, der Verkörperung göttlicher Liebe, geweilt, und der Glanz jenes Lächelns war nie wieder von dem Gesicht verschwunden.

„Meine Kinder, Gott sei mit euch", rief der Alte, die Arme ausbreitend, und die Kleinen sprangen ihm entgegen. Er setzte sich, und liebkosend schmiegten sie sich in seinen Schoß.

„Vater", sprach Olinth, „du, an dessen Leben das Wunder des Erlösers sich kundtut, du, der dem Grab entrissen wurde, um ein lebender Zeuge seiner Barmherzigkeit und Macht zu sein, siehe einen Fremdling in unserer Gemeinde, ein neues Lamm, das zu der Herde gesammelt worden!"

„Lasst mich ihn segnen", rief der Greis, und die Anwesenden machten ihm Platz. Apäcides näherte sich instinktmäßig und fiel vor ihm auf die Knie; der Alte legte ihm die Hand aufs Haupt und segnete ihn, aber nicht laut. Während seine Lippen sich bewegten, waren seine Augen nach oben gewandt, und Tränen, wie sie gute Menschen bloß in der Hoffnung auf das Glück eines anderen vergießen, rannen ihm über die Wangen.

Die Kinder standen zu beiden Seiten des Neu bekehrten, sein Herz war wie das ihrige – er war geworden wir eines von ihnen und die Verheißung: Euer ist das Himmelreich, galt auch für ihn.

Viertes Kapitel

Tage sind wie Jahre in der Liebe der Jugend, wenn keine Schranke, kein Hindernis zwischen den Herzen steht, wenn die Sonne scheint und die Flut glatt dahintanzt, wenn die Liebe von keinem Unfall getrübt und kein Geheimnis mehr ist. Ione verbarg vor Glaukus nicht länger die Zuneigung, die sie für ihn fühlte, und der einzige Gesprächsgegenstand der beiden war jetzt ihre gegenseitige Zärtlichkeit. Über der Wonne der Gegenwart glühte die Hoffnung der Zukunft wie der Himmel über einer Frühlingswiese. In Gedanken wandelten sie weit hinab am Strom der Zeit, zeichneten sich einen Plan ihres künftigen Geschicks und ließen das Licht von heute auch auf morgen überstrahlen.

Man war jetzt weit im August vorgerückt – im nächsten Monat sollte die Vermählung gefeiert werden. Bereits jetzt war die Tür des Glaukus mit Blumenkränzen behangen, und nachts brachte er vor Iones Tor reiche Trankopfer. Er lebte nicht länger für seine lustigen Gefährten, stets war er bei Ione. Vormittags verkürzten sie sich die Zeit mit Musik, abends entzogen sie sich den überfüllten Sammelplätzen der fröhlichen Welt, um einen Ausflug auf dem Meer oder längs den fruchtbaren, Reben bekränzten Ebenen am Fuß des verhängnisvollen Vesuvs zu machen. Die Erde bebte nicht mehr, die lebhaften Pompejaner vergaßen sogar, dass ein so furchtbares Warnzeichen ihres bevorstehenden Schicksals sich kundgegeben hatte. Glaukus hielt in der Eitelkeit seiner heidnischen Religion jene Erschütterung für eine unmittelbare göttliche Einwirkung, nicht sowohl zu seiner, als zu Iones Rettung.

Von Arbaces vernahmen unsere Liebenden bloß, dass er noch lebe. Auf das Krankenlager gestreckt, genas er langsam von den Folgen des Schlages, der ihn getroffen hatte. Er ließ das Paar unbelästigt, aber nur um über die Zeit und Art seiner Rache zu brüten.

Morgens im Hause Iones und auch abends auf ihren Spaziergängen war Nydia in der Regel ihre beständige und oft ihre einzige Gesellschaft. Sie ahnten das heimliche Feuer, welches das Kind verzehrte, nicht; die Freiheit, womit sie sich oft plötzlich in ihr Gespräch mischte, ihr launenhaftes, zuweilen beinah unartiges Benehmen fand hinlängliche Entschuldigung im Hinblick auf die Dienste, die sie ihnen geleistet, und im Mitleid mit ihrem Unglück. Vielleicht nahmen sie sogar eben wegen der eigensinnigen Seltsamkeit ihres Wesens, wegen des sonderbaren Wechsels von Leidenschaftlichkeit und Sanftmut, der Mischung von Unwissenheit und Genie, von Zartsinn und Rauheit der schnell erregten Laune eines Kindes und der stolzen Ruhe einer Jungfrau – vielleicht nahmen sie eben deshalb einen um so größeren, innigeren Anteil an ihr. Obwohl sie sich weigerte, die Freiheit anzunehmen, ließ man sie doch beständig frei handeln, sie ging, wohin es ihr gefiel. Ihrem Sprechen und Tun war keine Schranke gesetzt. Mit dem leichten Stab, der ihr als Führer und Halt diente, ging sie aufs Neue, wie in ihrem früheren unbeschützten Zustand, durch die volkreichen Straßen. Es grenzte ans Wunderbare, wenn man sah, wie schnell und gewandt sie durch die dichtesten Haufen schlüpfte, jede Gefahr vermied und ihren umnachteten Weg durch die verwinkelten Häuserwindungen zu finden vermochte. Ihr Hauptvergnügen bestand jedoch darin, die wenigen Quadratmeter, die den Garten des Glaukus ausmachten, zu besuchen und die Blumen zu pflegen, denn diese wenigstens vergalten ihre Liebe! Zuweilen trat sie in das Zimmer, wo ihr Retter saß und suchte ein Gespräch, das sie fast jederzeit plötzlich wieder abbrach, da ein Gespräch mit Glaukus immer auf einen Gegenstand, auf Ione, ging, und dieser Name aus seinen Lippen sie mit tödlicher Qual erfüllte. Oft bereute sie bitter den Dienst, den sie Ione geleistet hatte. Und oft sagte sie zu sich selbst: „Wäre sie gefallen, so würde sie Glaukus nicht länger geliebt haben!“ Und damit beschlichen dunkle, furchtbare Gedanken ihre Brust.

Sie hatte, als sie jene Großmut ausgeübt, noch nicht alle Prüfungen kennen gelernt, die ihrer warteten. Sie war nie zugegen gewesen, wenn Glaukus und Ione beisammensaßen, nie hatte sie diese Stimme, die so freundlich gegen sie war, noch freundlicher mit einer anderen sprechen gehört. Und allmählich gewann die Eifersucht eine wildere, grimmigere Gestalt, sie nahm etwas von Hass an, sie flüsterte von Rache.

Die freudlose Kindheit hatte Nydias Charakter frühzeitig gehärtet, vielleicht dass durch die üppigen Szenen, durch welche sie scheinbar unbeschädigt gegangen, ihre Sinne zur Reife gekommen waren, obwohl ihre Reinheit kein Flecken getroffen hatte.

Bei Glaukus' Rückkehr nach Pompeji war Nydia um ein Jahr älter geworden. Dieses Jahr mit seinen Schmerzen, seiner Einsamkeit, seinen Prüfungen hatte ihren Geist und ihr Herz mächtig entwickelt, und wenn der Athener sie ahnungslos an die Brust drückte, im Glauben sie sei, wie dem Alter so der Seele nach, noch ein Kind, wenn er ihre zarte Wange küsste und seinen Arm um ihren zitternden Leib schlang, empfand Nydia plötzlich und wie durch Offenbarung, dass die Gefühle, die sie lang und unschuldig genährt hatte, Liebe seien. Vom Schicksal verurteilt, durch Glaukus aus den Händen ihrer Tyrannen befreit zu werden, verurteilt, in seinem Hause ein Obdach zu finden und zu hören, dass er eine andere liebe, verurteilt, dieser anderen als Botin, als Dienerin zugewiesen zu werden.

In ihren Empfindungen für Ione war jede Stunde Ebbe und Flut. Jetzt liebte sie ihre Gebieterin, weil Glaukus sie liebte; jetzt hasste sie diese aus der gleichen Ursache. Es gab Augenblicke, wo sie ihre arglose Herrin hätte ermorden können, Augenblicke, wo sie ihr Leben für sie gegeben haben würde. Diese wilden, fieberhaften Wechsel der Leidenschaft waren zu angreifend, um lange ertragen zu werden. Ihre Gesundheit litt, obwohl sie es nicht gewahr wurde . . .

Eines Morgens, als sie sich zu ihrer gewöhnlichen Arbeit in den Garten des Atheners begab, traf sie diesen mit einem Kaufmann aus der Stadt unter den Säulen des *Peristyls*. Er las einen Juwelenschmuck für seine Braut aus. Bereits hatte er

Ione ein Zimmer eingerichtet. Die Edelsteine, die er heute kaufte, brachte er ebenfalls dorthin. Nie sollten sie die schöne Gestalt der Geliebten schmücken, noch heute kann man sie unter den der Erde wieder entrissenen Schätzen Pompejis im Museum zu Neapel* sehen.

„Komm, Nydia, setze dein Gefäß nieder und komm zu mir. Du musst diese Kette von mir annehmen. Halt! – So, ich hab' sie dir angelegt. Sieh einmal, Servilius, steht sie ihr nicht gut?“

„Herrlich!“, antwortete der Juwelier, denn Juweliere waren schon damals wohl erzogene Leute, die jedem gern eine Artigkeit sagten. „Aber wenn erst diese Ohrringe am Haupt der edlen Ione schimmern, dann, beim Bacchus, sollst du sehen, ob meine Kunst die Schönheit nicht erhöht.“

„Das glaube ich“, meinte Nydia. „Glaukus, willst du meine armen Blumen annehmen? Mache mit ihnen was du willst. Du kannst sie Ione geben, wenn du willst“, setzte sie nach einem kleinen Zaudern hinzu.

„Nein, Nydia“, antwortete Glaukus freundlich, „denn ihm war in ihren Worten doch endlich eine gewisse Eifersucht aufgefallen, die er freilich nur für die Eifersucht eines eitlen, reizbaren Kindes hielt. „Ich will deine schönen Blumen niemand geben. Setze dich und flechte sie in einen Kranz, ich will ihn heute Nacht tragen.“

Hocherfreut setzte sich das arme Mädchen neben Glaukus nieder. Sie zog aus ihrem Gürtel einen Knäuel der vielfarbigen Bändchen, deren man sich beim Kranzflechten bediente und die sie beständig bei sich trug, und machte sich flink und anmutig über ihr Werk. Sie war mit Glaukus ausgesöhnt; er hatte ihr vergeben. Sie saß neben ihm. Er spielte liebkosend mit ihrem seidigen Haar; sein Atem hauchte an ihre Wange. Ione, die grausame Ione, war nicht da. Niemand sonst begehrte, teilte mit ihr seine Aufmerksamkeit. Ja, hier war

* *Mehrere Armbänder, Ketten und Juwelen wurden im Hause des Glaukus gefunden.*

Nydia glücklich und ihren Leiden entrückt, es war einer der wenigen Momente in ihrem kurzen, unruhigen Leben, woran sie sich nachher mit Wonne erinnerte.

„Du hast schöne Locken", bemerkte Glaukus. „Gewiss waren sie einmal das Entzücken einer Mutter."

Nydia seufzte, es schien, sie sei nicht als Sklavin geboren worden, aber stets vermied sie es, ihre Abkunft zu erwähnen. Mochte diese niedrig oder hoch sein, gewiss ist, dass ihre Geburt weder ihren Wohltätern noch sonst jemand an dieser fernen Küste je bekannt wurde. Ein Kind der Schmerzen und des Geheimnisses kam und schied sie, wie ein Vogel, der auf einen Augenblick in unser Zimmer fliegt, wir sehen ihn eine Weile vor uns herumflattern, ohne zu wissen, woher er gekommen ist oder wohin er entweicht.

Nydia seufzte und fragte nach einer kurzen Pause, ohne auf die Bemerkung zu antworten:

„Winde ich vielleicht zu viele Rosen in deinen Kranz, Glaukus? Man sagt mir, es sei deine Lieblingsblume."

„Und stets bleibe sie der Günstling derer, die eine dichterische Seele haben. Sie ist die Blume der Liebe, der Feste, sie ist auch die Blume, die wir dem Schweigen und dem Tode weihen."

„Ach, könnt' ich statt eines vergänglichen Kranzes deinen Faden aus der Hand der Parzen nehmen und die Rosen mit diesem verflechten!"

„Holde Kleine, was für ein Schicksal mich auch erwarten mag, ich danke dir!"

„Was für ein Schicksal? Ist es nicht allen glänzenden und schönen Wesen bereits vorbestimmt? Mein Wunsch war unnötig, die Parzen werden so zärtlich gegen dich sein, als ich es sein würde."

„Das dürfte, mit Ausnahme meines Loses in der Liebe, nicht so gewiss sein. Solange die Jugend noch anhält, vermag ich mein Vaterland auf eine Zeit zu vergessen. Aber welcher Athener kann in seinen späteren Jahren an Athenes Stadt denken, wie sie war, und sich an seinem eigenen Glück genügen lassen, während jene gefallen ist, gefallen für immer?“

„Und warum für immer?“

„Wie die Asche nicht wieder erwärmt werden, wie einmal erstorbene Liebe nicht wieder aufleben kann, so ist die Freiheit, wenn sie einmal von einem Volke gegangen ist, nie wieder zu gewinnen. Doch sprechen wir nicht von Dingen, die nicht für dich passen!“

„Für mich? Du irrst. Auch ich seufze um Griechenland, meine Wiege stand am Fuße des Olympus. Die Götter haben den Berg verlassen, aber noch kann man die Spuren ihrer Tritte sehen – in den Herzen ihrer Verehrer, in der Schönheit ihres Landes. Wenigstens sagt man mir, es sei schön, und ich selbst habe seine Lüfte gefühlt, gegen die sogar der Hauch dieser Gegend rau ist – seine Sonne empfunden, gegen die dieser Himmel mich anfröstelt. O rede mit mir von Griechenland! Ein so kindisches Ding ich bin, kann ich dich doch verstehen, und ich glaube, hätte ich länger an jenen Ufern verweilt – wär ich ein griechisches Mädchen gewesen, deren glückliches Los es ist, zu lieben und geliebt zu werden, ich selbst hätte den Geliebten zu einem anderen Marathon, einem neuen Platäa bewaffnen können. Ja, die Hand, die dir jetzt Rosen windet, würde dir dann den Olivenkranz geflochten haben.“

„Wenn ein solcher Tag käme!“, rief Glaukus, indem er sich, von der Begeisterung der blinden Thessalierin ergriffen, halb erhob, „doch nein! Die Sonne ist untergegangen, und die Nacht gebietet uns Vergessen – und im Vergessen froh zu sein. Flechte die Rosen nur fort!“

Aber der Athener hatte diese letzten Worte mit einem trüben Ton erzwungener Heiterkeit gesprochen und versank in ein düsteres Nachdenken, aus dem er erst nach mehreren Minuten durch Nydias Stimme erweckt wurde, indem sie mit leisem Ton ein Lied sang, das er sie einmal gelehrt hatte.

Fünftes Kapitel

„Welches Glück für Ione! Welche Seligkeit, stets an der Seite des Glaukus zu sein, seine Stimme zu hören, – und sie, ach, sie kann ihn auch sehen!“

So lautete das Selbstgespräch des blinden Mädchens, als sie in der Dämmerung allein nach dem Haus ihrer neuen Gebieterin wandelte, wohin ihr Glaukus bereits vorangegangen war. Plötzlich wurde sie in ihren zärtlichen Gedanken von einer Frauenstimme unterbrochen.

„Blindes Blumenmädchen, wohin? Es ist kein Korb unter deinem Arm. Hast du alles verkauft?“

Die Person, die Nydia so anredete, war eine Dame von schönen, aber kecken unweiblichen Zügen – Julia, die Tochter Diomeds. Ihr Schleier war während ihrer Rede halb erhoben, Diomed selbst und ein Sklave mit einer Leuchte begleiteten sie. Der Kaufmann und seine Tochter kehrten von einem Abendessen bei einem ihrer Nachbarn zurück.

„Erinnerst du dich meiner Stimme nicht?“, fuhr Julia fort. „Ich bin die Tochter des reichen Diomed.“

„Ach, vergib mir. Ja, jetzt kenne ich den Ton deiner Stimme wieder. Nein, edle Julia, ich habe keine Blumen zu verkaufen.“

„Ich höre, du seist von dem schönen Griechen Glaukus gekauft worden. Ist das wahr, niedliche Sklavin?“

„Ich diene der Neapolitanerin Ione“, erwiderte Nydia ausweichend.

„Ha! Und es ist also wahr . . .“

„Komm, komm“, unterbrach sie Diomed, bis zum Munde in seinen Mantel gehüllt. „Die Nacht wird kalt, ich kann hier nicht warten, bis du mit dem blinden Mädchen geschwatzt hast. Lass sie dich ins Haus begleiten, wenn du mit ihr sprechen willst“

„Tu das, Kind“, sagte Julia mit einer Miene, die an keinen Widerspruch gewöhnt war. „Ich habe dich manches zu fragen. Komm!“

„Ich kann jetzt nicht, es wird spät“, antwortete Nydia. „Ich muss nach Hause. Ich bin nicht frei, edle Julia.“

„Was, die milde Ione schilt dich? Ja, ja, gewiss ist sie eine zweite Thalestris. So komm denn morgen zu mir. Du erinnerst dich, ich war immer deine Freundin.“

„Ich werde deinen Wünschen gehorchen“, entgegnete Nydia. Hier drängte Diomed seine Tochter aufs Neue ungeduldig fort, und so musste diese weitergehen, ohne die Frage, um die es ihr am meisten zu tun war, an Nydia gerichtet zu haben.

Indessen kehren wir zu Ione zurück, der die Zeit zwischen dem ersten und zweiten Besuch, den ihr Glaukus heute gemacht, nicht allzu heiter verflossen war. Ihr Bruder war bei ihr gewesen. Seit der Nacht, in der er sie aus der Gewalt des Ägypters retten half, hatte sie ihn nicht wiedergesehen.

Mit seinen eigenen Betrachtungen beschäftigt – Betrachtungen von so ernster, fesselnder Natur, hatte der junge Priester wenig an seine Schwester gedacht. Wirklich haben Menschen von jener glühenden Gemütsart, die immer über die Erde emporstrebt, vielleicht nur eine geringere Empfänglichkeit für die gewöhnlichen Neigungen des Herzens, und so war es denn schon lange her, dass Apäcides jenen milden, freundlichen Gedankenaustausch, jene süßen Vertraulichkeiten, die ihn in früherer Jugend an Ione fesselten und welche dem innigen Bande zwischen ihm und ihr so natürlich sind, nicht mehr gesucht hatte. Ione jedoch hatte nicht aufgehört, diese Entfremdung zu bedauern. Im gegenwärtigen Augenblick schrieb sie diese den wachsenden Pflichten seines strengen Berufes zu und oft, wenn sie mitten unter ihren strahlenden Hoffnungen und der neuen Liebe zu ihrem Verlobten, oft wenn sie an die vorzeitig gefurchte Stirn des Bruders, seine ernste Lippe und seine gebeugte Gestalt dachte, seufzte sie, dass der Dienst der Götter einen so tiefen Schatten auf eine Erde werfen könne.

Bei seinem heutigen Besuch jedoch lag eine seltsame Stille

in seinen Zügen, ein ruhigerer Ausdruck der Selbstbeherrschung in seinen eingesunkenen Augen, als sie seit Jahren bemerkt hatte. Diese scheinbare Besserung war jedoch nur augenblicklich – es war ein falscher Friede, den der leiseste Hauch stören konnte.

„Mögen die Götter dich segnen, mein Bruder!“, sprach sie, ihn umarmend.

„Die Götter! Sprich nicht so unbestimmt! Vielleicht gibt es nur einen Gott!“

„Bruder!“

„Wie, wenn der erhabene Glaube der Nazarener wahr wäre? Wie, wenn Gott ein Alleinherrscher, einzig, unteilbar wäre? Wie, wenn diese zahllosen Götter, deren Altäre die Erde füllen, nur böse Dämonen wären, welche uns den rechten Glauben zu entwöhnen suchen? So etwas könnte der Fall sein, Ione!“

„Ach, können wir es glauben? Oder wenn wir es glaubten, wäre es nicht ein trauriger Glaube? Diese holde Verschwendung des Glaubens, die jeden Gegenstand zur Göttlichkeit erhebt, die den geringsten Blumen heilige Weihe gibt und ein Flüstern der Himmlischen im schwächsten Lüftchen vernimmt – sie möchtest du verleugnen und die Erde zu bloßem Staub und Lehm machen?“

Ione antwortete, wie jemand antworten musste, den die Poesie des alten Götterglaubens erfüllte. Wie hartnäckig der Kampf war, welchen das Christentum mit dem Heidentum zu bestehen hatte.

Noch hatte Apäcides den christlichen Glauben nicht förmlich angenommen, stand aber im Begriff, es zu tun. Bereits teilte er die Ansichten Olinths. Die unschuldige, natürliche Antwort Iones machte ihn schaudern. Er antwortete so heftig und zugleich so verworren, dass Ione noch mehr für seinen Verstand fürchtete, als sein Ungestüm sie erschreckte.

„Ach, mein Bruder“, sprach sie, „dein hartes Amt hat deine Sinne aus den Fugen gebracht. Komm zu mir,

Apäcides. Gib mir deine Hand, ich verstehe dich nicht, denke nur, dass Ione nie die Absicht haben konnte, dir weh zu tun."

„Ione", erwiderte Apäcides, indem er sie an sich zog und zärtlich anblickte, „soll ich denken, dass diese schöne Gestalt, dieses liebreiche Herz zu ewigen Qualen bestimmt seien?"

„Das mögen die Götter verhüten!", rief Ione in der gewöhnlichen Formel, womit ihre Zeitgenossen ein böses Vorzeichen abwenden zu können glaubten.

Diese Worte und noch mehr der in ihnen ausgedrückte Glaube verletzten das Ohr des Apäcides. Vor sich hinmurmelnd stand er auf und wandte sich nach der Tür, blieb aber auf halbem Weg wieder stehen, sah die Schwester traurig an und breitete die Arme aus.

Freudig flog Ione auf ihn zu, er küsste sie und sagte dann: „Lebe wohl, meine Schwester, wenn wir wieder zusammentreffen, bist du mir vielleicht nichts mehr, nimm also noch diese Umarmung voll der zarten Erinnerung der Kindheit, als Glaube und Hoffnung, Religion und Sitte, Ziel und Streben uns noch gemeinsam waren, jetzt wird dieses Band zerrissen werden."

Mit diesen seltsamen Worten verließ er das Haus.

Wirklich war es die eigentliche und strengste Prüfung der Christen, dass ihre Bekehrung die teuersten Bande durchschnitt. Sie konnten nicht mehr mit Wesen verkehren, deren gewöhnlichste Handlungen und Redensarten das Gepräge der Abgötterei trugen. Sie schauderten über den Jubel der Liebe, für ihr Ohr sprach ihn ein Dämon aus.

Glaukus fand Ione in Tränen. Er nötigte ihr einen Bericht über die Unterredung mit dem Bruder ab, aber bei ihrer verworrenen Wiederholung einer Sprache, die schon an sich für einen Ungewohnten so verworren klang, vermochte er so wenig als Ione selbst, Absicht und Meinung des Apäcides zu begreifen.

„Hast du je", fragte sie, „etwas Näheres von dieser neuen

Sekte der Nazarener vernommen, von der mein Bruder sprach?“

„Oft genug hab’ ich von ihren Anhängern sprechen hören“, erwiderte Glaukus, „aber von ihren eigentlichen Glaubenssät-zen weiß ich nichts, außer dass in ihrer Lehre etwas widernatürlich Kaltes und Mürrisches zu liegen scheint. Sie leben gesondert von den übrigen Menschen. Sie empfinden keine Neigung zu den Freuden des Lebens; sie stoßen furchtbare Drohungen über den bevorstehenden Untergang der Welt aus.“

„Indessen“, fuhr Glaukus nach einer kleinen Pause fort, „fehlt es ihnen nicht an Männern von großer genialer Geisteskraft. Wohl erinnere ich mich noch, dass mein Vater von einem seltsamen Gast sprach, der vor vielen Jahren nach Athen kam, ich meine, er habe Paulus geheißen. Mein Vater stand mit unter einem großen Haufen, der sich auf einem unserer berühmten Hügel versammelt hatte, um diesen Weisen des Morgenlandes sprechen zu hören. Nicht das leiseste Geflüster ließ sich unter der Menge vernehmen! Er sei, erzählte mein Vater, ein Mann von nicht hohem Wuchs, aber von edler, ausdrucksvoller Miene gewesen. Seine Kleider waren dunkel und weit. Die sinkende Sonne, denn es war Abend, schien von der Seite her auf die Gestalt, wie sie bewegungslos und gebieterisch emporragte. In seinen Augen aber leuchtete ein fast überirdisches Feuer, und als er den Arm ausstreckte und sprach, geschah es mit der Hoheit eines Mannes, über den der Geist eines Gottes gekommen ist.“ ‚Männer von Athen‘, soll er gesagt haben, ‚ich fand einen Altar, darauf war geschrieben *‚Dem unbekannten Gott.‘* Ihr verehrt unbewusst denselben Gott, dem ich diene. Euch, denen er bis jetzt unbekannt war, soll er nunmehr enthüllt werden.‘ Dann erklärte der Mann, wie der große Schöpfer aller Dinge, der dem Menschen seine verschiedensten Heimatsitze zugewiesen habe, der Herr der Erde und des Himmels, nicht in Tempeln von Menschenhänden wohne.

‚Glaubt ihr‘, rief er, ‚der Unsichtbare sei, wie eure Bilder, von Gold und Marmor? Glaubt ihr, er brauche Opfer von euch, er, der Himmel und Erde gemacht hat?’ Dann sprach er von furchtbaren Zeiten, die da kämen, vom Weltende und von einer Auferstehung der Toten.“

Als er so geredet, hätte sich das lange zurückgehaltene Murmeln erhoben und die unter das Volk gemischten Philosophen ihre weise Verachtung geäußert. „Aber das tiefe Herz des Volkes wusste warum, denn wahrlich, der Fremde hatte die Stimme und Majestät eines Mannes, dem der unsichtbare Gott das Lehramt seines Glaubens übertragen hat.“

Mit gespannter Aufmerksamkeit hörte Ione zu, und die ernste Weise des Erzählers verriet den Eindruck, den auf ihn selbst ein Mensch gemacht, der mit vielen die erste Kunde vom Wort Christi vernommen hatte.

Sechstes Kapitel

Die Haustür Diomeds stand offen, und Medon, der alte Sklave, saß am Fuß der Treppe, auf der man zu dem Gebäude emporstieg. Die üppige Behausung des reichen pompejanischen Kaufmanns ist noch jetzt, gerade vor den Toren der Stadt beim Anfang der Gräberstraße, zu sehen. Der Ort hatte trotz der Toten eine gar angenehme Nachbarschaft. Auf der entgegengesetzten Seite, noch einige Schritte näher gegen das Tor zu, stand ein geräumiger Gasthof, wo diejenigen, die Geschäft oder Vergnügen nach Pompeji führte, oft anhielten, um sich zu erfrischen. Vor dem Tor hielten in diesem Augenblick Wagen und Karren, einige eben erst angelangt, andere im Begriff wegzufahren, und die ganze Szene bot das geschäftige Treiben einer belebten und beliebten Stätte öffentlicher Unterhaltung dar. Vor der Tür saßen einige Pächter auf einer Bank um ein rundes Tischchen und unterhielten sich zu ihrem Morgentrunk über die Angelegenheiten ihres Berufs. In einer Mauernische, in einiger Entfernung, befand sich ein bedeckter Sitz, auf dem zwei bis drei ärmere Reisende ausruhten und den Staub von ihren Kleidern schüttelten. Auf der entgegengesetzten Seite breitete sich ein großer Raum aus, ursprünglich der Begräbnisplatz eines älteren Geschlechts als die gegenwärtigen Bewohner Pompejis, nunmehr in das *Ustrinum* oder den Platz zum Verbrennen der Toten verwandelt. Jenseits desselben stiegen die Terrassen einer heiteren, halb von Bäumen versteckten Villa auf. Die Gräber selbst, in ihren anmutigen, mannigfaltigen Formen, die Blumen und das Laubgrün, das sie umgab, bildeten keineswegs einen düsteren Zug in der Ansicht des Ganzen. Hart am Stadttor in einer kleinen Nische stand die stille Gestalt der römischen Schildwache. Hell glänzte die Sonne auf dem polierten Helm und der Lanze, worauf der Mann sich lehnte. Das Tor selbst war in drei Bogen geteilt, der mittlere für die Fuhrwerke, die zu beiden Seiten für die Fußgänger. Rechts und links schlossen sich die massiven Stadtmauern an, in tausend verschiedenen Epochen aufgeführt, zusammengeflickt, ausgebessert, je nachdem Krieg, Zeit oder Erdbeben diese nichtige Schutzwehr erschüttert hatten. Häufig erhoben sich auf derselben viereckige Türme, deren roh gearbeitete Zinnen die regelmäßige Mauerlinie auf eine malerische Art unterbrachen und einen angenehmen Gegensatz zu den neueren, weiß schimmernden Gebäuden neben ihnen bildeten.

„Hast du die Neuigkeit gehört, alter Medon?“, fragte ein junges Mädchen mit einem Krug in der Hand, die den Weg an Diomeds Tür vorbeikam.

„Welche Neuigkeit?“, fragte der Sklave.

„Ei, heute Morgen, wahrscheinlich ehe du noch recht aus den Augen sehen konntest, zog ja ein prächtiger Fremder durch das Tor in Pompeji ein.“

„Was du nicht sagst!“, erwiderte der Sklave gleichgültig.

„Ja, ein Geschenk von dem edlen Pompejanus.“

„Ein Geschenk! Glaubte ich doch, du sprächest von einem Fremden."

„Es ist beides, ein Fremder und ein Geschenk. Wisse, du alter dummer Kerl, dass es ein herrlicher junger Tiger für die nächsten Spiele im Amphitheater ist. Hörst du wohl, Medon? Was wird das für eine Lust sein! Ich kann kein Auge zutun, bis ich ihn gesehen habe. Sie sagen, er brülle greulich."

„Arme Torin!", rief Medon traurig, ohne sich um die Regeln der Artigkeit zu kümmern.

„Nenne mich nicht Torin, alter Grobian! Es ist ein hübsches Ding, ein Tiger, besonders wenn wir jemand zum Fraß für ihn finden könnten. Denk einmal, Medon, wir haben jetzt einen Löwen und einen Tiger und müssen vielleicht aus Mangel an zwei ordentlichen Verbrechern zusehen, wie beide einander selbst auffressen. Übrigens ist ja dein Sohn ein Gladiator, ein hübscher, starker Mensch, könntest du ihn nicht überreden, mit dem Tiger zu kämpfen? Tu es, du tätest mir einen mächtigen Gefallen, ja, du würdest ein Wohltäter für die ganze Stadt sein."

„Geh, geh", erwiderte der Sklave mit großer Bitterkeit. „Denk an deine eigene Gefahr, ehe du so vom Tode meines armen Jungen schwatzest."

„Meine eigene Gefahr?", erwiderte das Mädchen erschreckt und sich hastig umsehend. „Wendet die Vorbedeutung ab, ihr Götter, deine Worte mögen auf dein eigenes Haupt fallen!" Damit berührte sie einen an ihrem Halse hängenden Talisman. „Meine eigene Gefahr! Welche Gefahr bedroht mich denn?"

„Ist etwa das Erdbeben, das vor wenigen Nächten stattfand, keine Warnung? Hat es keine Stimme? Sprach es nicht zu uns allen, bereitet euch zum Tode, das Ende aller steht bevor?"

„Ha! Unsinn!", rief das Mädchen und strich die Falten ihrer Tunika zurecht. „Jetzt schwatzt du, wie man's von den Nazarenern erzählt. – Ich meine, du gehörst zu ihnen. Nun, ich kann nicht länger mit dir plaudern, alte Eule, du wirst immer schlimmer. Leb wohl! Oh, Herkules, sende uns einen Menschen für den Löwen und einen anderen für den Tiger!"

Mit klarer Silberstimme singend und ihre Tunika von der staubigen Straße emporhaltend, hüpfte das Mädchen in die voll gedrängte Herberge hinüber.

„Mein armer Sohn", sagte der Sklave halblaut, „also für Geschöpfe dieser Art sollst du hingeschlachtet werden? O Glaube Christi, ich könnte dir aus voller Seele anhangen, schon wegen des bloßen Grauens, das du gegen solche blutigen Kämpfe einflößt." Schwer sank das Haupt des alten Mannes auf seine Brust. Er blieb still und in sich versunken. nur dann und wann wischte er sich mit dem Ärmel die Augen. Sein Herz war bei seinem Sohn. Er bemerkte die Gestalt nicht, die jetzt mit schnellem Schritt und einer etwas trotzigen, unbekümmerten Haltung vom Tor her auf ihn zukam. Nicht eher schlug er den Blick auf, bis der Herannahende ihm gegenüber stehenblieb und ihm mit sanfter Stimme zurief: „Vater!"

„Mein Sohn, mein Lydon, bist du es wirklich?", entgegnete freudig der alte Mann. „Ach, du warst bei mir in meinen Gedanken."

„Das freut mich, Vater", versetzte der Gladiator, indem er ehrerbietig die Knie und den Bart des Sklaven berührte. „Bald bin ich vielleicht immer bei dir, nicht bloß in Gedanken."

„Ja, mein Sohn, aber nicht in dieser Welt", erwiderte der Sklave traurig.

„Sprich nicht so, mein Vater, sei guten Mutes, denn ich fühle – ich bin sicher, dass ich Sieger bleibe, und dann erkauft dir das Geld, das ich gewinne, die Freiheit."

„Mein Sohn, mein Sohn!", rief der alte Sklave, indem er Lydon in sein eigenes kleines Gemach führte, das sich in die Eingangshalle öffnete. „Du willst dein Leben für die Freiheit deines Vaters wagen – das dürfte dir verziehen werden, aber du erkaufst den Sieg mit dem Blut eines anderen. Das ist eine tödliche Sünde! Kein Zweck kann eine solche Tat sühnen. Lass es! Lieber will ich ewig ein Sklave sein, als meine Freiheit zu solchem Preise erstehen!“

„Still, Vater!“, erwiderte Lydon etwas ungeduldiger. „Du hast mit diesem neuen Glauben, von welchem ich, ich bitte dich, nichts weiter hören mag, denn die Götter, die mir Stärke gegeben, haben mir Weisheit versagt und ich verstehe kein Wort von dem, was du mir oft predigst, du hast, sag’ ich, mit diesem neuen Glauben einige seltsame Vorstellungen von Recht und Unrecht aufgeschnappt. Verzeih mir, wenn ich dich beleidige, aber bedenke nur einmal; gegen wen werde ich fechten? Würdest du die Elenden kennen, mit welchen ich um deinetwillen umgehe, so würdest du sagen, ich reinige die Erde, wenn ich einen von ihnen aus dem Weg schaffe. Bestien, aus deren Lippen Blut träuft. Durchaus wilde, selbst in ihrem Mut von keiner Tugend geleitete Wesen, grimmig, ohne Herz und Gefühl, durch kein Band des Lebens zu fesseln! Zwar kennen sie keine Furcht, aber sie kennen auch keine Dankbarkeit, kein Erbarmen, keine Liebe, nur für ihre eigene Laufbahn sind sie geschaffen, und die ist, ohne Mitleid zu töten, ohne Schrecken zu sterben! Können die Götter, mögen sie sein, wer sie wollen, zornig auf einen Kampf mit solchen Wichten und für eine solche Sache blicken? O Vater, wenn wirklich die Mächte da oben auf die Erde herabschauen, so sehen sie keinen so heiligen und heiligenden Dienst als das Opfer, das einem bejahrten Vater durch die Liebe eines dankbaren Sohnes dargebracht wird!“

Der arme alte Sklave, selbst das Licht der Aufklärung entbehrend und erst seit kurzem zum Christentum bekehrt, wusste nicht, durch welche Beweisgründe er eine so tiefe und doch in ihrem Irrtum so schöne Unwissenheit erleuchten sollte. Seine erste Bewegung war, sich dem Sohn an die Brust zu werfen, seine zweite, wieder davon aufzuschrecken, die Hände zu ringen – und im Versuch, seine Missbilligung auszusprechen, erstickte seine gebrochene Stimme in Tränen.

„Und ist“, nahm Lydon wieder das Wort, „ist deine Gottheit wirklich die gütige, erbarmungsvolle Macht, wie du versicherst, so wird sie auch wissen, dass eben dein Glauben an sie mich in dem Entschluss, den du tadelst, zuerst bestärkt hat.“

„Wie, was meinst du damit?“

„Nun, du weißt, dass ich in meiner Kindheit als Sklave verkauft, in Rom durch das Testament meines Herrn, dessen Wohlwollen zu gewinnen ich glücklich genug gewesen war, freigelassen wurde. Ich eilte nach Pompeji, um dich zu sehen, fand dich alt und gebrechlich unter dem Joch eines launischen, dickwanstigen Herrn. Du hattest vor kurzem diesen neuen Glauben angenommen, und seine Annahme machte dir die Sklaverei doppelt schmerzlich, sie raubte dir die Linderung durch die Gewohnheit, die uns oft mit dem Schlimmsten versöhnt. Klagtest du mir nicht, du seiest zu Diensten genötigt, die dir als Sklave nicht verhasst sein würden, die dir aber als Nazarener sündhaft erschienen? Sagtest du nicht, du fürchtest, wenn du Wein vor die Türpfosten gießest und den Namen einer griechischen Gottheit anrufest, ärgere Strafen, als die des Tantalus – eine Ewigkeit von Qualen, schrecklicher als die im Tartarus? Sagtest du mir das nicht? Ich wunderte mich und vermochte dich nicht zu verstehen, wie ich’s, beim Herkules, auch jetzt noch nicht vermag. Aber ich war dein Sohn und meine einzige Aufgabe war Mitleid und Erleichterung. Konnte ich deine Seufzer anhören, konnte ich Zeuge deiner geheimnisvollen Schrecken, deiner ewigen Angst sein und untätig bleiben? Nein! Bei den unsterblichen Göttern! Ein Gedanke durchfuhr mich wie ein Licht vom Olymp, ich hatte kein Geld, aber ich hatte Stärke und Jugend, diese verdankte ich dir und konnte sie nun meinerseits wieder für dich verkaufen! Ich erkundigte mich nach dem Belang deines Lösegeldes und erfuhr zugleich, dass der gewöhnliche

Siegespreis eines Gladiators doppelt so viel eintrage. Ich wurde ein Gladiator, ich verband mich mit diesen Fluch würdigen Menschen, die ich verachte und hasse, ich machte mir ihre Geschicklichkeit zu eigen; gesegnet sei mein Unterricht! Er wird mich instand setzen, meinen Vater zu befreien!"

„O, könntest du Olinth hören", seufzte der Mann, tiefer und tiefer von der Liebe seines Sohnes ergriffen, aber nicht weniger von der Sündhaftigkeit seines Entschlusses überzeugt.

„Die ganze Welt will ich hören, wenn du willst", antwortete der Gladiator heiter, „aber erst wenn du kein Sklave mehr bist. Unter deinem eigenen Dach, mein Vater, sollst du diesem dicken Hirnschädel den ganzen Tag lang und die ganze Nacht noch dazu, wenn es dir Vergnügen macht, zusetzen. Ach was für ein Plätzchen ich für dich ausgelesen habe! Es ist eine der neunhundertneunundneunzig Buden der alten Julia Felix, im sonnigen Teil der Stadt, wo du den Tag über vor der Tür sitzen und dich wärmen kannst. Und dann will ich Öl und Wein für dich verkaufen, mein Vater, und wenn es der Venus gefällt, bekommst du vielleicht auch eine Tochter, um deine grauen Haare zu pflegen, und hörst kleine Stimmlein auf deinem Schoß, die dich Großvater nennen! Ach, wie glücklich werden wir sein! Der Siegespreis kann das alles erkaufen. Munter, munter! Guter Vater! Ich muss jetzt fort, es ist schon hoch am Tag. Deinen Segen!"

Als Lydon diese letzten Worte sprach, hatte er die dunkle Kammer seines Vaters bereits verlassen.

„Sei gesegnet, sei gesegnet, mein wackerer Sohn", rief der Alte mit Inbrunst aus. „Möge die große Macht, die alle Herzen leitet, den Edelmut des deinigen sehen und seinen Irrtum vergeben!"

Die hohe Gestalt des Gladiators eilte schnell die Straße hinab; die Augen des Sklaven folgten den leichten, kräftigen Schritten nach, bis der letzte Schein verschwunden war.

„Darf ich eintreten?“, fragte eine zarte Stimme, „ist deine Gebieterin Julia zu Haus?“

Der Sklave winkte dem Besuch mechanisch, einzutreten, aber die Fragende konnte seine Gebärde nicht sehen; sie wiederholte ihre Worte furchtsam, aber mit lauterer Stimme.

„Hab ich's dir nicht gesagt?“, versetzte der Sklave mürrisch. „Tritt ein.“

„Dank!“, erwiderte Nydia mit traurigem Ton. Durch diesen aufgeweckt sah der Sklave empor und erkannte das blinde Blumenmädchen. Gram hat Mitgefühl für das Unglück. Medon erhob sich und leitete ihre Schritte zur Treppe, von der man zu Julias Gemach hinuntersteigen konnte. Hier rief er eine Sklavin und überwies ihr die Obhut der Blinden.

Siebentes Kapitel

Die elegante Julia saß in ihrem Gemach, ihre Sklavinnen um sie herum.

Julias Gemach befand sich zu dieser Jahreszeit im unteren Teil des Hauses, unmittelbar unter den Prunkzimmern, mit der Aussicht auf den Garten, mit dem es auf gleichem Flur lag.

Auf dem Tisch, vor dem sie saß, stand ein kleiner kreisförmiger Stahlspiegel von bester Politur, um den in genauer Ordnung die Seifen und Salben, die Parfums und Schminken, die Bänder und goldenen Nadeln aufgereiht waren. Durch die Dämmerung des Zimmers schimmerten die funkelnden Fresken der Wand in der Lebendigkeit, welche der pompejanische Geschmack bevorzugte. Vor dem Putztisch, zu Julias Füßen, lag ein orientalischer Teppich. Daneben standen auf einem anderen Tisch ein Becken und ein Krug von Silber, eine gelöschte Lampe von vollendeter Arbeit, in der der

Künstler einen Amor dargestellt hatte, der unter den ausgebreiteten Zweigen eines Myrtenbaums ruht – und eine kleine Papyrusrolle.

Müßig lehnte sich die reizende Julia auf ihrem Sitz zurück, während die Haarkräuslerin langsam eine Masse von Löckchen übereinander türmte.

Eine ältere Sklavin gab die Anweisungen: „Stecke diese Nadel weiter rechts. Tiefer! Dummes Ding! Siehst du nicht, wie gleich diese schönen Brauen sind? Jetzt stecke die Blumen ein. Was, Einfalt! Nicht diese dunkle Nelke! Nur die hellsten Blumen schicken sich für die jugendliche Julia."

„Sachte!", rief die Dame, heftig mit dem kleinen Fuß stampfend. „Du zaust mein Haar, als ob du Unkraut ausreißt!"

„Gedankenloses Ding!", fuhr die Leiterin der Handlung fort. „Weißt du nicht, wie zart deine Gebieterin ist? Jetzt das Band – so ist's recht. Schöne Julia, blicke in den Spiegel! Sahst du je etwas so Liebreizendes wie dich?"

Einer anderen Sklavin wurde jetzt das Geschäft zugeteilt, die Juwelen anzubringen, nämlich zwei Perlen in jedes Ohr, die goldenen Armbänder, die Kette aus Ringen, an der ein in Kristall geschnittener Talisman hing, die graziöse Schnalle auf die linke Schulter, den purpurnen, reich mit Goldfäden durchwirkten und durch ein Schlangengewinde zusammengehaltenen Gürtel, und endlich die verschiedenen Ringe für jedes Gelenk der weißen, zarten Finger.

Jetzt war die Toilette nach dem neuesten Geschmack Roms vollendet. Die schöne Julia betrachtete sich mit einem letzten Blick wohlgefälliger Eitelkeit, lehnte sich dann wieder auf ihren Stuhl zurück und befahl der jüngsten Sklavin in verdrossenem Ton, ihr die verliebten Verse Tibulls zu lesen. Diese Vorlesung dauerte noch fort, als eine andere Sklavin Nydia bei der Dame des Hauses einführte.

„Sei gegrüßt", sagte das Blumenmädchen, indem sie mit gekreuzten Armen einige Schritte von Julias Stuhl stehen blieb. „Ich bin deinem Befehl nachgekommen.“

„Du hast wohl getan“, erwiderte diese. „Nähere dich, du kannst dich setzen.“

Eine Sklavin stellte einen Stuhl daneben, und Nydia nahm Platz.

Ein Weilchen betrachtete Julia die Thessalierin unter beinah verlegenem Stillschweigen. Dann winkte sie den Dienerinnen, sich zu entfernen und die Tür vorzuschieben.

„Du dienst der Neapolitanerin Ione?“,

„Ich bin jetzt bei ihr“, erwiderte Nydia. „Ist sie so schön wie man sagt?“

„Ich weiß es nicht. Wie könnte ich hierüber urteilen?“

„Ach, ich vergaß! Aber wenn keine Augen, hast du doch Ohren. Halten die Mitsklavinnen sie für schön?“

„Sie sagen mir, sie sei schön.“

„Sieht sie Glaukus oft?“,

„Täglich“, erwiderte Nydia mit einem halb erstickten Seufzer.

„Wie, täglich? Findet er sie schön?“

„Ich denke wohl, da sie bald ihre Hochzeit feiern werden.“

„Ihre Hochzeit?“, rief Julia, bis unter die falschen Rosen ihrer Wangen erblassend und von ihrem Ruhebett auffahrend. „Man sagt mir, du seiest eine Thessalierin“, sprach sie dann.

„Das bin ich.“

„Thessalien ist das Land der Magie und der Hexen – der Mixturen und der Liebestränke.“

„Es war stets wegen seiner Zauberei berühmt“, erwiderte Nydia furchtsam.

„Kennst etwa du, blinde Thessalierin, einen Liebeszauber?“

„Ich?“, versetzte das Blumenmädchen errötend. „Ich? Wie sollte ich? Nein, gewiss nicht.“

„Schlimm für dich, ich hätte dir, wärst du besser unterrichtet, Geld genug gegeben, um deine Freiheit damit zu erkaufen.“

„Aber was kann die schöne, reiche Julia bewegen, diese Frage an ihre Dienerin zu tun? Sind nicht Geld, Jugend, Liebreiz in ihrem Besitz? Sind das nicht hinlänglich starke Zauber, um der Magie entbehren zu können?"

„Hinlänglich stark für jedermann, ausgenommen für eine Person", entgegnete Julia stolz. „Aber es scheint, deine Blindheit sei ansteckend – und – doch das ist hier einerlei."

„Und diese einzige Person?", fragte Nydia lebhaft.

„Ist nicht Glaukus", erwiderte Julia mit der gewöhnlichen Verstellung ihres Geschlechts. „Glaukus – nein!"

Nydia schöpfte freieren Atem, und nach einer kurzen Pause begann Julia von neuem:

„Aber bei Glaukus und seiner Neigung für die Neapolitanerin fiel mir die Kraft der Liebeszauber ein, da sie so etwas wohl auch auf ihn angewandt haben mag. Blindes Mädchen, ich liebe und bin nicht wieder geliebt! Dies demütigt – nein, nicht demütigt es verletzt meinen Stolz! Ich möchte den Undankbaren zu meinen Füßen sehen, nicht um ihn aufzuheben, sondern ihn fortzustoßen. Als ich hörte, dass du eine Thessalierin seiest, stellte ich mir vor, dein junger Geist sei vielleicht in den dunklen Geheimnissen deines Landes bereits unterwiesen."

„Ach nein", flüsterte Nydia, „wär' er's doch!"

„Habe Dank für diesen freundlichen Wunsch", versetzte Julia, ohne Ahnung von dem, was in der Brust des Blumenmädchens vorging.

„Aber sag einmal, du hörst ja all das Geschwätz der Sklavinnen, die für diesen dunklen Glauben stets eingenommen sind, stets bereit, bei ihren eigenen kleinen Liebschaften Zauberkünste anzuwenden. Hast du nicht etwa von einem morgenländischen Magier in der Stadt gehört, der die Kunst, die dir unbekannt ist, besitzt? Ich meine keinen leeren Chiromanten, keinen Quacksalber, sondern irgendeinen kundigeren, mächtigeren Zauberer aus Indien oder Ägypten!"

„Aus Ägypten? Ja!", antwortete Nydia schaudernd.

„Welcher Pompejaner hätte nicht von Arbaces gehört?"

„Arbaces, ach ja!", entgegnete Julia und klammerte sich fest an diesen Gedanken. „Man sagt, er sei ein Mann, der über dem kleinlichen Betrug bloßer Gaukler stehe. Er könne in den Sternen lesen und sei erfahren in den Geheimnissen der alten Nacht; warum nicht auch in den Geheimnissen der Liebe?"

„Lebt ein Zauberer, dessen Kunst die der anderen übertrifft, so ist es dieser furchtbare Mann", erwiderte Nydia und griff an ihren Talisman.

„Er ist zu reich, um für Geld wahrzusagen", fuhr Julia spöttisch fort. „Könnte ich ihn denn nicht einmal besuchen?"

„Es ist ein böses Haus für Jugend und Schönheit", erwiderte Nydia.

„Ein böses Haus!", rief Julia. „Wieso?"

„Seine mitternächtlichen Orgien sind unrein und befleckt – wenigstens sagt das Gerücht so."

„Bei Ceres, Pan und Kybele, du erregst nur meine Neugier statt meiner Furcht", erwiderte die eigensinnige Julia. „Ich will ihn besuchen und über meine Liebe befragen. Hat Liebe Zutritt zu jenen Orgien – so ist es um so wahrscheinlicher, dass er ihre Geheimnisse kennt."

Nydia gab keine Antwort.

„Noch heute will ich zu ihm", nahm Julia das Wort. „Ja, warum nicht gleich jetzt! Und wer würde es wagen, der reichen Tochter Diomeds eine Unbill zuzufügen?", rief Julia stolz. „Ich will zu ihm!"

„Darf ich dich später besuchen, um das Ergebnis zu erfahren?", fragte Nydia ängstlich.

„Küss mich für deine Teilnahme an Julias Ehre", antwortete Julia. „Freilich darfst du kommen. Heute Abend speisen wir außer Haus. Komm morgen um dieselbe Stunde wieder, und du sollst alles hören, vielleicht kannst du mir sogar einen Dienst erweisen. Doch genug für jetzt. Da, nimm dieses Armband für den Gedanken, den du mir eingegeben hast;

verlass dich darauf, dass, wenn du dich Julia gefällig zeigst, sie dankbar und großmütig sein wird.“

„Ich kann dein Geschenk nicht annehmen“, entgegnete Nydia und legte das Armband beiseite, „aber so jung ich bin, kann ich die Empfindungen derer teilen, die lieben und – keine Gegenliebe finden.“

„Sprichst du so?“, versetzte Julia. „Du redest wie ein freies Mädchen und sollst auch noch frei werden. Lebe wohl.“

Achtes Kapitel

Arbaces saß in einem Zimmer, das sich auf eine Art Balkon nach dem Garten zu öffnete. Seine Wange war bleich und durch die ausgestandenen Schmerzen abgemagert, aber bereits hatte sich sein eiserner Körper von den gefährlichen Folgen des Unfalls erholt, durch den seine ruchlosen Absichten im Augenblick des Sieges vereitelt worden waren.

„So ist denn“, dachte er, „der Sturm des Schicksals gebrochen und verweht, das lebenbedrohende Übel, das mir meine Wissenschaft verkündete, ist eingetroffen, und dennoch lebe ich. Geschehen ist, was die Sterne vorausgesagt, und die lange, strahlende, glückliche Laufbahn, die dem Übel nachfolgen soll, falls ich dasselbe überlebe, lächelt jenseits desselben. Jetzt bleibt mir nur, die Gärten meines künftigen Schicksals anzulegen. Als Erstling meiner Freuden möge denn die Rache kommen! Dieser griechische Knabe, der meinem Herzen in den Weg getreten ist, soll mir nicht zum zweiten Mal entgehen. Doch wie bei meiner Rache verfahren? Das muss wohl überlegt werden.“ Und er versank in tiefes Sinnen. Unruhig erwog er Plan auf Plan und verwarf jeden wieder, sobald er ihn gefasst hatte. Während er so brütete, trat ein Sklavenknabe schüchtern ins Zimmer.

„Eine Dame, ihrer eigenen Kleidung und derjenigen des Sklaven nach, der sie begleitet, offenbar von Rang, wartet drunten und sucht Gehör bei Arbaces.“

„Eine Dame!“

Sein Herz klopfte schneller. „Ist sie jung?“

„Ihr Gesicht ist durch den Schleier bedeckt. Die Gestalt aber ist schlank und voll, wie die der Jugend.“

„Bringe sie her“, rief der Ägypter. Einen Moment träumte sein eitles Herz, die Fremde dürfte Ione sein.

Der erste Blick auf den jetzt eintretenden Besuch genügte, ihn von einer so ausschweifenden Hoffnung zu enttäuschen. Allerdings hatte sie ungefähr dieselbe Größe und vielleicht auch dasselbe Alter wie Ione, allerdings war sie schön und üppig gebaut.

„Verzeih mir, ich kann nur langsam aufstehen“, hob Arbaces mit einem Blick auf die Unbekannte an. „Noch leide ich an einem Übel, das mich vor kurzem betroffen.“

„Mache dir doch keine Mühe, großer Ägypter“, versetzte Julia und suchte ihre Angst unter dem Ausweg der Schmeichelei zu verbergen, „verzeih einem unglücklichen Mädchen, das Trost bei deiner Weisheit sucht.“

„Tritt näher, schöne Fremde, und sprich ohne Furcht und Rückhalt.“

Julia setzte sich auf einen Stuhl neben den Ägypter und sah sich verwundert in einem Zimmer um, dessen ausgesuchter, kostbarer Luxus selbst den reichen Schmuck im Hause ihres Vaters übertraf. Nicht ohne Schaudern betrachtete sie die Hieroglyphenschriften an den Wänden, die Gesichter der geheimnisvollen Wesen, die sie aus jedem Winkel anschauten, den Dreifuß in einiger Entfernung und vor allem das ernste, merkwürdige Antlitz des Arbaces selbst. Ein langes weißes Gewand bedeckte, wie ein Schleier, halb seine Rabenlocken und floss von da bis auf die Füße herab, das Gesicht wurde durch seine jetzige Blässe noch ausdrucksvoller, und die schwarzen, durchbohrenden Augen schienen ihr den Schleier zu durchdringen und die Geheimnisse ihrer eitlen, unweiblichen Seele zu erforschen.

„Was, o Mädchen, führt dich nach dem Hause des Fremdlings aus dem Osten?“

„Sein Ruhm.“

„Einen geringen Teil von Kenntnis hab’ ich allerdings gesammelt, aber wodurch können dergleichen ernste, unfruchtbare Geheimnisse dem Ohr der Schönheit gefallen?“

„Ach“, entgegnete Julia, durch den gewohnten Ton der Schmeichelei etwas ermutigt, „flieht nicht der Gram zur Weisheit, um sich zu erleichtern, und sind nicht die, welche unerwidert lieben, die erwählten Opfer des Grams?“

„Ha! Könnte unerwiderte Liebe das Los einer so schönen Gestalt sein, deren mustergültige Verhältnisse selbst durch die Falten des anmutigen Gewandes schimmern? Lass dich herab, Jungfrau, deinen Schleier zu lüften.“

Nach kurzem Zaudern hob Julia den Schleier und enthüllte eine Schönheit, die, wäre nicht allzu viel Kunst darauf verwendet gewesen, den neugierigen Blick des Ägypters allerdings sehr angezogen haben würde.

„Du fragst mich um Rat wegen unglücklicher Liebe“, sprach er. „Wende dieses Gesicht dem Undankbaren zu, welch mächtigeren Liebeszauber könnt’ ich dir sonst geben?“

„Höre auf mit solchen Schmeicheleien! Ein Liebeszauber eben ist es, um den ich deine Kunst ansprechen wollte!“ „Schöne Unbekannte“, erwiderte Arbaces etwas verächtlich, „Liebeszauber gehören nicht zu den Geheimnissen, die zu erlangen ich die Mitternächte durchwacht habe.“

„Wirklich? Dann verzeih mir, großer Arbaces, und lebe wohl.“

„Halt!“, rief Arbaces, der trotz seiner Leidenschaft für Ione von den Reizen seines Gastes keineswegs ungerührt blieb. „Wenigstens kann ich dir guten Rat erteilen, wenn du aufrichtig gegen mich sein willst. Sag mir denn zuerst, bist du unvermählt, wie deine Kleidung andeutet?“

„Ja."

„Und möchtest, ohne selbst mit Glücksgütern gesegnet zu sein, einen vermögenden Werber anlocken?"

„Ich bin reicher als der, welcher mich verachtet!"

„Seltsam und immer seltsamer. Und du liebst den, der dich nicht liebt?"

„Ich weiß nicht, ob ich ihn liebe", erwiderte Julia stolz, „aber ich weiß, dass ich über eine Nebenbuhlerin triumphieren möchte. Ich möchte den, der mich verwarf, um mich werben sehen, ich möchte sehen, dass die, die er mir vorzog, von ihm verschmäht würde."

„Ein natürlicher, einem Weibe angemessener Ehrgeiz!", bemerkte der Ägypter in einem für Ironie fast zu ernsten Ton. „Aber willst du mir den Namen deines Geliebten anvertrauen? Kann er ein Pompejaner sein und den Reichtum verachten, selbst wenn er blind gegen die Schönheit sein sollte?"

„Er ist aus Athen", erwiderte Julia mit gesenktem Blick.

„Ha!" rief der Ägypter ungestüm, und das Blut schoss ihm in die Wangen. „Es gibt nur einen jungen Athener von Stande in Pompeji. Sollte es Glaukus sein, von dem du sprichst?"

„Ah, verrate mich nicht. Dies ist wirklich sein Name." Der Ägypter sank zurück, starrte unbewusst auf das abgewandte Gesicht der Kaufmannstochter und sprach leise mit sich selbst. Dürfte diese Unterredung, in der er bis jetzt bloß sein Spiel getrieben hatte, indem ihm die Leichtgläubigkeit und Eitelkeit seines Besuchs Unterhaltung gewährte, dürfte sie ihm nicht den Weg zu seiner Rache bahnen?

„Ich sehe, du kannst mir nicht helfen", sagte Julia, durch sein fortgesetztes Stillschweigen beleidigt. „Bewahre wenigstens mein Geheimnis. Lebe wohl."

„Mädchen", entgegnete der Ägypter in ernstem, feierlichem Ton, „deine Bitte hat mich gerührt. Ich will zu deinem Wunsch behilflich sein. Höre, ich selbst habe mich zu diesen geringeren Künsten nie herabgelassen, aber ich kenne jemand, der darin erfahren ist. Am Fuße des Vesuvs, keine

Meile von der Stadt, wohnt eine mächtige Hexe. Im wuchernden Tau des Neumonds sucht sie die Kräuter, welche die Kraft besitzen, die Liebe in ewige Fesseln zu schlagen. Ihre Kunst vermag dir den Geliebten zu Füßen zu legen. Suche sie auf und nenne ihr den Namen des Arbaces, sie fürchtet diesen Namen und wird dir von ihrem kräftigsten Tranke geben."

„Ach", erwiderte Julia, „ich kenne den Weg zum Haus derjenigen, von welcher du sprichst, nicht. Einem ganz Unbekannten wag' ich mich nicht zur Führung anzuvertrauen. Frauenruf wird leicht befleckt! Und liegt mir auch nichts daran, dass meine Liebe für Glaukus bekannt wird, so möcht' ich doch nicht, dass man erführe, seine Liebe sei mir durch Zauberei zuteil geworden."

„Wär' ich nur um drei Tage weiter in meiner Genesung", entgegnete der Ägypter, „so wollt' ich dich selbst begleiten. Nun, du musst eben warten."

„Aber Glaukus heiratet die verhasste Neapolitanerin sehr bald."

„Heiratet?"

„Ja, Anfang nächsten Monat."

„Weißt du das gewiss?"

„Aus dem Munde ihrer eigenen Sklavin."

„Es soll nicht geschehen!", rief der Ägypter heftig. „Fürchte nichts! Glaukus soll dein sein! Wie aber kannst du ihm den Trank, wenn er einmal in deinem Besitz ist, geben?"

„Mein Vater hat ihn, und ich glaube auch die Neapolitanerin, auf übermorgen zu Tisch geladen, wobei ich also Gelegenheit habe, die Sache auszuführen."

„Sei es so!", versetzte der Ägypter, und in seinen Augen blitzte eine so wilde Freude, dass Julias Blick zitternd zu Boden sank.

„Halte denn auf morgen Abend deine Sänfte bereit. Lass dich in der Sänfte nach dem Vergnügungsort, eine halbe Stunde von der Stadt, bringen, den die reicheren Pompejaner wegen seiner trefflichen Bäder und reizenden Gärten so häufig besuchen. Dorthin, kannst du vorgeben, gehe dein ganzer Ausflug, dort will ich, und wär' es sterbend, bei der Statue des Silen in dem den Garten umschließenden Wäldchen mit dir zusammentreffen und dich selbst zu der Hexe führen. Warten wir jedoch, bis mit dem Abendstern die Ziegen der Hirten zur Ruhe gegangen sind – bis das dunkle Zwielicht uns verbirgt und niemand unseren Weg kreuzt. Gehe heim und sei unbesorgt. Beim Hades schwört Arbaces, der Zauberer aus Ägypten, dass Ione sich nie mit Glaukus vermählen soll."

„Und dass Glaukus der Meinige wird?", setzte Julia hinzu, den unvollständigen Satz ergänzend.

„Du hast es ausgesprochen", erwiderte Arbaces.

Als er wieder allein, brach der Ägypter in folgende Worte aus:

„Helle Sterne, die ihr niemals lügt, schon beginnt ihr die Erfüllung eurer Zusage, Glück in der Liebe und Sieg über meine Feinde für die ganze Zukunft meiner Lebensbahn!"

Er rief einen seiner Sklaven, hieß ihn Julia eilends nachfolgen und sich unter der Hand nach ihrem Namen und Stand erkundigen. Sofort trat er in den Portikus vor. Die Luft war heiter und klar, er jedoch, tief erfahren in den Zeichen ihres Wechsels, sah an einer einzigen, fern am Horizont schwebenden Wolke, die der Wind langsam zu bewegen anfing, dass ein Sturm im Hintergrund brüte.

„Wie meine Rache!", sprach er im Hinblicken. „Der Himmel ist klar, aber die Wolke kommt herauf."

Neuntes Kapitel

Die Mittagsglut war allmählich von der Erde gewichen, als Glaukus und Ione sich auf den Weg machten, die abgekühlte, angenehme Luft zu genießen. Etwa drei Stunden von der

Stadt lag damals eine alte Ruine, die Überreste eines Tempels von offenbar griechischem Ursprung. Da für Glaukus und Ione alles Griechische anziehend war, so hatten sie beschlossen, diese Trümmer zu besuchen.

Der Weg führte zwischen Weingärten und Olivenwäldchen hin, wurde aber in der Folge, sich höher und höher am Vesuv hinaufwindend, ziemlich unbequem. Langsam und mit Mühe bewegten sich die Maultiere. Die Sonne, sich zum Untergang neigend, warf lange, kräftige Schatten über die Höhen. Da und dort vernahmen sie noch das ländliche Rohr des Hirten aus Gebüschen und Buchen und wilden Eichen hervor. Mitunter kam ihnen die Gestalt jener seidehaarigen anmutigen Ziege mit gewundenem Horn und glänzendem grauem Auge zu Gesicht. Aus den Bogengewinden, die von Baum zu Baum herabhingen, glühten die Trauben. Über den Reisenden schwammen lichte Wolken im heiteren Himmel, während zur Rechten dann und wann Blicke auf die regungslose See, mit einem leichten Schiff auf ihrem Spiegel, auftauchten und das Sonnenlicht sich über der Tiefe in den zahllosen, sanften Farben brach, die jenem herrlichen Meer so eigen sind.

„Wie schön“, sagte Glaukus halb flüsternd, „ist der Ausdruck, womit wir die Erde unsere Mutter nennen. Selbst dem unfruchtbaren Fleck, dem die Natur Schönheit versagt hat, sucht sie noch ihr Lächeln zuzuwenden, wie der Erdbeerbaum und die Rebe bezeugen, die sie um den spröden, brennenden Boden jenes erloschenen Vulkans windet.“

Sie langten bei den Ruinen an. Da fing der Sturm, den der Ägypter vorausgesagt, an, sichtbar über ihnen heraufzuziehen. Zuerst warnte ein leiser, ferner Donner vor dem nahenden Kampf der Elemente und rollte dann über den dunklen Schichten gedrängter Wolken rasch dahin. Die Schnelligkeit, womit ein Ungewitter unter diesem Himmel ausbricht, ist beinah übernatürlich und mochte den Aberglauben einer früheren Zeit gar leicht mit der Vorstellung unmittelbarer göttlicher

Einwirkung erfüllen. Einige große Tropfen fielen schwer zwischen die Zweige, die den Weg halb überdeckten, und gleich darauf zuckte ein rascher, blendender Gabelblitz hart vor den Augen der Reisenden vorüber und wurde von der zunehmenden Dunkelheit wieder verschlungen.

„Schneller, guter Carrucarius", rief Glaukus dem Wagenführer zu, „der Sturm kommt mit Macht."

Der Sklave trieb die Maultiere an. Rasch ging es über die unebene, steinige Straße. Die Wolken wurden dichter, näher und näher tönte der Donner, und in Strömen stürzte der klatschende Regen herab.

„Ist dir bang?", flüsterte Glaukus.

„In deiner Nähe nicht", erwiderte sie sanft.

In diesem Augenblick stieß der Wagen, gebrechlich und unzweckmäßig gebaut, heftig in ein tiefes Geleise, worüber ein gefallener Baumstamm lag. Der Führer trieb die Maultiere mit einem Fluch noch stärker gegen das Hindernis an. Das Rad ging aus der Nabe und das Gefährt schlug plötzlich um.

Glaukus machte sich schnell aus dem Vehikel heraus und eilte Ione zu Hilfe, die glücklicherweise unverletzt war. Mit einiger Schwierigkeit richtete man die Carruca wieder auf und fand, dass sie selbst zum bloßen Obdach gänzlich unbrauchbar geworden war. Die Bänder, welche die Decke festhielten, waren entzwei gesprungen, und mit Wut schüttete der Regen in das Innere.

Was war in dieser Verlegenheit zu tun? Man befand sich noch in ziemlicher Entfernung von der Stadt, kein Haus, keine Hilfe schien in der Nähe.

„Etwa eine Viertelstunde von hier wohnt ein Schmied", sagte der Sklave, „ich könnte ihn holen, er würde wenigstens das Rad an die Carruca befestigen. Aber, beim Jupiter, wie der Regen peitscht! Meine Gebieterin wird ganz durchnässt sein, bis ich wiederkomme."

„Lauf jedenfalls hin", rief Glaukus, „wir müssen uns bis zu deiner Zurückkunft so gut wir können zu schützen suchen!"

Der Weg war von Bäumen überschattet, unter deren größten Glaukus sich mit Ione stellte. Er suchte, indem er den eigenen Mantel auszog, sie besser gegen den strömenden Regen zu schirmen, aber dieser stürzte mit einem Ungestüm herab, das all dergleichen kleine Hindernisse überwand, und während Glaukus seinem schönen Schützling noch Mut zuflüsterte, traf der Blitz jählings einen der Bäume unmittelbar vor ihnen und spaltete den gewaltigen Stamm unter lautem Krachen entzwei. Dieses furchtbare Ereignis unterrichtete sie von der Gefahr, der sie unter ihrem gegenwärtigen Obdach ausgesetzt waren. Glaukus sah sich ängstlich nach einem minder bedenklichen Zufluchtsort um. „Wir sind hier“, sprach er, „auf halber Höhe des Vesuv, in den Reben bekleideten Felsen muss wohl irgendeine Grotte oder Höhle sein, in der uns die entflohenen Nymphen eine schirmende Stätte zurückließen.“

Mit diesen Worten trat er unter den Bäumen vor und entdeckte nach angestrengter Musterung der Umgegend, dass ein blaues, zitterndes Licht in nicht großer Entfernung durch die zunehmende Finsternis schimmerte. „Das muss“, rief er, „vom Herde eines Hirten oder Winzers kommen. Es wird uns zu einem gastlichen Aufenthalt führen. Willst du hierbleiben, bis ich . . . doch nein, das hieße dich der Gefahr aussetzen.“

„Mit Freuden will ich mit dir gehen“, erwiderte Ione. „Erscheint der Ort auch unbedeckt, so ist er doch besser als das ungastliche Dach dieser Zweige.“

Ione halb führend, halb tragend, schritt Glaukus, von der zitternden Sklavin gefolgt, dem Licht zu, das ihnen noch immer blau und fest entgegenleuchtete. Endlich war der Weg nicht länger frei, wilde Reben hemmten ihre Schritte und ließen den leitenden Schein nur in einzelnen Zwischenräumen durchflimmern.

Schneller und wilder goss der Regen herab. Immer verschlungener wurden die Reben. Das Flämmchen war ihnen gänzlich entschwunden. Nichtsdestoweniger blieb ein kleiner Pfad, den sie, bloß von den fortwährenden, lang anhaltenden

Blitzen geleitet, mit Mühe und Anstrengung verfolgten. Plötzlich hörte der Guss der Wolken für einen Augenblick auf. Steile, rauhe Klippen von ausgebrannter Lava starrten ihnen entgegen, durch das Wetterleuchten, das den dunklen, gefährlichen Boden erhellte, noch schauriger hervorgehoben. Mitunter weilte die zuckende Flamme über den eisengrauen, zum Teil mit altem Moos oder verkrüppelten Bäumen bedeckten Schlackenhaufen.

Verlegen und zweifelnd standen unsere Freunde still, als sie plötzlich aufs Neue von der Finsternis, die zwischen die wilden Blitzzacken hineindunkelte, eingehüllt, ziemlich nah, aber hoch über sich, das geheimnisvolle Licht wieder erblickten. Ein neuer Strahl, der Himmel und Erde rötete, zeigte ihnen die ganze Umgebung. Kein Haus befand sich in der Nähe, aber eben, wo sie das Licht bemerkt hatten, glaubten sie im Hintergrund einer Höhle den Umriss einer menschlichen Gestalt wahrzunehmen. Abermals kehrte die Finsternis zurück, und das Licht, nicht mehr im Feuer des Himmels verbleichend, trat von neuem hervor. Die Liebenden beschlossen, hinzugehen. Sie mussten sich auf ihrem Weg durch große Felsstücke, hier und da von wildem Gebüsch überhangen, durchwinden, aber sie gelangten näher und näher zu der Flamme und standen endlich einer Art Höhle gegenüber, die durch mächtige, quer übereinander gefallene Felsensplitter gebildet worden war. Als sie jedoch in den Schlund hineinblickten, fuhren beide mit abergläubischem Schauder zurück.

Ein Feuer brannte im Hintergrund – mit einem kleinen Kessel darüber. Auf einer hohen, dünnen Säule aus Eisen stand eine rohe Lampe. An demjenigen Teil der Felswand, an dessen Fuß das Feuer brannte, hing eine Menge Kräuter in mehrfachen Reihen wie zum Trocknen. Ein vor der Flamme liegender Fuchs stierte die Fremdlinge mit seinem hellen roten Auge an, sein Haar sträubte sich empor, und ein leises Geknurr stahl sich zwischen den Zähnen hervor. Mitten in der Höhle stand eine irdene Statue mit drei Köpfen von seltsamer, phantastischer Art, denn sie wurden durch die wirklichen Schädel eines Hundes, eines Pferdes und eines Bären gebildet. Ein niederer Dreifuß war vor diesem wilden Abbild der gefürchteten Hekate aufgestellt.

Nicht aber dieses Zubehör und Beiwerk der Grotte war es, was das Blut der Hineinschauenden erstarren ließ, sondern das Gesicht der Bewohnerin. Vor der Flamme, den vollen Schein des Lichts auf ihren Zügen, saß ein Weib von beträchtlichem Alter. Ihr Antlitz verriet Überreste einer regelmäßigen, wenn auch stolzen und adlerartigen Form. Aber steinerne Augen stierten den Ankömmlingen entgegen – eine Sehkraft, welche den fremden Blick zu bezaubern drohte! Das richtige Bild einer Leiche trat in diesem furchtbaren Gesicht vor sie. Dasselbe gläserne, lichtlose Auge, die blauen, eingeschrumpften Lippen, die herabhängenden hohlen Wangen, das erstorbene, schlaffe blassgraue Haar, die blaugrüne, gespensterartige Haut, alles schien unzweifelhaft in die Farben des Grabes getaucht!

„Es ist etwas Totes . . .“, sagte Glaukus

„Nein, es bewegt sich, es ist ein Geist“, stammelte Ione und klammerte sich an die Brust des Atheners.

„Hinweg, hinweg!“, ächzte die Sklavin. „Es ist die Hexe des Vesuvs.“

„Wer seid ihr?“, fragte eine hohle, gespensterartige Stimme, „und was tut ihr hier?“

Der totenhafte Ton, der ganz zu dem Gesicht der Sprecherin passte, würde jene in die erbarmungslose Wut des Sturmes zurückgescheucht haben – Glaukus aber, obwohl nicht ohne böse Vorahnung, zog sie in die Höhle.

„Wir sind vom Gewitter verschlagene Reisende aus der benachbarten Stadt“, sprach er, „und von diesem Licht hierher gelockt, bitten wir um Obdach an deinem Herd.“

Während seiner Worte erhob sich der Fuchs vom Boden und nahte sich den Fremden. Er zeigte seine weißen Zähne und fuhr in seinem drohenden Knurren fort.

„Ruhig, Sklave!“, rief die Hexe.

Beim Ton dieser Stimme legte sich das Tier sogleich nieder, bedeckte das Gesicht mit dem Schweif und behielt nur das wachsame, rege Auge auf die Störer seiner Ruhe geheftet.

„Tretet ans Feuer, wenn ihr wollt“, fuhr die Hexe gegen Glaukus und dessen Begleiterinnen fort. „Ich heiße nie etwas Lebendes willkommen, außer die Eule, den Fuchs, die Kröte und die Schlange, darum kann ich euch kein Willkommen bieten. Tretet aber ohne Willkommen ans Feuer. Warum erwartet ihr besondere Förmlichkeiten?“

Die Sprache, worin sich die Alte an ihre Gäste wandte, war ein seltsames, barbarisches Latein, vermischt mit vielen Wörtern einer älteren, raueren Mundart. Sie bewegte sich nicht von ihrem Platz, schaute aber steinern zu, als Glaukus Ione den umhüllenden Mantel abnahm, sie einlud, sich auf ein Stück Holz, den einzigen Sitz, der zur Hand war, niederzulassen, und die Kohlen zu stärkerer Flamme anblies.

„Ich fürchte, wir stören dich“, sagte Ione mit begütigender Silberstimme.

Die Hexe gab keine Antwort. Sie schien wie ein Wesen, das auf einen Augenblick vom Tode erwacht ist und dann wieder in den ewigen Schlummer zurücksinkt.

„Sagt mir“, fragte sie plötzlich nach einer langen Pause, „seid ihr Bruder und Schwester?“

„Nein“, entgegnete Ione errötend.

„Verheiratet?“

„Auch nicht“, erwiderte Glaukus.

„Hoho, ein Liebespaar! Hahaha!“, Und die Hexe lachte so laut und lange, dass die Höhle wiederhallte. Iones Herz stand bei dieser befremdenden Lustigkeit still. Glaukus murmelte einen schnellen Gegenzauber, und die Sklavin wurde so blass wie die Wange der Hexe selbst.

„Was lachst du, Alte?“, fragte Glaukus.

„Lachte ich?“, fragte die Hexe irr.

„Sie ist kindisch vor Alter“, flüsterte Glaukus, bemerkte aber noch während seiner Worte, wie ihn die Alte boshaft und aufmerksam anstarrte.

„Du lügst!“, rief sie plötzlich.

„Du bist eine unhöfliche Wirtin“, gab ihr Glaukus zurück.

„Still! Reize sie nicht, lieber Glaukus!“, flüsterte Ione.

„Ich will dir sagen, warum ich lachte als ich erfuhr, dass ihr Liebende seid“, erwiderte das alte Weib. „Weil es für Alte und Verwelkte eine Lust ist, auf junge Herzen wie die eurigen zu blicken und zu wissen, dass die Zeit kommen wird, wo ihr einander anekeln werdet – anekeln, anekeln – hahaha!“

Jetzt war es an Ione, gegen die schlimme Prophezeiung ein Gebet einzulegen. „Die Götter mögen es verhüten!“, sprach sie. „Aber arme Frau, du weißt wenig von Liebe, oder du würdest wissen, dass sie sich nie ändert.“

„Meint ihr, ich sei nicht auch einmal jung gewesen?“, fragte die Hexe rasch. „Und bin jetzt alt und hässlich und wie ein Totengerippe. Wie die Gestalt, so das Herz.“

Mit diesen Worten sank sie wieder in ein tiefes, furchtbares Schweigen, als ob ihr Leben selbst aufhörte.

„Wohnst du schon lange hier?“, fragte Glaukus.

„Oh ja, lange!“

„Es ist ein trauriger Aufenthalt.“

„Ja, da hast du Recht! Die Hölle ist unter uns“, antwortete die Alte und wies mit dem knöchernen Finger auf den Boden. „Ich will dir ein Geheimnis sagen, das Dunkel da unten rüstet seinen Zorn gegen euch, euch die Jungen und Gedankenlosen.“

„Du sprichst bloß üble Worte, wie sie gegen den Gast nicht ziemen“, entgegnete Glaukus. „Fortan will ich lieber den Sturm ertragen als dein Obdach.“

„Daran wirst du wohl tun. Nur Unglückliche sollten zu mir kommen.“

„Und warum Unglückliche?“

„Ich bin die Hexe des Berges“, antwortete die Zauberin

mit gespenstischem Grinsen. „Mein Gewerbe ist, den Hoffnungslosen Hoffnung zu geben. Für Unbegünstigte in der Liebe habe ich Liebestränke, für den Geizigen Zusagen von Schätzen, für den Zornigen Rachegetränke, für Glückliche und Gute hab' ich nur, was das Leben selbst bietet – Flüche. Belästige mich nicht weiter."

Damit sank die grimmige Bewohnerin der Höhle in ein so hartnäckiges und verstocktes Schweigen, dass Glaukus' Versuche, sie in ein weiteres Gespräch zu ziehen, fruchtlos blieben. Glücklicherweise jedoch fing das Gewitter an, nachzulassen. Die Wut des Regens nahm mehr und mehr ab. Endlich teilten sich die Wolken. Der Mond brach durch die purpurne Öffnung des Himmels und strömte voll und klar auf die traurige Stätte nieder. Der Fuchs sah sie aus seinem Winkel mit scharfem, heißem Auge an und als sich Glaukus nun gegen die Hexe wandte, bemerkte er plötzlich unter ihrem Sitz den funkelnden Blick und aufgeblähten Kopf einer großen Schlange. Vielleicht mochte die lebhafte Farbe seines über Iones Schultern geworfenen Mantels den Zorn des Wurms gereizt haben, sein Kamm fing an zu glühen und zu schwellen, als bereite er sich drohend zu einem Sprung gegen die Neapolitanerin. Glaukus griff schnell nach einem halb verbrannten Holzscheit im Feuer. Erbost über diese Bewegung schoss die Schlange aus ihrem Lager hervor und richtete sich unter lautem Gezisch auf, bis ihre Höhe derjenigen des Griechen beinah gleichkam.

„Hexe!", rief Glaukus, „beschwichtige dein Tier, oder du siehst es tot zu deinen Füßen."

„Es ist seines Giftes beraubt"", erwiderte die Hexe, durch solche Drohung aufgeschreckt. Aber ehe diese Worte noch ganz aus ihrem Munde waren, war die Schlange auf Glaukus zugeschnellt. Behend sprang der gelenkige Grieche leicht auf die Seite und führte einen so gewandten, kräftigen Streich auf den Kopf des Ungetüms, dass es zu Boden fiel und sich in der Asche hin und her krümmte.

Die Hexe fuhr auf und stand Glaukus mit einem Gesicht gegenüber, das der grimmigsten Furie keine Schande gemacht haben würde, so feindselig und zornerfüllt war sein Ausdruck.

„Du hast“, sprach sie mit langsamer, fester Stimme, welche den Ausdruck ihres Gesichtes Lügen strafte, „du hast Schutz und Wärme an meinem Herd genossen, du hast Gutes mit Bösem vergolten, hast das Wesen, das mich liebte und mein war, ja noch mehr, das Geschöpf, das vor allen anderen den Göttern geweiht ist und von den Menschen für verehrungswürdig gehalten wird, geschlagen und vielleicht getötet. Höre jetzt deine Bestrafung: Beim Mond, dem Beschützer der Zauberinnen, beim Orkus, dem Sammler der Rache, verfluche ich dich! Möge deine Liebe verdorren, möge dein Name geschändet werden, mögen die Unterirdischen dich zeichnen, möge dein Herz verwelken und verbrennen.“ „Und du“, fuhr sie fort, indem sie sich grimmig gegen Ione wandte und ihren rechten Arm erhob, aber Glaukus unterbrach ihre Rede ungestüm: „Hexe“, rief er. „Halt ein! Mich hast du verflucht, doch ich vertraue mich den Göttern – ich trotze dir und verachte dich. Aber sprich nur ein Wort gegen diese Jungfrau und ich verwandle den Fluch auf deinen scheußlichen Lippen zu deinem Todesgestöhn. Hüte dich!“

„Ich bin fertig!“, erwiderte die Hexe mit wildem Gelächter. „Denn in deinem Schicksal ist auch die, welche dich liebt, verflucht. Und das um so gewisser, als ich ihre Lippen deinen Namen aussprechen hörte und weiß, durch welches Wort ich dich der Rache der Dämonen empfehlen soll. Glaukus, du bist deinem Schicksal verfallen.“ Damit wandte sie sich von dem Athener ab, kniete neben ihren verwundeten Liebling nieder und hob ihn aus der Asche auf.

„O Glaukus“, sagte Ione erschreckt, „was haben wir getan? Lass uns von hier wegeilen! Der Sturm hat aufgehört. Gute Frau, verzeih ihm, widerrufe deine Worte – er wollte sich ja bloß verteidigen. Empfange diese Friedensgabe und nimm das Gesagte zurück." Damit bückte sie sich und legte ihre Börse in den Schoß der Hexe.

„Hinweg!", rief diese bitter, „hinweg! Den einmal ausgesprochenen Fluch können nur die Parzen wieder lösen – hinweg!"

„Komm, Geliebte", rief Glaukus drängend. „Glaubst du, die Götter über oder unter uns hören das ohnmächtige Toben des Aberwitzes? Komm!"

Lang und laut erklang die Höhle vom Widerhall des grimmigen Gelächters der Hexe.

Die Liebenden atmeten freier, als sie an die frische Luft kamen. Allein die Szene, deren Zeugen sie gewesen, die Worte und das Gelächter der Hexe blieben noch schreckenvoll in Iones Seele, und selbst Glaukus vermochte den Eindruck nicht gänzlich abzuschütteln.

Der Sturm hatte sich gelegt. Nur ab und zu rollte noch ein leiser Donner fern durch die dunkleren Wolken, oder ein Blitzstrahl trotzte für einen kurzen Augenblick der Alleinherrschaft des Mondes. Mit einiger Schwierigkeit gewannen sie die Straße wieder, wo sie den Wagen zur Weiterreise bereits hinlänglich hergestellt fanden. Vergebens suchte Glaukus die erschöpften Lebensgeister Iones wieder anzuregen, und fast ebenso fruchtlos strebte er, seine eigene Fröhlichkeit wiederzugewinnen. Sie langten bald vor dem Stadttor an. Als es sich ihnen öffnete, sperrte eine kleine, von Sklaven getragene Sänfte den Weg.

„Es ist zu spät, um herausgelassen zu werden!", rief die Wache dem Inhaber der Sänfte zu.

„Nicht doch", entgegnete eine Stimme, bei deren Ton die Liebenden zusammenfuhren. „Ich muss nach der Villa des Markus Polybius und komme in kurzer Zeit zurück. Ich bin Arbaces der Ägypter."

Die Bedenken der Wache waren gehoben, und die Sänfte zog hart am Gefährt der Liebenden vorüber.

„Arbaces zu dieser Stunde! Überdies wohl kaum von seiner Wunde genesen – wohin und wozu kann er die Stadt verlassen?“, fragte Glaukus.

„Ach“, erwiderte Ione und brach in Tränen aus, „meiner Seele drängt sich mehr und mehr das Vorgefühl eines Unglücks auf. Erhaltet uns, o Götter, oder wenigstens“, setzte sie innerlich hinzu, „erhaltet meinen Glaukus.“

Zehntes Kapitel

Arbaces hatte nur auf das Aufhören des Sturmes gewartet, um unter dem Mantel der Nacht die Hexe des Vesuv zu suchen. Von denjenigen seiner vertrauteren Sklaven getragen, deren er sich bei jedem geheimen Unternehmen zu bedienen pflegte, lag er auf der Sänfte ausgestreckt, und sein sanguinisches Gemüt gab sich bereits dem Traum gestillter Rache und befriedigter Liebe hin. Auf einem so kurzen Weg bewegten sich die Sklaven nicht viel langsamer als der gewöhnliche Schritt der Maultiere und bald langte Arbaces am Eingang eines schmalen Fußpfades an, den die Liebenden zu ihrem Schaden nicht entdeckt hatten. Der Ägypter ließ die Sänfte halten, befahl seinen Leuten, sich unter dem Weinlaub vor den etwa Vorüberkommenden verborgen zu halten, und stieg dann allein, die schwachen Schritte durch einen Stab gestützt, an dem schroffen Abhang empor.

Als er sich der Mündung der Höhle näherte, hielt er an, um Atem zu schöpfen, und trat dann mit der gewohnten festen, stolzen Haltung über die unheilige Schwelle.

Der Fuchs sprang beim Eintritt des neuen Ankömmlings auf und kündigte seiner Gebieterin durch ein langes Geheul den abermaligen Besuch an.

Die Hexe hatte ihren Sitz wieder eingenommen, und wieder drückte ihr Gesicht jene grabesähnliche, grimme Ruhe aus. Zu ihren Füßen lag die verwundete Schlange auf einer

Streu von trockenen Kräutern, die sie halb bedeckten, das scharfe Auge des Ägypters bemerkte jedoch sogleich, wie ihre Schuppen im Widerschein des Feuers glänzten und sie in Schmerz und ungestillter Wut ihre Ringe bald zusammenzog, bald verlängerte.

„Nieder, Sklave!“, rief die Hexe wie zuvor dem Fuchs zu, und wie zuvor legte sich das Tier auf den Boden – stumm, aber wachsam.

„Auf, Dienerin der Nacht und des Erebus“, sagte Arbaces gebieterisch, „ein Höherer in deiner Kunst begrüßt dich! Auf, und heiße ihn willkommen!“

Bei diesen Worten wandte die Hexe ihren Blick auf die hohe Gestalt und die dunklen Züge des Ägypters. Lange und fest sah sie ihn an, wie er in seiner morgenländischen Tracht mit gekreuzten Armen und fester, hoheitsvoller Stirn vor ihr stand.

„Wer bist du?“, fragte sie endlich, „der sich größer nennt in der Kunst als die Hexe der brennenden Gefilde und die Tochter des untergegangenen etruskischen Geschlechtes.“

„Ich bin der“, antwortete Arbaces, „von dem alle Meister der Magie von Nord bis Süd, von Ost bis West, vom Ganges und Nil bis zu den Tälern Thessaliens und den Ufern des gelben Tiber in Demut gelernt haben.“

„Es gibt nur einen solchen Mann in diesem Lande“, versetzte die Hexe, „den die Menschen der äußeren Welt Arbaces den Ägypter nennen. Uns aber, Wesen von höherer Natur und tieferem Wissen, lautet sein Name Hermes vom flammenden Gürtel.“

„Sieh mich noch einmal an“, erwiderte Arbaces, „ich bin dieser Mann.“

Mit diesen Worten schlug er den Mantel auseinander und zeigte einen Gürtel um seine Lenden, der wie Feuer glühte und in der Mitte durch eine Platte zusammengehalten wurde, worin ein unverständliches Zeichen eingegraben stand. Hastig sprang sie auf und warf sich ihm zu Füßen. „So hab’ ich denn", sprach sie mit dem Ton tiefer Unterwürfigkeit, „den Herrn des mächtigen Gürtels gesehen. Empfange meine Huldigung."

„Steh auf", sagte der Ägypter. „Ich bedarf deiner."

Damit setzte er sich auf dasselbe Stück Holz, worauf zuvor Ione geruht hatte, und winkte der Hexe zu, ihren Platz wieder einzunehmen.

„Du sagtest", sprach er, als sie ihm Folge leistete, „du seiest eine Tochter der allen etruskischen Stämme, deren felsenerbaute Städte noch jetzt mit ihren mächtigen Mauern auf das Räubervolk herabzürnen, das ihre alte Herrschaft sich angeeignet hat. Jene Stämme kamen teils aus Griechenland, teils waren sie Flüchtlinge aus einem älteren Boden. In beiden Fällen bist du ägyptischer Abkunft, denn die Überwältiger der Ureinwohner Griechenlands gehörten zu den unruhigen Kindern, die der Nil aus seinem Schoß verbannte. Auf jede Weise also stammst du von Vätern ab, die den meinigen Gehorsam geschworen haben. Durch deine Geburt wie durch deine Wissenschaft bist du die Untertanin des Arbaces. Höre denn und gehorche."

Die Hexe neigte das Haupt.

„So groß unsere Kunst in der Zauberei auch sein mag", fuhr Arbaces fort, „sind wir doch zuweilen zur Erreichung unserer Zwecke zu natürlichen Mitteln genötigt. Der Ring und der Kristall, die Asche und das Kraut geben keine unfehlbaren Aussprüche über die Zukunft. Höre mich also! – Du bist in der Kunde der tödlichen Kräuter wohl erfahren, du kennst diejenigen, welche das Leben zum Stehen bringen, welche die Seele aus ihrer Feste durch glühende Versengung treiben oder die Kanäle des jungen Bluts zu jenem Eis einstarren, das keine Sonne zu schmelzen vermag. Unterschätze ich deine Kunst? Sprich die Wahrheit."

„Mächtiger Hermes, dies ist wirklich meine Wissenschaft. Wirf einen Blick auf diese geisterhaften, leichenähnlichen Züge, die Lebensfarben sind in ihnen verblichen, bloß weil ich über den giftigen Kräutern wache, die Tag und Nacht in jenem Kessel schmoren."

„Es ist gut", sprach er. „Du hast die Vorschrift zu allem tieferen Wissen gelernt, die da sagt: Verachte den Leib, um den Geist weise zu machen. Aber zu deiner Aufgabe! Morgen Nacht beim Licht der Sterne wird ein eitles Mädchen zu dir kommen, das deine Kunst für einen Liebeszauber in Anspruch nehmen wird, um Augen, die nur zu den seinigen reden sollten, von einer anderen abzuziehen. Statt des Liebestrankes gib dem Mädchen eines deiner tödlichsten Gifte."

Die Hexe zitterte von Kopf zu Fuß.

„Verzeihung, Verzeihung, furchtbarer Meister", sprach sie mit wankender Stimme, „aber so etwas wage ich nicht, das Gesetz in diesen Städten ist streng und wachsam, man wird mich fassen und töten."

„Wozu dann deine Kräuter und deine Tränke, eitle Hexe?", fragte Arbaces höhnisch.

Die Hexe bedeckte ihr grauenhaftes Gesicht mit den Händen.

„Ach! Vor Jahren", sprach sie mit einer Stimme, die durch ihre klagende Milde von ihrem gewöhnlichen Ton ganz abwich, „war ich nicht das Wesen, das ich jetzt bin. Ich liebte und glaubte mich geliebt."

„Und was hat deine Liebe mit meinem Befehl zu tun, Hexe?", fragte Arbaces gebieterisch.

„Geduld!", erwiderte sie. „Ich flehe dich an, Geduld! Ich liebte! Eine andere, eine minder Schöne als ich, entfremdete mir meinen Erkorenen. Ich gehörte zu jenem dunklen etruskischen Stamm, welcher der kundigste von allen in der schwärzeren Magie war. Meine Mutter selbst war eine Hexe, sie teilte die Entrüstung ihres Kindes. Aus ihren Händen empfing ich den Trank, der mir seine Liebe zurückbringen sollte, und von ihr auch das Gift für meine Nebenbuhlerin. Zermalmt mich, ihr grauen Felsen! Meine zitternden Hände verwechselten das Getränk! Wohl fiel mir mein Geliebter zu Füßen, aber tot, tot! Was ist seitdem das Leben für mich gewesen? Ich wurde plötzlich alt, ich weihte mich den Zauberkünsten meines Volkes. Seit jener Zeit verdamme ich mich durch einen unwiderstehlichen Antrieb zu furchtbarer Strafe!“

Die abgemagerte Gestalt der Hexe bebte unter heftigen Krämpfen.

Überrascht und fast verächtlich sah sie der Ägypter an. „Und dieses verwelkte Wesen hat noch menschliche Empfindungen“, dachte er. „Noch immer kauert sie über der Asche desselben Feuers, das den Arbaces verzehrt, so sind wir alle! Geheimnisvoll ist das Band dieser sterblichen Leidenschaften, das den Größten mit dem Geringsten verbindet.“

Er gab keine Antwort, bis jene sich etwas erholt hatte. Endlich saß sie, obwohl noch immer hin und her nickend, wieder ruhiger auf ihrem Stuhl, die verglasten Augen auf das Feuer gerichtet und große Tränen auf den bleichen Wangen.

„Wirklich, eine traurige Geschichte“, sprach er, „aber dergleichen Empfindungen ziemen nur der Jugend. Das Alter sollte unsere Herzen gegen alles, außer uns, verhärten. – Wie jedes Jahr neue Schuppen um das Schaltier legt, sollte jedes Jahr das Herz ummauern und einkrusten. Denke nicht mehr an diese Verirrungen und höre mir wieder zu! Bei der Rache, die auch dir teuer war, befehl’ ich dir, mir zu gehorchen! Um der Rache willen hab’ ich dich aufgesucht! Dieser Knabe, den ich mir aus dem Wege räumen will, ist meinen Plänen entgegen getreten, trotz meiner Zauberkunst, dieses Ding von Purpur und Stickerei, von Lächeln und Äugeln, ohne Seele und Geist, mit keinem Reiz als seiner Schönheit verflucht sei es! Dieses Insekt, dieser Glaukus, ich sage dir beim Orkus und bei der Nemesis, er muss sterben!“

Mit jedem Wort hatte der Ägypter seinen Grimm gesteigert und durchmaß jetzt, seine Schwäche, seine seltsame Gefährtin vergessend, alles vergessend außer seine rachedürstende Wut, mit großen, schnellen Schritten die düstere Höhle.

„Glaukus, sagst du, mächtiger Herr?“, fragte plötzlich die Hexe, und ihr dämmriges Auge glühte bei diesem Namen von der ganzen grimmigen Rachsucht, die selbst die kleinste Beleidigung bei einsiedlerischen Menschen so häufig erregt.

„Ja, so heißt er. Aber was kümmert dich der Name? Nach drei Tagen von heute ab soll er keinem Lebenden mehr zugehören!“

„Höre mich!“, rief die Hexe aus einem kurzen Nachsinnen auffahrend, worin sie nach diesen letzten Worten des Ägypters gesunken war. „Höre mich! Ich bin dein Geschöpf und deine Sklavin, schone mich. Gebe ich dem Mädchen, von dem du gesprochen, etwas, was das Leben des Glaukus zerstört, so werde ich gewiss entdeckt, der Tod findet stets seine Rächer! Du selbst, furchtbarer Mann, wenn dein Besuch bei mir ruchbar wird und dein Hass gegen Glaukus bekannt ist, brauchst wohl deine stärkste Zauberkunst, um dich zu schützen.“

„Ha!“, rief Arbaces, indem er plötzlich stehenblieb. Hier zum ersten Mal – ein Beweis der Blindheit, womit die Leidenschaft selbst die Augen der Scharfsinnigsten schlägt – trat die Gefahr, die er bei dieser Art, seine Rache zu befriedigen, für sich selbst lief, vor seinen sonst so behutsamen, wachen Verstand.

„Aber“, fuhr die Hexe fort, „wenn ich stattdessen, was das Herz in seinem Gang anhält, das gäbe, was das Hirn versengt und verbrennt, was den, der es trinkt, unfähig für Geschäft und Obliegenheit des Lebens macht, zu einem verworfenen, tobenden, umnachteten Wesen. Wenn ich ihm gäbe, was den Verstand zum Wahnsinn, die Jugend zum kindischen Alter wandelt – wäre dann nicht deine Rache ebenso befriedigt, dein Zweck in gleichem Grade erreicht?“

„O Hexe! Nicht länger die Dienerin, sondern die Schwester des Arbaces! Um wie viel schärfer als der unsrige ist doch Weiberwitz, selbst in der Rache! Um wie viel schrecklicher als der Tod ist ein solches Los!“

„Und“, sprach die Hexe weiter, indem sie ihren scheußlichen Plan näher ins Auge fasste, „hierbei ist nur wenig Gefahr, denn unser Opfer kann auf zehntausend Wegen, denen nachzuspüren den Menschen nicht einfällt, wahnsinnig geworden sein. Und lass das Ärgste geschehen, lass bekannt werden, dass ein Liebeszauber diese Folgen gehabt hat, so ist ja Verrücktheit eine gewöhnliche Wirkung dieser Tränke, und selbst die Schöne, die denselben gereicht hat, wird aus diesem Grund Nachsicht finden. Mächtiger Hermes, hab’ ich dir klug geraten?“,

„Du sollst dafür zwanzig Jahre länger leben“, erwiderte Arbaces, „ich will das Zeitmaß deines Schicksals von neuem ins Angesicht der bleichen Sterne schreiben, nicht umsonst sollst du dem Herrn des flammenden Gürtels gedient haben. Und hier, Hexe, grabe dir mit diesen goldenen Werkzeugen eine wärmere Zelle in dieser traurigen Höhle!“

Mit diesen Worten warf er eine schwere Börse auf den Boden, ein Ton, der nicht unmusikalisch im Ohr der Hexe klang, die sich in dem Bewusstsein gefiel, Mittel zum Kauf von Bequemlichkeiten zu besitzen, die sie verschmähte.

„Lebe wohl“, sprach Arbaces, „halte Wort! Kein Schlaf komme über dich, bis du den Trank gebraut hast. Du wirst den ersten Platz unter deinen Schwestern einnehmen, wenn du ihnen sagst, Hermes der Ägypter sei dein Gönner und Freund. Morgen Nacht sehen wir uns wieder.“

Er wartete nicht auf den Dank der Alten. Mit schnellem Schritt trat er in die mondhelle Nacht hinaus und eilte den Berg hinab.

Die Hexe, die ihm bis zur Schwelle nachgefolgt war, stand lange am Eingang der Höhle, den Blick auf seine entschwindende Gestalt geheftet.

Langsam trat sie wieder in die Höhle hinein, hob ächzend die schwere Börse auf, ergriff die Lampe und schritt nach dem entferntesten Winkel ihrer Behausung. Ein schwarzer, plötzlich hervortretender Gang, der erst, wenn man ganz nah vor demselben stand, sichtbar wurde, da ihn überhängende scharfe Felsen von allen Seiten einschlossen, gähnte sie an. Sie ging mehrere Schritte auf diesem düsteren Weg vor, der sich allmählich abwärts senkte, als führe er in die Eingeweide der Erde. Endlich hob sie einen Stein auf und legte ihren Schatz in ein darunter befindliches Loch, das, wie sich beim Schein des auffallenden Lampenlichts zeigte, bereits Münzen von verschiedenem Wert enthielt, die Frucht der Leichtgläubigkeit oder Dankbarkeit ihrer Besucher.

„Ich seh' euch gern", redete sie die Geldstücke an, „denn bei eurem Anblick fühle ich, dass ich wirklich eine Macht besitze. Und ich soll zwanzig Jahre länger leben, um euren Vorrat anwachsen zu lassen! O großer Hermes."

Sie legte den Stein wieder auf die Öffnung, verfolgte ihren Pfad noch mehrere Schritte weiter und blieb dann vor einer tiefen, unregelmäßigen Spalte im Boden stehen. Hier beugte sie sich nieder und vernahm seltsam rollende Töne in der Ferne. Zugleich drangen von Zeit zu Zeit unter lautem Gezisch, als würde Stahl auf dem Rad geschliffen, Wolken eines dampfigen, dunklen Rauches hervor und zogen in wild aufwirbelnden Kreisen durch die Höhle.

„Die Geister sind geschäftiger als gewöhnlich", sagte die Hexe und schüttelte die grauen Locken. Indem sie in die Kluft hinabsah, bemerkte sie weit unten den Schimmer eines langen Lichtstreifens von einem heißen dunklen Rot. „Seltsam", sprach sie zurückschaudernd, „erst seit zwei Tagen zeigt sich dieses dumpfe, tiefe Licht – was mag es bedeuten?"

Der Fuchs, der seiner Gebieterin gefolgt war, stieß ein furchtsames Geheul aus und rannte mit eingezogenem Schweif nach der Höhle zurück. Ein kalter Schauer ergriff die Hexe bei dem Aufschrei des Tieres, der, da sich keine erklärbare Ursache dafür zeigte, nach dem Aberglauben der damaligen Zeit für höchst Unheil bringend angesehen werden musste.

Sie murmelte ihren besänftigenden Zauber und wankte in die Höhle zurück, wo sie sich inmitten ihrer Kräuter und Beschwörungen anschickte, den Befehlen des Ägypters nachzukommen.

„Er nannte mich eine aberwitzige Alte", sprach sie, als der Rauch aus dem zischenden Kessel emporstieg. „Wenn der Kiefer herabsinkt und die Zähne ausfallen und das Herz kaum noch schlägt, so ist es etwas Klägliches um den Aberwitz." setzte Sie mit wildem, schadenfrohem Grinsen hinzu: „Wenn die Jungen, Schönen, Kräftigen plötzlich in Blödsinn gestürzt werden – ja, das ist furchtbar! Brenne Flamme, koche Kraut, dörre Kröte, ich habe ihn verflucht, und verflucht soll er sein!"

In dieser Nacht, in derselben Stunde, welche Zeugin der dunklen, unheiligen Unterredung zwischen Arbaces und der Hexe war, wurde Apäcides getauft.

Elftes Kapitel

„Und so hast du denn den Mut, Julia, die Hexe des Vesuvs diesen Abend zu besuchen, und noch dazu in Gesellschaft dieses furchtbaren Mannes?"

„Wie, Nydia", erwiderte Julia erschrocken, „glaubst du, es sei wirklich etwas dabei zu befürchten? Diese alten Hexen mit ihren Zauberspiegeln, ihrem gerüttelten Sieb und ihren im Mondschein gesammelten Kräutern sind, denk' ich, nur listige Betrügerinnen, die vielleicht nichts verstehen, als eben die Bereitung des Mittels, um dessentwillen ich mich an ihre Kunst wende, ein Geheimnis, das sie wohl nur ihrer Kenntnis der Kräuter und Gewächse des Feldes verdanken. Was hätt' ich also zu fürchten?"

„Fürchtest du deinen Begleiter nicht?"

„Den Arbaces? Bei Diana! Kein Liebhaber war je so höflich als dieser Zauberer! Und wäre er nicht so schwarz, so würde er sogar hübsch sein."

Trotz ihrer Blindheit besaß Nydia genug Scharfsinn, um zu durchschauen, dass Julias Gemüt von den Artigkeiten des Arbaces keineswegs abgeschreckt werden dürfte. Sie riet ihr daher nicht länger ab, nährte aber im aufgeregten Herzen den wilden, immer heftiger werdenden Wunsch zu erfahren, ob es wirklich eine magische Kraft gebe, um Liebe an Liebe zu fesseln.

„Lass mich mit dir gehen, edle Julia", sprach sie endlich, „meine Gegenwart ist zwar kein Schutz, aber ich wäre gern bei dir, bis alles in Ordnung ist."

„Dein Anerbieten gefällt mir sehr", erwiderte Diomedes' Tochter. „Aber wie fängst du es an? Wir können erst spät zurückkehren. Man wird dich vermissen."

„Ione ist nachsichtig", entgegnete Nydia. „Wenn du mir erlaubst, unter deinem Dach zu schlafen, so will ich sagen, du habest mich eingeladen, den Tag bei dir zuzubringen und dir meine thessalischen Lieder zu singen. Ihre Gefälligkeit wird dir eine so geringe Forderung leicht gewähren."

„Nein, bitte du für dich selbst!", sagte die stolze Julia. „Ich lasse mich nicht herab, die Neapolitanerin um eine Gunst zu bitten."

„Gut, sei es so. Ich will dich jetzt verlassen, meine Bitte vorbringen, die mir, wie ich weiß, gern gewährt wird, und in kurzer Zeit zurückkehren."

„Tu das, dein Bett soll in meinem eigenen Zimmer bereitet werden."

Damit schied Nydia von der schönen Pompejanerin.

Auf ihrem Rückweg zu Ione begegnete sie dem Wagen des Glaukus, dessen feurige Rosse den Blick der voll gedrängten Straße auf sich zogen.

Freundlich hielt er einen Moment an, um mit dem Blumenmädchen zu sprechen.

„Siehe da! Blühend wie deine Rosen, meine holde Nydia! Und wie befindet sich deine schöne Gebieterin? Hoffentlich ganz erholt von dem gestrigen Ungewitter?“

„Ich habe sie heute noch nicht gesprochen, aber –“

„Aber was? Tritt weiter zurück, du bist den Pferden zu nahe.“

„Aber glaubst du, Ione werde mir erlauben, den Tag bei Julia, der Tochter Diomeds, zuzubringen? Diese wünscht es und war gütig gegen mich, als ich nur wenige Freunde hatte.“

„Mögen die Götter dein dankbares Herz segnen! Ich nehme die Erlaubnis auf mich.“

„Dann darf ich wohl die Nacht über ausbleiben und erst morgen zurückkehren?“, fragte Nydia, unter dem Lob zuckend, das sie so wenig verdiente.

„Wie es dir und der schönen Julia gefällt. Empfiehl mich ihr. Und noch eins, Nydia: Wenn du sie sprechen hörst, so merke auf den Unterschied ihrer Stimme gegen den Silberton Iones! Lebe wohl.“

Vollständig erholt von den Erlebnissen der vorigen Nacht, mit im Winde wehenden Locken, das freudige, bewegliche Herz hochklopfend bei jedem Sprunge seiner parthischen Pferde, voll Jugend und Liebe, fuhr Glaukus in raschem Trab zur Gebieterin seines Herzens.

Als der Abend dunkelte, ließ sich Julia in ihrer Sänfte, die groß genug war, um auch ihrer blinden Gefährtin Raum zu geben, nach den von Arbaces bezeichneten Bädern vor der Stadt tragen. Leichtsinnig, wie sie von Natur war, verursachte ihr das Unternehmen nicht Angst, vielmehr eine angenehme Aufregung. Vor allem glühte sie bei dem Gedanken ihres bevorstehenden Triumphes über die verhasste Neapolitanerin.

Eine kleine heitere Gruppe stand vor dem Tor der Villa,

als die Sänfte zu dem besonderen Eingang der Frauenbäder vorbeigetragen wurde.

„So viel ich in der Dämmerung unterscheiden kann“, bemerkte einer aus der Gesellschaft, „sind dies die Sklaven Diomeds.“

„Jawohl, Clodius“, erwiderte Sallust. „Wahrscheinlich ist es die Sänfte seiner Tochter Julia. Sie ist reich, mein Freund. Warum machst du ihr keinen Antrag?“

„Nun, ich hoffte einmal, Glaukus würde sie heiraten. Sie verbirgt ihre Neigung nicht, und da er hoch und unglücklich spielt . . .“

„So würden die Sesterzien auf dich übergegangen sein, weiser Clodius. Eine Frau ist etwas gar Gutes, wenn sie einem anderen angehört!“

„Aber da Glaukus, wie ich höre, daran ist, sich mit der Neapolitanerin zu vermählen, so muss ich mein eigenes Glück bei der Verschmähten versuchen.“

„Hahaha! Gehen wir hinein, Freund.“

Die Sklaven nach demjenigen Teil des Hauses entlassend, der zur Aufnahme derselben bestimmt war, trat Julia mit Nydia in die Bäder, lehnte jedoch die Diensterbietungen der Aufwärterinnen ab und begab sich durch eine Seitentür in den hinten gelegenen Garten.

„Gewiss ein Stelldichein“, bemerkte eine der Sklavinnen.

„Was geht das dich an?“, sagte die Aufseherin streng. „Sie zahlt für ein Bad und verschwendet den Saffran nicht. Dergleichen Verabredungen sind der einträglichste Zweig unseres Gewerbes. Horch! Hörst du nicht, dass Witwe Fulvia in die Hände klatscht? Auf, dummes Ding, lauf.“

Julia und Nydia, den besuchteren Teil des Gartens vermeidend, langten an der von dem Ägypter bezeichneten Stelle an. Auf einem kleinen Grasrondell stand die Bildsäule Silens. Der fröhliche Gott lehnte sich auf ein Felsstück.

„Ich sehe den Magier nicht“, sagte Julia sich umschauend, als noch während ihrer Worte der Ägypter langsam aus dem benachbarten Gebüsch trat. Bleich fiel das Sonnenlicht auf sein herabwallendes Gewand.

„Sei gegrüßt, holde Jungfrau! Aber ha, wen hast du da bei dir? Wir dürfen keine Begleiter haben!“

„Es ist nur das blinde Blumenmädchen, weiser Magier, überdies eine Thessalierin.“

„Ah, Nydia“, entgegnete der Ägypter. „Ich kenne sie wohl.“ Nydia fuhr schaudernd zurück.

„Du bist, glaub’ ich, in meinem Haus gewesen“, flüsterte er, seine Stimme Nydias Ohr nähernd. „Du kennst deinen Eid! Stillschweigen und Geheimhaltung jetzt wie damals! Oder sieh dich vor!“

„Doch“, fügte er nachdenklich zu sich selbst hinzu, „warum sich selbst auf eine Blinde mehr als nötig verlassen? Julia, willst du dich mir nicht allein anvertrauen? Glaube mir, der Magier ist nicht so furchtbar als er scheint.“

Mit diesen Worten zog er Julia sanft auf die Seite. „Die Hexe“, sprach er, „sieht nicht gern viele Besuche zugleich. Lass Nydia bis zu deiner Rückkehr hier. Helfen kann sie uns nichts, und zum Schutz reicht deine eigene Schönheit hin, deine eigene Schönheit und dein Rang. Ja, Julia, ich kenne deinen Namen und Stand. Komm! Vertrau dich mir an, reizende Nebenbuhlerin der jüngsten der Najaden!“

Die eitle Julia war, wie wir gesehen haben, nicht leicht zu erschrecken, die Schmeichelei des Arbaces machte Eindruck auf sie, und willig gab sie ihre Zustimmung, dass das Mädchen bis zu ihrer Rückkehr hier auf sie warte. Auch drängte Nydia ihre Gegenwart keineswegs auf. Und sobald sie die Stimme des Ägypters vernommen hatte, kehrte ihre ganze Angst vor ihm zurück. Es war ihr ein angenehmes Gefühl, dass sie nicht in seiner Gesellschaft zu bleiben brauchte.

Sie ging nach dem Haus zurück und harrte in einem der geringeren Zimmer auf die Rückkehr der beiden. Vielfach und bitter waren ihre Gedanken, als sie hier in ihrer ewigen

Dunkelheit saß. Sie dachte an ihr eigenes freudloses Schicksal. Sie war fern von dem Land ihrer Geburt, des Tageslichtes beraubt, elend in dem einzigen sanften Gefühl ihres Herzens, liebend, aber ohne Hoffnung, ausgenommen den trüben, unheiligen Strahl, der ihr Gemüt durchzuckte, als ihre thessalische Phantasie sich halb zweifelnd an Zauberkräfte und magische Einwirkungen hielt!

Die Natur hatte in das Herz dieses armen Mädchens Tugenden gesät, die nie zur Reife kommen sollten. Die Lehren des Unglücks sind nicht immer heilsam. Zuweilen mildern und bessern sie, eben sooft aber verhärten und verderben sie auch. Frühzeitig in die Sklaverei verkauft, einem habsüchtigen Zuchtmeister zugewiesen, endlich ihre äußeren Verhältnisse nur wechselnd, um ihr Los noch mehr zu verbittern, trug Nydia in ihrer von Natur so edlen Brust nur geknickte und verwelkte Gefühle. Ihr Sinn für Recht und Unrecht war durch die Leidenschaft, der sie sich bis zum Wahnsinn hingegeben, verwirrt.

Die Zeit verging. Ein leichter Schritt trat in das Gemach, wo Nydia noch immer ihren finsteren Betrachtungen nachhing.

„Dank sei den unsterblichen Göttern!“, rief Julia. „Ich bin zurück, ich habe diese schreckliche Höhle hinter mir. Komm, Nydia, brechen wir sogleich auf!“

Erst als sie wieder in der Sänfte Platz genommen hatten, hob Julia von neuem an: „Ach!“, sprach sie zitternd, „welch ein Anblick! Welche furchtbaren Beschwörungen! Aber reden wir nicht hiervon, ich habe den Trank erhalten. Sie verbürgt sich für die Wirkung. Meine Nebenbuhlerin wird seinem Auge plötzlich gleichgültig werden, und ich, ich allein werde der Abgott des Glaukus sein!“

„Glaukus?“, rief Nydia.

„Ja, Mädchen, ich sagte dir anfangs, es sei nicht der Athener, den ich liebe, aber jetzt seh’ ich, dass ich dir vollkommen trauen darf. Es ist der schöne Grieche!“

Was waren Nydias Gefühle! Sie hatte zugelassen, sie hatte mitgewirkt, dass Glaukus Ione entrissen werde, aber nur um mit der ganzen Kraft der Magie seine Neigung, noch hoffnungsloser für sie, auf eine andere zu übertragen! Ihr schlagendes Herz drohte sie zu ersticken. Nur mühsam gewann Nydia ihre Fassung wieder. Ein Gedanke durchblitzte sie. Sie schlief in Julias Zimmer – konnte sie sich des Trankes nicht bemächtigen?

Sie langten vor Diomeds Hause an und stiegen sodann zu Julias Gemach hinunter, wo die Nachtmahlzeit auf sie wartete.

„Trink, Nydia, dir muss kalt sein. Die Luft war heut Abend schneidend. Mein Blut wenigstens ist noch wie Eis."

Und ohne zu zaudern, tat Julia tiefe Züge aus dem gewürzten Wein.

„Du hast den Zaubertrank", sagte Nydia. „Lass mich ihn in den Händen halten. Wie klein das Fläschchen ist! Welche Farbe hat die Flüssigkeit?"

„Es ist klar wie Kristall", erwiderte Julia, indem sie das Zaubermittel zurücknahm. „Du könntest es von diesem Wasser nicht unterscheiden. Auch versichert mir die Hexe, es sei geschmacklos. So klein das Fläschchen ist, fesselt es doch für das ganze Leben. Man gießt es in irgendein Getränk, und nur durch die Wirkung wird Glaukus erfahren, was er zu sich genommen hat."

„Dem Ansehen nach ganz wie dieses Wasser?"

„Ja, farblos und licht wie dieses. Wie hell es aussieht! Als wär' es der Extrakt aus Mond beglänztem Tau. Heller Trank! Wie strahlst du auf meine Hoffnungen durch dein Kristallgefäß!"

„Und wie ist es verschlossen?"

„Bloß durch einen kleinen Stöpsel. Zieh ihn einmal heraus. Es hat gar keinen Geruch. Seltsam, dass etwas, was zu keinem Sinn spricht, über alle gebieten soll!"

„Erfolgt die Wirkung augenblicklich?"

„In der Regel, zuweilen jedoch schlummert sie für einige Stunden."

„Ach, wie angenehm ist dagegen dieser Geruch!", rief Nydia plötzlich, indem sie eine kleine Flasche vom Tisch nahm und sich über deren duftenden Inhalt niederbeugte.

„Meinst du? Die Flasche ist mit Edelsteinen besetzt. Du wolltest gestern Morgen das Armband nicht behalten – willst du diese Flasche annehmen?" Nydia verneigte sich dankbar und steckte das Fläschchen in ihr Gewand.

„Und der Liebestrank ist gleich wirksam, von wessen Händen er auch gereicht werden mag?"

„Seine Kraft ist so groß, dass, wenn selbst die hässlichste Hexe unter der Sonne ihn reichte, Glaukus sie, und niemand als sie, für schön halten würde!"

Vom Wein und vom Reiz ihrer Nerven erwärmt, war jetzt Julia voll Leben und Munterkeit. Sie lachte laut, sprach über hunderterlei Dinge, und erst als die Nacht sich bereits stark dem Morgen näherte, rief sie ihre Sklavinnen und ließ sich entkleiden. Als die Dienerinnen entlassen waren, sagte sie zu Nydia.

„Dieser heilige Trank soll nicht aus meiner Nähe kommen bis zum Augenblick seiner Anwendung. Liege unter meinem Kissen, strahlender Geist, und gib mir glückliche Träume."

Damit legte sie das Fläschchen unter ihr Kissen, Nydias Herz schlug heftig. „Warum trinkst du reines Wasser, Nydia? Nimm von dem Wein daneben."

„Ich bin erhitzt", erwiderte das blinde Mädchen. „Das Wasser kühlt mich, ich will die Flasche neben mein Bett setzen, sie erfrischt in diesen Sommernächten, wenn der Tau des Schlafes nicht auf unsere Wimpern fällt. Schöne Julia, ich muss dich sehr früh verlassen, so befiehlt mir Ione, vielleicht noch ehe du wach bist. Empfange daher jetzt schon meinen Glückwunsch."

„Danke, wenn wir das nächste Mal zusammenkommen, triffst du vielleicht Glaukus zu meinen Füßen."

Beide hatten sich zu Bett gelegt, und Julia, ermüdet von der Aufregung des Tages, schlief bald ein, aber sehnsüchtige, heiße Gedanken wälzten sich im Geist der wachen Thessalierin. Sie horchte auf den ruhigen Atem Julias, und ihr Ohr, an die feinsten Abstufungen der Töne gewöhnt, vergewisserte sie bald vom tiefen Schlaf ihrer Gefährtin.

„Jetzt stehe mir bei, Venus!“, sprach sie sanft.

Leise stand sie auf und goss die duftende Flüssigkeit aus dem geschenkten Fläschchen auf den Marmorboden, spülte es mehrmals mit dem neben ihr stehenden Wasser aus, fand dann leicht Julias Bett, denn Nacht und Tag waren ihr ja gleich, schlüpfte mit der zitternden Hand unter das Kissen und ergriff den Liebestrank. Julia rührte sich nicht. Ihr Atem fächelte regelmäßig die brennende Wange der Blinden. Nydia öffnete die Phiole, goss ihren Inhalt in das Fläschchen, das hinlänglichen Raum dafür bot, füllte dann das entleerte Gefäß mit dem klaren Wasser, dem der Liebestrank nach Julias Versicherung so sehr glich, und brachte es wieder an seinen früheren Ort. Dann stahl sie sich auf ihr Lager zurück und wartete auf den Tagesanbruch.

Die Sonne war aufgegangen. Julia schlief noch, Nydia kleidete sich geräuschlos an, steckte ihren Schatz sorgfältig in ihr Gewand, nahm ihren Stab und eilte aus dem Haus.

Der Pförtner Medon grüßte sie freundlich, als sie die Stufen zu der Straße herabstieg. Sie hörte ihn nicht. Ihr Gemüt war verwirrt und verloren im Sturm stürmischer Gedanken – jeder Gedanke eine Leidenschaft! Sie fühlte die reine Morgenluft auf ihrer Wange, aber sie kühlte ihre brennenden Adern nicht.

„Glaukus“, flüsterte sie, „alle Liebeszauber der mächtigsten Magie könnten nicht bewirken, dass du mich so liebtest, wie ich dich liebe! Ione – ha, fort mit dem Zaudern! Fort mit den Gewissensbissen! Glaukus, mein Schicksal liegt in deinem Lächeln und das deinige . . . Oh, Hoffnung! O Freude! O Entzücken! Dein Schicksal liegt in meinen Händen!“

Viertes Buch

Erstes Kapitel

Wer die frühere Geschichte des Christentums betrachtet, wird einsehen, wie notwendig für dessen Sieg der ungestüme Glaubenseifer war, der, keine Gefahr kennend, keinen Vergleich annehmend, seine Verfechter begeisterte und seine Märtyrer aufrechterhielt. Es war notwendig, den Glauben der anderen Menschen zu verachten, zu hassen, zu verabscheuen, um die Lockungen, die er bot, zu besiegen. Es war notwendig, streng an der Ansicht festzuhalten, dass das Evangelium nicht nur der wahre Glaube, sondern dass es der einzige wahre, Heil bringende Glaube sei, um seine Jünger für die Strenge seiner Lehre zu stählen und ihnen zu dem heiligen gefahrvollen Dienst der Bekehrung des Heidentums Mut zu geben. So machte dasselbe Glaubensfeuer, das den Christen des Mittelalters zu einem Fanatiker ohne Erbarmen umwandelte, den Christen der ersten Jahrhunderte zu einem Helden ohne Furcht.

Unter diesen glühenden, kühnen, ernsten Naturen war Olinth einer der eifrigsten. Sobald Apäcides durch die Taufe in den Schoß der Kirche aufgenommen war, führte der Nazarener ihm die Unmöglichkeit, den Dienst und das Gewand seines Priestertums länger beizubehalten, zu Gemüte. Offenbar konnte er sich nicht als einen Verehrer Gottes bekennen, wenn er auch nur äußerlich fortfuhr, die abgöttischen Altäre des Satans zu bedienen.

Und das war nicht alles, das erregbare, ungestüme Gemüt Olinths sah dem Apäcides die Mittel in die Hand gegeben, dem getäuschten Volk die Gaukeleien der Isisorakel zu enthüllen. Es schien ihm, der Himmel selbst habe dieses Werkzeug gesandt, um die Augen der Menge zu öffnen und vielleicht den Weg zur Bekehrung einer ganzen Stadt anzubahnen. So zauderte er denn nicht, den ganzen, frisch entzündeten Enthusiasmus des Apäcides in Anspruch zu nehmen, seinen Mut anzufachen und seinen Eifer zu stacheln. Gemäß vorangegangener Verabredung traf er mit dem jungen Mann am Abend nach seiner Taufe in dem bereits beschriebenen Hain der Kybele zusammen.

„Bei der nächsten feierlichen Befragung des Orakels", sprach Olinth im Verlauf seiner Rede, „stelle dich an das Gitter, verkünde dem Volk laut den Betrug, worin es gehalten wird, fordere es auf, einzutreten und sich mit eigenen Augen von der groben, aber künstlichen Täuschungsmaschinerie zu überzeugen, die du mir beschrieben hast. Fürchte nichts, der Herr, der Daniel schützte, wird dein Beschützer sein. Wir, die Christengemeinde, werden uns unter der Menge befinden. Wir werden die Zurückbebenden vorwärts drängen und in der ersten Hitze der Entrüstung und Beschämung des Volks will ich selbst auf diese Altäre den Palmzweig, das Sinnbild des Evangeliums, aufpflanzen, und auf meine Zunge wird der Geist des lebendigen Gottes niedersteigen."

Glühend und aufgeregt wie er war, fand Apäcides Gefallen an diesem Vorschlag. Er freute sich, sobald eine Gelegenheit zu finden, seinen neuen Glauben zu betätigen, wobei sich seinen frömmeren Gefühlen noch der Grimm über den ihm selbst gespielten Betrug und der Wunsch der Rache zugesellten. So fügte sich denn Apäcides mit einer Bereitwilligkeit in Olinths Vorschlag, welche diesen entzückte. Sie trennten sich, nachdem sie übereingekommen waren, dass Olinth sich mit den Bedeutenderen unter seinen christlichen Brüdern über dieses große Unternehmen bereden, ihren Rat und die Zusicherung ihrer Hilfe an dem ereignisvollen Tag begehren sollte. Es traf sich, dass in zwei Tagen ein Fest der Isis bevorstand. Dieses bot eine günstige Gelegenheit zur Ausführung des Planes. Beide kamen überein, am nächsten Abend noch einmal am gleichen Ort zusammenzutreffen. Bei dieser Zusammenkunft sollte vollends Art und Weise festgesetzt werden, wie am folgenden Tag der Betrug zu enthüllen sei.

Zufälligerweise war der letzte Teil dieses Gesprächs in der Nähe eines *Sacellums* oder Kapellchens gehalten worden. Hinter diesem trat, sobald die Gestalten Olinths und des Priesters aus dem Hain verschwunden waren, eine düstere, abstoßende Figur hervor.

„So bin ich dir denn mit einigem Erfolg nachgeschlichen, mein Bruder“, sagte der Horcher. „Nicht aus bloßer Disputierlust hast du, Priester der Isis, dich mit diesem finsteren Christen unterhalten. Schade, dass ich nicht euren ganzen Plan hören konnte. Doch weiß ich wenigstens, dass ihr die heiligen Mysterien zu profanieren gedenkt und dass ihr morgen hier wieder zusammentreffen werdet, um das Wie und das Wann zu verabreden. Möge dann Osiris meine Ohren schärfen, damit ich das Ganze eurer unerhörten Verwegenheit erfahre. Weiß ich erst mehr, so muss ich gleich mit Arbaces sprechen. Wir wollen euer Vorhaben vereiteln, ihr Leutchen, so klug ihr euch auch vorkommt. Für jetzt ist meine Brust ein verschlossenes Behältnis für euer Geheimnis.“

Mit diesen Worten hüllte sich Kalenus, denn er war es, dichter in seinen Mantel und schritt nachdenklich seiner Wohnung zu.

Zweites Kapitel

Der Tag, an dem Diomed den auserlesensten seiner Freunde ein Fest geben wollte, war gekommen. Der anmutige Glaukus, die schöne Ione, der gnädige Pansa, der hochgeborene Clodius, der unsterbliche Fulvius, der gezierte Lepidus, der leckere Sallust waren nicht die einzigen, die den Schmaus beehren sollten. Diomed erwartete auch einen invaliden Senator aus Rom, einen Mann von Ruf und Gunst bei Hof, und einen großen Krieger aus Herkulanum, der mit Titus gegen die Juden gefochten und sich in den Feldzügen ungemein bereichert hatte. Ja, die Gesellschaft erstreckte sich auf eine noch größere Zahl, denn obwohl es zu einer gewissen Zeit bei den Römern für unfein galt, weniger als drei oder mehr als neun Gäste bei sich zu sehen, so wurde diese Regel von prunksüchtigen Leuten doch leicht außer Acht gelassen, und wirklich sagt uns die Geschichte, dass einer der Prach liebensten von diesen Festgebern gewöhnlich eine ausgewählte Gesellschaft von dreihundert Personen bewirtet habe. Diomed verhielt sich jedoch bescheidener. Seine Gesellschaft bestand aus achtzehn Gästen.

Der Morgen des Festes war da, und Diomed, obwohl er sich gewaltig als Mann von Stand und von Bildung aufspielte, behielt doch immer genug von seiner kaufmännischen Erfahrung bei, um zu wissen, dass das Auge des Herrn schnelle Diener macht. Demgemäß wandelte er mit offener Tunika über dem stattlichen Bauch, mit bequemen Pantoffeln an den Füßen und einem Gertchen in der Hand, womit er bald den Blick eines trägen Sklaven leitete, bald dessen Rücken eine Lehre gab, von Gemach zu Gemach in seiner prächtigen Villa.

Er verschmähte sogar einen Besuch in jenem geheiligten Raum nicht, worin die Priester des Festes ihre Opfer vorbereiteten. Beim Eintritt in die Küche wurden seine Ohren durch den Lärm von Schüsseln und Pfannen, von Fluchen und Befehlen angenehm betäubt. So klein dieses unentbehrliche Gemach in allen Häusern Pompejis auch gewesen zu sein scheint, so war es in der Regel nichtsdestoweniger mit der ganzen erstaunenswerten Mannigfaltigkeit von Töpfen, Formen, Schmor- und Soßenpfannen, Messern und Teigformen ausgerüstet, ohne die ein Koch von Verstand es für eine reine Unmöglichkeit erklärt, irgendetwas Genießbares zu schaffen. Und da das Holz in jenen Gegenden schon damals wie jetzt teuer und selten war, so scheint eine bedeutende Erfindungskraft darauf verwandt worden zu sein, so viele Dinge als möglich mit dem wenigst möglichen Feuer zu bereiten.

Durch die kleine Küche schwirrten eine Menge Gestalten, die dem scharfen Auge des Gebieters unbekannt waren.

„Oh, oh," brummte er vor sich hin, „der verwünschte Congrio hat sich eine ganze Legion Köche zur Beihilfe ausgesucht! Sie werden ihre Dienste nicht umsonst tun! Beim Bacchus, ich habe von Glück zu sagen, wenn die Kerle nicht noch ein paar Trinkgefäße einstecken – ach, ihre Hände sind flink und ihre Röcke weit. Ich Unglücklicher!"

Die Köche arbeiteten fort, wie es schien, ohne auf die Anwesenheit Diomeds zu achten.

„He! Euklio, deine Eierpfanne! Was? Ist das die größte? Sie hält bloß dreiunddreißig Eier! In den Häusern, wo ich gewöhnlich diene, hält die kleinste Pfanne, wenn's sein muss, fünfzig Eier!"

„Beim Merkur!", rief ein kleiner, naseweiser Küchenjunge, „wo sah man je solche altmodischen Formen zum Backwerk? Mit so grobem Gerät kann man seiner Kunst keine Ehre machen."

„Still mit deinem dummen Geschwätz!", entgegnete Congrio, der Koch des Hauses, der den Hauptteil der Schlacht seinen Verbündeten zu überlassen schien. „Mein Herr, Diomed, gehört nicht zu jenen verschwenderischen Taugenichtsen, welche alles nach der neuesten Mode haben müssen, koste es, was es wolle."

„Du lügst, elender Sklave!", rief Diomed in großem Zorn. „Du allein hast mich schon genug gekostet, um einen Lukullus zugrunde zu richten. Komm aus deiner Höhle hervor, ich habe mit dir zu reden!"

Mit einem schlauen Blick auf seine Gehilfen gehorchte der Sklave dem Befehl.

„Mensch der drei Buchstaben*", sagte Diomed mit

* *Der gewöhnliche scherzhafte Schimpfname, von dem dreibuchstabigen Wort Fure (Dieb).*

feierlicher Richterstimme, „wie konntest du dich unterstehen, all diese Schurken in mein Haus zu rufen? Ich sehe das Wort ‚Dieb' in jeder Linie ihres Gesichtes geschrieben."

„Gleichwohl versichere ich, Herr, dass es Leute von höchst ehrenwertem Ruf sind. Die besten Köche der Stadt, es ist ein großes Glück, wenn man sie nur bekommt, doch um meinerwillen . . ."

„Um deinetwillen, jämmerlicher Congrio," unterbrach ihn Diomed. „Durch welches mir gestohlene Geld, durch welche Unterschlagung beim Einkauf auf dem Markt, durch welche gute Fleischspeisen, die du in Fett verwandeltest und in den Vorstädten verkauftest, durch welche falsche Rechnungen für verdorbenes Kupfergeschirr und zerbrochene Töpferware hast du dich instand gesetzt, dass sie dir um deinetwillen helfen?",

„Nein, Herr, tritt meiner Redlichkeit nicht zu nah. Mögen mich die Götter verlassen, wenn . . ."

„Schwöre nicht!", unterbrach ihn abermals der zornige Diomed, „die Götter könnten dich für deinen Meineid zerschmettern, und ich wäre im Augenblick meines Schmauses ohne Koch. Doch genug hiervon für jetzt. Halt ein wachsames Auge auf deine verdächtigen Gehilfen und erzähle mir morgen keine Märchen von zerbrochenen Gefäßen und wunderbar verschwundenen Bechern, oder dein ganzer Rücken soll eine einzige Beule werden. Aber Congrio, was das Bürschlein da anlangt, diesen winzigen Anfechter meiner Geschirre, war es etwas anderes als Unverschämtheit, wenn er den Geschmack meiner Tortenformen tadelte? Ich möchte nichts Altväterliches auftischen, Congrio."

„Es ist nur der Brauch bei uns Köchen," erwiderte Congrio ernst, „unsere Werkzeuge herabzusetzen, um dadurch unsere Kunst in ein helleres Licht zu heben. Die Tortenform ist eine schöne, eine reizende Form, doch möcht' ich meinem Herrn anraten, bei der nächsten Gelegenheit einige neue zu kaufen, die . . ." „Schon gut!", rief Diomed, der entschlossen schien, seinen Sklaven keinen Satz zu Ende bringen zu lassen. „Nimm jetzt dein Geschäft wieder vor. Verdunkle deinen bisherigen Ruhm. Mache, dass die Leute den Diomed wegen seines Kochs beneiden. Mache, dass die Sklaven Pompejis dich Congrio den Großen nennen! Fort – doch halt! Du hast doch nicht all das Geld ausgegeben, das ich dir zum Einkauf zustellte?“

„Alles? Ach, die Nachtigallenzungen und die römische Wurst und die britischen Austern und verschiedene andere Dinge sind noch gar nicht bezahlt, aber was schadet's? Jedermann gibt dem Oberkoch Diomeds des Reichen Kredit.“

„Unverantwortlicher Verschwender! Welche Vergeudung, welche Verschleuderung! Ich bin ruiniert. Aber geh, eile, sieh nach, koste, schaffe, übertriff dich selbst! Mache, dass der römische Senator den armen Pompejaner nicht verachtet. Fort, Sklave!“

Der Küchenmeister verschwand, und Diomed wälzte seine stämmige Gestalt in die glänzenderen Gemächer zurück. Alles war nach seinem Wunsch, die Blumen dufteten frisch, die Springbrunnen spielten lustig, die Mosaikböden waren glatt wie Spiegel.

„Wo ist meine Tochter Julia?“, fragte er. – „Im Bade.“

„Ah, das erinnert mich, dass die Zeit vergeht und ich auch baden muss.“

Unsere Geschichte kehrt zu Apäcides zurück. Als der junge Priester heute von dem unterbrochenen, fieberhaften Schlaf erwachte, der seiner Annahme eines Glaubens gefolgt war, der so auffallend und schneidend von den Ansichten abwich, in denen seine Jugend erzogen worden war, konnte er sich kaum überzeugen, dass er nicht noch immer im Traume liege. Er hatte über den verhängnisvollen Strom gesetzt. Seine Vergangenheit sollte fortan keine Verwandtschaft mit der Zukunft haben. Beide Welten, das, was geschehen war, und das, was geschehen sollte, waren deutlich voneinander getrennt. An welches kühne, gewagte Unternehmen hatte er sein Leben gesetzt! Er wollte die Geheimnisse enthüllen, bei welchen er selbst mitgewirkt hatte, die Altäre entheiligen, deren Diener er gewesen war, die Göttin anklagen, deren Priestergewand er trug! Allmählich wurde ihm klar, welchen Hass und welches Grauen er, selbst wenn ihm sein Unternehmen gelänge, bei den Frommen erregen würde. Misslang ihm dagegen sein kecker Versuch, welcher Strafe setzte er sich nicht für einen bisher unerhörten Frevel aus, in Bezug auf welchen es kein bestimmtes, der Erfahrung entnommenes Gesetz gab. Seine Freunde, seine Schwester – konnte er Gerechtigkeit von ihnen erwarten, gesetzt, sie würdigten ihn auch ihres Mitleids? Ihren Augen mochte diese tapfere, heldenhafte Tat im besten Falle als eine bemitleidenswerte Verrücktheit erscheinen.

Er wagte alles und entsagte allem in dieser Welt, in der Hoffnung, in der zukünftigen jene Ewigkeit zu gewinnen, die ihm so plötzlich enthüllt worden war. Während diese Gedanken von der einen Seite in seine Brust eindrangen, vereinigten sich auf der anderen sein Stolz, sein Mut, seine Rechtschaffenheit, verbunden mit einem zurückgebliebenen Gefühl der Rache für erlittene Täuschung, einem Gefühl des empörten Widerwillens an dem Betrug, dessen Werkzeug er bis jetzt gewesen, um ihn zu erheben und aufrechtzuerhalten.

Scharf und angreifend war der Kampf, aber seine neuen Empfindungen siegten über die alten. Hätten sich die ersten Christen mehr von dem imponierenden Ansehen des Herkömmlichen beherrschen lassen, wären sie weniger demokratisch im reinen und hohen Sinn dieses missbrauchten Wortes gewesen – das Christentum wäre schon in der Wiege untergegangen.

Da der Reihe nach jeder Priester mehrere Nächte hintereinander in den Gemächern des Tempels schlafen musste, so war die dem Apäcides gesetzte Zeit noch nicht ganz zu Ende. Aus Erschöpfung hatte er meist in den

Morgen hinein geschlafen, und die Sonne warf bereits ihre glühenden Strahlen senkrecht auf die heilige Stätte.

„Sei gegrüßt, Apäcides,“ sprach eine Stimme, deren natürliche Rauheit durch lange Kunst zu einer beinah unangenehmen Milde gedämpft worden war. „Du stehst spät auf. Hat sich dir die Göttin in Träumen enthüllt?“

„Könnte sie ihr wahres Selbst dem Volke enthüllen, Kalenus, wie wenig Weihrauch würde auf diesen Altären verbrannt werden!“

„Das möchte wahr sein, aber die Göttin ist weise genug, sich nur mit den Priestern in Verkehr zu setzen.“

„Vielleicht kommt eine Zeit, wo sie ohne ihre eigene Zustimmung entschleiert wird.“

„Nicht wahrscheinlich. Sie hat zahllose Jahrhunderte hindurch ihre Herrschaft behauptet, und was so lange die Probe der Zeit gehalten hat, unterliegt selten der Lust zur Neuerung. Übrigens liegen dergleichen Behauptungen ganz außerhalb deiner Befugnis, mein junger Bruder.“

„Es kommt dir nicht zu, ihnen Stillschweigen zu gebieten,“ erwiderte Apäcides stolz.

„Ich will nicht mit dir streiten. Hat dich der Ägypter nicht von der Notwendigkeit überzeugt, dass wir in Eintracht zusammen wohnen müssen? Hat er dich nicht von dem Recht überzeugt, dem Volk etwas weiszumachen und unser Leben zu genießen? Wenn nicht, Bruder, so ist er nicht der große Zauberer, für den man ihn hält.“

„Hüte dich vor der Stunde, wo das Grab berstet und innere Fäulnis an den Tag kommt!“, erwiderte Apäcides feierlich. „Lebe wohl!“

Mit diesen Worten überließ er den Priester seinen Betrachtungen. Nach einigen Schritten wandte er sich noch einmal um. Kalenus hatte sich bereits in das Eingangszimmer der Priester zurückgezogen. Der weiße, anmutige Tempel glänzte in der Sonne. Auf den Altären vor ihm erhob sich der Weihrauch und blühten die Blumenkränze. Lange und traurig blickte der Jüngling auf diesen Schauplatz. Es war das letzte Mal, dass er ihm vor Augen trat.

Sofort wandte er sich um und folgte langsam seinem Weg zu Iones Haus, denn ehe das letzte Band, das ihn mit ihr vereinigte, vielleicht zerschnitten wurde, ehe er sich in die ungewisse Gefahr des nächsten Tages begab, trieb es ihn noch einmal, seine einzige Verwandte, seine zärtlichste wie seine früheste Freundin zu sehen.

Er langte in ihrer Wohnung an und fand sie mit Nydia im Garten.

„Das ist schön, Apäcides!“, rief Ione freudig aus. „Ach, wie sehnlich hab’ ich gewünscht, dich zu sehen! Welchen Dank bin ich dir schuldig! Wie böse, dass du keinen meiner Briefe beantwortet hast, dass du dich so hartnäckig weigertest, den Ausdruck meiner Dankbarkeit anzunehmen! Du halfst deine Schwester vor Entehrung retten. Womit soll sie dir danken, da sie dich jetzt endlich zu sehen bekommt?“

„Meine holde Ione, du hast mir keinen Dank zu sagen, denn deine Sache war die meinige. Vermeiden wir diesen Gegenstand. Kommen wir nicht auf diesen unheiligen, für uns beide so hassenswerten Menschen zurück! Vielleicht hab’ ich bald Gelegenheit, die Welt zu belehren, was an seiner vorgeblichen Weisheit und heuchlerischen Strenge ist. Aber setzen wir uns, ich bin von der Sonnenhitze ermüdet. Setzen wir uns in den Schatten und seien wir uns für eine kurze Zeit noch einmal, was wir uns ehemals waren.“

Unter einer großen Platane vor ihnen plätscherte eine Fontäne, zu ihren Füßen der grüne Rasen, in dessen Gras da und dort die fröhliche, Athen einst so teure Zikade lustig emporhüpfte. Beide setzten sich, und Nydia, froh, allein zu sein, zog sich an das entgegengesetzte Ende des Gartens zurück.

„Ione, meine Schwester“, sprach der junge neu Bekehrte, „lege deine Hand auf meine Stirn, lass mich deine kühle Berührung fühlen. Sprich auch mit mir, denn deine sanfte

Stimme ist wie der Hauch der Luft, in dem Frische wie Wohllaut liegen. Sprich mit mir, aber hüte dich, mich zu segnen! Kein Wort von jenen Redeformen, die man uns als Kinder heilig zu achten lehrte."

„Ach, was soll ich dann sagen? Die Sprache unseres Herzens ist so verwoben mit der Sprache unserer Andacht, dass die Worte kalt und gemein werden, wenn ich die Hinweisung auf unsere Götter aus ihnen verbanne."

„Unsere Götter!", flüsterte Apäcides schaudernd. „Bereits missachtest du meinen Wunsch."

„Soll ich denn bloß von Isis zu dir sprechen?"

„Dem bösen Geist! Nein! Lieber sei stumm auf ewig, du müßtest denn etwa ... doch hinweg, hinweg mit solchem Gespräch! Nicht jetzt wollen wir miteinander streiten! Nicht jetzt wollen wir hart übereinander urteilen. Nicht jetzt sollst du mich als einen Abtrünnigen betrachten und ich voll Schmerz und Scham über dich als eine Götzendienerin sein! Nein, meine Schwester, lass uns solche Gegenstände und solche Gedanken vermeiden. In deiner süßen Gegenwart kommt Ruhe über meinen Geist. Für einen kurzen Augenblick vergesse ich mich. Denn ach, wenn ich jetzt dein Ohr verschlossen und dein Herz verhärtet fände, könnte dann irgendeine freudige Aussicht für mich die Verzweiflung aufwiegen, die ich um deinetwillen tragen würde? In dir, meine Schwester, sehe ich das verschönerte, veredelte Bild meiner selbst. Erinnerst du dich, wie wir Hand in Hand miteinander in den Fluren bei Baja wandelten?"

Erstaunt und geängstigt durch Worte, die sie nicht zu fassen vermochte, hörte ione auf diese Ergüsse eines vollen, bedrückten Herzens. Wirklich erschien Apäcides selbst weit sanfter, als seine gewöhnliche Stimmung zu sein pflegte.

„So will ich denn von unseren Kinderjahren mit dir sprechen," sagte Ione. „Soll dir jenes blinde Mädchen von den Tagen der Kindheit singen? Ihre Stimme ist sanft und wohltönend, und sie weiß ein Lied auf diesen Gegenstand, das keine von den Hindeutungen enthält, die du so ungern vernimmst."

„Erinnerst du dich der Worte, Schwester?"

„Ich glaube wohl. Die sehr einfache Melodie hat sie meinem Gedächtnis eingeprägt."

„So singe du mir selbst. In meinem Ohr finden unbekannte Stimmen keinen Widerhall, und die deinige, Ione, voll heimischer Erinnerungen, war mir immer süßer, als all die Mietlingsgesänge Lykiens oder Kretas."

Ione winkte einer Sklavin, die in der Säulenhalle stand, ließ ihre Laute holen und sang zu einer zarten, einfachen Melodie folgende Verse:

Nicht, dass im jungen Maienglanz
Nie Wetterwolken glühten;
Nicht, dass im sel'gen Kinderkranz
Nie dunkle Blumen blühten.
Ach, Dornen hat
Das hellste Blatt,
Das uns die Horen bieten!

Mit Tränen naht Vergangenheit,
Die Gegenwart mit Sorgen,
Doch Hoffnung strahlt der Jugendzeit
Auf jeden neuen Morgen.
Wie Ostens Pracht
Kann Waldes Nacht
Noch ros'gen Schein erborgen.

Nicht, dass in spät'rer Zeit das Herz
Dem Gram nur wär' verbunden,
Doch Lächeln folgt nicht gleich dem Schmerz,
Langsamer heilen Wunden,
Der Teuern Grab
Dämpft uns dann ab
Den Jubel froher Stunden.

Ach, nimmer will der Iris' Band
Aus Wolken lächelnd ragen,
Wir ziehen in ein ödes Land,
Vom dunklen Sturm verschlagen.
Weit blieb zurück
Beim Kinderglück
Der Stab, der uns getragen.

So wehmütig der Schlussvers dieses Liedes auch nachtönte, hatte es Ione doch mit weisem Zartgefühl gewählt, denn wenn uns ein tiefer Gram niederdrückt, widert uns die Stimme der Freude mehr als alles an. So war es bei Apäcides: Hingegeben der Macht dieser Silberstimme, die ihn an die Vergangenheit erinnerte und nur halb von den Schmerzen der Gegenwart sprach, vergaß er die nächstliegende heiße Quelle peinlicher Gedanken. Mehrere Stunden verstrichen, während er Ione bald singen ließ, bald sich mit ihr unterhielt. Und als er sich erhob, um wegzugehen, geschah es mit beruhigtem, besänftigtem Herzen.

„Ione, solltest du hören, dass mein Name angeschwärzt und verunglimpft wird, würdest du dann solcher Verleumdung Glauben schenken?"

„Niemals, mein Bruder, niemals!"

„Hast nicht auch du die Überzeugung, dass der Übeltäter in einem späteren Dasein bestraft, der Gute belohnt werde?"

„Kannst du daran zweifeln?"

„Glaubst du also, dass der, welcher wahrhaftig gut ist, in seinem Eifer für die Tugend jedes selbstsüchtige Interesse opfern sollte?"

„Wer so denkt, ist das Ebenbild der Götter."

„Und du glaubst, dass das Maß seiner Seligkeit jenseits des Grabes im Verhältnis zu der Reinheit und dem Mut stehen werde, womit er so handelt?"

„So lehrt man uns zu hoffen."

„Küsse mich, meine Schwester. Noch eine Frage. Du

stehst im Begriff, dich mit Glaukus zu vermählen. Vielleicht trennt uns diese Heirat noch hoffnungsloser, doch nicht hiervon spreche ich jetzt. Du stehst im Begriff, dich mit Glaukus zu vermählen. Liebst du ihn? Nein, Schwester, erwidere mir mit Worten."

„Ja", flüsterte Ione errötend.

„Fühlst du, dass du um seinetwillen dem Stolz entsagen, der Schande trotzen und dich ganz und gar in den Tod stürzen könntest?"

„Mein Bruder, all dies könnt' ich für Glaukus tun und dabei fühlen, dass es kein Opfer wäre. Was für den Geliebten geduldet wird, ist kein Opfer für die Liebende."

„Genug! Soll das Weib so für den Mann fühlen und der Mann weniger Hingebung für seinen Gott in sich tragen?"

Er sprach nicht weiter, sein ganzes Wesen schien von einem göttlichen Leben durchdrungen und angehaucht, seine Brust hob sich stolz, seine Augen flammten. Auf seiner Stirne stand die Majestät eines Menschen, der es wagt, edel zu sein. Zärtlich küsste er sie, drückte sie warm ans Herz und hatte im nächsten Moment das Haus verlassen.

Lange blieb Ione stumm und gedankenvoll. Zu wiederholten Malen erinnerten sie ihre Mädchen, dass der Tag vorrücke und sie zu Diomeds Fest geladen sei. Endlich erwachte sie aus ihren Träumen und kleidete sich – nicht mit dem Stolz der Schönheit, sondern achtlos und schwermütig – zum Fest an. Nur ein Gedanke versöhnte sie mit dem versprochenen Besuch. Sie sollte Glaukus treffen, ihm konnte sie die Unruhe und Besorgnis um den Bruder anvertrauen.

Drittes Kapitel

Unterdessen schlenderten Sallust und Glaukus gemächlich dem Hause Diomeds zu. Trotz seiner Lebensweise fehlte es

Sallust nicht an vielen schätzenswerten Eigenschaften. Er ergab sich ganz dem Vergnügen und redete sich ein, nur der lustige Gesell sei der eigentlich Weise. Immerhin besaß er jedoch ein gutes Teil Gelehrsamkeit, Verstand und frohe Laune, und die ungeschminkte Offenheit in seinen Ausschweifungen schien noch eine Tugend neben der vollendeten Verdorbenheit eines Clodius und dem schamlosen, weibischen Wesen eines Lepidus. Deshalb war Glaukus ihm unter seinen Gefährten am meisten gewogen, und er seinerseits wusste die edleren Eigenschaften des Atheners zu schätzen und liebte ihn fast so sehr wie eine kalte Muräne oder einen Becher vom besten Falerner.

„Ein gemeiner alter Kerl, dieser Diomed," sagte Sallust. „Aber er hat einige gute Eigenschaften – in seinem Keller!"

„Und einige reizende – in seiner Tochter."

„Gewiss, Glaukus! Aber du scheinst mir nicht sonderlich davon gerührt. Ich glaube, Clodius möchte gern dein Nachfolger werden."

„Er sei willkommen."

„Sie hat wirklich etwas Korinthisches an sich, sodass freilich beide wohl zueinander passen! Wir sind wahrhaftig sehr gutmütige Burschen, dass wir die Gesellschaft dieses Taugenichts von Spieler dulden!"

„Das Vergnügen würfelt die Leute wunderlich zusammen," erwiderte Glaukus, „er macht mir Spaß!"

„Und schmeichelt dir, lässt sich aber dafür gut bezahlen."

„Doch du hast schon oft darauf hingedeutet, dass er falsch spiele. Glaubst du das wirklich?"

„Mein lieber Glaukus, ein römischer Edler hat seine Würde aufrechtzuhalten. Um die Würde ist es etwas gewaltig Kostspieliges. Clodius muss betrügen wie ein Spitzbube, um leben zu können wie ein vornehmer Mann."

„Haha! Nun, neuerdings hab' ich den Würfeln entsagt! Ah, Sallust, bin ich erst mit Ione vermählt, so glaub' ich, noch eine ganze Jugend voll Torheiten wieder gutmachen zu können. Wir beide, Freund, sind für etwas Besseres geboren als dafür, was uns jetzt zusammenhält."

„Ach," erwiderte Sallust beinah schwermütig, „was wissen wir denn mehr? Das Leben ist kurz. Jenseits des Grabes ist eitel Nacht. Keine Weisheit geht über den Spruch: Genieße!"

„Doch hier sind wir vor dem Hause unseres Wirtes."

Sie traten also durch das Vestibulum und gelangten von da in eine Kolonnade, *Peristyl* genannt. In der Mitte des Peristyls war ein offener Hof, welcher das *Impluvium* enthielt.

Vom *Peristyl* ging eine Treppe in die Küche und die sonstigen Geschäftsräume hinab. Auf der anderen Seite führte ein schmaler Gang nach dem Garten. Eine andere Tür zur Linken des Eintretenden öffnete sich auf einen kleinen dreieckigen Portikus, der zu den Bädern gehörte. Hinter ihm lag die Garderobe, worin die Festtagskleider der Sklaven und vielleicht des Herrn selbst aufbewahrt wurden. (Siebzehn Jahrhunderte später fand man diese Überbleibsel alten Putzes verkalkt und zerbröckelnd.)

Unten, in gleicher Flucht mit dem Garten, zogen sich die Zimmer hin. Und jetzt empfing Diomed seine Gäste. Der Kaufherr spielte gewaltig den Mann von Bildung und trug mithin eine Leidenschaft für alles, was griechisch war, zur Schau, weswegen er denn Glaukus ganz besondere Aufmerksamkeit erwies.

„Du wirst sehen, mein Freund," sprach er, sich die Hände reibend, „dass ich hier nicht ohne eine gewisse Klassizität bin. Die Halle, worin wir essen werden, ist den Griechen nachempfunden. Edler Sallust! Man sagt mir, diese Art von Gemächern gebe es in Rom nicht."

„Oh," erwiderte Sallust mit halbem Lächeln, „ihr Pompejaner kombiniert das Ausgesuchteste von Griechenland und Rom: Mögest du, Diomed, deine Gerichte so gut kombinieren wie die Architektur."

„Sollst sehen, sollst sehen, mein Sallust", versetzte der

Kaufmann. „Wir haben einigen Geschmack in Pompeji, und wir haben auch Geld."

„Zwei vortreffliche Dinge," rief Sallust. „Doch sieh da, Domina Julia*."

Prächtig in ein weißes, mit Perlen und Goldfäden durchwirktes Gewand gekleidet, trat die schöne Julia in das Zimmer.

Kaum hatte sie den Gruß der beiden Gäste empfangen, als Pansa und dessen Frau, Lepidus, Clodius und der römische Senator beinah zugleich eintraten. Dann kam auch die Witwe Fulvia sowie der Dichter Fulvius, der mit der Witwe wenigstens den Namen gemein hatte. Nach ihm schritt der Krieger aus Herkulanum herein, danach die minder ausgezeichneten Gäste. Ione ließ noch auf sich warten.

Bei den höflichen Alten war es Sitte zu schmeicheln, wo es nur immer in ihrer Macht lag, und so galt es denn als ein Zeichen schlechter Erziehung, wenn man sich gleich nach dem Eintritt in das Haus des Wirtes niedersetzte. Unsere Gesellschaft brachte deshalb nach dem ersten Gruß, der in der Regel in demselben herzlichen Schütteln der rechten Hand, das noch bei uns üblich ist, zuweilen aber auch in der noch vertraulicheren Umarmung bestand, mehrere Minuten in Betrachtung des Zimmers und Bewunderung der Bronzen, Gemälde und des Gerätes, welches dasselbe schmückte, zu.

„Eine reizende Statue des Bacchus!", rief der römische Senator.

„Eine bloße Kleinigkeit!", erwiderte Diomed.

„Was für allerliebste Malereien!", bemerkte Fulvia.

„Bloße Kleinigkeiten!", antwortete der Besitzer.

„Herrliche Kandelaber!", rief der Krieger.

„Kleinigkeiten! Kleinigkeiten!", wiederholte der Kaufmann. Mittlerweile stand Glaukus an einem der Fenster der Galerie, die sich auf die Terrassen öffneten, die schöne Julia an seiner Seite.

* *Der Titel Domina, Herrin – im englischen Original steht Lady Julia – wurde den Römerinnen von ihrem vierzehnten Lebensjahr an gegeben.*

„Ist es eine athenische Tugend, Glaukus," fragte die Tochter des Kaufmanns, „diejenige zu meiden, die man einst gesucht hat?"

„Schöne Julia – nein!"

„Doch ist es, so dünkt mich, eine Eigenschaft des Glaukus."

„Niemals meidet Glaukus seine Freunde," erwiderte der Grieche mit einigem Nachdruck auf dem letzten Wort.

„Darf sich Julia unter die Zahl seiner Freunde rechnen?"

„Für den Kaiser selbst müsste es eine Ehre sein, eine so reizende Freundin zu finden."

„Du weichst meiner Frage aus," erwiderte die verliebte Julia. „Aber sag mir, ist es wahr, dass du die Neapolitanerin Ione bewunderst?"

„Nötigt uns die Schönheit nicht Bewunderung ab?"

„Ah, spitzfindiger Grieche, immer umgehst du den Sinn meiner Worte. Doch sprich, wird Julia dir wirklich eine Freundin sein?"

„Will sie mir diese Gunst erweisen, so seien die Götter gepriesen!"

„Doch während du hier noch sprichst, ist dein Auge unruhig, deine Farbe kommt und geht, du kannst es nicht erwarten, neben Ione zu kommen."

In diesem Moment war nämlich Ione eingetreten und Glaukus hatte wirklich die innere Bewegung verraten, welche die eifersüchtige Schöne andeutete.

„Glaukus, du heiratest Ione, nicht wahr?"

„Wenn es die Götter gestatten, es ist meine seligste Hoffnung."

„Empfange denn von mir als Zeichen unserer neuen Freundschaft ein Geschenk für deine Braut. Du weißt ja, es ist Sitte unter Freunden, der Braut und dem Bräutigam solche kleine Zeichen der Achtung und der Glückwünsche zu geben."

„Julia! Von dir kann ich ein Freundschaftspfand nicht

ablehnen. Ich will die Gabe als Omen Fortunas selbst annehmen.“

„So steige denn nach dem Fest, wenn die Gäste weggehen, mit mir in mein Zimmer hinab, das Geschenk aus meinen Händen zu empfangen. Vergiss es nicht!“ Damit trat Julia zu der Frau des Pansa und ließ Glaukus sich zu Ione begeben.

Die Witwe Fulvia und die Gattin des Adils waren in einer hochwichtigen Erörterung begriffen.

„O Fulvia, ich versichere dir, nach der letzten Nachricht aus Rom ist die gekräuselte Frisur ganz aus der Mode gekommen. Man trägt das Haar jetzt bloß turmförmig aufgerichtet, wie hier Julia, oder in Gestalt eines Helms, wie du bei mir siehst, es ist, denk' ich, nicht übel.“

„Und trägt niemand das Haar wie jene Neapolitanerin nach der griechischen Art?“

„Was? Auf der Stirn gescheitelt, mit einem Knoten hinten! O nein! Wie lächerlich! Es erinnert an die Statue der Diana! Aber diese Ione ist hübsch, nicht?“

„Die Männer behaupten's, aber freilich ist sie auch reich. Sie heiratet den Athener. Ich wünsch' ihr Glück. Er wird ihr wohl nicht lang treu bleiben, fürchte ich, diese Fremden sind gar unbeständig.“

„Ha, Julia,“ fragte Fulvia, als die Tochter des Kaufmanns zu ihnen trat, „hast du schon den Tiger gesehen?“

„Nein!“

„Ei, alle Damen haben ihm schon ihren Besuch gemacht, er ist so hübsch!“

„Hoffentlich bekommen wir einen Verbrecher oder sonst jemand für ihn und den Löwen,“ erwiderte Julia. „Dein Gemahl,“ zu Pansas Frau gewandt, „lässt sich die Sache nicht so angelegen sein als er sollte.“

„Wahrhaftig, die Gesetze sind auch zu mild,“ entgegnete die behelmte Dame. „Es gibt nur wenige Verbrechen, gegen welche man die Strafe der Arena verfügen kann. Zudem werden die Gladiatoren nach und nach weichlich. Die stämmigsten Tierkämpfer erklären, sie wollten wohl gegen einen Bären oder Bullen fechten, aber gegen einen Löwen oder Tiger, meinen sie, könnte der Spaß zu ernsthaft werden."

„Sie verdienen, eine Mitra* zu tragen," erwiderte Julia.

„Hast du das neue Haus des Fulvius, unseres werten Dichters, gesehen?", fragte Pansas Frau.

„Nein! Ist es schön?"

„Außerordentlich! Vortrefflicher Geschmack!"

Der Krieger kam auf die Damen zugeschlendert.

„Es versöhnt mich mit dem Frieden," sprach er, „wenn ich solche Gesichter sehe."

„Ah, ihr Helden seid immer Schmeichler!", gab ihm Fulvia zurück, beeilt, das Kompliment auf sich zu beziehen.

„Bei dieser Kette, die ich aus des Kaisers eigener Hand erhielt," erwiderte der Krieger, mit einer kurzen Kette spielend, die sich wie ein Halsband um seinen Nacken schloss, statt wie bei Nichtsoldaten bis auf die Brust herabzuhängen, „bei dieser Kette, du tust mir Unrecht, ich spreche gerad heraus, wie's einem Soldaten ziemt."

„Wie findest du die Damen Pompejis im Allgemeinen?", fragte Julia.

„Bei der Venus, sehr schön! Freilich begünstigen sie mich ein wenig, und das verleitet vielleicht mein Auge, ihre Reize zu verdoppeln."

„Wir haben die Krieger gern," sagte Pansas Frau.

„Ich seh' es, beim Herkules! Allzu viel Ruhm kann einem in diesen Städten ordentlich lästig werden. In Herkulanum klettern die Leute auf das Dach meines Atriums, um mich einen Augenblick zu sehen. Die Bewunderung unserer

* *Die Mitra (turbanartige Kopfbinde) wurde zuweilen auch von Männern getragen und galt als Zeichen großer Verweichlichung. Geeignet für eine Mitra zu sein hieß, sonst sehr wenig brauchbar zu sein.*

Mitbürger ist anfangs recht angenehm, aber allmählich wird sie lästig."

„Gewiss, Gewiss, Vespius," rief der Poet, indem er zu der Gruppe trat. „So find' ich's auch."

„Du?", erwiderte der stattliche Krieger, indem er die kleine Gestalt des Dichters mit unsäglicher Verachtung maß. „In welcher Legion hast du gedient?"

„Wisse, o Vespius, dass ich der Dichter Fulvius bin. Ich bin es, der die Krieger unsterblich macht."

„Das mögen die Götter verhüten", flüsterte Sallust Julia zu. „Würde Vespius unsterblich, welch ein Exemplar von einem langweiligen Prahlhans käme auf die Nachwelt!"

Der Krieger sah verlegen aus, als zu seiner und seiner Genossen unendlicher Erleichterung das Zeichen zur Tafel gegeben wurde.

Der Leser möge sich die festliche Tafel aus drei nach Hufeisenart aneinander gerückten Tischen vorstellen, einen in der Mitte und einen auf jedem Flügel. Nur an der Außenseite dieser Tische befanden sich die Gäste. Der innere Raum blieb zur größeren Bequemlichkeit der Ministri oder Aufwärter frei. Die äußerste Ecke des einen Flügels wurde Julia, als der Dame des Hauses, zugewiesen, der Platz neben ihr Diomed. An einer Ecke des Mitteltisches befand sich der Ädil, an der entgegengesetzten der römische Senator. Dies waren die Ehrenplätze. Die übrigen Gäste waren so verteilt, dass die jungen Herren oder Damen nebeneinander kamen und die älteren auf gleiche Weise.

Iones Stuhl stand neben dem Ruhebett des Glaukus. Die Sitze waren mit Schildkrötenschalen ausgelegt und mit Polstern bedeckt, die mit Federn gefüllt und mit den köstlichen Stickereien Babylons geschmückt waren. Der moderne Tafelschmuck wurde durch eherne, elfenbeinerne und silberne Götterbilder ersetzt. Das heilige Salzfass fehlte auch nicht. Über Tafel und Sitze hing von der Zimmerdecke ein reicher Baldachin herab. An jeder Ecke des Tisches standen hohe Kandelaber, denn obwohl es noch früh am Tage, war das Gemach verfinstert. Von Dreifüßen, die an verschiedenen Stellen des Saales aufgestellt waren, erhob sich der Duft von Myrrhe und Weihrauch. Die Stelle des Tischgebets nahm unabänderlich eine *Libation*, Trankopfer, für die Götter ein, und Vesta, als die oberste Hausgottheit, empfing in der Regel zuerst solche dankbare Huldigung.

Nachdem diese Zeremonie vorüber, streuten die Sklaven Blumen auf die Ruhebetten und den Boden aus und krönten jeden Gast mit Rosenkränzen, die mit Bändern durchflochten, auf Lindenbast geheftet und mit Efeu und Amethyst, den angeblichen Schutzmitteln gegen die Wirkung des Weines, verbunden waren. Nur in die Kränze der Damen hatte man dieses Laub nicht angebracht, denn bei diesen war es nicht Sitte, öffentlich Wein zu trinken. Jetzt erachtete es der Vorsitzer für an der Zeit, einen *Basileus* oder König des Festes zu ernennen – ein wichtiges Amt, über das bisweilen das Los, bisweilen, wie hier, der Wirt des Hauses entschied.

Diomed befand sich in nicht geringer Verlegenheit über die Wahl. Der invalide Senator war zu ernst und zu schwach für die gehörige Erfüllung dieser Pflicht. Der Ädil Pansa wäre der Aufgabe hinlänglich gewachsen gewesen, aber einen Gast zu wählen, der seinem amtlichen Range nach unter dem Senator stand, war eine Beleidigung gegen letzteren. Während der Kaufherr über die Verdienste der Übrigen noch mit sich zu Rate ging, fiel ihm der muntere Blick Sallusts ins Auge, und plötzlich fiel es ihm ein, den jovialen Epikureer zur Ehre des Königs oder *Arbiter bibendi*, des Mundschenks, zu berufen.

Sallust nahm die Stelle mit geziemender Bescheidenheit an.

„Ich werde," sprach er, „ein gnädiger König für diejenigen sein, welche tiefe Züge tun. Gegen einen Ungehorsamen aber werd' ich mich unerbittlicher erweisen, nehmt euch in Acht!"

Sofort reichten die Sklaven Becken mit wohl riechendem Wasser umher, denn das Fest begann damit, dass man sich die Hände wusch. Und bald ächzte der Tisch unter dem ersten Gang.

Das anfangs flüchtige und vereinzelte Gespräch gestattete Ione und Glaukus jenes süße Geflüster, das alle Beredsamkeit in der Welt aufwiegt. Julia bewachte sie mit blitzenden Augen. „Wie bald werde ich den Platz der Neapolitanerin einnehmen," dachte sie.

Clodius jedoch, der an dem mittleren Tisch lag, sodass er Julias Gesicht genau beobachten konnte, bemerkte ihren Verdruss und beschloss, sich diesen zunutze zu machen. Er redete sie über die Tafel hinüber in den herkömmlichen Ausdrücken der Galanterie an, und da er von hoher Geburt und schmuckem Äußeren war, blieb die eitle Julia trotz ihrer Liebe keineswegs unempfindlich gegen seine Aufmerksamkeiten.

Mittlerweile wurden die Sklaven von dem wachsamen Sallust beständig in Atem gehalten. Er bestellte Becher auf Becher mit einer Schnelligkeit, als wäre er entschlossen, all die geräumigen Keller zu erschöpfen, die der geneigte Leser noch jetzt unter dem Hause Diomeds sehen kann. Der würdige Kaufmann fing an, seine Wahl zu bereuen, als Amphora auf Amphora geleert wurde. Die Sklaven schienen Sallusts Eifer zu teilen, und Diomeds Gesicht fing an, zu glühen, als er die herausfordernde Bereitschaft wahrnahm, womit sie den Bemühungen des Festkönigs zu Hilfe kamen.

„Verzeihe mir, o Senator," rief Sallust, „ich sehe, du machst Ausflüchte, dein Purpursaum kann dich nicht retten, trinke!"

„Bei den Göttern," erwiderte der Senator hustend, „meine Lungen stehen bereits in Feuer. Ich bin ein kranker Mann, mein lustiger Freund, du musst mich entschuldigen."

„Ich nicht, bei der Vesta! Ich bin ein unparteiischer Herrscher – trinke!"

„Sachte, sachte, mein König“, stöhnte Diomed, „wir fangen bereits an zu . . .“

„Verrat!“, unterbrach ihn Sallust, „keine Einmischung in die königliche Gewalt!“

Die Mahlzeit nahm ihren Gang – die Gäste wurden gesprächiger und lauter. Das Dessert oder der letzte Gang stand bereits auf dem Tisch, und die Sklaven boten Wasser mit Myrrhe und Ysop, um sich zum Schluss zu waschen. Im gleichen Augenblick schien sich ein rundes Tischchen, das den Gästen gegenüberstand, plötzlich wie durch Zauberei in der Mitte zu öffnen und goss einen duftenden Staubregen auf Tafel und Menschen. Als dieser nachließ, wurde der oben schwebende Baldachin weggezogen, die Gäste sahen ein Seil quer unter der Zimmerdecke hingespannt, und einer von jenen behenden Tänzern, um derentwillen Pompeji so berühmt war, begann seinen luftigen Reigen gerade über den Köpfen der Anwesenden. Unsere pompejanischen Schwelger schienen das Schauspiel mit Wohlgefallen zu betrachten und klatschten in die Hände. Endlich, zur großen Herzenserleichterung Iones, die an diese Unterhaltung nicht gewöhnt war, hielt der Tänzer plötzlich an und verschwand.

Eine Kunst machte der anderen Platz. Die Musiker, die draußen auf der Terrasse standen, spielten nun eine sanfte, weiche Melodie.

Gegen das Ende des Liedes errötete Iones Wange tiefer als zuvor, und Glaukus hatte es unter dem Schutzdach des Tisches so zu fügen gewusst, dass ihre Hand in die seinige kam.

„Ein hübsches Lied“, bemerkte Fulvius mit Gönnermiene.

„Ah, wenn du uns eines zu hören geben wolltest“ flüsterte Pansas Frau.

„Wünschst du, dass Fulvius singt?“, fragte der König des Festes, welcher der Gesellschaft gerade befohlen hatte, auf die Gesundheit des römischen Senators zu trinken, und zwar einen Becher auf jeden Buchstaben seines Namens.

„Kannst du fragen?“, erwiderte die Matrone, mit einem schmeichelhaften Blick auf den Dichter.

Sallust schnippte mit dem Finger und flüsterte dem Sklaven, der nach seinem Befehle fragte, etwas zu. Dieser verschwand und kehrte nach wenigen Minuten mit einer kleinen Leier und einem Myrtenzweig zurück.

Er näherte sich dem Dichter und überreichte ihm mit einer tiefen Verbeugung das Instrument.

„Ach, ich kann nicht spielen“, erwiderte Fulvius.

„Dann musst du zu der Myrte singen. Es ist ein griechischer Brauch. Diomed liebt die Griechen, ich liebe die Griechen, du liebst die Griechen, wir alle lieben die Griechen. Übrigens sei dem, wie ihm wolle, ich führe die Sitte ein, ich, der König. Singe, Untertan, singe!“

Mit verschämtem Lächeln nahm der Poet die Myrte in die Hand und sang nach einem kurzen Vorspiel mit einer angenehmen, wohl tönenden Stimme ein Lied.

Dieses Lied, das dem heiteren, lebenslustigen Sinn der Pompejaner sehr zusagte, wurde mit großem Applaus aufgenommen. Und die Witwe bestand darauf, dass man ihren Namensvetter mit demselben Myrtenzweig kröne, zu dem er gesungen hatte. Der Zweig wurde zu einem Kranz umgebogen und der unsterbliche Fulvius unter Händeklatschen und dem Ruf „Io, triumphe!“, gekrönt. Gesang und Leier machten jetzt die Reihe durch die ganze Gesellschaft. Ein frischer Myrtenzweig ging von Hand zu Hand. Die Sonne neigte sich nunmehr zum Untergang, obwohl die Tischgesellschaft, die bereits mehrere Stunden fröhlich hingebracht hatte, es in dem verdunkelten Zimmer nicht bemerkte. Der Senator aber, der müde war, und der Krieger, der nach Herkulanum zurückzukehren hatte, erhoben sich und gaben dadurch das Zeichen zum allgemeinen Aufbruch.

„Bleibt noch einen Augenblick, meine Freunde“, rief Diomed. „Wollt ihr so bald weggehen, so müsst ihr wenigstens noch teil an unserem Schlussspiel nehmen.“

Mit diesen Worten winkte er einem der Sklaven und sagte ihm etwas ins Ohr.

Der Diener eilte hinaus und kehrte sogleich mit einem kleinen Becher zurück, der mehrere sorgfältig versiegelte und dem Anschein nach ganz kleine Täfelchen enthielt. Jeder Gast musste eines um den Preis der geringsten Silbermünze kaufen, und der Spaß dieser Lotterie (einer Lieblingsunterhaltung des Kaisers Augustus, der sie zuerst einführte) bestand in der Ungleichheit, ja bisweilen Ungereimtheit der Gewinne, deren Beschaffenheit und Wert in dem Täfelchen näher angegeben war. So zog beispielsweise der Dichter mit verdrießlichem Gesicht eines seiner eigenen Gedichte. Der Krieger zog eine Nadelbüchse, die Witwe Fulvia erhielt einen großen Trinkbecher, Julia eine Männerschnalle und Lepidus eine Damenschminkdose. Das passendste Los wurde von dem Spieler Clodius gezogen, der vor Zorn errötete, als er mit einem Paar falscher Würfel beschenkt wurde. Eine gewisse Dämpfung erfuhr die frohe Laune, welche die verschiedenen Ziehungen hervorgerufen hatten, durch einen Unfall, der als übles Zeichen angesehen wurde. Glaukus nämlich zog den wertvollsten Gewinn, eine kleine marmorne Statue der Fortuna von einem griechischen Künstler. Als der Sklave ihm diese reichte, ließ er sie fallen und sie brach in Stücke. Ein Schauer ging durch die Anwesenden und jeder rief aus eigenem Antrieb: „Wendet, o Götter, das Schicksal ab."

Glaukus aber, obwohl vielleicht so abergläubisch wie die Übrigen, stellte sich unerschüttert.

„Holde Neapolitanerin" flüsterte er zärtlich Ione zu, die so bleich geworden war wie der zerbrochene Marmor selbst, „ich nehme das Vorzeichen an. Sein Sinn ist, dass nach deinem Besitz Fortuna nichts mehr zu geben vermag. Sie zerbricht ihr Bild, indem sie mich mit dem deinigen beglückt."

Um den Eindruck zu verwischen, welchen der Vorfall in einer Gesellschaft verursachte, bekränzte Sallust seinen

Becher mit Blumen und trank auf die Gesundheit des Wirtes. Dann folgte die gleiche Aufmerksamkeit für den Kaiser, worauf man nach einem Abschiedsbecher für Merkur, um einen angenehmen Schlaf zu senden, das Gelage durch eine letzte Libation schloss und auseinanderging.

Unterdessen wurde Glaukus, nachdem er von Ione Abschied genommen und sich auf die zu Julias Zimmer führende Treppe begeben hatte, von einer Sklavin in ein Gemach gewiesen, wo er die Tochter des Kaufmanns bereits vorfand.

„Glaukus, ich sehe, dass du Ione wirklich liebst, sie ist wirklich schön."

„Julia ist reizend genug, um großmütig zu sein", erwiderte der Grieche. „Ja, ich liebe Ione. Mögest du unter den vielen jungen Männern, die dir ihre Huldigungen bringen, einen ebenso aufrichtigen Verehrer finden!"

„Bitte die Götter, dass sie mir diese Gunst gewähren! Siehe, Glaukus, diese Perlen sind das Geschenk, das ich deiner Braut bestimme, möge ihr Juno Gesundheit geben, um diesen Schmuck lange zu tragen."

Damit gab sie ein Futteral in seine Hände, das eine Reihe Perlen von ziemlicher Größe und Kostbarkeit enthielt. Es war so sehr Sitte, dass Personen, deren Vermählung bevorstand, dergleichen Geschenke erhielten, dass Glaukus kein Bedenken tragen durfte, das Halsband anzunehmen, obwohl der stolze, von dem empfindlichen Ehrgefühl beseelte Athener im Stillen beschloss, das Geschenk durch ein dreimal wertvolleres zu ersetzen. Julia, ohne seinen Dank zu Wort kommen zu lassen, goss etwas Wein in einen kleinen Becher.

„Du hast manche Gesundheit mit meinem Vater getrunken", sprach sie lächelnd, „trinke jetzt eine mit mir. Glück und langes Leben deiner Braut!"

Sie berührte den Becher mit den Lippen und reichte ihn sofort dem Glaukus. Die übliche Sitte forderte, dass Glaukus den ganzen übrigen Inhalt austrank, und er tat es auch. Julia, ohne Ahnung von dem Betrug, den ihr Nydia gespielt hatte, beobachtete den Trinkenden mit funkelnden Augen. Trotz der Voraussagung der Hexe, dass die Wirkung vielleicht nicht augenblicklich eintreten werde, hoffte sie auf einen unmittelbaren Erfolg. Sehr missvergnügt sah sie daher Glaukus den Becher wieder hinstellen und das Gespräch mit ihr in dem vorigen leidenschaftslosen aber höflichen Ton fortsetzen. Obwohl sie den Gast so lange zurückhielt, als sie es anstandshalber tun konnte, trat doch kein Wechsel in seinem Benehmen ein.

„Aber morgen", dachte sie und erhob sich triumphierend aus ihrer Missstimmung, „morgen, wehe dir, mein Glaukus!"

Jawohl, wehe ihm!

Viertes Kapitel

Unruhig hatte sich Apäcides den Rest des Tages über auf den unbesuchtesten Wegen in der Nachbarschaft der Stadt umhergetrieben. Die Sonne ging langsam unter, als er an einem einsamen Ort am Sarnus, wo dessen Ufer noch nicht die Anzeichen der Üppigkeit und der Schwelgerei trugen, stehenblieb. Durch einzelne Öffnungen im Gehölz und den Weingärten blinkte hier und da ein Streifen der weißen, glänzenden Stadt. Jedoch ertönte kein Lärm, kein geschäftiges Summen der Menschen herüber. Tiefe Stille war ringsum, aber nicht die Stille der Nacht. Noch atmete die Luft das frische Leben des Tages, noch regte sich das Gras von der Bewegung schwärmender Insekten, und am jenseitigen Ufer schweifte die anmutige weiße Ziege Knospen nagend durch das Grün und hielt am Wasser, um zu trinken.

Als Apäcides gedankenvoll auf die Wellen niedersah, vernahm er neben sich das leise Bellen eines Hundes.

„Still, armer Freund", sagte eine nahe Stimme, „der Tritt

des Fremden tut deinem Herrn kein Leid.“

Dem neu Bekehrten klang die Stimme bekannt. Er wandte sich und erblickte den alten, geheimnisvollen Mann, den er in der Versammlung der Nazarener gesehen hatte.

Der Greis saß auf einem mit altem Moos bedeckten Steinblock, neben ihm Stab und Tasche. Zu seinen Füßen ein kleiner, zottiger Hund, sein Gefährte auf mancher gefährlichen, wunderbaren Pilgerfahrt.

Der Anblick des Alten wirkte wie Balsam auf den aufgeregten Geist des neu Bekehrten. Er trat hinzu und setzte sich, nachdem er ihn um seinen Segen angesprochen, neben ihm nieder.

„Bist du doch wie zu einer Reise gerüstet, Vater“ sprach er. „Willst du uns schon verlassen?“

„Mein Sohn“, erwiderte der Greis, „der Tage, die mir noch auf Erden bleiben, sind wenige. Ich wende sie, wie es meine Pflicht ist, an, um von Ort zu Ort zu wandern, diejenigen zu trösten, welche Gott versammelt hat in seinem Namen, und die Herrlichkeit seines Sohnes zu verkünden, wie sie seinem Diener offenbar worden ist.“

„Du hast, sagt man mir, das Antlitz Christi gesehen.“

„Und dies Antlitz erweckte mich von den Toten. Wisse, junger Verehrer des wahren Glaubens, dass ich der bin, von dem du in der Schrift des Apostels liest. Im fernen Judäa, in der Stadt Nain, wohnte eine Witwe, demütigen Geistes und traurigen Herzens, denn von allen Angehörigen des Bluts war ihr bloß ein einziger Sohn geblieben. Und sie liebte ihn mit wehmutvoller Liebe, denn er war das Ebenbild derer, die sie verloren. Aber der Sohn starb. Das Rohr, auf das sie sich gelehnt, war zerbrochen, vertrocknet das Öl im Krug der Witwe. Sie trugen den Toten auf der Bahre hinaus und nahe beim Tor der Stadt, wo sich die Menge gesammelt hatte, kam ein Schweigen über die Töne des Schmerzes, denn der Sohn Gottes ging vorbei. Die Mutter, die der Bahre nachfolgte, weinte nicht laut, aber alle, die auf sie blickten, sahen, dass ihr schier das Herz brach. Und der Herr hatte Erbarmen mit ihr. Er berührte die Bahre und sprach:

‚Ich sage dir, stehe auf!' Und der Tote erwachte und sah in das Angesicht des Herrn. Oh, diese ruhige, heilige Stirn, dieses unbeschreibbare Lächeln, dieses schmerzensbleiche, traurige Gesicht, aufgehellt durch das Erbarmen eines Gottes – es verscheuchte die Schatten des Grabes! Ich richtete mich auf, ich sprach, ich lebte – und lag in den Armen meiner Mutter, Ja, ich bin der wiederbelebte Tote! Die Menge schrie. Die Trauerflöten klangen fröhlich. Allgemein erhob sich der Ruf: Gott hat sein Volk heimgesucht!' Ich hörte es nicht, ich fühlte, ich sah nichts als das Antlitz des Erlösers!"

Der Greis schwieg tief bewegt und den Jüngling überlief es kalt. Er war in der Gegenwart eines Menschen, der das Geheimnis des Todes erlebt hatte!

„Bis zu jener Zeit, nahm der Sohn der Witwe wieder das Wort, „war ich gewesen wie andere Menschen, gedankenlos, doch nicht verworfen, um nichts mich kümmernd als um Liebe und Leben. Aber von den Toten auferstanden, aus furchtbaren, öden Träumen, welche diese Lippen nie offenbaren dürfen, auf die Erde zurückgerufen, um die Macht des Himmels zu bezeugen, abermals sterblich geworden, um ein Bürge der Unsterblichkeit zu sein, brachte ich ein neues Dasein aus dem Grabe. O unglückliches, verlorenes Jerusalem! Ihn, von dem mein Leben kam, sah ich zu einem qualvollen Tod des Verschmachtens verurteilt. Im dichten Gedränge sah ich das Licht über dem Kreuz schimmern. Ich hörte das höhnende Volk. Ich schrie laut, ich tobte, drohte – niemand beachtete mich. Ich war verloren im Gewirr und Gebrüll von Tausenden! Aber selbst damals, in meiner und seiner Todesqual, war mir's, als suche mich das glänzende Auge des Menschensohnes. Seine Lippe lächelte, als ob sie den Tod besiegte. Sie besänftigte mich, und ich wurde ruhig. Die Sonne schien trüb auf die bleichen, hoheitsvollen Züge und erlosch dann! Finsternis fiel auf die Erde. Wie lange sie anhielt, weiß ich nicht. Ein lauter

Schrei hallte durch das Dunkel – ein scharfer, bitterer Schrei! Und alles war still.

Aber wer kann die Schrecken dieser Nacht verkünden? Ich wandelte durch die Stadt. Die Erde wankte und die Häuser zitterten in ihrem Grund. Die Lebenden hatten die Straßen verlassen, aber nicht die Toten. Durch das Dunkel sah ich sie hingleiten, die dunstigen, gespensterhaften Gestalten in den Gewändern des Grabes, mit Grauen und Weh und Warnung auf ihren starren Lippen und lichtlosen Augen! Sie zogen an mir vorüber, sie stierten mich an, ich war ihresgleichen gewesen und sie neigten ihre Häupter zum Zeichen der Wiedererkennung. Sie waren auferstanden, den Lebenden zu sagen, dass die Toten auferstehen können."

Abermals schwieg der alte Mann und fuhr dann in ruhigerem Ton fort.

„Von jener Nacht an entsagte ich jedem irdischen Gedanken, der nicht Christus diente! Als Prediger und Pilger habe ich die fernsten Winkel der Erde durchzogen, seine Gottheit verkündend und neue Bekehrte seiner Herde zuführend. Ich komme wie der Wind, und wie der Wind scheide ich. Wie der Wind sät, säe ich den Samen, der die Welt reich macht.

Sohn, auf Erden werden wir nicht wieder zusammentreffen. Vergiss nicht diese Stunde. Was sind die Freuden und Herrlichkeiten des Lebens? Wie die Lampe schimmert, glimmt das Leben eine Stunde lang, aber das Licht der Seele ist der Stern, der ewig flammt im Herzen des endlosen Raumes."

Damit fiel ihr Gespräch auf die allgemeine, erhabene Lehre von der Unsterblichkeit. Sie sänftigte und erhob das junge Gemüt des Priesters, das noch vielfach an dem Qualm und Schatten der dunklen Höhle jenes Glaubens hing, dem er erst vor so kurzer Zeit entsagt hatte. Ein mächtiger, ausgeprägter Unterschied war zwischen dem Christentum dieses Greises und demjenigen Olinths. Der Glaube des Ersten war sanfter, milder, göttlicher. Der harte Heroismus Olinths hatte etwas Wildes, Unduldsames an sich, er war zu der Rolle, die dieser

Mann spielen sollte, notwendig, erinnerte mehr an den Mut des Märtyrers als an das Erbarmen des Heiligen. Er reizte mehr auf, hob und kräftigte, als dass er überwältigt und besänftigt hätte. Das ganze Herz des göttlichen Greises dagegen war voller Liebe. Das Lächeln des Gottes hatte den Gärungsstoff irdischer, rauerer Leidenschaften verzehrt und zu der Kraft des Helden die ganze Weichheit des Kindes gefügt.

„Und jetzt", sprach er, sich erhebend, als endlich der letzte Strahl der Sonne im Westen hinabsank, „jetzt in der Kühle der Dämmerung setze ich meinen Weg nach dem kaiserlichen Rom fort. Dort wohnen noch einige heilige Männer, die gleich mir das Antlitz Christi gesehen haben. Diese möcht' ich vor meinem Tode noch sehen."

„Aber die Nacht ist kalt für dein Alter, mein Vater, und der Weg lang und unsicher durch Räuber. Ruhe bis morgen."

„Lieber Sohn, was ist in dieser Tasche, das den Räuber anlocken könnte? Und Nacht und Einsamkeit – sie bilden die Leiter, auf der Engel auf- und niedersteigen, während mein Geist unten von Gott träumt. Oh, niemand weiß, was der Pilger fühlt, wenn er seine heilige Bahn wandelt. Aber Gott ist mit ihm. Er hört die Winde frohe Botschaft flüstern, er sieht die Wälder im Schatten des Allmächtigen schlafen. Die Sterne sind die Schrift des Himmels, Pfänder der Liebe – und Zeugen der Unsterblichkeit. Die Nacht ist des Pilgers Tag."

Mit diesen Worten drückte der alte Mann Apäcides an seine Brust und nahm Stab und Tasche. Der Hund sprang lustig vor ihm her und mit langsamen Schritten und gesenkten Augen ging der Pilger seines Wegs.

Der neu Bekehrte sah der gebeugten Gestalt nach, bis die Bäume sie seiner Sicht gänzlich entzogen hatten. Die Sterne brachen hervor. Er fuhr aus seinem Sinnen auf und gedachte der mit Olinth getroffenen Verabredung.

Fünftes Kapitel

Als Glaukus in seine Wohnung zurückkehrte, fand er Nydia unter dem Säulengang des Gartens sitzen. Wirklich war sie auf die bloße Möglichkeit hin, dass er vielleicht frühzeitig heimkehren würde, in das Haus gekommen. In ängstlicher Voreiligkeit hatte sie beschlossen, den Liebestrank bei der ersten Gelegenheit anzuwenden.

In banger Glut, mit schlagendem Herzen und geröteten Wangen, wartete Nydia auf den Zufall, dass Glaukus vor Nacht zurückkehre. Er trat in den Portikus, eben als die ersten Sterne aufgingen und der Himmel sich in den tiefsten Purpur gehüllt hatte.

„Ah, mein Kind! Wartest du auf mich?“

„Nein, ich habe die Blumen begossen und blieb nur noch ein wenig, um auszuruhen.“

„Es war heute warm“, sagte Glaukus, der auf einem der Sitze im Säulengang Platz nahm.

„Sehr warm!“

„Willst du Davus rufen? Der Wein, den ich getrunken, erhitzt mich, ich brauche noch etwas Kühlendes.“

Hier bot sich plötzlich unerwartet die von Nydia gesuchte Gelegenheit. Der Geliebte selbst bahnte ihr aus eigener freier Entschließung den Weg. Ihr Atem ging schnell. „Ich will aus Honig und in Schnee gekühltem Wein einen Sommertrank bereiten, wie ihn Ione liebt.“

„Hab’ Dank“, erwiderte der ahnungslose Glaukus. „Wenn ihn Ione liebt, so ist er gut, er wird mir angenehm sein und wenn es Gift wäre.“

Nydia blickte erst finster und lächelte dann. Sie entfernte sich auf ein paar Augenblicke und kehrte sofort mit dem Becher, der das Getränk enthielt, zurück. Glaukus nahm ihn aus der Hand. Was hätte Nydia jetzt nur auf eine Stunde lang für das Vorrecht der Sehkraft gegeben, um Zeugin zu sein, wie ihre Hoffnungen zur Erfüllung reiften – wie die erste

Morgendämmerung der versprochenen Liebe anbrach. Wie verschieden waren die Empfindungen, die Gedanken der Blinden, wie sie hier stand, von dem, was unter gleicher Erwartung im Herzen der eitlen Julia vorgegangen. Welch ärmliche, dürftige Leidenschaft hatte Letztere zu ihrem kecken Unternehmen bestimmt! Welch kleinlicher Groll, welch engherzige Rachsucht.

Hilfe suchend lehnte Nydia sich an die Wand. Ihr vorher so glühendes Gesicht war weiß wie Schnee. Die zarten Hände krampfhaft ineinander gepresst, die Lippen geöffnet, die Augen zu Boden gesenkt, wartete sie, welches Wort Glaukus zunächst sprechen würde.

Dieser hatte den Becher an die Lippen gesetzt, hatte bereits etwa den vierten Teil seines Inhalts geleert, als er bei einem zufälligen Blick auf Nydias Gesicht von der Veränderung, von dem tiefen, schmerzlichen, wunderbaren Ausdruck dessen so ergriffen war, dass er plötzlich anhielt und, den Becher noch an den Lippen, ausrief.

„He, Nydia, bist du krank oder tut dir etwas weh? Leugne nicht, dein Gesicht spricht zu deutlich. Was fehlt meinem armen Kind?“

Mit diesen Worten setzte er den Becher nieder und stand auf, um sich ihr zu nähern, als ein plötzlicher Stich kalt durch sein Herz fuhr, dem sogleich eine wilde, wirre, schwindelnde Empfindung im Gehirn folgte. Der Boden schien unter ihm zu weichen, es war ihm, als erhöben sich seine Füße in die Luft. Eine mächtige, überirdische Freudigkeit durchbrauste seinen Geist. Er sehnte sich nach Flügeln, ja im wonnigen Sturm seines neuen Daseins dünkte es ihm, er habe Flügel. Unwillkürlich brach er in ein lautes, schrilles Gelächter aus. Er klatschte in die Hände – er sprang in die Höhe! Aber schnell wie es gekommen war, verlor sich dieses unnatürliche Entzücken wieder. Laut und rasch fühlte er jetzt das Blut durch die Adern strömen. Es schien zu schwellen, zu toben, sich zu bäumen wie ein Strom, der seine Ufer durchbrochen hat und dem Ozean zustürmt. In seinem Ohr klang mächtiges Gebrause. Er fühlte es zur Stirn emporsteigen, fühlte, wie die Adern an seinen Schläfen sich dehnten und schwollen, als vermöchten sie die brausende, wachsende Flut nicht länger in sich zu halten. Dann kam eine Art Finsternis über seine Augen, doch keine gänzliche, denn durch die dämmerigen Schatten sah er die gegenüberstehende Wand glühen, und die darauf gemalten Figuren schienen sich wie Geister zu regen und zu bewegen. Was am seltsamsten war, er fühlte sich nicht unwohl. Er erlag, er erstarrte nicht unter dem furchtbaren Wahnsinn, der sich über ihm zusammenzog. Die neue Empfindung schien hell und lebhaft in ihm zu sein – es war ihm, als ob eine frischere Gesundheit in seinen Körper gegossen worden wäre. Er eilte dem Wahnsinn zu – und er wusste es nicht!

Nydia hatte seine erste Frage nicht beantwortet. Sein wildes furchtbares Gelächter hatte sie aus ihrer ängstlichen Spannung aufgescheucht. Sie sah seine wilde Gebärde nicht, konnte seinen wankenden unsicheren Schritt nicht wahrnehmen, aber sie hörte die abgebrochenen, unzusammenhängenden, sinnlosen Worte, die seinen Lippen entströmten. Schreck und Bestürzung ergriffen sie. Sie eilte auf ihn zu, fühlte mit den Armen umher, bis sie seine Knie zu fassen bekam, warf sich sodann vor ihm nieder und umschlang unter Tränen der Angst und der Liebe seine Füße.

„O sprich zu mir! Sprich! Du hasst mich nicht? Sprich, sprich!“

„Bei der hellen Göttin! Ein schönes Land, dieses Zypern! Ha, wie sie uns mit Wein statt mit Blut füllen! Jetzt öffnen sie jenem Faun die Adern, um zu zeigen, wie es braust und schäumt. Komm her, lustiger alter Gott! Du reitest auf einem Bock, he? Was er für langes Seidenhaar hat! Er wiegt alle Pferde Parthiens auf. Aber ein Wort mit dir, dein Wein ist zu stark für uns Sterbliche. O schön! Kein Lüftchen rührt das Laub und ich sehe die Träume mit gesenkten Flügeln auf der regungslosen Eiche schlummern, ich schaue umher und sehe einen blauen Strom im stillen Mittag funkeln, ein Springquell steigt hoch empor. Ha, mein Quell, du wirst die Strahlen meiner griechischen Sonne nicht auslöschen, so sehr du dich auch mit deinen zarten Silberarmen abmühest. Und was für eine Gestalt schleicht dort durch das Gebüsch? Sie gleitet dahin wie ein Mondstrahl! Sie hat einen Kranz von Eichenlaub auf dem Kopf. O schaut auf dieses Gesicht! Die Menschen sahen seinesgleichen nie zuvor. Sieh, wir sind allein, nur ich und sie im weiten Wald. Auf ihren Lippen ist kein Lächeln, sie geht ernsthaft und süß trauernd. He! Fliehe, es ist eine Nymphe. – Wer sie erblickt, wird wahnsinnig – fliehe! Sieh, sie entdeckt mich."

„O Glaukus! Glaukus! Kennst du mich nicht? Rase nicht so wild, oder deine Worte töten mich."

Ein neuer Wechsel schien jetzt über den aus den Fugen gewichenen Geist des unglücklichen Atheners zu kommen. Er legte die Hand auf Nydias seidenes Haar, er streichelte ihre Locken, sah ihr sehnsuchtsvoll ins Gesicht, und da in der zerbrochenen Kette seiner Gedanken einer oder zwei Ringe noch zusammenhielten, so schienen die Züge der Blinden ihm das Bild Iones hervorzurufen. Bei dieser Erinnerung wurde sein Wahnsinn noch tobender.

„Ich schwöre bei Venus, bei Diana und bei Juno, dass ich die Welt, die ich jetzt auf den Schultern trage, wie mein Landsmann Herakles, für ein einziges Lächeln Iones in das Chaos fallen lassen wollte. Ah, schöne Angebetete" fügte er mit unaussprechlich zärtlicher, klagender Stimme hinzu, „du liebst mich nicht, du bist unfreundlich gegen mich. Der Ägypter hat mich bei dir angeschwärzt. Du weißt nicht, wie viele Stunden ich unter deinem Fenster zugebracht, nicht, wie ich die Sterne überwacht habe, hoffend, du, meine Sonne, werdest endlich aufgehen. Und du liebst mich nicht, du hast mich verstoßen. Ach, verlass mich jetzt nicht, ich fühle, dass mein Leben nicht lange dauern wird, lass mich wenigstens bis zum letzten Augenblick in dein Antlitz schauen. Ha! Dunkle Gestalt, was erhebst du dich wie eine Wolke zwischen mir und ihr? Der Tod sitzt in ruhigem Schrecken auf deiner Stirn, auf deinen Lippen schwebt das Lächeln, das mordet. Dein Name ist Orkus, aber auf Erden nennen dich die Menschen Arbaces. Sieh, ich kenne dich, fliehe, düsterer Schatten, deine Zauber helfen dir nichts."

„Glaukus, Glaukus!", flüsterte Nydia, indem sie ihn losließ und, überwältigt von Angst, Reue und Schmerz, ohnmächtig zu Boden fiel.

„Wer ruft?", fragte er mit lauter Stimme. „Es ist Ione. Sie haben sie weggeschleppt – wir wollen sie retten! Wo ist dein Dolch? Ha, da hab' ich ihn! Ich komme, Ione, zu deiner Erlösung! Ich komme, ich komme!"

Mit diesen Worten setzte der Athener mit einem einzigen Sprung aus der Säulenhalle, eilte durch das Haus und stürzte mit schnellen aber wankenden Schritten, hörbar vor sich hinflüsternd, die sternhellen Straßen hinab. Der furchtbare Trank brannte wie Feuer in seinen Adern. Gewöhnt an die Exzesse nächtlicher Schwelger, wichen die Einwohner, lächelnd und sich zuwinkend, den unsicheren Schritten aus. Diejenigen jedoch, die ihm länger ins Gesicht schauten, bebten in einer unerklärlichen Furcht zurück, und das Lächeln erstarb auf ihren Lippen. Glaukus eilte durch die volkreicheren Straßen, kam sofort, den Weg nach Iones Haus mechanisch verfolgend, in einen weniger bewohnten Stadtteil und betrat jetzt den einsamen Hain der Kybele, wo Apäcides die Unterredung mit Olinth gehalten hatte.

Sechstes Kapitel

Ungeduldig zu erfahren, ob der grauenhafte Trank seinem verhassten Nebenbuhler von Julia bereits gegeben worden und welche Wirkung derselbe hervorgebracht, beschloss Arbaces mit Herannahen des Abends, jene in ihrem Haus aufzusuchen und seine Neugier zu befriedigen. (Wie schon bemerkt, war es damals üblich, dass Männer Schreibtafeln und einen Griffel, einen Stilus, beim Ausgehen in den Gürtel steckten. Tatsächlich führten die Römer in diesem Stilus unter dem Schein eines Schreibinstruments eine sehr scharfe und furchtbare Waffe bei sich.) Nachdem er also Gürtel und Mantel angelegt, verließ Arbaces sein Haus und machte sich auf den Weg nach Diomeds Villa.

In mildem Glanz fielen die Mondstrahlen auf den alten Hain der Kybele. Die stattlichen Bäume, deren Alter keine Überlieferung anzugeben vermochte, warfen ihre langen Schatten auf den Boden, während durch die Öffnungen in ihrem Gezweige die Sterne herabschienen. In der weißen Farbe des kleinen Sacellums in der Mitte des Wäldchens, umrankt vom dunklen Laub, lag etwas Unvermitteltes und Erschreckendes.

Mit schnellem Diebesschritt war Kalenus durch die Nacht geschlichen, hatte die Kapelle erreicht, die Zweige, welche die Hinterseite des Gebäudes rings umgaben, leise auf die Seite geschoben und sich in sein Versteck begeben. Ein Versteck, das durch den Tempel vorn und die Bäume hinten so vollkommen abgeschlossen war, dass ein Vorübergehender ihn wohl nicht entdecken konnte, er müsste denn schon im Voraus einen Verdacht gehabt haben. Abermals war dem Schein nach tiefe Einsamkeit in dem Hain, fernher erschollen schwach die Stimmen einiger Abendschwärmer oder die Musik, die fröhlich aus der Menschenmenge hervorhallte.

Von der Höhe aus, auf der sich der Hain befand, erblickte man durch die Zwischenräume des Gehölzes die breite purpurne, sich kräuselnde See. Eben betrat die hohe Gestalt des Arbaces auf seinem Wege nach Diomeds Haus das Wäldchen. Im gleichen Moment kreuzte Apäcides, seiner Verabredung mit Olinth gemäß, den Pfad des Ägypters.

„He, Apäcides!“, rief Arbaces, welcher den Priester auf den ersten Blick erkannt hatte. „Als wir zuletzt zusammentrafen, warst du mein Feind. Seit der Zeit wünschte ich dich stets zu sehen, denn immer möchte ich dich noch zu meinem Zögling und Freund haben.“

Apäcides blieb, bestürzt über die Stimme des Ägypters, stehen und blickte auf ihn mit einem Gesicht, auf welchem Hass und Verachtung miteinander stritten.

„Elender Betrüger“, sprach er endlich, „so bist du denn aus dem Rachen des Todes entronnen! Glaube jedoch nicht, aufs Neue dein sündhaftes Gewebe um mich ziehen zu können. Netzwerfer, ich bin gegen dich gewappnet!“

„Still!“, entgegnete Arbaces mit sehr leisem Ton. Aber der Stolz, der in diesem Abkömmling von Königen nicht gering war, verriet die Wunde, die ihm die Schmähworte des Priesters geschlagen hatten, durch das Zittern seiner Lippe und das Erröten der dunklen Stirn.

„Still, leiser! Man könnte dich hören, und vernähme ein anderes Ohr als das meinige ein solches Wort, so . . .“

„Drohst du? Was wäre es denn, wenn mich die ganze Stadt gehört hätte?“

„Dann würden die Geister meiner Väter nicht dulden, dass ich's dir vergäbe. Aber halt und höre mich. Du bist ergrimmt, dass ich Gewalt gegen deine Schwester gebrauchen wollte. Ruhig, ruhig! Nur einen Augenblick, ich bitte dich. Du hast Recht, es war der Wahnsinn der Liebe und Eifersucht, bitter hab' ich meine Verrücktheit bereut. Vergib mir, ich, der nie einen Menschen um Vergebung bat, flehe dich jetzt an, mir zu verzeihen. Ja, ich will die Schmach wieder gutmachen, ich fordere deine Schwester zur Ehe. Erschrick nicht, überlege! Was ist die Verbindung mit jenem griechischen Glückspilz, verglichen mit mir? Gib mir deine Schwester, und mein ganzes Leben soll den Fehler eines Augenblicks wieder gutmachen.“

„Ägypter, wollte ich auch einwilligen, so ist selbst die

Luft, die du atmest, meiner Schwester verhasst. Doch auch ich habe Unrecht von dir erlitten. Kann ich dir auch vergeben, dass du mich zum Werkzeug deiner Betrügereien gebraucht hast, so kann ich dir doch nie verzeihen, dass du mich zum Mitschuldigen deiner Laster, zum befleckten, meineidigen Menschen gemacht hast. Zittere, schon bereite ich die Stunde vor, wo du und deine falschen Götter enthüllt werden sollen. Zutag kommen wird dein verbuhltes, üppiges Leben, entschleiert das Fratzenbild deiner Orakel, ein Schand- und Schimpfwort soll der Tempel der abgöttischen Isis, der königliche Name des Arbaces ein Ziel für das Hohngezisch der Verwünschung werden. Zittere!"

Der Röte auf der Stirn des Ägypters folgte Todesblässe. Er blickte nach allen Seiten, ob nicht etwa ein Zuhörer da sei, und heftete dann das dunkle Auge so grimmig drohend auf den Priester, dass vielleicht nur ein Mensch, der, wie Apäcides, von der kühnen Glut heiligen Eifers getragen wurde, mit fester Miene diesem furchtbaren Blick standzuhalten vermochte. So jedoch bot der junge neu Bekehrte demselben unerschüttert die Stirn, ja erwiderte ihn mit stolzer Herausforderung.

„Apäcides", sagte der Ägypter mit bebender, tief aus dem Innern tönender Stimme. „Sieh dich vor! Womit gehst du um? Sprachst du nur aus, was dir augenblicklicher Zorn eingegeben, oder zeigt es einen überlegten Plan an?",

„Ich spreche, wie es mir der wahre Gott eingibt, dessen Diener ich jetzt bin", erwiderte der Christ kühn. „Ich sprach im Bewusstsein, dass durch seine Gnade deiner Heuchelei und deinem Götzendienst bereits das Endziel gesteckt ist. Ehe die Sonne dreimal aufgegangen ist, wirst du alles erfahren!"

All die wilden, grimmigen Leidenschaften, die er von seinem Volk und Lande geerbt und unter listiger Sanftmut und philosophischer Kälte jederzeit nur übel verbarg, waren in der Brust des Ägypters entfesselt. Schnell jagte ein Gedanke den anderen. Er sah den Menschen vor sich, der selbst eine gesetzmäßige Verbindung mit Ione hartnäckig verhinderte, der seine Pläne vereitelt hatte, den Schänder seines Namens, den drohenden Entweiher der Göttin, der ein Arbaces diente, wenn er auch nicht an sie glaubte – den offenkundigen nahenden Enthüller seiner Betrügereien und Laster. Er ersah aus den Worten des neu Bekehrten, dass er den christlichen Glauben angenommen hatte. Er kannte den unbezähmbaren Eifer, der die Proselyten dieses Glaubens beseelte. So sah es mit seinem Feinde aus. Er fasste seinen Stilus. Der Feind war in seiner Gewalt! Eben standen sie vor der Kapelle. Rasch warf er noch einen Blick umher. Er bemerkte niemanden. Stille und Einsamkeit ermutigten ihn.

„Stirb denn in deiner Tollheit“, murmelte er. „Hinweg, du Hemmnis meines Glückes!“

Und eben als der junge Christ sich zum Weitergehen anschickte, erhob Arbaces die Hand hoch über dessen linke Schulter und stieß die scharfe Waffe zweimal in seine Brust.

Apäcides stürzte mit durchbohrtem Herzen nieder – stumm, ohne einen Seufzer, am Fuß der heiligen Kapelle.

Arbaces betrachtete ihn einen Augenblick mit der wilden, tierischen Freude des Siegs über einen Feind. Aber unverweilt durchzuckte ihn das volle Bewusstsein der Gefahr, der er ausgesetzt war. Sorgfältig wischte er seine Waffe im langen Gras und an den Kleidern seines Opfers selbst ab, hüllte sich in seinen Mantel und wollte eben weggehen, als er die Gestalt eines jungen Mannes mit seltsam wankenden, unsteten Schritten gerade auf dem Wege vor ihm daherkommen sah. Das ruhige Mondlicht strömte voll auf das Gesicht, das in dem bleichenden Strahl weiß wie Marmor erschien. Der Ägypter erkannte Züge und Gestalt des Glaukus. Der unglückliche, sinnberaubte Grieche sang ein unzusammenhängendes, unsinniges Lied, das aus Bruchstücken heiliger Oden und Hymnen bunt durcheinander gewoben war.

„Ha!“, dachte der Ägypter, diesen Zustand und seine

furchtbare Ursache gleich erratend. „So wirkt denn der Höllentrank. Und das Schicksal hat dich hierhergesandt, damit ich zwei meiner Feinde auf einmal zerschmettere!“

Schnell hatte er sich auf eine Seite der Kapelle zurückgezogen und unter den Zweigen versteckt. Von diesem Schlupfwinkel aus lauerte er wie der Tiger in seinem Lager auf das Herannahen seines zweiten Opfers. Er bemerkte das irre, unruhige Feuer in den hellen, schönen Augen des Atheners, die Krämpfe, die das Ebenmaß seiner Züge verzerrten und seine farblosen Lippen erschlafften. Als Glaukus sich jedoch dem Leichnam des Apäcides näherte, aus dem der dunkelrote Strom langsam über das Gras hinfloss, verfehlte ein so überraschender, schauderhafter Anblick nicht seinen Eindruck auf das umnachtete, irre Gemüt. Er hielt an, legte die Hand an die Stirn, wie um sich zu besinnen, und sagte dann:

„Heda, Endymion, schläfst du so fest? Du machst mich eifersüchtig, es ist Zeit zum Erwachen.“ Er bückte sich, um den Körper aufzuheben.

Seine eigene Schwäche vergessend, stürzte der Ägypter aus dem Versteck hervor und schlug den Gebeugten mit mächtiger Faust zu Boden, sodass er neben den Leichnam niederfiel. Dann ließ er seine kräftige Stimme mit aller Macht ertönen:

„Holla, Bürger, zu Hilfe! Da her – da her! Ein Mord, ein Mord vor der Schwelle eures Tempels! Zu Hilfe, oder der Mörder entrinnt!“

Während dieser Worte hielt er dem Glaukus den Fuß auf die Brust, eine überflüssige Vorsicht, denn infolge des Tranks und des Sturzes lag der Grieche regungslos und ohne Besinnung da, ausgenommen, dass sich dann und wann unbestimmte, wahnsinnige Laute von seinen Lippen stahlen.

Der wehrlose Zustand des Glaukus, seine irren Worte, seine zerrüttete Vernunft ergriffen Arbaces tiefer als selbst der Tod des Apäcides, und halb hörbar sprach er zu sich selbst,

„Armer Staub – arme Menschenvernunft! Wo ist jetzt die

Seele? Ich könnte dich verschonen, mein Nebenbuhler – jetzt nicht mehr Nebenbuhler! Aber das Schicksal muss erfüllt werden, meine Sicherheit verlangt deine Opferung."

Damit rief er, als wollte er die innere Stimme übertönen noch lauter, zog aus dem Gürtel des Griechen den Stilus hervor, tauchte ihn in das Blut des Ermordeten und legte ihn neben die Leiche.

Schnell und atemlos kamen jetzt die Leute in Haufen herbeigerannt, einige mit Fackeln, die der Mond unnötig machte. Sie umgaben den Platz.

„Hebt den Leichnam auf", rief der Ägypter, „und hütet den Mörder wohl."

Sie erhoben den Körper, und groß war das Grauen und die fromme Entrüstung, womit sie in dieser leblosen Hülle einen Priester der angebeteten, verehrten Isis entdeckten. Aber größer vielleicht noch ihr Staunen, als sie in dem Angeklagten den glänzenden, bewunderten Athener erkannten.

„Glaukus!", riefen die Umstehenden mit einer Stimme. „Ist es möglich?"

„Eher wollte ich glauben", flüsterte einer seinem Nachbarn zu, „dass der Ägypter selbst der Täter wäre." Hier drängte sich ein Zenturio in die Menge.

„Wie? Blut vergossen? Wo ist der Mörder?"

Das Volk zeigte auf Glaukus.

„Er? Beim Mars! Er sieht eher aus, als ob er der Erschlagene wäre! Wer klagt ihn an?"

„Ich", entgegnete Arbaces, sich stolz emporrichtend, und die Edelsteine, die sein Kleid schmückten, überzeugten durch ihr Gefunkel den würdigen Kriegsmann alsogleich von der Achtbarkeit des Angebers.

„Verzeihe mir, – dein Name?"

„Arbaces. Ein, wie ich glaube, wohl bekannter Name in Pompeji. Ich kam durch den Hain daher und bemerkte den Griechen und den Priester in lebhaftem Gespräch vor mir. Die schwankenden Bewegungen des ersteren, seine heftigen

Gebärden, seine laute Stimme fielen mir auf, er schien mir entweder betrunken oder verrückt zu sein. Plötzlich sah ich ihn seinen Stilus erheben, ich stürzte hinzu, jedoch zu spät, um den Streich aufzuhalten. Zweimal hatte er sein Opfer durchbohrt und beugte sich jetzt eben darüber, als ich in Grauen und Entrüstung den Mörder zu Boden schlug. Er fiel ohne Widerstand, was die Vermutung, dass er bei Begehung des Verbrechens nicht ganz bei Sinnen gewesen sein muss, noch mehr in mir bestärkte, denn kaum erst von einer heftigen Krankheit genesen, führte ich einen ziemlich schwachen Streich, und Glaukus ist, wie ihr seht, von kräftigem, jugendlichem Körperbau."

„Seine Augen öffnen sich – seine Lippen kommen in Bewegung", rief der Krieger.

„Sprich, Gefangener, was sagst du zu der Anschuldigung?"

„Der Anschuldigung? Haha! Ich sag' euch, es ging ganz lustig her, als die alte Hexe ihre Schlange auf mich hetzte und von einem Ohr zum anderen lachte! Was konnt' ich tun? Aber ich bin krank, mir wird schwach, die feurige Zunge der Schlange hat mich gestochen. Bringt mich zu Bett und schickt nach dem Arzt. Erbarmen, Erbarmen, ich verbrenne! Mark und Bein verbrennen mir."

Und mit einem durchdringenden, grässlichen Stöhnen sank der Athener in die Arme der Umstehenden zurück.

„Er rast", sagte der Hauptmann mitleidig, „und in der Tollheit hat er den Priester erschlagen. Hat ihn jemand von euch heute gesehen?"

„Ich", entgegnete einer der Zuschauer, „sah ihn diesen Morgen. Er kam an meiner Bude vorbei und redete mich an. Er schien so wohl und gesund wie der Kräftigste von uns."

„Und ich sah ihn vor einer Stunde", rief ein anderer. „Er lief durch die Straßen und murmelte unter seltsamen Gebärden vor sich hin, gerade wie es der Ägypter beschrieben hat."

„Dies bestärkt dessen Angabe! Auf jeden Fall muss der Angeklagte vor den Prätor. Schade! So jung und so reich. Aber das Verbrechen ist furchtbar: Einen Priester der Isis in seinem heiligen Gewand und an der Schwelle unserer ältesten Kapelle hat er getötet!“

Diese Worte führten dem Volke kräftiger die Verruchtheit der Tempelschändung zu Gemüte, als es in der ersten Aufregung und Neugier bis jetzt geschehen war. Man schauderte in frommem Abscheu.

„Kein Wunder, dass die Erde bebte“, rief einer, „als sie ein solches Ungeheuer sah!“

„Fort mit ihm ins Gefängnis – fort!“, schrien alle.

Und freudig hörte man eine Stimme aus allen heraus,

„Jetzt brauchen die wilden Tiere keinen Gladiator!“

„Ja, ja! Das kommt zur rechten Zeit für die Spiele!“, riefen mehrere, und mit dieser Vorstellung schien alles Mitleid für den Angeklagten zu verschwinden, Seine Jugend, seine Schönheit machten ihn nur um so geeigneter für die Arena.

„Bringt einige Bretter her“, sagte Arbaces, „oder eine Sänfte, wenn sie zur Hand ist. Ein Isispriester darf nicht von gemeinen Händen in seinen Tempel geschleppt werden, wie ein hingeschlachteter Gladiator.“

Auf diese Mahnung legten die Nächststehenden den Leichnam des Apäcides, mit dem Gesicht nach oben, ehrfurchtsvoll auf die Erde, und einige entfernten sich, um eine Bahre herbeizuschaffen, damit der Tote weggetragen werden könne.

In diesem Augenblick wich die Menge zu beiden Seiten vor einer stämmigen Gestalt zurück, die sich mitten durch sie drängte. Der Christ Olinth stand unmittelbar dem Ägypter gegenüber. Im ersten Moment ruhte jedoch sein Blick mit unaussprechlichem Schmerz und Schauder nur auf der blutigen Brust und dem emporgerichteten Antlitz, in welchem die Qual eines gewaltsamen Todes noch sichtbar war.

„Ermordet!“, sprach er. „Hat dich dein Eifer dahin gebracht? Haben sie deinen edlen Vorsatz entdeckt und haben durch deinen Tod ihre Schande abwenden wollen?“

Plötzlich wandte er das Haupt, und seine Augen fielen auf die stolzen Züge des Ägypters.

Bei diesem Anblick konnte man in seinem Gesicht, ja in einem leichten Schauer, der über seinen ganzen Körper hinlief, den Widerwillen und Abscheu bemerken, den der Christ einem Menschen gegenüber empfand, den er als so gefährlich und sündhaft kannte. Aber das plötzliche Grauen, das ihn beschlichen hatte, abschüttelnd, streckte Olinth den rechten Arm gegen Arbaces und sprach mit tiefer, lauter Stimme:

„Mord ist geschehen an dieser Leiche! Wo ist der Mörder? Steh mir Rede, Ägypter! Denn so wahr der Herr lebt, ich glaube, du bist der Mann!“

Für einen Augenblick konnte man auf den dunklen Zügen des Arbaces einen ängstlichen, unruhigen Wechsel wahrnehmen, der jedoch bald dem zürnenden Ausdruck der Entrüstung und des Hohnes wich, als die Zuschauer sich näher und näher um die zwei Hauptpersonen drängten.

„Ich kenne meinen Ankläger“, entgegnete Arbaces stolz, „und wohl vermute ich, warum er mich so beschuldigt. Männer und Bürger, erkennt in diesem Menschen den erbittertsten Nazarener, mögen sich dieselben nun mit diesem Namen bezeichnen oder sich Christen nennen! Was Wunder, dass er in seiner Bosheit selbst einen Ägypter des Mordes an einem ägyptischen Priester anzuklagen wagt!“

„Ich kenne ihn, ich kenne den Hund“, riefen verschiedene Stimmen. „Es ist Olinth, der Christ, oder vielmehr der Atheist er leugnet die Götter!“

„Ruhig, Brüder, und hört mich“ erwiderte Olinth mit Würde. „Dieser ermordete Isispriester hat vor seinem Tode den christlichen Glauben angenommen. Er enthüllte mir die dunklen Sünden, die Zauberkünste des Ägypters, die Gaukeleien und Täuschungen des Isistempels. Er stand im Begriff, sie öffentlich bekannt zu machen. Wer sollte sein Blut vergießen, als einer von denen, die seine Anklage fürchteten? Wer musste sein Zeugnis am meisten fürchten? Arbaces der Ägypter!“

„Ihr hört ihn!“, rief Arbaces. „Er lästert die Götter! Fragt ihn, ob er an Isis glaubt.“

„Ob ich an einen bösen Geist glaube?“, erwiderte Olinth keck.

Ein Gemurmel des Grauens lief durch die Versammlung. Unerschrocken, denn er war stets auf Gefahr bereitet und verlor jetzt in der Aufregung des Augenblicks alle Klugheit, fuhr der Christ fort:

„Zurück, Götzendiener! Uns, den Nachfolgern Christi, kommt es zu, einem Christen den letzten Dienst zu erweisen. Ich fordere diesen Staub im Namen des großen Schöpfers, der den Geist zu sich gerufen hat!“

Er hatte diese Worte mit so gebietendem Ton und Aussehen gesprochen, dass selbst die Menge sich scheute, laut die Verwünschungen der Furcht und des Hasses auszusprechen, die ihr Herz bewegten.

Der Zenturio drängte sich wieder vor:

„Vor allem, hast du, Olinth, oder wie du sonst heißen magst, einen weiteren Beweis als deinen unbestimmten Verdacht für die gegen Arbaces erhobene Beschuldigung?“

Olinth blieb still, der Ägypter lachte verächtlich.

„Forderst du den Leichnam eines Isispriesters, weil er zur Sekte der Nazarener oder Christen gehörte?“

„So ist es.“

„Schwöre denn bei jenem Tempel, jener Bildsäule der Kybele, bei dem ältesten Sacellum Pompejis, dass der Ermordete deinen Glauben angenommen hat!“

„Törichte Rede! Ich verleugne eure Götzen, ich verabscheue eure Tempel! Wie kann ich also bei Kybele schwören?“

„Weg, weg mit dem Atheisten, weg! Die Erde verschlingt uns, wenn wir diese Lästerungen in einem heiligen Tempel dulden! Fort mit ihm zum Tode!“

„Für die wilden Tiere!“, fügte eine weibliche Stimme in dem Haufen hinzu. „Jetzt haben wir gar ein Stück für den Löwen und eines für den Tiger!“

„Wenn du, Nazarener, an Kybele nicht glaubst“ begann der Kriegsmann aufs Neue, unbewegt von dem Geschrei um ihn her, „welche von unseren Gottheiten erkennst du an?“

„Keine!“

„Hört ihn, hört ihn!“, rief die Menge.

„O Eitle und Blinde!“, fuhr der Christ mit erhobener Stimme fort. „Könnt ihr an Bilder von Holz und Stein glauben? Meint ihr, sie haben Augen zu sehen, Ohren zu hören, Hände euch zu helfen? Ist jenes stumme, durch Menschenkunst geschnitzte Ding eine Göttin? Hat es Menschen geschaffen? Ach, es wurde selbst von Menschen geschaffen! Seht, überzeugt euch selbst von seiner Nichtigkeit – von eurer Torheit!“

Mit diesen Worten schritt er auf das Heiligtum zu, und ehe einer der Anwesenden sein Vorhaben ahnen konnte, schlug er in seinem Mitleid oder Eifer das hölzerne Bild vom Fußgestell herab.

„Seht“, rief er, „eure Göttin vermag sich selbst nicht zu rächen. Ist das ein Ding, das Anbetung verdient?“

Weiterzusprechen war ihm nicht vergönnt. Ein so kecker Frevel, obendrein an einem der heiligsten Andachtsorte, erfüllte selbst den Lauesten mit Wut und Abscheu. Wie durch Verabredung stürzte der Haufen auf ihn, packte ihn und würde ihn ohne das Dazwischentreten des Zenturio in Stücke zerrissen haben.

„Ruhig!“, rief der Krieger gebieterisch, „bringen wir diesen ruchlosen Lästerer vor das gehörige Gericht. Wir haben bereits Zeit verloren. Schaffen wir beide Verbrecher vor die Obrigkeit! Legt den Körper des Priesters auf die Sänfte! Tragt ihn in sein eigenes Haus!“

In diesem Augenblick trat ein Priester der Isis vor.

„Ich fordere diese Überreste nach der Regel unserer Priesterschaft.“

„Tuet wie euch der Priester sagt“, erwiderte der Zenturio. „Wie steht’s mit dem Mörder?“

„Er ist ohnmächtig oder schläft.“

„Wäre sein Verbrechen nicht so groß, ich könnte Mitleid mit ihm haben. Vorwärts.“

Beim Umwenden begegnete Arbaces dem Blick des Isispriesters, es war Kalenus. In seinem Auge lag etwas so Bedeutungsvolles und Unheil verkündendes, dass der Ägypter vor sich hinmurmelte.

„Sollte er Zeuge der Tat gewesen sein?“

Ein Mädchen drängte sich aus dem Volk und sah Olinth fest ins Gesicht, „Beim Jupiter, ein stämmiger Kerl! Lustig, sag’ ich, jetzt haben wir einen Menschen für den Tiger, für jedes Tier einen!“

„Heissa!“, rief die Menge, „einen Menschen für den Löwen und einen anderen für den Tiger. Welches Glück!“

Siebentes Kapitel

Schon war die Nacht etwas vorgeschritten, aber noch immer füllten Menschen die heiteren Lustorte der Pompejaner. Auf den Gesichtern der verschiedenen Müßiggänger konnte man jedoch einen ernsteren Ausdruck als gewöhnlich bemerken. Sie unterhielten sich in großen Gruppen, als wollten sie durch ihre Anzahl die halb schmerzliche, halb angenehme Spannung heben, die sich an den Gegenstand ihres Gesprächs knüpfte, nämlich Leben und Tod.

Ein junger Mann bog rasch um den anmutigen Säulengang des Fortunatempels, so rasch, dass er mit nicht geringem Anprall gegen den runden, stattlichen Leib des ehrenwerten Diomed stieß, der eben in seine vorstädtische Villa zurückkehrte.

„Holla!“, stöhnte der Kaufherr, indem er sich mit einiger

Schwierigkeit wieder ins Gleichgewicht setzte, „hast du keine Augen oder glaubst du, ich habe kein Gefühl? Beim Jupiter, noch ein solcher Stoß und meine Seele ist im Hades.“

„Ah, Diomed, bist du es? Verzeih meine Unachtsamkeit. Ich war ganz in Gedanken vertieft über die Wechselfälle des Lebens. Unser armer Freund Glaukus! Wer hätte das gedacht!“

„Ach ja! Aber sag mir, Clodius, wird er wirklich vom Senat gerichtet werden?“

„Ja! Das Verbrechen ist, sagt man allgemein, so außerordentlicher Art, dass der Senat selbst darüber richten muss.“

„So wurde er öffentlich angeklagt?“

„Freilich! Wo bist du gewesen, dass dir so etwas entgehen konnte?“

„Ich komme eben von Neapolis zurück, wohin ich gleich am Morgen nach seinem Verbrechen abreiste. Entsetzlich! Und er war noch in meinem Hause am Abend, wo es geschah!“

„Es besteht kein Zweifel über seine Schuld“, bemerkte Clodius, die Achseln zuckend, „und da dergleichen Verbrechen allen kleineren Strafsachen vorgehen, so wird man das Urteil wohl noch vor den Spielen fällen.“

„Den Spielen! Gute Götter!“, erwiderte Diomed mit leichtem Schauder. „Man wird ihn doch nicht zum Tierkampf verurteilen – so jung – so reich?“

„Wohl wahr! Aber er ist ein Grieche. Wäre er ein Römer, so hätte es an Erbarmen nicht gefehlt. Diese Fremden dagegen kann man wohl dulden, solang es ihnen gut geht, im Unglück aber dürfen wir nicht vergessen, dass sie eigentlich Sklaven sind.“

„Und jener Gottesleugner? Der Christianer oder Nazarener oder wie er sonst heißt?“

„Ah, armes Vieh! Wenn er der Kybele oder Isis opfert, wird er begnadigt, wenn nicht, so hat ihn der Tiger. So denk’ ich wenigstens. Das Gericht wird bald entscheiden. Doch genug von dieser traurigen Sache. Wie befindet sich die schöne Julia?"

„Gut, denk' ich."

„Empfiehl mich ihr. Horch, die Tür dort knarrt in den Angeln. Es ist das Haus des Prätors. Wer tritt heraus? Beim Bacchus, der Ägypter! Was kann der bei unserem beamteten Freund gesucht haben?"

„Zweifelsohne eine Unterredung über den Mord. Was nimmt man denn als Anlass zu dem Verbrechen an? Glaukus sollte ja die Schwester des Priesters heiraten."

„Ja, und da eben soll Apäcides seine Einwilligung versagt haben. Es mag wohl ein plötzlich entstandener Streit gewesen sein. Glaukus war offenbar betrunken, er war es in solchem Grad, dass er, als man ihn aufhob, das Bewusstsein gänzlich verloren hatte und, wie ich höre, noch jetzt ganz von Sinnen ist. Ob infolge des Weins, des Schreckens, der Reue, der Furien oder des Bacchanals, kann ich nicht sagen."

„Der arme Junge! Hat er einen guten Anwalt?"

„Den besten. Caius Pollio, einen Kerl, dem es wahrlich nicht an Beredsamkeit fehlt. Pollio hat alle armen Patrizier und vornehmen Habenichtse Pompejis gemietet, um sich in schäbige, armselige Kleider zu stecken, ihre Freundschaft für Glaukus zu beschwören und die kieselherzigen Bürger zum Mitleid zu bewegen. Doch nun lebe wohl, alter Herr, wir sehen uns bald wieder. Wenn nicht, so wollen wir wenigstens eine Wette wie unter Freunden im Amphitheater machen. Alle meine Berechnungen sind durch dieses verdammte Unglück des Glaukus über den Haufen geworfen. Er hatte auf Lydon, den Gladiator, gewettet, ich muss mich jetzt an einen anderen machen. Leb wohl!"

Den weniger behenden Diomed auf dem Rückweg nach seiner Villa sich selbst überlassend, schritt Clodius davon, ein griechisches Liedchen summend und die Nacht mit den Düften durchwürzend, die seinen weißen Gewändern und fliegenden Locken entströmten.

„Wird“, dachte er, „Glaukus von dem Löwen verspeist, so gibt es niemand mehr, dem Julia vor mir den Vorzug geben könnte.“

Dann fand er plötzlich jemand neben sich. Er wandte sich um und erblickte die dunkle Stirn des Ägypters.

„Willkommen, edler Clodius! Verzeih, dass ich dich aufhalte. Sage mir doch, wenn ich bitten darf, wo ist das Haus des Sallust?“

„Nur wenige Schritte von hier, weiser Arbaces. Aber gibt Sallust heut Abend ein Fest?“

„Ich weiß es nicht und gehöre wohl auch nicht zu denjenigen, die er als Gesellschafter aussuchen würde. Aber du weißt, sein Haus dient dem Mörder Glaukus zum Gewahrsam.“

„Ach ja, der gutherzige Epikureer glaubt an die Unschuld des Griechen. Er ist ja, fällt mir eben ein, Bürge für ihn geworden und haftet bis zur gerichtlichen Verhandlung für seine Person. Nun, Sallusts Haus ist immer besser als ein Gefängnis, besonders als das elende Loch auf dem Forum. Aber welches Anliegen kannst du an Glaukus haben?“

„Hm, edler Clodius, könnten wir ihn vom Verbrechertode retten, so wär’s immer gut. Die Verurteilung eines Reichen ist ein Schlag auf die ganze Gesellschaft. Ich möchte gern mit ihm sprechen, denn ich höre, er ist wieder bei Sinnen. Vielleicht sind die Gründe für seine Tat entschuldigend genug, mich zu seiner Verteidigung zu veranlassen.“

„Du bist sehr mitleidig.“

„Mitleid ist die Pflicht dessen, der nach Weisheit strebt“, erwiderte der Ägypter bescheiden. „Wo also ist Sallusts Haus?“

„Ich will es dir zeigen, wenn du mir erlaubst, dich einige Schritte zu begleiten. Aber sage doch, was ist aus dem unglücklichen Mädchen geworden, das im Begriff stand, den Athener zu heiraten? Der Schwester des ermordeten Priesters.“

„Ach, sie ist dem Wahnsinn nah. Bald murmelt sie

Verwünschungen gegen den Mörder – dann hält sie wieder plötzlich ein und ruft: ‚Aber warum Flüche? Ach, mein Bruder, Glaukus war nicht dein Mörder, nie werd' ich's glauben!' Sofort fängt sie wieder an, hält wieder inne und flüstert schaudernd vor sich hin: ‚Wenn es aber doch wäre?"

„Unglückliche Ione!"

„Es ist nur gut, dass die heiligen, von der Religion vorgeschriebenen Pflichten für den Verstorbenen bis jetzt ihre Aufmerksamkeit von Glaukus und von ihrer eigenen Person größtenteils abgezogen haben. Im Nebel ihres Bewusstseins scheint sie sich kaum zu erinnern, dass Glaukus festgenommen ist und des gerichtlichen Urteilspruches harrt. Sind aber die Begräbnisfeierlichkeiten einmal vorüber, so wird ihre Angst zurückkehren, und dann fürchte ich sehr, ihre Freunde dürften den empörenden Anblick haben, dass sie dem Mörder ihres Bruders zu Hilfe eilt und zu seinen Gunsten aussagt."

„Einem solchen Skandal muss vorgebeugt werden!"

„Ich glaube, die nötigen Maßregeln dagegen genommen zu haben. Ich bin ihr gesetzlicher Vormund und habe mir soeben die Erlaubnis geholt, sie nach dem Begräbnis des Apäcides in meine Wohnung zu schaffen. Dort wird sie, wenn es den Göttern gefällt, in sicherem Gewahrsam sein."

„Wohl getan, weiser Arbaces! Und siehe, hier ist Sallusts Haus. Die Götter mögen dich schützen! Du kannst zu jeder Zeit über Marcus Clodius gebieten. Und so lebe denn wohl."

„Geh' ich doch" sagte der Ägypter zu sich selbst, „nicht mutwillig auf Blut aus. Gern will ich diesen Griechen retten, wenn er sich bequemt, durch Eingeständnis des Verbrechens Ione auf ewig zu verlieren und mich von der Möglichkeit einer Entdeckung auf ewig zu befreien. Und ich kann ihn retten, indem ich Julia überrede, den Liebestrank einzugestehen, der dann als seine Entschuldigung gelten wird. Bekennt er sich aber nicht zu dem Verbrechen, so muss ich Julia von einem solchen Geständnis abschrecken, und er muss sterben! Wird er bekennen? Kann er nicht vielleicht selbst überredet werden, er habe in seinem Wahnsinn den Mord begangen? Das gäbe für mich noch größere Sicherheit als sogar sein Tod. Hm. Wir müssen den Versuch wagen."

Durch die enge Straße hinschreitend war Arbaces jetzt eben in die Nähe von Sallusts Haus gekommen, als er eine dunkle, in einen Mantel gehüllte Gestalt der Länge nach auf der Türschwelle ausgestreckt sah.

So still lag das Wesen und so nebelhaft waren seine Umrisse, dass jeder andere als der Ägypter eine abergläubische Furcht empfunden haben dürfte. Aber für Arbaces waren dergleichen Träumereien nicht vorhanden.

„Auf!", sprach er, die Gestalt mit dem Fuß berührend, „du versperrst mir den Weg!"

„Ha, wer bist du?", rief jene in kreischendem Ton. Sie erhob sich vom Boden, und das Sternenlicht schien voll auf das bleiche Antlitz und die starren, aber blinden Augen Nydias, der Thessalierin.

„Wer bist du? Ich kenne den Klang deiner Stimme."

„Blinde, was machst du hier zu dieser späten Stunde? Pfui! Schickt sich das für dein Geschlecht und Alter? Nach Haus, Mädchen."

„Ich kenne dich", sprach Nydia mit leiser Stimme, „du bist Arbaces der Ägypter." Und wie von einem plötzlichen Gedankenblitz durchzuckt, warf sie sich ihm zu Füßen, umklammerte seine Knie und rief in wildem, leidenschaftlichem Ton, „O furchtbarer, mächtiger Mann, rette ihn, rette ihn! Er ist nicht schuldig, ich bin's! Er liegt da drin, krank, sterbend, und ich – ich bin die fluchwürdige Ursache. Sie wollen mich nicht zu ihm lassen, sie stoßen das blinde Mädchen aus der Halle. O heile ihn! Du kennst ja wohl ein Zaubermittel, ein Gegengift, denn es ist ein Trank, der diesen Wahnsinn hervorgebracht hat!"

„Still, Kind! Ich weiß alles, du vergisst, dass ich Julia zu der Höhle der Hexe begleitete. Ohne Zweifel hat ihre Hand ihm den Trank beigebracht, aber ihre Ehre fordert dein

Stillschweigen. Mach dir keine Vorwürfe, was geschehen muss, geschieht! Einstweilen begeb' ich mich zu dem Verbrecher, vielleicht kann er noch gerettet werden. Hinweg!"

Mit diesen Worten riss sich Arbaces von der Umschlingung der verzweifelten Thessalierin los und klopfte laut an die Tür.

Nach wenigen Sekunden hörte man die schweren Riegel langsam zurückschieben, und der Pförtner fragte aus der halbgeöffneten Tür, wer da sei.

„Arbaces! Wichtige Geschäfte mit Sallust in Bezug auf Glaukus. Ich komme vom Prätor."

Halb gähnend, halb stöhnend ließ der Pförtner die hohe Gestalt des Ägypters ein. Nydia stürzte hervor. „Wie geht es ihm?", rief sie. „Sprich, sprich!"

„Ha, verrücktes Ding, bist du's noch immer? Schäme dich. Sie sagen, er sei wieder bei Verstand."

„Die Götter seien gepriesen! Und willst du mich nicht einlassen? Ach, ich flehe dich an!"

„Dich einlassen! Nein! Ich würde mir einen hübschen Gruß für diese Schultern besorgen, ließ ich ein Geschöpf wie dich ein. Geh nach Haus."

Die Tür schloss sich, und mit einem tiefen Seufzer legte sich Nydia wieder auf die kalten Steine, hüllte das Gesicht in den Mantel und setzte ihre traurige Nachtwache fort.

Unterdessen hatte Arbaces das Triclinium bereits erreicht, wo Sallust noch spät beim Mahl saß.

„Was! Arbaces? Und zu solcher Stunde! Nimm diesen Becher an."

„Nein, edler Sallust, um eines Geschäfts, nicht um des Vergnügens willen wage ich, dich zu stören. Wie befindet sich dein Schützling? In der Stadt heißt es, er sei wieder zu Sinnen gekommen."

„Ja", erwiderte der gutmütige aber gedankenlose Sallust, indem er sich die Tränen aus den Augen wischte. „Aber seine

Nerven und seine ganze Konstitution sind so erschüttert, dass ich den glänzenden, lustigen Zechkumpan, der er sonst war, kaum wieder erkenne. Seltsamerweise kann er gar keinen Grund für den plötzlichen Wahnsinn angeben, der über ihn kam. Er hat nur eine undeutliche Erinnerung von dem, was vorfiel und beteuert trotz deinem Zeugnis, weiser Ägypter, feierlich seine Unschuld an dem Tod des Apäcides."

„Sallust", entgegnete Arbaces ernst, „in der Sache deines Freundes liegt manches, was zu besonderer Nachsicht auffordert, und könnten wir aus seinem Mund das Geständnis und die Ursache seines Verbrechens erfahren, so ließe sich von der Gnade des Senats noch viel für ihn hoffen, denn der Senat, weißt du wohl, hat die Macht, das Gesetz zu mildern oder zu schärfen. Deswegen habe ich mich mit der höchsten Behörde der Stadt besprochen und die Erlaubnis bekommen, noch diese Nacht eine Privatunterredung mit dem Athener zu halten. Morgen, weißt du, wird die gerichtliche Verhandlung vorgenommen."

„Gut", erwiderte Sallust, „du machst deinem ägyptischen Namen und Ruf alle Ehre, wenn du etwas Weiteres von ihm herauszubringen vermagst. Aber versuch's nur einmal. Der arme Glaukus! Er hatte einen so trefflichen Appetit! Jetzt isst er nichts."

Der gutmütige Epikureer war bei diesem Gedanken sichtbar gerührt. Er seufzte und befahl dem Sklaven, seinen Becher von neuem zu füllen.

„Die Nacht schwindet", bemerkte der Ägypter, „erlaube mir, jetzt deinen Gefangenen zu sehen."

Sallust nickte zustimmend und führte ihn nach einem kleinen Zimmer, das von außen durch zwei schlaftrunkene Sklaven bewacht wurde. Die Tür ging auf. Sallust entfernte sich auf Arbaces' Bitte. Der Ägypter war mit Glaukus allein.

Auf einem jener hohen graziösen Kandelaber, wie sie zur damaligen Zeit gewöhnlich waren, brannte eine einzige Lampe neben dem kleinen Bett. Bleich fielen die Strahlen auf des Atheners Gesicht, und Arbaces wurde beim Anblick der merkwürdigen Veränderung, die auf diesen Zügen vorgegangen, ergriffen. Die blühende Farbe war hinweg, die Wangen eingesunken, die Lippen verzerrt und bleich. Grimmig war der Kampf gewesen zwischen Vernunft und Wahnsinn, Leben und Tod. Die Jugendkraft hatte gesiegt, aber die Frische des Blutes und der Seele waren auf ewig dahin.

Still setzte sich der Ägypter neben das Lager. Glaukus lag stumm und ohne seine Anwesenheit zu bemerken. Endlich nach einer ziemlich langen Pause hob Arbaces also an:

„Glaukus, wir sind Feinde gewesen. Ich komme allein und im Dunkel der Nacht zu dir, als dein Freund, vielleicht dein Erretter.“

Wie das Pferd vor der Fährte des Tigers aufspringt, fuhr Glaukus auf – atemlos, bestürzt, keuchend bei der jäh sein Ohr treffenden Stimme, der plötzlichen Erscheinung seines Feindes. Beider Augen begegneten sich, und einige Sekunden lang hatte keiner die Kraft, den Blick abzuwenden. Röte überflog das Antlitz des Atheners, und die dunkle Wange des Ägypters erbleichte noch tiefer. Endlich wandte sich Glaukus mit einem tiefen Seufzer ab, fuhr mit der Hand über die Stirn, sank zurück und murmelte,

„Träume ich immer noch?“

„Nein, Glaukus, du bist wach. Bei dieser rechten Hand, bei meines Vaters Haupt, du siehst einen Mann vor dir, der dein Leben retten kann. Höre! Ich weiß, was du getan hast, aber ich kenne auch die Entschuldigungsgründe deiner Tat, die dir selbst unbekannt sind. Du hast zwar einen Mord begangen, einen tempelschänderischen Mord! Runzle die Stirn nicht – fahre nicht zurück! Diese Augen haben es gesehen, aber ich kann dich retten, ich kann beweisen, dass du deiner Sinne beraubt und kein frei denkender, frei handelnder Mensch warst. Um dich aber retten zu können, musst du dein Verbrechen eingestehen. Unterzeichne dieses Papier, wodurch du anerkennst, dass du wirklich an Apäcides' Tode schuldig bist, und du entgehst der verhängnisvollen Urne."

„Was sind das für Worte? Mord und Apäcides! Sah ich ihn nicht blutend und eine Leiche auf dem Boden ausgestreckt? Und du willst mich überreden, ich habe die Tat vollbracht? Mensch, du lügst! Hinweg!"

„Sei nicht vorschnell, Glaukus, sei nicht zu rasch! Die Tat ist bewiesen. Freilich lässt sich begreifen, dass dir eine im Wahnsinn vollbrachte Handlung, die du bei ungestörten Sinnen nicht einmal mit anzusehen vermocht haben würdest, nicht erinnerlich ist. Aber gestatte mir, dein erschöpftes, müdes Gedächtnis aufzufrischen. Du weißt, du gingst mit dem Priester, ihr strittet über seine Schwester, du weißt, er war unduldsam, ein halber Nazarener, und suchte dich zu bekehren, und ihr kamt zu einem heftigen Wortwechsel, er schmähte deine Lebensweise und schwor, er gebe seine Einwilligung zu Iones Heirat mit dir nicht, worauf du in wahnsinniger Wut den Todesstreich führtest. Geh, geh! Dessen wirst du dich wohl erinnern? Lies dieses Papier, es enthält die Angabe, wie ich sie hier ausgesprochen. Unterzeichne, und du bist gerettet."

„Barbar! Gib mir die geschriebene Lüge, dass ich sie zerreiße! Ich, der Mörder von Iones Bruder? Ich soll mich dazu bekennen, einem Wesen, das ihr teuer war, auch nur ein Haar gekrümmt zu haben? Tausendmal lieber will ich zugrunde gehen!"

„Bedenk es wohl!", entgegnete Arbaces mit leiser, zischender Stimme, „du hast nur eine Wahl, dein Geständnis und die Unterschrift – oder das Amphitheater und den Löwenrachen!"

Der Ägypter hatte den Blick auf den Leidenden geheftet, ein leichter Schauer zuckte über den Körper des Atheners, seine Lippe sank herab, ein Ausdruck von plötzlicher Angst und Verwunderung verriet sich in Stirn und Auge.

„Große Götter!", sprach er leise, „welche Verwandlung! Noch dünkt es mir kaum ein Tag, dass mir das Leben aus

Rosen lachte. Ione mein – Gesundheit, Jugend, Liebe. Und jetzt Schmerz, Wahnsinn, Schande, Tod! Und wofür, was hab' ich getan? Oh, immer bin ich noch im Wahnsinn!"

„Unterzeichne, und du bist gerettet!", ließ sich die sanfte, milde Stimme, des Ägypters vernehmen.

„Nimmermehr, Versucher!", rief Glaukus, und sein voriger Zorn ergriff ihn wieder. „Du kennst mich nicht, kennst nicht die stolze Seele eines Atheners! Wer wird seinen Namen schänden, um sein Leben zu retten? Wer ein reines Bewusstsein opfern, um befleckte Tage zu gewinnen? Wer eine Schande lügenhaft auf sich laden und gebrandmarkt in den Augen der Ehre und der Liebe dastehen? Geh! lass mich ohne Gewissensbisse leben, oder ohne Furcht sterben!"

„Überlege wohl! Die Klauen des Löwen, der Hohn des rohen Pöbels, das Gaffen der Menge auf deine Todesqual und deine verstümmelten Glieder, dein Name entehrt, dein Körper unbeerdigt, die Schande, der du entgehen willst, auf ewig an dich geheftet!"

„Du rast, du bist der Verrückte, nicht ich! Schande liegt nicht im Verlust des Wertes, den uns andere, sondern den wir uns selbst beilegen. Wirst du gehen? Dein Anblick ekelt mich an. Bisher hasste, jetzt verachte ich dich."

„Ich gehe!", erwiderte Arbaces verletzt und verbittert, aber nicht ohne eine gewisse bemitleidende Bewunderung für sein Opfer. „Ich gehe. Wir treffen uns noch zwei Mal. Ein Mal vor Gericht, das andere Mal vor dem Tode! Leb wohl!"

Langsam stand der Ägypter auf, hüllte sich dichter in seinen Mantel und verließ das Zimmer. Für einen Moment begab er sich noch einmal zu Sallust, dessen Augen von den nächtlichen Bechern zu kreisen begannen: „Noch immer ist er nicht bei Bewusstsein oder noch immer verstockt, es gibt keine Hoffnung für ihn."

„Sage das nicht", erwiderte Sallust, der nur wenig Ingrimm gegen den Ankläger des Atheners empfand, denn er war nicht sonderlich streng in seinen Grundsätzen und eher vom Unglück seines Freundes gerührt, als von dessen Unschuld überzeugt. „Sage das nicht, Ägypter. Ein so wakkerer Trinker muss, wenn immer möglich, gerettet werden."

„Wir werden sehen", erwiderte der Ägypter.

Damit wurden die Riegel zurückgeschoben, das Tor geöffnet. Arbaces stand auf der offenen Straße und die arme Nydia fuhr aus ihrem langen Wachen wieder auf.

„Wirst du ihn retten?", rief sie, die Hände faltend.

„Kind, geh mit mir nach Hause, ich möchte mit dir sprechen, ich fordere es um seinetwillen."

„Und du wirst ihn retten?"

Keine Antwort drang in das Ohr der Blinden. Arbaces war bereits weit in der Straße fortgegangen. Sie zögerte einen Augenblick und folgte dann seinen Schritten schweigend nach.

„Ich muss mich dieses Mädchens versichern" sprach er nachdenklich, „damit sie nichts von dem Liebestrank ausplaudert. Was die eitle Julia betrifft, so wird sie sich nicht verraten."

Achtes Kapitel

Während Arbaces sich also umtat, waren Schmerz und Tod in Iones Haus. Es war die Nacht vor dem Morgen, an dem die irdischen Reste des ermordeten Apäcides feierlich bestattet werden sollten. Man hatte die Leiche aus dem Isistempel nach ihrer, als der nächsten Verwandten Wohnung geschafft. Im selben Moment hatte Ione den Tod des Bruders und die Anklage des Geliebten vernommen. Die erste heftige Qual, welche das Bewusstsein gegen alles andere abstumpft, und das schonende Schweigen ihrer Sklavinnen hinderten, dass sie die näheren Umstände über das Schicksal des Letzteren erfuhr. Seine Krankheit, sein Wahnsinn, sein bevorstehender

Prozeß blieben ihr verborgen. Sie wusste bloß von der gegen ihn erhobenen Anschuldigung, und mit Empörung hatte sie sogleich jeden Gedanken an diese verworfen. Ja, als sie vollends erfuhr, dass Arbaces der Ankläger sei, bedurfte sie keines weiteren Grundes zu der festen heiligen Überzeugung, dass der Ägypter selbst der Mörder sei. Aber die alles andere zurückdrängende Wichtigkeit, die von den Alten jeder auf den Tod eines Verwandten bezüglichen Zeremonie beigelegt wurde, hatte bis jetzt ihren Schmerz und ihre Überzeugung auf das Totenzimmer beschränkt. Ach, ihr war nicht die Vollziehung der zarten, rührenden Pflicht zugefallen, wonach der nächste Angehörige den letzten Atem – die scheidende Seele – des Geliebten auffangen sollte. Aber sie konnte wenigstens die starren Augen, die verzerrten Lippen schließen, bei der heiligen Hülle wachen, die frisch gebadet und gesalbt in festlichen Gewändern auf dem elfenbeinernen Bett lag, das Lager mit Blättern und Blumen bestreuen und den geweihten Zypressenzweig an den Türpfosten erneuern. Durch diesen traurigen Dienst, unter Wehklagen und Gebeten, vergaß Ione sich selbst.

Es gehörte zu den reizendsten Gebräuchen der Alten, junge Verstorbene in der Morgendämmerung zu begraben.

Die Sterne erblichen einer nach dem anderen am grauen Himmel. Langsam wich die Nacht vor dem nahenden Morgen, als eine dunkle Gruppe bewegungslos vor Iones Tor stand. Hohe Fackeln warfen ihr Licht auf verschiedene Gesichter, denen für den Augenblick ein feierlicher Ausdruck tiefer Stille aufgeprägt war. Und nun erhob sich eine langsame, traurige Musik, die weit durch die menschenleeren, geräuschlosen Straßen hinwogte, während ein Chor weiblicher Stimmen zum Ione der Tibia und der mystischen Flöte sang.

Als das Lied verklungen war, teilte sich die Gruppe in zwei Reihen, und die Leiche des Apäcides wurde auf einer Bahre, von einem purpurnen Tuch bedeckt, herausgebracht.

Der Designator oder Marschall der düsteren Zeremonie, begleitet von seinen schwarz gekleideten Fackelträgern, gab das Zeichen, und traurig bewegte sich der Zug vorwärts.

Voran gingen die Musiker, einen langsamen Marsch spielend. Dann kamen die gemieteten Klagefrauen, Grablieder auf den Verstorbenen singend, die weiblichen Stimmen mischten sich mit denen von Knaben, deren zartes Alter den Gegensatz zwischen Leben und Tod noch schneidender hervorhob. Ihnen folgten die Isispriester in ihren weißen Gewändern, barfuß und Kornbüschel in den Händen. Unmittelbar vor der Bahre wurden endlich die Bilder des Verstorbenen und seiner vielen athenischen Vorfahren getragen. Hinter der Bahre folgte, von ihren Frauen umgeben, die einzige Verwandte des Verstorbenen. Das Haupt unbedeckt, die Haare herabhängend, das Gesicht marmorblass, aber gefasst und still.

So zog das Geleite fort, bis es Straßen und Stadttor hinter sich hatte und außerhalb der Mauern die Stätte der Gräber erreichte, die der Reisende noch jetzt sieht.

In der Form eines Altars aus rauhem Fichtenholz, in dessen Zwischenräumen brennbarer Stoff vorsorglich aufgehäuft lag, erhob sich der Scheiterhaufen. Um ihn her nickten die schwarzen, düsteren Zypressen, welche die Poesie so oft dem Grabe geweiht hat.

Sobald die Bahre auf den Scheiterhaufen gestellt war, machte das Leichengefolge zu beiden Seiten Platz, und Ione stieg zur Bahre empor. Regungslos und schweigend stand sie eine Weile vor der entseelten Hülle. Aus den Zügen des Verstorbenen war der erste krampfhafte Ausdruck des gewaltsamen Todes gewichen. Eingeschlummert auf ewig waren Schrecken und Zweifel, Kampf des Herzens und Furcht vor den ewigen Mächten, der Streit der Vergangenheit mit der Gegenwart, die Hoffnungen und die Schauer der Zukunft. Die Schwester blickte ihn an. Kein Laut wurde vernommen in der Menge. Es lag etwas Furchtbares und doch zugleich Besänftigendes in diesem Schweigen, und als es endlich gebrochen wurde, brach es jählings und unerwartet – es brach mit einem lauten, leidenschaftlichen Schrei, dem Erguss langbeschwichtigter Verzweiflung.

„Mein Bruder, mein Bruder!“, rief die arme Waise und fiel auf die Bahre, „Du, den der Wurm auf deinem Weg nicht fürchtete, welchen Feind konntest du dir schaffen? Ach, ist es wirklich soweit gekommen? Erwache! Erwache! Wir wuchsen zusammen auf, sollen wir so auseinandergerissen werden? Du bist nicht tot – du schläfst. Erwache!“,

Der durchbohrende Ruf weckte das Mitgefühl der Leichenbegleiter! Sie ergossen sich in lauten, wilden Jammer. Dies schreckte Ione auf, brachte sie zum klaren Bewusstsein zurück. Mechanisch nahm sie aus der Hand des Oberpriesters der Isis eine Leichenfackel.

Das plötzliche Einfallen der Musik, das plötzliche Lied der Leidtragenden verkündeten die Geburt der heiligenden Flamme.

Und hoch und weit in den dämmernden Himmel hinauf stieg jetzt das duftende Feuer, lichtvoll schlug es durch die düsteren Zypressen, schoss über die Mauern der nahen Stadt empor, und die frühen Fischer erschraken über den roten Schimmer auf den Wellen der gleitenden See.

Aber Ione saß entfernt und allein und sah, das Gesicht in die Hände vergraben, die Flamme nicht, noch vernahm sie die Klage oder die Musik. Sie hatte bloß die Empfindung der Verlassenheit, sie war noch nicht zu jenem heiligenden Trostgefühl gekommen, worin wir uns bewusst werden, dass wir nicht einsam, dass die Toten um uns sind!

Der Morgenwind kam dem in den Scheiterhaufen gelegten Zündstoff rasch zu Hilfe. Allmählich schwankte die Flamme, wurde kleiner und trüber und starb endlich in einzelnen Stößen langsam dahin – ein Bild des Lebens selbst! Wo noch eben vorhin nur Feuer und Unruhe, lag jetzt stumpfe, rauchende Asche.

Die letzten Funken wurden von den Leichenbegleitern gelöscht, die Asche gesammelt. Mit dem seltensten Wein angefeuchtet und mit den köstlichsten Wohlgerüchen vermischt, brachte man die Überreste in eine silberne Urne und stellte diese in einer der benachbarten Grabstätten an der Straße auf.

Nach Beendigung der vorbeschriebenen Zeremonien wurden die Leidtragenden mit dem reinigenden Lorbeerzweig besprengt. Und beendet war die heilige Handlung.

Neuntes Kapitel

Während einige zurückblieben, um mit den Priestern den Leichenschmaus zu teilen, schlugen Ione und ihre Mädchen den traurigen Heimweg ein. Jetzt, nachdem die letzte Pflicht für den Bruder vollzogen war, erwachte ihr Geist, und sie dachte an ihren Verlobten und die furchtbare Beschuldigung gegen ihn. Da sie der unnatürlichen Anklage nicht den geringsten Glauben schenkte, wohl aber den tiefsten Verdacht gegen Arbaces nährte, so fühlte sie, dass die Gerechtigkeit gegen ihren Geliebten und gegen den ermordeten Blutsverwandten sie verpflichtete, sich zum Prätor zu begeben und diesem ihre Ansicht, so wenig sie diese auch mit Beweisen belegen konnte, mitzuteilen. Sie befragte ihre Mädchen und erfuhr, dass Glaukus gefährlich krank gewesen, dass er sich im Hause des Sallusts befinde und der Tag seiner gerichtlichen Vernehmung bereits angesetzt sei.

„Schützende Götter", rief sie aus, „konnte ich ihn so lang vergessen! Schien ich ihn zu meiden? Lasst mich eilen, ihm gerecht zu werden, ihm zu zeigen, dass ich, die nächste Angehörige des Ermordeten, ihn für unschuldig halte. Schnell! Lasst mich ihn trösten, warten, pflegen. Und wenn man mir nicht glaubt, wenn man sich meiner Überzeugung nicht fügt, wenn man ihn zur Verbannung oder zum Tode verurteilt, so will ich das Urteil mit ihm teilen!",

Instinktmäßig beeilte sie ihren Schritt, wusste jedoch in der Angst und Verwirrung kaum, wohin sie ging. Sie rannte, sie kam durch das Tor, sie befand sich in der langen Straße, die durch die Stadt hinführt. Die Häuser standen offen, aber niemand regte sich noch, kaum war das Leben der Stadt noch wach geworden. Da stieß sie plötzlich auf eine Gruppe Menschen, die um eine bedeckte Sänfte herumstanden. Eine hohe Gestalt trat aus ihrer Mitte hervor. Ione schrie laut auf, denn sie erblickte den Arbaces.

„Schöne Ione", sprach er sanft, „mein Zögling! Vergib mir, wenn ich störend in deine frommen Schmerzen eingreife, aber der Prätor ist besorgt um deine Ehre und fürchtet, du möchtest dich vorschnell in die bevorstehende Untersuchung verwickeln, in Erwägung des eigentümlichen Widerspruchs in deinem augenblicklichen Zustande, wonach du Gerechtigkeit für den Bruder suchen, aber die Strafe des Verlobten fürchten musst. Der Prätor hat dich weise und väterlich der Obhut deines gesetzmäßigen Vormunds zugewiesen. Sieh hier den Erlass, welcher dich meiner Aufsicht überantwortet."

„Dunkler Ägypter!", rief Ione und trat stolz zurück. „Hinweg! Du bist es, der meinen Bruder erschlagen hat! Deiner Obhut, deinen noch vom Blut des Bruders rauchenden Händen will man die Schwester übergeben? Ha! Du wirst blass! Dein Gewissen trifft dich! Du zitterst vor dem Blitzstrahl des rächenden Gottes! Hinweg, und überlass mich meinem Weh!"

„Dein Schmerz verwirrt deine Vernunft, Ione", entgegnete Arbaces und rang vergebens nach der gewöhnlichen Ruhe. Ione antwortete: „Ich verzeihe dir. Auch jetzt wirst du in mir, wie immer, deinen zuverlässigsten Freund finden. Aber die offene Straße ist nicht der passende Ort für uns, zur Unterredung für mich, um dich zu trösten. Herbei Sklaven!

Komm, mein holder Schützling, die Sänfte wartet auf dich.“

Die erstaunten und erschreckten Dienerinnen drängten sich um Ione und umfassten ihre Knie.

„Arbaces“, rief die Älteste, „das ist wahrhaftig gegen das Gesetz. Steht nicht geschrieben, dass die Angehörigen eines Verstorbenen neun Tage lang nach dem Begräbnis in ihrem Hause nicht gestört, in ihrem einsamen Gram nicht unterbrochen werden dürfen?“,

„Mädchen!“, entgegnete Arbaces und streckte gebieterisch die Hand aus. „Ein Mündel unter das Dach ihres Vormunds zu bringen, verstößt nicht gegen die Leichengesetze. Ich sage dir, ich habe die Vollmacht des Prätors. Bringt sie in die Sänfte!“

Mit diesen Worten schlang er den Arm fest um Iones bebende Gestalt. Sie fuhr zurück, sah ihm streng ins Gesicht und brach dann in ein krampfhaftes Lachen aus.

„Haha! Trefflicher Vormund, väterliches Gesetz! Haha!“, Und selbst erschrocken über den furchtbaren Klang dieses wahnsinnigen Gelächters sank sie, als es verhallte, ohne Lebenszeichen zu Boden . . . In der nächsten Minute hatte sie Arbaces in die Sänfte gehoben. Schnell schritten die Träger von dannen, und bald war die unglückliche Ione den Augen ihrer weinenden Dienerinnen entschwunden.

Zehntes Kapitel

Man wird sich erinnern, dass Nydia dem Ägypter seinem Befehl gemäß in sein Haus gefolgt war. Hier ließ er sich mit ihr in eine Unterredung ein, und sie, in ihrer Verzweiflung und Reue, gestand ihm, dass ihre Hand, nicht Julia, dem Athener den verhängnisvollen Trank beigebracht hatte. Als nach diesem Bekenntnis die arme Nydia sich ihm zu Füßen warf und ihn anflehte, die Gesundheit des Glaukus wieder herzustellen und sein Leben zu retten – denn in ihrer Jugend und Unwissenheit hielt sie den dunklen Zauberer für mächtig genug zu beidem –, hatte der Ägypter ein achtloses Ohr und fühlte bloß die neue Notwendigkeit, Nydia so lange als Gefangene zurückzuhalten, bis über das Schicksal des Angeklagten entschieden wäre. Denn schon damals, als er sie bloß für Julias Mitschuldige hielt, hatte er gefühlt, dass es für das völlige Gelingen seiner Rache gefährlich sei, wenn sie frei bliebe. Zudem, wie unwürdig und schimpflich für die Stellung und den Ruf eines Arbaces war es, bei Julias Leidenschaft den Kuppler gemacht und eine Rolle in dem unheiligen Treiben der Hexe des Vesuv gespielt zu haben!

Was Nydia betrifft, der schon durch ihre Blindheit eine nähere Kunde des Lebens abgeschnitten blieb und die als Sklavin und Ausländerin die Strenge der römischen Gesetze nicht kannte, schwebte ihr mehr die Krankheit und Sinnenbetäubung des Atheners als das Verbrechen, von dessen Anschuldigung sie nur obenhin gehört hatte, vor. Die Ärmste, an die sich niemand wandte, um die sich niemand kümmerte, was wusste sie vom Senat und seinem Urteil, von der Unbestimmtheit des Gesetzes, von der Blutgier des Volkes, von der Arena und dem Kerker des Löwen? Sie war gewöhnt, mit der Vorstellung von Glaukus nur Glück und Herrlichkeit zu verbinden. Sie konnte sich nicht denken, dass irgendeine andere Gefahr als der Wahnsinn ihrer Liebe ihn bedrohen könne. Nur um den Verstand wieder zu heilen, den sie gestört, um das Leben zu retten, das sie gefährdet hatte, rief sie die Hilfe des großen Ägypters an.

„Tochter“, erwiderte Arbaces, aus seinem Nachdenken erwachend, „du musst hierbleiben. Es ziemt sich nicht für dich, durch die Straßen zu wandern und vom rauen Fuß der Sklaven von der Tür gestoßen zu werden. Ich habe Mitleid mit deinem von der Liebe eingegebenen Verbrechen – ich will alles tun, es wieder gutzumachen. Warte hier einige Tage in Geduld, und Glaukus soll wieder hergestellt werden.“ Mit diesen Worten und ohne ihre Erwiderung abzuwarten, eilte er aus dem Zimmer, schob den Riegel vor die Tür und empfahl seine Gefangene der Obhut eines Sklaven, dem dieser Teil des Hauses übergeben war.

So wartete er allein und gedankenvoll auf den nächsten Morgen. Dann brach er auf, um sich Iones zu bemächtigen.

Seine Hauptabsicht bei der unglücklichen Neapolitanerin ging wirklich nur darauf, sie abhalten, an der gerichtlichen Verhand-lung über Glaukus tätigen Anteil zu nehmen. Er wollte sie hindern, ihn, wie sie ohne Zweifel getan haben würde, der kürzlichen Treulosigkeit und Gewalttat gegen sie, sein Mündel, anzuklagen, die Ursachen, die er zur Rachsucht gegen Glaukus hatte, anzugeben, seiner Heuchelei die Maske zu entreißen und somit gegen seine Anschuldigung des Atheners Zweifel zu erregen. Erst als er am Morgen nach dem Begräbnis mit ihr zusammengetroffen, erst nachdem er ihre lauten Anklagen vernommen, hatte er erfahren, dass ihm durch ihren Verdacht, er sei selbst der Mörder, eine neue Gefahr drohe. Jetzt jedoch wiegte er sich in dem Gedanken, seine sämtlichen Ziele erreicht zu haben, denn jetzt befand sich ja der Gegenstand seiner Leidenschaft wie seiner Furcht in seiner Gewalt. Mehr als je glaubte er den glänzenden Verheißungen der Sterne. Als er Ione in jenem innersten Gemach seines geheimnisvollen Hauses, wohin er sie gebracht hatte, aufsuchte, als er sie, von den aufeinander folgenden Schlägen überwältigt, von Ohnmacht in Ohnmacht, von Heftigkeit in Erschlaffung sinken und die ganze Stufenfolge weiblicher Nervenkrämpfe durchmachen sah, schwebte ihm mehr die Lieblichkeit, die kein Wahnsinn zu verzerren vermochte, als das Weh, das er über sie gebracht, vor.

Bei all dem fühlte er jedoch jene Unbehaglichkeit und Besorgnis – jene unbestimmte Angst vor den Folgen des Frevels, die man oft fälschlicherweise für Reue über den Frevel selbst hält. Es trieb ihn von einem Ort weg, wo die

Gefahr vielleicht nicht ewig mit dem Toten schlief. Und nun, da er Ione in seinem Besitz hatte, beschloss er insgeheim, sobald er den letzten Todeskampf seines Mitbewerbers angesehen haben würde, seinen Reichtum und sie, den kostbarsten Schatz von allen, nach irgendeiner fernen Küste überzuführen.

„Ja", sagte er in seinem einsamen Gemach auf und ab schreitend, „das Gesetz, das mir die Person des Mündels zuspricht, sichert mir auch den Besitz der Braut. Weithin über den breiten Ozean wollen wir ziehen und neuen Genuss und ungekostete Freuden suchen. Dort kann mein Herz im Besitz der Liebe endlich für Ruhm schlagen. Dort werde ich vielleicht unter Völkern, die vom römischen Joch noch nicht erdrückt sind, ein Reich gründen und den Glauben meiner Väter aufkeimen lassen. Dort werde ich das Haus meiner gekrönten Ahnen in noch größeren Verhältnissen fortführen und in Iones edlem Herzen das dankbare Bewusstsein wekken, dass sie das Los eines Mannes teile, der fern von der alten Fäulnis dieser Sklavenwelt, die Elemente ursprünglicher Größe wieder hervorruft und in einer mächtigen Seele die Eigenschaften des Propheten und des Königs vereinigt.

Von diesem triumphierenden Selbstgespräch wurde Arbaces fortgerufen, um dem Gericht über den Athener beizuwohnen.

Die abgemagerte, bleiche Wange seines Opfers rührte ihn weniger als die Festigkeit seiner Nerven und die Unerschrockenheit seiner Stirn. Wir alle sind Menschen, und auch Arbaces hatte, trotz aller seiner Frevel, seinen Anteil an unseren gemeinsamen Gefühlen. Wäre von Glaukus nur das schriftliche Geständnis des Mordes zu erhalten gewesen, das ihn noch sicherer als ein fremder Urteilsspruch aus Iones Brust verbannt und die Möglichkeit künftiger Entdeckung weggeräumt haben würde, der Ägypter hätte alle Kraft zu seiner Rettung aufgeboten. Selbst jetzt war sein Hass vorüber, sein Wunsch nach Rache war gestillt, er zertrat seinen Gegner nicht aus Feindschaft, sondern als ein Hindernis auf seinem Weg. Gleichwohl nährte er insgeheim, mit Hilfe der Priester, jene Entrüstung des Volkes, welche das wirksamste Hindernis für das Mitleid des Senates bildete. Julia hatte er besucht, hatte ihr das Geständnis Nydias mitgeteilt und dadurch mit leichter Mühe jede Gewissensbedenklichkeit eingeschläfert, welche sie etwa hätte verleiten können, das Vergehen des Angeklagten durch Offenbarung des wahren Grundes seines Wahnsinns zu mildern. Dies um so mehr, als ihr eitles Herz das Ansehen und Glück des Glaukus geliebt hatte, nicht den Glaukus selbst, sie fühlte keine Neigung für einen gefallenen Mann, ja, sie freute sich beinahe seines Falles, weil er die verhasste Ione mit zu Boden riss. Konnte Glaukus nicht ihr Sklave sein, so konnte er mindestens auch ihre Nebenbuhlerin nicht mehr anbeten. Das war ihr ein genügender Trost für jeden Schmerz über sein Schicksal. Flüchtig und unbeständig, war sie bereits nicht unempfänglich für die plötzliche, eifrige Werbung des Clodius, und sie hütete sich, die Verbindung mit diesem gemein denkenden aber hochgeborenen Edlen durch ein öffentliches Bekenntnis ihrer vorangegangenen Schwäche und unweiblichen Leidenschaft für einen anderen aufs Spiel zu setzen. So lächelte denn alles auf Arbaces, und alles drohte dem Athener.

Elftes Kapitel

Als die Thessalierin merkte, dass Arbaces nicht mehr zu ihr zurückkehrte, als sie Stunde um Stunde der ganzen Qual einer furchtbaren, für die Blinde doppelt grässlichen Ungewissheit hingegeben blieb, fing sie an, mit ausgestreckten Armen nach irgendeinem Ausweg ihres Kerkers umherzufühlen. Und da sie den einzigen Zugang verschlossen fand, schrie sie laut.

„Ha, Mädchen!“, rief der beaufsichtigende Sklave, der die

Tür öffnete, „hat dich ein Skorpion gebissen?“

„Wo ist dein Herr? Und warum bin ich hier eingesperrt? Ich brauche Luft und Freiheit. Lass mich fort!“

„Ho, ho, Kleine, kennst du den Arbaces noch nicht genug, um zu wissen, dass sein Wille so viel ist als der des Kaisers? Er hat befohlen, dass du hier eingesperrt werden sollst, darum bist du eingesperrt, und ich bin dein Hüter. Luft und Freiheit kannst du nicht haben, aber wohl was Besseres – Speise und Wein.“

„O Jupiter“, entgegnete das Mädchen, die Hände ringend, „warum bin ich eingekerkert? Wozu kann der große Arbaces ein so unbedeutendes Geschöpf wie mich nötig haben?“

„Das weiß ich nicht, es müsste denn sein, um deine neue Gebieterin zu bedienen, die heut hierhergebracht wurde.“

„Was, Ione, hierher?“

„Ja, die Arme! Sie hatte, glaube ich, keine sonderliche Freude dran. Doch ist Arbaces ein gar artiger Mann gegen die Frauen. Ione ist, wie du weißt, sein Mündel.“

„Willst du mich zu ihr führen?“

„Sie ist krank – rasend vor Zorn und Ärger. Überdies hab’ ich keinen Befehl hierzu, und in eigener Person denke ich nie etwas. Als mich Arbaces zum Sklaven dieser Zimmer machte, sprach er: ‚Ich habe dir nur eine Lehre zu geben, solange du mir dienst, musst du weder Ohren noch Augen noch Gedanken haben, du musst zu einer einzigen Eigenschaft – zu Gehorsam werden‘.“

„Aber was kann es schaden, wenn ich Ione sehe?“

„Das weiß ich nicht. Wenn dir’s aber um Gesellschaft zu tun ist, so bin ich bereit, mit dir zu plaudern, Kleine, denn ich bin einsam genug in meinem finsteren Kubikulum. Und, beiläufig gesagt, bist du ja eine Thessalierin. Kennst du nicht irgendeine feine Kurzweil mit Messer und Schere? Verstehst du dich nicht ein bisschen darauf, wahrzusagen, wie es die meisten von deinem Volk zum Zeitvertreib tun?“

„Still, Sklave, halte deine Zunge im Zaum, oder wenn du

sprechen willst, sag mir, was du von Glaukus gehört hast."

„Je nun, mein Herr ist zu der gerichtlichen Verhandlung über den Athener gegangen. Glaukus wird es büßen müssen!"

„Was büßen?"

„Die Ermordung des Priesters Apäcides."

„Ha!", rief Nydia und drückte beide Hände gegen die Stirn. Davon hörte ich auch, verstand es aber nicht. Wer wird es aber wagen, ihm ein Haar zu krümmen?"

„Der Löwe, fürcht' ich."

„Schützende Götter! Was für schreckliche Dinge sprichst du?"

„Nun, wenn er schuldig befunden werden sollte, wird der Löwe oder vielleicht der Tiger das Urteil an ihm vollstrecken."

Nydia fuhr auf, als wäre ein Pfeil in ihr Herz gedrungen. Sie stieß einen durchdringenden Schrei aus, fiel dem Sklaven zu Füßen und rief in einem Ton, der selbst seine raue Brust rührte: „Ach sage mir, du hast gescherzt, du hast nicht die Wahrheit geredet. Sprich, sprich!"

„Ich verstehe mich nicht auf das Gesetz, blindes Mädchen. Vielleicht geht es nicht so schlimm, wie ich meine. Aber Arbaces ist sein Ankläger, und das Volk wünscht ein Opfer für die Arena. Beruhige dich! Was hat das Schicksal des Atheners mit dem deinigen zu tun?"

„Das gehört nicht hierher. Jedenfalls ist er freundlich gegen mich gewesen. Du weißt also nicht, wie es ausgehen wird? Arbaces sein Ankläger! O Schicksal! Das Volk – das Volk! Doch diese Menschen können ja sein Gesicht sehen! Wer wird grausam gegen ihn sein? Aber war nicht selbst die Liebe grausam gegen ihn?"

Mit diesen Worten sank ihr Kopf auf ihre Brust und sie wurde still. Heiße Tränen flossen ihr die Wangen herab, und all die freundlichen Bemühungen des Sklaven vermochten sie nicht zu trösten. Als seine häuslichen Geschäfte ihn nötigten, das Zimmer zu verlassen, fing Nydia an, ihre Gedanken wieder zu sammeln. Arbaces war der Ankläger des Glaukus, Arbaces hielt sie hier eingekerkert, bewies das nicht, dass ihre Freiheit dem Glaukus förderlich sein konnte? Sie war offenbar in irgendeiner Schlinge gefangen, sie trug bei zum Untergang ihres Geliebten! O wie schmachtete sie nach Befreiung! Zu ihrem Glück verschlang der Wunsch nach Flucht jede andere Schmerzempfindung, und indem sie die Möglichkeit des Entkommens in ihren Gedanken erwog, kam sie zu Ruhe und Klarheit. Sie besaß viel von der List ihres Geschlechtes, die durch ihre frühe Sklaverei noch vermehrt worden war. So beschloss sie denn, mit ihrem Hüter einen Versuch zu machen, und da ihr seine abergläubische Frage nach ihren thessalischen Künsten plötzlich in Erinnerung kam, hoffte sie, an dieser Handhabe ihre Entweichung auf irgendeine Art zu bewerkstelligen. Unter solchen ängstlichen Betrachtungen verflossen ihr der Rest des Tages und die langen Stunden der Nacht, und als sich Sosia am folgenden Morgen bei ihr einfand, eilte sie, seine Geschwätzigkeit in einen Kanal zu leiten, auf dem sich bereits eine natürliche Strömung gezeigt hatte. Übrigens sah sie wohl ein, dass die Nacht die einzige Möglichkeit des Entkommens für sie bot.

„Die Nacht“, sprach sie, „ist die einzige Zeit, wo wir den Willen des Schicksals gehörig entziffern können, bei Nacht musst du zu mir kommen. Aber was wünschst du eigentlich zu wissen?“

„Beim Pollux, ich möchte so viel erfahren wie mein Herr, aber das lässt sich nicht erwarten. Lass mich daher mindestens wissen, ob ich mir genug ersparen werde, um meine Freiheit zu kaufen oder ob sie mir dieser Ägypter vielleicht umsonst gibt. Er hat zuweilen solch großmütige Launen. Sodann, gesetzt, dieses Glück werde mir zuteil, ob ich wohl die hübsche Taberna unter den Myropolien* bekomme, auf die ich schon lange ein Auge habe. Es ist ein feiner Handel um den Verkauf von Spezereien und schickt sich für einen zurückgezo-

* *Die Buden der Parfümverkäufer*

genen Sklaven, der etwas von einem Herrn an sich hat!“

„Ja, wenn du auf diese Fragen bestimmte Antworten wünschst, so gibt es verschiedene Wege, um dich zu befriedigen. Da gibt es die *Lithomanteia* oder der sprechende Stein, der auf dein Anfragen mit der Stimme eines Kindes antwortet, aber wir haben diesen kostbaren und seltenen Stein nicht zur Hand. Dann gibt es die *Hydromanteia*, wo der Dämon bleiche, gespenstische Bilder ins Wasser zeichnet, welche die Zukunft verkünden. Aber diese Kunst erfordert Gläser von besonderer Art, um die geweihte Flüssigkeit, die wir ebenfalls nicht zur Hand haben, darin aufzunehmen. Ich glaube daher, der leichteste Weg, deinen Wunsch zu erfüllen, ginge durch den Zauber der Luft.“

„Hoffentlich“, erwiderte Sosia zitternd, „kommt bei der Geschichte nichts besonders Schreckliches vor? Ich liebe die Erscheinungen nicht.“

„Fürchte nichts, du wirst nichts sehen, sondern hörst an dem Wallen des Wassers, ob dein Wunsch in Erfüllung geht oder nicht. Sorge denn zunächst dafür, dass, sobald der Abendstern aufgegangen, das Gartentor ein wenig offensteht, damit der Geist sich zum Eintritt angelockt fühlt, und setze als Zeichen der Gastfreundschaft Früchte und Wasser neben das Tor. Drei Stunden nach der Dämmerung stelle dich dann mit einem Becher des kältesten, frischesten Wassers bei mir ein, und du sollst alles erfahren, wie mich’s meine thessalische Mutter gelehrt hat. Aber vergiss die Gartentür nicht – darauf kommt alles an, sie muss, wenn du zu mir kommst, bereits drei Stunden offenstehen.“

„Verlass dich auf mich“, erwiderte der arglose Sosia, „ich weiß, was ein Mann von Stande empfindet, wenn man ihm die Tür vor der Nase zuschließt, wie mir der Garkoch seine Bude schon gar oft zugesperrt hat. Und ich weiß auch, dass eine Respektsperson, wie ein Geist es doch nun wahrlich ist, andererseits selbst das kleinste Zeichen von gastfreundlicher Höflichkeit mit Vergnügen sehen wird.

Einstweilen, niedliche Kleine, ist hier dein Frühstück."

„Und was hörst du von der gerichtlichen Verhandlung?"

„Oh, die Leute vom Gericht sind immer bei der Arbeit. Das ist ein Gerede! Es wird dauern bis morgen."

„Bis morgen? Weißt du das Gewiss?"

„So sagt man wenigstens."

„Und Ione?"

„Beim Bacchus! Sie muss ziemlich gesund sein, denn sie war stark genug, meinen Herrn heut Früh so in Zorn zu bringen, dass er auf den Boden stampfte und sich in die Lippen biss. Ich sah ihn mit einer Stirn wie ein Donnerwetter aus ihrem Zimmer kommen."

„Ist das hier in der Nähe?"

„Nein, im oberen Geschoss. Aber ich kann nicht länger hier plaudern – lebe wohl!"

Zwölftes Kapitel

Der Abend des zweiten Gerichtstages war hereingebrochen, und es war ziemlich um die Stunde, in der Sosia dem furchtbaren Unbekannten die Stirn bieten wollte, als durch das Gartenpförtchen, das der Sklave offen gelassen hatte, allerdings keiner von den geheimnisvollen Geistern der Erde oder der Luft, wohl aber die schwere und sehr menschliche Gestalt des Isispriesters Kalenus eintrat. Kaum nahm er Notiz von dem anspruchslosen Opfer geringer Früchte und noch geringeren Weines, das der fromme Sosia für gut genug erachtet hatte, um den unsichtbaren Gast anzulocken.

„Ein Zoll für den Gartengott", dachte er. „Bei meines Vaters Haupt, wenn seine Göttlichkeit nie besser bedient würde, so täte er gut, den Götterberuf aufzugeben. Was den Arbaces betrifft, so gehe ich zwar jetzt auf Flugsand, aber es dürfte ein Goldlager darunter liegen. Ich habe das Leben des Ägypters in meiner Gewalt, wie hoch wird er es wohl anschlagen?"

Unter diesem Selbstgespräch gelangte er durch den offenen Hof in das Peristyl, wo einige wenige Lampen sich mit der Sternennacht um die Oberhand stritten, und stieß unversehens auf den Ägypter, der aus einem der Zimmer, die an dem Säulengang lagen, heraustrat.

„Ha! Kalenus, suchst du mich?", fragte er mit etwas verlegener Stimme.

„Ja, weiser Arbaces. Hoffentlich kommt mein Besuch nicht zur unrechten Zeit?"

„Nein. Noch diesen Augenblick nieste mein freigelassener Kallias dreimal auf meiner rechten Seite, ich wusste also, dass mir etwas Gutes bevorstehe und siehe, die Götter senden mir Kalenus."

„Wollen wir in dein Zimmer treten, Arbaces?"

„Wie du willst. Aber die Nacht ist hell und würzig. Ich bin von meiner letzten Krankheit noch etwas geschwächt – die Luft erfrischt mich. Gehen wir in dem Garten auf und ab, wir sind dort ebenso allein."

„Von Herzen gern", erwiderte der Priester, und die beiden Freunde wandelten langsam zu einer der Terrassen, die, von Marmorvasen und schlummernden Blumen eingefasst, den Garten durchschnitten.

„Eine liebliche Nacht!", sprach Arbaces. „Lau und schön, wie die, in welcher vor zwanzig Jahren Italiens Ufer zuerst vor meinem Blick aufstiegen. Mein Kalenus, das Alter fängt an, uns zu beschleichen, lass uns wenigstens merken, dass wir gelebt haben."

„Du wenigstens kannst dich dessen rühmen", entgegnete Kalenus und zielte nach einem schicklichen Anlass, um das Geheimnis, das auf ihm lastete, loszuwerden, während er andererseits seine gewöhnliche ehrerbietige Scheu vor dem Ägypter durch den freundschaftlichen Ton würdevoller Herablassung, die dieser jetzt annahm, noch verstärkt fühlte. „Du wenigstens kannst dich dessen rühmen. Dir ward unendlicher Reichtum zuteil, ein Körper, durch dessen feste Fibern keine Krankheit dringen kann, glückliche Liebe, unerschöpflicher Genuss und nun in dieser Stunde der Triumph der Rache."

„Du meinst wegen des Atheners. Ja, morgen wird sein Tod ausgesprochen werden. Der Senat gibt nicht nach. Aber du irrst dich, sein Tod gibt mir keine andere Befriedigung, als dass er mich von einem Nebenbuhler in Iones Herzen befreit. Weiter fühl' ich keine feindliche Empfindung gegen diesen unglücklichen Totschläger."

„Totschläger!", wiederholte Kalenus langsam und bedeutungsvoll und heftete, nachdem er gesprochen, die Augen fest auf Arbaces. Bleich und fest schienen die Sterne auf das stolze Antlitz ihres Propheten, aber sie ließen keinen Wechsel darauf wahrnehmen. Des Priesters Blick sank verwirrt und beschämt zu Boden, und er fuhr rasch fort: „Totschläger! Es ist gut, dass du ihn dieses Verbrechens anklagst, aber niemand weiß besser als du, dass er unschuldig ist."

„Erkläre dich", erwiderte Arbaces kalt, denn er hatte sich auf diese Gefahr, die er im Stillen vorausgeahnt, vorbereitet.

„Arbaces", versetzte Kalenus und dämpfte seine Stimme zum Geflüster, „ich war in dem heiligen Hain, gedeckt durch die Kapelle und das umgebende Gebüsch. Ich hörte, ich bemerkte alles. Ich sah, wie deine Waffe dem Apäcides ins Herz fuhr. Ich tadle die Tat nicht, sie bereitete einem Feind und Abtrünnigen den Untergang."

„Du sahst das Ganze!", versetzte Arbaces trocken. „Das dacht' ich. Du warst allein?"

„Allein!", erwiderte Kalenus, erstaunt über die Ruhe des Ägypters.

„Und weshalb warst du zu dieser Stunde hinter der Kapelle versteckt?"

„Weil ich eine Rede des Apäcides mit dem Nazarener angehört hatte. Weil ich wusste, dass er an diesem Ort mit dem fanatischen Olinth wieder zusammenkommen wollte, weil sie hier zusammenkamen, um den Plan zu besprechen, wie sie die heiligen Mysterien unserer Göttin dem Volk enthüllen könnten. Ich war da, ihnen auf die Spur zu kommen, um ihnen entgegenzuarbeiten."

„Hast du eines Menschen Ohr anvertraut, was du sahst?"

„Nein, mein Gebieter, das Geheimnis ist in der Brust deines Dieners verschlossen."

„Was, selbst dein Vetter Burbo vermutet nichts davon? Komm, komm, die Wahrheit!"

„Bei den Göttern . . ."

„Still! Wir kennen einander, was sind die Götter für uns?"

„Nun denn, bei der Furcht vor deiner Rache: Nein!"

„Und warum hast du dieses Geheimnis bis jetzt vor mir verborgen? Warum hast du bis zum Abend vor der Verurteilung des Atheners gewartet, ehe du mir zu sagen wagtest, dass Arbaces ein Mörder ist? Und warum teilst du mir nach so langem Zaudern dein Wissen jetzt mit?"

„Weil . . ." stammelte Kalenus errötend und verlegen.

„Weil", unterbrach ihn Arbaces mit sanftem Lächeln, indem er ihm vertraulich auf die Schulter klopfte, „weil du, mein Kalenus, weil du wünschtest, ich möchte mich in die gerichtliche Verhandlung so verflechten und verfangen, dass mir kein Weg zur Rettung offen bliebe, falls du gegen mich aufträtest. Ich würde in diesem Fall des Meineids und der Hinterlist so gut wie des Totschlags überführt sein. Weder Reichtum noch Ansehen hätten, nachdem ich einmal den Blutdurst des Volkes gereizt, verhindern können, dass ich das Opfer dieses Durstes würde. Und du teilst mir dein Geheimnis jetzt mit, ehe die Verhandlung noch ganz zu Ende und der Unschuldige verurteilt ist, um mir zu zeigen, welch feines Gewebe der Bosheit dein Wort morgen zerreißen könnte, und um mir im letzten Augenblick den Wert deines Stillschweigens begreiflicher zu machen. Um mir nachzuweisen, dass die Kunst, womit ich den Zorn des Volks gesteigert, durch deine Aussage auf mein eigenes Haupt zurückfallen und der Rachen des Löwen sich statt für Glaukus für mich öffnen würde! Ist es nicht so?"

„Arbaces", entgegnete Kalenus, indem ihn die gemeine Frechheit seiner Natur gänzlich verließ, „wahrhaftig, du bist ein Zauberer, du liest im Herz des Menschen, als ob es ein Buch wäre."

„Es ist mein Beruf", antwortete der Ägypter mit mildem Lächeln. „Wohlan denn, schweige, und wenn alles vorüber ist, will ich dich reich machen."

„Verzeih mir", erwiderte der Priester, von der Habsucht geleitet, „verzeih mir, mit Recht sagtest du vorhin, wir kennen einander. Willst du, dass ich schweige, so musst du etwas im Voraus für mein Schweigen bezahlen. Soll die Rose, das holde Sinnbild der Verschwiegenheit, feste Wurzeln schlagen, so begieße sie diese Nacht mit einem Strom von Gold."

„Witzig und poetisch!", erwiderte Arbaces immer noch in jenem sanften Ton, der seinen gierigen Gefährten beruhigte und kühn machte, wo er ihn im Gegenteil hätte erschrecken und zurückhalten sollen. „Willst du nicht warten bis morgen?"

„Warum diesen Aufschub? In der Tat ist dein jetziges Zaudern ein böses Vorzeichen für deine künftige Dankbarkeit."

„Gut, Kalenus, was soll ich dir also bezahlen?"

„Dein Leben ist sehr kostbar und dein Reichtum sehr groß", erwiderte der Priester grinsend.

„Immer witziger! Aber sprich, was soll die Summe sein?"

„Arbaces, ich habe gehört, du bewahrst in deiner geheimen Vorratskammer unter den oskischen Säulen, die deine prächtigen Hallen stützen, Haufen von Gold, Vasen und Juwelen, die mit den Schätzen des vergötterten Nero wetteifern könnten. Leicht kannst du von diesen Haufen so viel wegnehmen, um Kalenus zum reichsten Priester in Pompeji zu machen, ohne dass du gar den Verlust spürst."

„Komm, Kalenus", versetzte Arbaces mit einschmeichelndem Ton und der Miene der Offenheit und Großmut,

„du bist ein alter Freund und warst mir ein treuer Diener. Es kann weder dein Wunsch sein, mir das Leben zu nehmen, noch der meinige, dir deinen Lohn zu verkürzen. Du sollst mit mir in die Schatzkammer hinuntersteigen, von der du gesprochen hast. Du sollst deine Augen am Glanz von unzählbarem Gold und dem Funkeln unschätzbarer Edelsteine weiden und schon heut Abend zu deiner Belohnung so viel wegtragen, als du unter deinen Kleidern zu verbergen vermagst. Hast du einmal gesehen, was dein Freund besitzt, so wirst du begreifen, wie töricht es wäre, mit jemand zu brechen, der so viel zu geben vermag. Ist Glaukus nicht mehr, so sollst du dem Gewölbe einen zweiten Besuch abstatten. Spreche ich offen und als Freund?"

„O größter, bester der Menschen!", rief Kalenus vor Freude beinahe weinend.

„Still, noch eine Biegung des Weges und wir steigen zu meinem Keller hinab."

Dreizehntes Kapitel

Ungeduldig wartete Nydia auf die Ankunft des nicht minder gespannten Sosia. Nachdem der leichtgläubige Sklave seinen Mut durch tüchtige Züge aus einem besseren Getränk als demjenigen, welches er dem Geist vorgesetzt, hinlänglich gestärkt hatte, schlich er in das Zimmer der Blinden.

„Nun, Sosia, bist du vorbereitet? Hast du den Becher mit frischem Wasser?"

„Jawohl! Aber ich zittere ein wenig. Du bist doch sicher, dass ich den Geist nicht zu sehen bekomme?"

„Sei ohne Sorge. Und du hast die Gartentür etwas offen gelassen?"

„Ja, und ich habe einige schöne Nüsse und Äpfel auf ein Tischchen daneben gelegt."

„Gut. Und das Pförtchen steht jetzt offen, sodass der Geist eintreten kann?"

„Allerdings."

„Gut, so öffne die Zimmertür, so, nur ein wenig. Und jetzt Sosia, gib mir die Lampe."

„Was! Du wirst sie doch nicht auslöschen wollen?"

„Nein, aber ich muss meinen Zauber über ihren Strahl aussprechen. Es wohnt ein Geist im Feuer. Setze dich."

Der Sklave gehorchte, und nachdem sich Nydia ein Weilchen schweigend über die Lampe niedergebeugt, stand sie auf und sang mit leiser Stimme.

„Jetzt kommt der Geist wirklich", sagte Sosia. „Ich fühle, wie es über mein Haar hinläuft."

„Setze deinen Becher mit Wasser auf den Boden. So, jetzt gib mir dein Tuch und lass mich dir Gesicht und Augen verbinden."

„Hoho, das ist doch immer der Brauch bei solchen Zauber- künsten. Nicht so fest. Etwas lockerer!"

„So! Kannst du sehen?"

„Sehen! Nein, nichts als Dunkelheit."

„Nun sprich die Fragen, die du an den Geist stellen willst, mit leiser Stimme dreimal aus. Folgt eine bejahende Antwort, so wirst du das Wasser sieden und wallen hören, ehe der Geist es anhaucht, wird die Frage aber verneint, so bleibt das Wasser ganz still."

„Aber du wirst mir hoffentlich keinen Betrug mit dem Wasser spielen, he?"

„Ich will den Becher zwischen deine Füße setzen – so! Jetzt wirst du selbst einsehen, dass ich ihn nicht berühren kann, ohne dass du es sogleich merkst."

„Gut, gut! Nun also, oh Bacchus, stehe mir bei. Und du, o Geist, merke auf und höre: Werde ich im nächsten Jahre imstande sein, meine Freiheit zu kaufen? Du weißt, dass ich seit drei Jahren alles ausgeführt und gemaust habe, worauf ich die Hand legen konnte, und doch fehlen mir noch zweitausend Sesterze zu der ganzen Summe. Werde ich imstande sein, guter Geist, das Fehlende im Laufe dieses Jahres zu beschaffen? Sprich! Wallt das Wasser auf? Nein! Alles still wie ein Grab. Gut denn, wenn nicht in diesem Jahr, in zwei Jahren? Ah, ich höre was, der Geist kratzt an der Tür, er wird gleich hier sein. In zwei Jahren, mein guter Kerl, lass dich erbitten, in zwei, das ist doch eine ganz hübsche Zeit. Was! Immer noch still! In – in drei – in vier? Dass dich der Henker, Freund Geist! Eine Dame bist du nicht, das sehe ich schon, sonst könntest du nicht so lange schweigen. In fünf – in sechs – in sechzig Jahren? O möge dich Pluto holen, ich will nicht weiter fragen."

Voll Wut stürzte sich Sosia das Wasser über die Beine. Dann wand er unter langem Herumtappen und vielen Fluchen den Kopf aus dem Tuche los, in das er gänzlich eingewickelt war, stierte umher und entdeckte, dass er im Finstern saß.

„He da! Nydia, die Lampe ist fort. Ah, Verräterin, und du bist auch weg! Aber ich werde dich schon fangen, dafür sollst du mir büßen!"

Er tastete sich seinen Weg bis zur Tür. Sie war von außen verriegelt, er, statt Nydia, war ein Gefangener. Was konnte er tun? Er wagte nicht, laut zu klopfen oder zu rufen, damit nicht Arbaces hören und entdecken würde, wie man ihn zum Narren gemacht. Auch war Nydia wahrscheinlich bereits zur Gartentür hinaus und setzte ihre Flucht eifrig fort. „Aber", dachte er, „sie wird nach Haus gehen oder doch irgendwo in der Stadt sein. Morgen mit Tagesanbruch, wenn die Sklaven im Perystil beschäftigt sind, wird man mich hören, dann kann ich heraus und sie aufsuchen. Ich bin überzeugt, dass ich sie aufspüre und zurückbringe, ehe Arbaces ein Wort von der Sache erfährt. Ja, das ist der beste Plan. Kleine Spitzbübin, die Finger jucken mir nach dir. Und mir nur einen Becher Wasser zu lassen! Wenn's noch Wein wäre, so hätte ich doch einigen Trost."

Während Sosia somit in der Falle sein Schicksal beklagte und die Entwürfe zur Wiedererlangung Nydias in seinem Gehirn hin und her wälzte, war das blinde Mädchen mit jener wunderbaren Sicherheit und Schnelligkeit, die wir schon an ihr kennen, leicht über das Peristyl weggeschritten, hatte den gegenüberstehenden Gang nach dem Garten durchschritten und wollte mit klopfendem Herzen eben auf die Gartentür zugehen, als es plötzlich Schritte herannahen hörte und die gefürchtete Stimme des Ägypters unterschied. Erschrocken hielt sie einen Augenblick an. Dann besann sie sich plötzlich, dass es noch einen anderen Gang gebe, der sich längs des Fundaments des Hauses gegen eine Tür hinzog, die sich ebenfalls in den Garten öffnete. Bei diesem Gedanken kehrte die Flüchtige hastig um, stieg die kleine Treppe rechter Hand hinauf und befand sich bald am Ende des Ganges. Ach! Die Tür in den Gang war verschlossen. Noch suchte sie sich über diesen Umstand zu vergewissern, als sie die Stimme des Kalenus und einen Augenblick nachher die leise Erwiderung des Arbaces hinter sich vernahm. Stehen bleiben konnte sie nicht. Wahrscheinlich schritten beide eben auf jene Tür zu. Sie eilte vorwärts und fühlte sich auf unbekanntem Boden. Die Luft wurde dumpf und kalt, dies beruhigte sie. Sie vermutete, in einem der Kellergewölbe des großartigen Gebäudes, mindestens an irgendeinem wenig einladenden Ort, zu sein, wohin der vornehme Gebieter des Hauses sich wohl nicht verlieren würde, als ihr feines Ohr abermals Schritte und Stimmen vernahm. Mit ausgestreckten Armen drang sie immer weiter vor und stieß jetzt häufig auf Pfeiler von dicker, massiver Form. Mit einem Tastsinn, der durch die Furcht noch verstärkt wurde, entging sie diesen Gefahren und setzte ihren Weg fort. Sooft sie jedoch stehen blieb, um Atem zu schöpfen, vernahm sie auch wieder die nahenden Schritte und das undeutliche Geflüster von Stimmen. Endlich fühlte sie sich plötzlich von einer Wand aufgehalten, die ihrem Weg ein Ziel zu setzen schien. War kein Versteck für sie da? Keine

Öffnung? Keine Nische? Nirgends! Sie blieb stehen und rang verzweifelt die Hände. Dann, durch die nahenden Laute wieder aufgeschreckt, eilte sie an der Seite der Wand hin und fiel, weil sie plötzlich gegen einen der hier und da scharf hervorragenden Strebepfeiler stieß, zu Boden. Obwohl sie sich ziemlich verletzte, verließ sie doch die Besinnung nicht! Sie stieß keinen Schrei aus, und indem sie sich fest in den von dem Pfeiler gebildeten Winkel schmiegte, sodass sie wenigstens von einer Seite nicht wahrgenommen werden konnte, zwängte sie ihre leichte, zarte Gestalt in den kleinsten Umfang zusammen und erwartete atemlos ihr Schicksal.

Unterdessen schritten Arbaces und der Priester dem geheimen Gemach zu, dessen Schätze der Ägypter so sehr gerühmt hatte. Sie befanden sich in einer großen unterirdischen Halle. Die niedere Decke wurde von kurzen, dicken Pfeilern getragen. Das einzige blasse Licht in Arbaces' Hand warf nur einen unvollkommenen Strahl auf die nackten, rauen Wände, deren gewaltige Steine ohne Verkittung auf eine seltsame kunstlose Art ineinander gefügt waren. Das gestörte Gewürm starrte die Eindringlinge stumpf an und verkroch sich dann in den Schatten der Mauern.

Kalenus schauderte, als er umherblickte und die dumpfe, ungesunde Luft einatmete.

„Gleichwohl", bemerkte Arbaces, der sein Grauen wahrnahm, mit einem Lächeln, „gleichwohl sind es diese rauen Verliese, welche den Stoff zu den Herrlichkeiten der Hallen da oben liefern. Sie gleichen den Arbeitern auf Erden. Wir verachten sie ihrer unansehnlichen Erscheinung wegen, und doch geben sie eben dem Stolz, der so vornehm auf sie herabblickt, seine Nahrung."

„Und wohin führt jene dunkle Galerie zur Linken?", fragte Kalenus. „Sie scheint in dieser Finsternis ohne Grenze, als ob sie sich nach dem Hades hinunterwände."

„Im Gegenteil, sie führt zum Tageslicht empor", erwiderte Arbaces leichthin. „Wir müssen unseren Weg nach der rechten Seite zu nehmen."

Die Halle teilte sich, wie viele andere in den wohnlicheren RegIonen von Pompeji, am Ende in zwei Flügel oder Gänge. Gegen den rechten dieser Flügel lenkten die beiden jetzt ihre Schritte.

„Der lustige Glaukus wird morgen in kein viel trockeneres und ein viel weniger geräumiges Gemach quartiert werden", sagte Kalenus, als sie an dem Ort vorbeikamen, wo die Thessalierin im Schatten des breiten vorspringenden Pfeilers kauerte.

„Ja, aber ein um so viel trockeneres und größeres Zimmer wird er am folgenden Tag in der Arena haben. Und wenn ich nun denke", fuhr Arbaces langsam und bedächtig fort, „wenn ich nun denke, dass ein Wort von dir ihn retten und den Arbaces seinem Schicksal übergeben könnte!"

„Dieses Wort soll nie gesprochen werden!", entgegnete Kalenus.

„Recht, mein Kalenus!", entgegnete Arbaces, indem er den Arm vertraulich auf die Schulter des Priesters legte. „Es soll nie gesprochen werden, und jetzt halt, wir stehen vor der Tür."

Das Licht flackerte gegen eine tief in die Mauer eingelassene und durch viele eiserne Platten und Bänder wohl verwahrte kleine Tür. Arbaces zog einen kleinen Ring aus dem Gürtel, woran drei oder vier kurze, starke Schlüssel hingen. Wie schlug das gierige Herz des Priesters, als er die rostigen Schlösser knarren hörte, als zürnten sie über den Eintritt zu dem Schatz, den sie hüteten. „Hinein, mein Freund", hob Arbaces an, „ich will die Lampe in die Höhe halten, damit du deine Augen an den gelben Haufen weiden kannst." Der Ungeduldige ließ sich die Einladung nicht zweimal sagen, schnell eilte er auf das Pförtchen zu.

Kaum hatte er die Schwelle hinter sich, als der starke Arm des Ägypters ihn vorwärts stieß. „Das Wort soll nie gesprochen werden", rief er mit lautem, triumphierendem

Gelächter und schloss die Tür hinter dem Priester ab.

Kalenus war mehrere Stufen herabgestürzt, aber ohne die Schmerzen seines Falles im Augenblick zu fühlen, sprang er wieder zu dem Pförtchen empor, schlug mit geballter Faust wild dagegen und rief mit einer Stimme, die mehr dem Geheul eines Tieres als einem menschlichen Laut glich, so furchtbar war seine Todesangst und Verzweiflung, „Oh, lass mich los, lass mich los, ich will kein Gold verlangen!"

Die Worte drangen nur unvollkommen durch die massive Tür, und von neuem lachte Arbaces.

„Alles Gold Dalmatiens", rief er, „wird dir keine Brotrinde erkaufen. Dein Sterbegewinsel wird nicht einmal ein Echo in diesen weiten Hallen erwecken. Und selbst kein Lüftchen wird, wenn du dir im verzweifelndem Hunger das Fleisch von den Knochen nagst, verraten, dass so der Mensch zugrunde geht, der den Arbaces bedroht hat und ihn hätte vernichten können! Fahre hin!"

„Oh, Mitleid, Erbarmen! Unmenschlicher Bösewicht! War es darum . . ."

Der Schluss der Rede ging dem Ohr des Ägypters, der durch die düstere Halle langsam zurückkehrte, verloren. Eine plumpe, aufgedunsene Kröte lag bewegungslos in seinem Wege, die Strahlen der Lampe fielen auf die hässliche Ungestalt und das rote, aufwärts gerichtete Auge. Arbaces wich aus, um ihr keinen Schaden zu tun. „Du bist ekelhaft und widrig", murmelte er, „aber du kannst mir kein Leid zufügen, darum bist du sicher auf meinem Pfad."

Indessen drang das Geschrei des Priesters, wenn auch schwach und gedämpft, durch die einschließende Mauer aufs Neue zu dem Ägypter. Arbaces blieb stehen und horchte aufmerksam.

„Das ist schlimm!", dachte er, „denn ich kann mich nicht einschiffen, bis diese Stimme auf ewig verhallt ist. Zwar liegen meine Schätze nicht in jenem Kerker, sondern in dem entgegengesetzten Flügel, aber meine Sklaven dürfen, wenn sie das Gold wegschaffen, seine Stimme nicht hören. Doch wozu mich hierüber sorgen? In drei Tagen müssen diese Töne, wenn er anders noch lebt, schwach genug geworden sein und können nicht mehr durch sein Grab dringen. Bei der Isis, es ist kalt! Ich sehne mich nach einem guten Schluck gewürzten Falerners."

Damit hüllte sich der gewissenlose Ägypter dichter in seinen Mantel und eilte empor.

Vierzehntes Kapitel

Welche Worte des Schreckens und gleichwohl der Hoffnung hatte Nydia vernommen! Den folgenden Tag sollte Glaukus verurteilt werden. Aber noch lebte ein Mensch, der ihn retten und den Arbaces seinem verdienten Schicksal überliefern konnte. Und dieser Mensch befand sich nur wenige Schritte von ihrem Versteck! Sie hörte sein Schreien und Stöhnen, sein Fluchen und Beten, wenn es auch nur unterbrochen und halb erstickt an ihr Ohr drang.

Er war eingekerkert, aber sie wusste um das Geheimnis seiner Haft. Konnte sie entwischen, konnte sie den Prätor aufsuchen, so war der Gefangene noch zu rechter Zeit ans Tageslicht zu bringen und Glaukus war zu retten. Ihre Empfindungen erstickten sie fast. Sie fühlte, dass ihre Sinne schwanden. Aber durch eine mächtige Anstrengung gewann sie wieder die Herrschaft über sich. Nachdem sie mehrere Minuten aufmerksam gehorcht hatte, bis sie überzeugt war, dass Arbaces den Ort ihr und der Einsamkeit überlassen habe, schlich sie, von ihrem scharfen Gehör geleitet, zu der Tür, hinter der sich Kalenus befand. Dreimal versuchte sie zu sprechen. Dreimal war ihre Stimme zu schwach, um durch die Bohlen der schweren Tür zu dringen. Endlich fand sie das Schloss, legte die Lippen an dessen kleine Öffnung, und deutlich hörte der Gefangene seinen Namen von einer sanften Stimme aussprechen.

Sein Blut gerann, sein Haar sträubte sich. Welches geheimnisvolle, übernatürliche Wesen mochte in diese furchtbare Einsamkeit gedrungen sein? „Wer da?“, rief er in neuer Angst. „Welches Gespenst ruft den verlorenen Kalenus?“

„Priester“, erwiderte die Thessalierin, „ohne dass Arbaces es merkte, wurde ich durch die Gunst der Götter Zeugin seines Frevels. Kann ich nur selbst aus diesen Wänden entrinnen, so kann ich dich retten. Aber lass deine Stimme durch diese kleine Öffnung an mein Ohr gelangen und beantworte meine Fragen.“

„O gesegneter Geist!“, rief der Priester freudig. „Rette mich, und ich will selbst die heiligen Gefäße des Altars verkaufen, um deinen Dienst zu belohnen.“

„Ich will nicht dein Gold, ich will dein Geheimnis. Hörte ich recht? Kannst du den Athener Glaukus von der tödlichen Anschuldigung befreien?“

„Ich kann – ich kann! Mögen die Furien den schändlichen Ägypter verderben! Hat er mich doch in die Falle gelockt, um mich verhungern und verfaulen zu lassen!“

„Man klagt den Athener des Mordes an. Kannst du die Anklage widerlegen?“

„Setze mich in Freiheit und das stolzeste Haupt in Pompeji ist nicht sicherer als das seinige. Ich sah die Tat mit an. Ich sah Arbaces den Streich führen. Ich kann den wahren Mörder überführen und die Lossprechung des Unschuldigen bewirken. Geh’ ich aber zu Grund, so stirbt auch er.“

„Willst du das, was du weißt, vor Gericht angeben?“

„Ob ich will? Und wenn die Hölle unter meinen Füßen drohte, ja! Rache über den falschen Ägypter. Rache! Rache!“

Kalenus hatte diese letzten Worte mit knirschenden Zähnen ausgesprochen. Nydia fühlte, dass gerade in seiner unedlen Leidenschaft die sicherste Gewähr für die Rettung des Atheners liege. Sollte ihr wirklich das stolze Los beschieden sein, ihren Abgott zu retten? „Genug“, sprach sie, „die Mächte, die mich hierher gebracht haben, werden mich auch weiterhin leiten. Ja, ich fühle, dass ich dich befreien werde! Harre in Geduld und Hoffnung.“

„Aber sei vorsichtig, sei klug, süßes, unbekanntes Wesen. Versuche nichts bei Arbaces. Der ist aus Marmor. Geh zum Prätor! Sage ihm, was du weißt! Erwirke einen Befehl zur Hausdurchsuchung aus! Bring Soldaten und Schmiede mit! Die Zeit flieht, ich kann verhungern, wenn du dich nicht beeilst! Geh – geh! Doch halt! Es ist schrecklich, allein zu sein. Die Luft ist wie in einer Totengrube, und die Skorplone – ha! Und die bleichen Gespenster! O bleib, bleib!“

„Nein“, erwiderte Nydia, „nein, um deinetwillen muss ich fort. Die Hoffnung sei deine Gefährtin. Lebe wohl!“

Mit diesen Worten schlich sie weg und tappte mit ausgestreckten Armen an den Pfeilern hin, bis sie an die entgegengesetzte Wand der Halle und die Mündung des nach oben führenden Ganges gekommen war. Hier blieb sie stehen. Sie hielt es für sicherer, zu warten, bis die Nacht so weit vorgeschritten sein würde, dass das ganze Haus im Schlaf läge. Sie setzte sich nieder und zählte die trägen Minuten. In ihrem Herzen herrschte Freude vor: Glaukus befand sich in Todesgefahr – aber sie sollte ihn retten!

Fünfzehntes Kapitel

Nachdem Arbaces sein Blut durch einen reichlichen Trunk gewürzten Weines erwärmt hatte, fühlte er sein Herz gehoben und freudig. Er verwischte aus seinem Gedächtnis den Gedanken an die langsame Todesqual des Priesters. Er fühlte nur, dass eine große Gefahr vorüber und ein möglicher Feind zum Stillschweigen gebracht war. Was ihm zu tun blieb, war, den anderen Priestern Rechenschaft über das Verschwinden des Kalenus zu geben. Und dies hielt er für keine schwierige Sache. Kalenus war von ihm oft zu verschiedenen religiösen Sendungen in die benachbarten Städte gebraucht worden. In irgendeinem solchen Auftrag, konnte er versichern, habe er ihn auch jetzt geschickt, etwa um den Altären der Isis in Stabiä und Neapolis sühnende Opfergaben wegen der Ermordung ihres Priesters Apäcides darzubringen. War Kalenus einmal gestorben, so konnte der Leichnam noch vor des Ägypters Abreise von Pompeji in den tiefen Sarnus geworfen werden. Und wurde er dort je entdeckt, so fiel der Verdacht wahrscheinlich auf die gottesleugnerischen Nazarener, als hätten sie damit für Olinths Tod Rache nehmen wollen. Bald hatte Arbaces diese Folge von Ränken, wodurch er sich aus der Schlinge ziehen könnte, eilig überdacht, verbannte jede Erinnerung an den unglücklichen Priester aus seinem Gemüt und wandte seine Gedanken Ione zu. Als er das letzte Mal bei ihr gewesen war, hatte sie ihn durch bitteren Hohn, den seine anmaßende Natur nicht zu ertragen vermochte, von sich getrieben. Jetzt fühlte er sich gekräftigt, den Besuch zu wiederholen. Es trieb ihn in ihre Nähe! Aus Schonung für ihren Gram legte er seine dunklen, unfestlichen Gewänder nicht ab, erneuerte aber die Düfte in den Rabenlocken und brachte die Tunika in die gefälligsten Falten. Ehe er in das Gemach der Neapolitanerin trat, erkundigte er sich bei der Dienst tuenden Sklavin, ob Ione bereits zur Ruhe gegangen war. Als er vernahm, dass sie noch auf war, wagte er sich zu ihr. Er fand sein schönes Mündel vor einem Tischchen sitzend, das Gesicht in nachdenklicher Stellung auf beide Hände gestützt. Die Lippen standen offen, das Auge war irr und unaufmerksam und das lange schwarze Haar, das lose über ihren Nacken fiel, machte durch diesen Gegensatz die Wangen, die bereits ihre Rundung verloren hatten, noch bleicher.

Arbaces betrachtete sie ein Weilchen, ehe er näher trat. Auch sie schlug die Augen auf als sie bemerkte, wer der Ankömmling war, schloss sie sie mit einem schmerzlichen Ausdruck, rührte sich aber nicht.

„Ach", hob Arbaces leise an, indem er ehrfurchtsvoll fast demütig näher trat und sich in einiger Entfernung von dem Tisch niedersetzte, „wenn mein Tod deinen Hass auslöschen könnte, dann wollte ich freudig sterben! Du tust mir Unrecht, Ione. Aber ohne Murren will ich das Unrecht tragen, wenn ich dich nur bisweilen sehen darf. Schilt mich, überhäufe mich mit Vorwürfen, verachte mich, wenn du willst, ich will es ertragen. Schweigst du aber, so scheint die Welt stillzustehen. Es gibt keine Erde, kein Leben, ohne das Licht deines Antlitzes und die Melodie deiner Stimme."

„Gib mir meinen Bruder und meinen Verlobten zurück", sagte Ione ruhig, wobei ein paar große Tränen unbeachtet ihre Wangen herabrollten.

„Könnte ich dir den einen wiederbringen und den anderen retten", erwiderte Arbaces mit scheinbarer Rührung. „Ja, um dich glücklich zu machen, wollte ich meiner unbegünstigten Liebe entsagen und deine Hand freudig in diejenige des Atheners legen. Immer ist es noch möglich, dass er ohne Makel aus dem Gericht hervorgeht." (Arbaces hatte ihr verschwiegen, dass die gerichtliche Verhandlung bereits ihren Anfang genommen hatte.) „In diesem Fall sei dir vollkommene Freiheit gegeben, ihn nach deinem eigenen Urteil loszusprechen oder zu verdammen. Nur weinen, klagen lass mich mit dir. Vergib mir eine tief bereute Tat der Leidenschaft, die nie wiederkehren wird. Lass mich dir nur wieder sein, was ich einst gewesen ein Freund, ein Vater, ein Beschützer. Ach Ione, habe Mitleid und vergib mir."

„Ich vergebe dir. Rette nur Glaukus, und ich will ihm entsagen. O mächtiger Arbaces, deine Kraft vermag viel im Bösen und im Guten. Rette den Athener, und die arme Ione will ihn nie wiedersehen."

Mit diesen Worten erhob sie sich schwach und zitternd, fiel ihm zu Füßen und umfasste seine Knie.

„Wenn du mich wirklich liebst, wenn du Menschengefühl in dir hast, so gedenke der Asche meines Vaters, gedenke meiner Kindheit, gedenke all der Stunden, die wir glücklich miteinander verlebt haben – und rette meinen Glaukus!"

Arbaces wandte das Gesicht ab und sprach mit hohler Stimme:

„Könnt' ich ihn noch jetzt retten, so wollte ich es tun, aber das römische Gesetz ist streng. Indessen, wenn es mir gelänge, wenn mir's möglich würde, seine Freisprechung zu bewirken, wolltest du die Meinige, meine Gattin sein?"

„Die deinige", wiederholte Ione und stand auf. „Die deinige – deine Gattin! Noch ist das Blut meines Bruders nicht gerächt: Wer erschlug ihn? O Nemesis! Kann ich selbst um das Leben des Glaukus die heilige Pflicht, die du mir auferlegst, verkaufen? Arbaces – die Deinige? Niemals!"

„Ione, Ione!", rief Arbaces. „Was sind das für rätselhafte Worte? Warum bringst du meinen Namen mit dem Tod deines Bruders in Verbindung?"

„Meine Träume verbinden ihn mit demselben, und Träume kommen von den Göttern."

„Leere Phantasien! Also eines Traumes wegen willst du den Unschuldigen kränken und die einzige Möglichkeit, deinem Geliebten das Leben zu retten, aufs Spiel setzen?"

„Höre mich", entgegnete Ione fest, mit entschlossener, feierlicher Stimme. „Wird Glaukus von dir gerettet, so will ich nie als Braut in sein Haus einziehen. Aber das Grauen vor der Vermählung mit einem anderen kann ich nicht überwinden. Ich kann nicht deine Gattin werden! Unterbrich mich nicht. Höre mich an, Arbaces! Stirbt Glaukus, so biete ich noch am selben Tage all deinen Künsten Trotz und lasse dir bloß meinen Staub! Entferne Messer und Gift aus meinem Bereich, kerkere mich ein, lege mich in Fesseln; einer tapferen Seele, die zu ihrer Befreiung entschlossen ist, fehlen die

Mittel nie. Mit diesen Händen, nackt und unbewaffnet wie sie sind, sollen die Bande des Lebens zerrissen werden. Du bist bewandert in der Geschichte, du hast gelesen, wie Frauen eher starben als eine Entehrung duldeten. Geht Glaukus unter, so will ich nicht unwürdig hinter ihm zurückbleiben. Bei allen Göttern des Himmels und des Meeres und der Erde, ich weihe mich dem Tod!"

Hoch, stolz, ihre Gestalt wie eine Begeisterte über das gewöhnliche Maß erhebend, flößte Ione durch Stimme und Haltung ihrem Zuhörer Ehrfurcht ein.

„Tapferes Herz", sprach er nach einer kurzen Pause, „du bist wirklich wert, die meinige zu sein. Ione, siehst du denn nicht, dass wir füreinander geboren sind? Wir sind geschaffen, unsere Wesen zu vereinigen, einen neuen Geist zu hauchen in diese abgenutzte, gemeine Welt, geschaffen zu mächtigen Geschicken, die meine Seele, das Dunkel der Zeit durchdringend, mit prophetischem Auge voraussieht. Mit einer Ent-schlossenheit, die der deinigen gleicht, trotze ich deiner Drohung unrühmlichen Selbstmordes. Zusammen wollen wir unser Reich auffinden, und ferne Jahrhunderte sollen Zeugen der Königsreihe sein, die aus der Vermählung des Arbaces mit der Ione entspross."

„Du hast meinen Entschluss gehört – er ist unabänderlich! Sühne die Vergangenheit! Verkehre Hass in Achtung, Rachbegierde in Dankbarkeit! Erhalte den, der nie dein Nebenbuhler sein soll. Ein solches Tun ist deiner besseren Natur würdig. O Arbaces, höre mich, und lass dich erflehen!"

„Genug, Ione! Alles, was ich für Glaukus tun kann, soll geschehen. Aber mache mir keine Vorwürfe, wenn es erfolglos bleibt. Erkundige dich selbst bei meinen Feinden, ob ich nicht gestrebt und noch strebe, das Verdammungsurteil von seinem Haupt abzulenken, und beurteile mich danach. Schlafe denn, Ione. Es ist spät in der Nacht. Ich überlasse dich ihrer Ruhe. Mögest du freundliche Träume von dem haben, der nur in dir lebt."

Ohne eine Antwort abzuwarten, entfernte sich Arbaces.

Während ihn seine Diener für die Nacht entkleiden halfen, durchfuhr ihn plötzlich der Gedanke an Nydia. Er wandte sich zu einem seiner Freigelassenen: „Geh sogleich zu Sosia, Kallias“, sprach er, „und sage ihm, er dürfe die blinde Nydia unter keinerlei Vorwand aus ihrem Zimmer lassen. Doch halt! Suche zuerst die Dienerinnen meines Mündels auf und bedeute ihnen, ihr nicht zu sagen, dass das blinde Mädchen unter meinem Dach ist. Schnell, fort!“

Kallias verschwand sogleich. Nachdem er sich seines Auftrages bei Iones Dienerinnen entledigt, suchte er den würdigen Sosia. Da er ihn in der kleinen, zu seinem Schlafgemach bestimmten Zelle nicht fand, rief er ihn laut bei Namen und hörte aus dem anstoßenden Zimmer Nydias seine Stimme antworten,

„O Kallias, bist du es? Die Götter seien gepriesen! Öffne die Tür, ich bitte dich!“

Der Freigelassene schob den Riegel zurück und das klägliche Antlitz Sosias drängte sich hastig entgegen.

„Was! In einem Zimmer mit dem jungen Mädchen? Schäme dich!“

„Nenne die kleine Hexe nicht“, unterbrach ihn Sosia ungeduldig. „Sie wird mein Verderben sein!“. Und unverweilt teilte er Kallias die Geschichte mit dem Luftgeist und der Flucht der Thessalierin mit.

„So kannst du dich immerhin aufhängen, du Unglückssohn! Eben komme ich von Arbaces mit dem Befehl an dich, sie keinen Augenblick aus dem Zimmer zu lassen!“

„Was soll ich anfangen? Unterdessen kann sie schon in halb Pompeji gewesen sein. Aber morgen mache ich mich daran, sie in ihren alten Schlupfwinkeln aufzuspüren. Halte nur den Mund, lieber Kallias.“

„Ich will alles tun, was die Freundschaft vermag, soweit mein eigenes Heil dabei nicht leidet. Aber weißt du gewiss, dass sie das Haus verlassen hat? Noch kann sie sich hier irgendwo versteckt halten."

„Wie wäre das möglich? In den Garten konnte sie gar leicht kommen, und die Tür stand offen."

„Nein, das nicht, eben zu der Stunde, von der du sprichst, war Arbaces mit dem Priester Kalenus im Garten. Ich ging dorthin, um Kräuter für das Bad des Herrn zu holen, und bemerkte das ausgesetzte Tischchen gar wohl. Aber ich weiß gewiss, dass die Gartentür eingeklinkt war. Ohne Zweifel war Kalenus durch den Garten eingetreten und hatte die Tür hinter sich zugemacht."

„Aber eigentlich verschlossen wurde sie doch nicht."

„Aber ja, denn ich selbst drehte den Schlüssel um, nahm ihn mit mir, und – da ich den Sklaven nicht fand, der dafür zu sorgen hat, sonst würde ich ihm tüchtig die Meinung gesagt haben – so steckt er hier noch jetzt in meinem Gürtel."

„O gnädiger Bacchus, so hab' ich doch nicht umsonst zu dir gefleht. Verlieren wir keinen Augenblick! Komm gleich mit mir in den Garten, vielleicht ist sie noch dort!"

Der gutmütige Kallias gab seine Einwilligung, und nachdem sie zuvor die nächstgelegenen Gemächer und die Winkel des Peristyls durchsucht hatten, traten sie in den Garten. Ungefähr um dieselbe Zeit hatte Nydia beschlossen, ihr Versteck zu verlassen, um sich an ihr Unternehmen zu wagen. Leicht, zitternd, mit verhaltenem Atem, der ab und zu wieder krampfhaft hervorbrach, jetzt an den mit Blumen bekränzten Säulen des Peristyls vorüberhuschend, jetzt den stillen Mondschein auf dem eingelegtem Boden mit ihrem Schatten durchkreuzend, bald auf der Gartenterrasse, bald unter den düsteren, regungslosen Bäumen, erreichte sie endlich die verhängnisvolle Tür und fand sie – verschlossen! Wieder und wieder streiften die kleinen, zitternden Hände über die unerbittliche Tür hin. Armes Kind! Umsonst war dein edler Mut, deine unschuldige List, deine Künste, um dem Jäger und seiner Meute zu entgehen! Und genau hier wurde sie von Sosia und Kallias entdeckt.

„Still, Kallias! Lass sie machen. Sehen wir, was sie anfängt, wenn sie sich überzeugt hat, dass die Tür sie nicht durchlässt."

„Sieh, sieh! Sie erhebt das Gesicht zum Himmel, sie sinkt trostlos nieder! Doch nein! Sie hat einen neuen Plan! Sie gibt sich noch nicht gefangen! Beim Jupiter, ein zähes Köpfchen! Schau, sie springt auf, sie wendet ihre Schritte zurück, es fällt ihr ein anderer Ausweg ein! Ich rate dir, Sosia, warte nicht länger, packe sie, ehe sie sich aus dem Garten wegmacht! Da!"

„Ha, Ausreißerin hab' ich dich?", rief Sosia und fasste die Unglückliche.

Wie der letzte menschenähnliche Ton des Wildes in den Fän-gen der Hunde, wie der gellende Schreckensruf, den ein jählings erwachter Nachtwandler ausstößt, war der Schrei des blinden Mädchens, als sie den plötzlichen Griff ihres Kerkermeisters fühlte.

„Götter!", rief Kallias. „Dieses Geschrei wird das Haus in Alarm bringen! Arbaces hat einen leisen Schlaf. Stopf ihr den Mund!"

„Ja, da hab' ich noch das Tuch, womit mir die junge Hexe den Verstand wegzauberte! So ist's recht, jetzt bist du auch stumm, nicht nur blind."

Und die leichte Last in den Armen forttragend, erreichte Sosia das Haus und sofort das Zimmer, aus dem Nydia entflohen war. Hier erst nahm er ihr den Knebel wieder ab und überließ sie einer Einsamkeit, deren Schrecken und Qualen der Hades selbst kaum überbieten konnte.

Sechzehntes Kapitel

Es war am Abend des dritten und letzten Gerichtstages über Glaukus und Olinth. Wenige Stunden, nachdem die Sitzung aufgehoben und das Urteil gefällt worden, hatte sich eine kleine Gesellschaft junger pompejanischer Lebemänner um den üppigen Tisch des Lepidus versammelt.

„So leugnete denn Glaukus sein Verbrechen bis zum letzten Moment?“, fragte Clodius.

„Ja, aber die Angabe des Arbaces überzeugte die Richter. Dieser sah, wie der Streich geführt wurde“, erwiderte Lepidus.

„Was kann wohl die Ursache sein?“

„Nun, der Priester war ein verdrossener, finsterer Kerl. Wahrscheinlich schalt er den Glaukus wegen seines lustigen Lebens und seines Hanges zum Spiel tüchtig aus und schwor endlich darauf, er werde seine Einwilligung zu der Vermählung mit Ione nicht geben. Glaukus scheint ziemlich viel getrunken zu haben und tat im Jähzorn einen tödlichen Stoß. Die Erregung durch den Wein, die heftigen Gewissens-bisse brachten den Wahnsinn über ihn, an dem er einige Tage litt. Und ich kann mir wohl vorstellen, dass der arme Junge, noch immer wirr von dieser Seelenstörung, selbst jetzt von dem Verbrechen nichts weiß, das er begangen hat. So wenigstens ist die scharfsinnige Vermutung des Arbaces, der in dem abgelegten gerichtlichen Zeugnis sehr freundlich und schonend zu Werk gegangen zu sein scheint.“

„Ja, er hat dadurch die allgemeine Zuneigung gewonnen. Jedoch sollte in Anbetracht dieser mildernden Umstände der Senat auch seinen Spruch gemildert haben.“

„Das würde er auch, wäre das Volk nicht, aber dieses war voller Wut. Die Priester hatten keine Mühe gespart, es zu erbittern. Die blutdürstigen Bestien stellten sich vor, Glaukus werde losgesprochen, bloß weil er reich und vornehm ist, und eben deswegen waren sie doppelt versessen auf seine Verurtei-lung. Der Senat musste einwilligen, dass er der Rechte eines Bürgers beraubt und somit zum Tod verurteilt wurde. Freilich war bei all dem nur eine Mehrzahl von drei Stimmen gegen ihn!“

„Er sieht sehr verändert aus, aber dennoch gefasst und furchtlos.“

„Nun, wir werden sehen, ob seine Festigkeit bis morgen anhält. Indessen, welchen Wert kann der Mut haben, wenn selbst dieser gottesleugnerische Hund, der Olinth, die gleiche Fassung zeigt?“

„Ja, dieser Gottesleugner!“, rief Lepidus mit frommem Zorn. „Kein Wunder, dass noch vor zwei Tagen ein Dekurio durch einen Blitz aus heiterem Himmel erschlagen wurde. Die Götter sind erbost auf Pompeji, solange der schändliche Beflecker ihres Heiligtumes in ihren Mauern lebt.“

„Gleichwohl verfuhr der Senat so milde, dass, wenn Olinth nur Reue gezeigt und einige Körner Weihrauch auf dem Altar der Kybele verbrannt haben würde, man ihn hätte laufen lassen. Ich zweifle, ob diese Nazarener so duldsam gegen uns sein würden, wenn wir das Bild ihres Gottes niedergeschlagen, ihre Gebräuche verhöhnt und ihren Glauben verleugnet hätten.“

„Auch dem Glaukus gestattet man in Anbetracht der mildernden Umstände eine Möglichkeit der Rettung. Man erlaubt ihm, gegen den Löwen denselben Stilus zu gebrauchen, womit er den Priester erstach.“

„Hast du den Löwen gesehen? Hast du seine Sehnen und Klauen bemerkt und nennst das eine Möglichkeit? Wären doch Schwert und Schild ein bloßer Strohhalm gegen den Angriff des mächtigen Tieres! Nein, ich glaube, die wahre Milde bestand darin, dass man ihm keinen langen Aufschub lässt. Zudem waren die Spiele des Amphitheaters wie durch eine Art weiser Vorsicht schon lange auf morgen festgesetzt. Wer auf den Tod warten muss, stirbt zwei Mal.“

„Was den Gottesleugner betrifft“, bemerkte Clodius, „so muss er es mit dem grimmigen Tiger mit unbewehrter Hand aufnehmen. Auf einen solchen Kampf kann man nicht wetten. Oder will einer die Wette aufnehmen?“

„Armer Clodius!“, rief der Wirt. „Einen Freund zu verlieren, will etwas heißen. Aber niemand zu finden, der auf die Möglichkeit seiner Errettung mit dir wettet, ist noch ein schlimmeres Unglück für dich.“

„Das Volk“, bemerkte der gestrenge Pansa, „ist mit dem Ergebnis sehr wohl zufrieden. Groß war die Angst, die Spiele im Amphitheater möchten ohne einen Verbrecher für die Tiere vorübergehen. Und nun auf einmal zwei solche Verbrecher zu bekommen, ist in der Tat eine Freude für die armen Burschen! Sie arbeiten hart, sie müssen auch ihren Spaß haben.“

„Und was“, fragte einer aus der Gesellschaft, „was ist denn aus dem armen Mädchen geworden, das Glaukus heiraten wollte? Eine Witwe, ohne Gattin gewesen zu sein, das ist hart!“,

„Oh“, gab ihm Clodius zurück, „sie ist sicher unter dem Schutz ihres Vormunds Arbaces. Natürlich begab sie sich nach dem Verlust des Geliebten und des Bruders zu ihm.“

„Bei der Venus, Glaukus hatte Glück bei den Weibern! Man sagt, die reiche Julia sei in ihn verliebt gewesen.“

„Eine reine Fabel, mein Freund!“, erwiderte Clodius geckenhaft. „Ich war heute bei ihr. Hatte sie je eine Empfindung dieser Art, so schmeichle ich mir, sie getröstet zu haben.“

„Still“, rief Pansa, „wisst ihr nicht, dass Clodius sich zur Zeit in Diomeds Haus damit abgibt, stark auf die Fackel zu blasen?“

„Steht es so?“, fragte Lepidus. „Was? Clodius ein Ehemann werden? Pfui!“

„Lass dir darum nicht bang sein“, antwortete Clodius. „Der alte Diomed ist entzückt von der Vorstellung, seine Tochter an einen Edelmann zu verheiraten und wird es an Sesterzen nicht fehlen lassen. Ihr werdet sehen, dass ich mein Geld nicht im Atrium verschließe. Der Tag, wo Clodius eine Erbin heiratet, soll ein weißer für seine lustigen Freunde sein.“

„Sprichst du so?“, rief Lepidus. „So komm, einen vollen Becher auf die Gesundheit der schönen Julia.“

Während an dem üppigen Tisch des Lepidus dieses Gespräch geführt wurde, schreckte den jungen Athener eine ganz andere Umgebung.

Nach seiner Verdammung war Glaukus nicht mehr der sanften Obhut Sallusts, des einzigen Freundes in seinem Unglück, anvertraut worden. Man führte ihn über das Forum, wo seine Wächter endlich vor einem Türchen an der Seite des Jupitertempels stehen blieben. (Noch jetzt kann man den Ort sehen.) Die Tür öffnete sich von der Mitte aus auf eine etwas seltsame Art, indem sie sich wie ein modernes Drehkreuz um ihre Angeln bewegte, sodass zu ein und derselben Zeit immer nur der halbe Raum zwischen ihren Pfosten offen stand. Durch diesen engen Zugang schoben sie den Gefangenen, setzten ein Brot und einen Wasserkrug vor ihn und überließen ihn der Finsternis und, wie er glaubte, der Einsamkeit.

So schnell war die Umwälzung gewesen, die ihn von der Palmenhöhe jugendlicher Freuden und begünstigter Liebe in den tiefsten Abgrund der Schande und in die Schrecken eines blutigen Todes gestürzt hatte, dass er kaum das Gefühl von sich abwehren konnte, als liege er in den Banden eines furchtbaren Traumes. Seine elastische, herrliche Gesundheit hatte über einen Trank gesiegt, dessen größeren Teil er glükklicherweise nicht zu sich genommen hatte. Sinn und Bewusstsein waren ihm zurückgekehrt, aber immer noch drückte ein dumpfer Nebel auf seine Nerven und verdunkelte seinen Geist. Seine natürliche Unerschrockenheit und der edle griechische Stolz hatten ihm Kraft gegeben, jede Angst zu überwinden und seinem schrecklichen Los im Gerichtssaal mit fester Haltung und ruhigem Auge entgegenzusehen.

Aber die Gewissheit der Unschuld reichte kaum hin, ihn auch da noch aufrechtzuhalten, wo der Blick der Menge seinen hohen Mut nicht länger entflammte und er der Einsamkeit und der Stille hingegeben war. Fröstelnd fühlte er den Kerkerdunst auf seinen geschwächten Körper herabsinken.

Der arme Athener! Selbst seine Fehler waren nur das Übermaß einer edlen, freudigen Natur gewesen, und wie wenig hatte ihn seine bisherige Laufbahn für die Prüfungen gestählt, die er jetzt bestehen musste! Das Hohngezisch der Menge, unter deren jauchzendem Zuruf er so oft seinen zierlichen Wagen und seine Pferde dahingeführt hatte, tönte noch immer in sein Ohr. Die kalten, steinernen Gesichter seiner ehemaligen Freunde, der Genossen seiner fröhlichen Gelage, tauchten noch immer vor seinen Blicken auf. Diese Mauern öffneten sich ihm nur, um ihn auf der furchtbaren Arena einem gewaltsamen, entehrenden Tod entgegengehen zu lassen.

Und Ione! Auch von ihr hatte er nichts gehört, kein ermutigendes Wort, keine bemitleidende Botschaft. Auch sie hatte ihn verlassen! Sie hielt ihn für schuldig! Und welchen Verbrechens? Der Ermordung ihres Bruders? Er knirschte mit den Zähnen, er stöhnte laut, und plötzlich durchzuckte ihn eine schreckliche Angst. Konnte er nicht in jenem wilden, furchtbaren Wahnsinn, der seine Seele auf so unbegreifliche Weise erfasst, sein aus den Fugen gewichenes Gehirn gestört hatte, das Verbrechen, dessen er angeklagt war, wirklich, ohne dass er darum wusste, begangen haben? Wenn er seiner letzten Zusammenkunft mit Arbaces und der Ursachen zur Rache, die im Herzen dieses dunklen, furchtbaren Menschen angeregt worden, gedachte, konnte er sich des Glaubens nicht erwehren, dass er das Opfer einer tief angelegten, geheimnisvollen Hinterlist sei, deren Geheimhaltung er mit seinem Leben bezahlen müsse. Und Ione – Arbaces liebte sie –, sollte sein Untergang dem Nebenbuhler den Sieg bereiten? Dieser Gedanke durchschnitt ihm das Herz tiefer als alles andere, und sein edles Gemüt war mehr von Eifersucht gequält, als durch Furcht entmutigt. Aufs Neue ächzte er laut.

Eine Stimme hinten aus dem Dunkel hervor antwortete auf diesen Ausbruch des Schmerzes. „Wer“, fragte sie, „ist mein Gefährte in dieser furchtbaren Stunde? Athener Glaukus, bist du es?“

„So nannte man mich wirklich in der Zeit meines

Glückes. Vielleicht haben sie jetzt andere Benennungen für mich. Und dein Name, Fremdling?"

„Ist Olinth, dein Genosse im Kerker wie vor Gericht."

„Was! Der, den man den Gottesleugner nennt? Hat dich vielleicht die Ungerechtigkeit der Menschen dahin gebracht, die Vorsehung der Götter zu leugnen?"

„Ach", erwiderte Olinth, „du, nicht ich, bist der wahre Gottesleugner, denn du leugnest den einzig wahren Gott, den Unbekannten, dem deine athenischen Väter einen Altar errichtet haben. In dieser Stunde ist es, wo ich meinen Gott fühle. Er ist mit mir im Kerker. Sein Lächeln durchdringt das Dunkel! Am Vorabend des Todes flüstert mir mein Herz von Unsterblichkeit, und die Erde tritt nur vor mir zurück, um die müde Seele dem Himmel näherzubringen."

„Sag mir", fragte Glaukus plötzlich, „hörte ich während der gerichtlichen Verhandlung nicht deinen Namen in Verbindung mit demjenigen des Apäcides? Hältst du mich für schuldig?"

„Gott allein liest in den Herzen der Menschen. Aber mein Verdacht ruht nicht auf dir."

„Auf wem denn?",

„Auf deinem Ankläger Arbaces."

„Ha! Du gibst mir neues Leben. Und warum auf Arbaces?"

„Weil ich die bösen Gesinnungen des Mannes kenne und er Ursache hatte, den Ermordeten zu fürchten." Olinth unterrichtete Glaukus über die Umstände, die der Leser bereits kennt, nämlich seine Unterredung mit Apäcides, den Plan, den er mit diesem zur Enthüllung der ägyptischen Priestergaukeleien und der Verführungskünste des Arbaces gegen die jugendliche Schwäche des neu Bekehrten, verabredet hatte. „Ist daher", schloss Olinth seinen Bericht, „der Verstorbene dem Arbaces begegnet, hat er ihm seine Verräterei vorgehalten und mit deren Offenbarung gedroht, so mochten Ort und Stunde dem Zorn des Ägypters gar wohl zu Hilfe gekommen und der Todesstreich ebenso wohl eine Folge schlauer Berechnung als leidenschaftlicher Wut gewesen sein.“

„Es ist nicht anders möglich!“, rief Glaukus freudig aus. „Ich bin glücklich!“

„Aber was hilft dir diese Entdeckung jetzt, Unglücklicher? Du bist verurteilt und wirst trotz deiner Schuldlosigkeit untergehen.“

„Doch ich selbst werde wenigstens wissen, dass ich schuldlos bin, während ich bisher in Anbetracht meines geheimnisvollen Wahnsinnes furchtbare, wenn auch nur vorübergehende Zweifel nähren musste. Aber sag mir, du Mann eines fremden Glaubens, bist du der Ansicht, dass wir auch für kleine Fehler oder ererbte Gebrechen von den Mächten da oben, welchen Namen du ihnen nun geben magst, verstoßen und verflucht werden?“

„Gott ist gerecht und verstößt seine Geschöpfe wegen menschlicher Schwächen nicht. Gott ist barmherzig und verflucht bloß die Sünder, die nicht bereuen.“

„Aber mir war’s, als sei durch göttlichen Zorn ein plötzlicher Wahnsinn über mich gekommen, eine übernatürliche, nicht durch menschliche Mittel hervorgebrachte Sinnenverwirrung.“

„Es gibt“, erwiderte der Nazarener schaudernd, „böse Geister auf der Erde, so gut es einen Gott und einen Sohn im Himmel gibt, und da du den Letzteren nicht anerkennst, so mögen die Ersteren Macht über dich gehabt haben.“

Glaukus gab keine Antwort, und eine Stille von mehreren Minuten trat ein. Endlich fragte der Athener mit veränderter, sanfter, halb zaudernder Stimme: „Christ, gehört zu den Lehren deines Glaubens, dass die Toten fortleben? Dass die, welche hier geliebt, später wieder vereinigt werden? Dass jenseits des Grabes unser Name von dem Dunst der Sterblichkeit frei wird?“

„Ob das zu meinem Glauben gehört, Athener? Nein, ich

glaub' es nicht, ich weiß es. Und diese schöne und selige Gewissheit ist es, die mich jetzt aufrechthält. O Cyllene", fuhr Olinth warm fort, „Braut meines Herzens! Mir im ersten Monat unserer Vermählung entrissen, werde ich dich nicht in wenigen Tagen sehen? Willkommen, willkommen, Tod, der mich in den Himmel zu dir bringt!"

Es lag etwas in diesem plötzlichen Gefühlsausbruch, der eine verwandte Saite in der Seele des Griechen berührte. Zum ersten Mal empfand er ein stärkeres Mitgefühl als das des bloßen Unglücks zu seinem Gefährten. Er kroch näher zu Olinth heran.

„Ja", fuhr der Christ in heiligem Eifer fort, „die Unsterblichkeit der Seele, die Auferstehung, die Wiedervereinigung der Toten ist die große Grundlehre unseres Glaubens, die große Wahrheit, zu deren Verkündigung und Verbürgung ein Gott selbst den Tod erlitt."

„Sag mir denn deine Lehren und erläutere mir deine Hoffnungen", entgegnete Glaukus ernst.

Olinth ging auf diese Bitte ein, und so ergoss denn, wie so oft in den ersten Jahrhunderten des Christentums, das aufdämmernde Evangelium im Dunkel des Kerkers und vor den Toren des Todes seine milden, heiligenden Strahlen.

Siebzehntes Kapitel

In langsamer Qual zogen die Stunden über Nydias Haupt hin, seit sie in ihr Gemach zurückgebracht worden war.

Sosia, als fürchte er sich, abermals überlistet zu werden, hatte seinen Besuch bei ihr bis spät am Morgen des folgenden Tages verschoben und auch dann den Korb mit Speise und Trank nur eilig hereingestellt und die Tür sogleich wieder verschlossen.

Zu ihrer Befreiung überlegte sie sich Plan auf Plan, aber

jeden musste sie wieder aufgeben. Immer jedoch blieb Sosia ihre einzige Hoffnung, das einzige Werkzeug, das sie gebrauchen konnte. Er war abergläubisch gewesen in der Aussicht, Kunde darüber zu erlangen, ob er seine Freiheit endlich erkaufen werde. Gütige Götter! Konnte er nicht etwa durch die Freiheit selbst gewonnen werden? War sie nicht beinah reich genug, ihm diese zu erkaufen? Ihre zarten Arme waren mit Spangen, Geschenken von Ione, bedeckt, und um ihren Hals hing jene Kette, die, wie man sich erinnern wird, ihre eifersüchtigen Vorwürfe gegen Glaukus veranlasst und die sie immer zu tragen gelobt hatte. Mit brennender Sehnsucht harrte sie auf Sosias Ankunft. Als jedoch Stunde um Stunde verschwand und er nicht erschien, ergriff sie peinigende Ungeduld. Jeder ihrer Nerven zuckte fieberhaft, sie vermochte die Einsamkeit nicht länger zu ertragen. Sie stöhnte, sie schrie laut, sie warf sich gegen die Tür. Ihr Angstruf hallte weithin im Hause wider, und Sosia eilte höchst ärgerlich herbei, um zu sehen, was es gebe.

„Holla, was ist das?“, fragte er unmutig. „Kleine Sklavin, wenn du mit diesem Gekreisch fortfährst, so müssen wir dir einen Knebel in den Mund stecken. Meine Schultern müßten dafür büßen, wenn dich der Herr zu hören bekäme.“

„Lieber Sosia, schelte mich nicht, ich kann es nicht ertragen, so lange allein zu sein“, entgegnete Nydia. „Die Einsamkeit beängstigt. Ich bitte dich, setze dich nur ein wenig zu mir. Sorge nicht, dass ich wieder entfliehen möchte. Setze deinen Stuhl vor die Tür, halte das Auge stets auf mich, ich will mich nicht vom Platz bewegen.“

Sosia, selbst ein gewaltiger Freund des Schwatzens, wurde durch diese Anrede gerührt. Er fühlte Mitleid mit einem Wesen, das niemand zum Plaudern hatte, das Gleiche war sein eigener Fall. Er fühlte Mitleid und beschloss, sich selbst von der Qual zu erlösen! Nydias Wink benutzend, setzte er einen Stuhl vor die Tür, lehnte den Rücken dagegen und erwiderte:

„Ich will wahrhaftig nicht griesgrämig gegen dich sein und dir gern deinen Willen tun. Aber lass dir's gesagt sein, keine Tücken, keine Geisterbeschwörungen!"

„Nein, nein! Sage mir, lieber Sosia, welche Zeit ist es?"

„Es ist bereits Abend, die Ziegen kehren nach Hause."

„O Götter! Wie ging es mit dem Gericht?"

„Beide verurteilt!"

Nydia unterdrückte den Schmerzensruf, der in ihr aufsteigen wollte. „Gut, gut. Ich dachte wohl, es würde so gehen. Wann würden sie den Tod erleiden?"

„Morgen im Amphitheater, wärst du nicht, kleine Hexe, so bekäme ich auch Erlaubnis, hinzugehen und zuzuschauen."

Nydia lehnte sich für einige Augenblicke zurück, denn sie war in Ohnmacht gesunken. Aber Sosia bemerkte es nicht, denn es war Abenddämmerung und er voll von den Entbehrungen, die er selbst zu erdulden hatte. Er verbreitete sich in Wehklagen über die Freude eines so herrlichen Schauspiels und über die Ungerechtigkeit des Arbaces, der gerade ihn unter allen seinen Genossen ausgewählt habe, um das Amt eines Kerkermeisters zu übernehmen. Ehe er damit zu Ende gekommen war, war Nydia mit einem tiefen Seufzer ihrer Sinne wieder Herr geworden.

„Sosia, wie viel brauchst du noch, um deine Freiheit erkaufen zu können?"

„Wie viel? Nun, ungefähr zweitausend Sesterze."

„Die Götter seien gepriesen! Nicht mehr? Siehst du diese Armbänder und diese Kette? Sie sind wohl doppelt so viel wert. Ich will sie dir geben, wenn . . ."

„Versuche mich nicht, ich kann dich nicht freilassen. Arbaces ist ein strenger, schrecklicher Herr. Wer weiß, ob ich nicht den Fischen des Sarnus zum Futter würde. Ach, alle Sesterze der Welt könnten mich dann nicht ins Leben zurückkaufen. Besser ein lebendiger Hund, als ein toter Löwe . . ."

„Sosia, deine Freiheit! Bedenke es wohl, wenn du mich hinauslässt, auch nur eine kleine Stunde lang! Lass mich um

Mitternacht heraus. Ich will vor der Morgendämmerung zurückkehren, ja du selbst kannst mit mir gehen."

„Nein", erwiderte Sosia hartnäckig. „Ein Sklave war dem Arbaces einmal ungehorsam, und nie hat man wieder von ihm gehört."

„Aber das Gesetz gestattet dem Herrn keine Gewalt über das Leben des Sklaven."

„Das Gesetz ist sehr gütig, aber es richtet mit dieser Artigkeit nicht viel aus. Ich weiß, dass Arbaces das Gesetz immer auf seine Seite bekommt. Überdies, wenn ich einmal tot bin, welches Gesetz kann mich ins Leben zurückbringen?"

Nydia rang die Hände. „So gibt es denn keine Hoffnung?"

„Zum Weggehen keine, bis Arbaces es erlaubt."

„Gut denn, wenigstens wirst du mir nicht versagen, einen Brief zu bestellen. Dafür kann dich dein Gebieter nicht töten."

„Einen Brief? An wen?"

„An den Prätor."

„An eine obrigkeitliche Person? Nein, nicht, man könnte mich vor Gericht zum Zeugen nehmen, und Sklaven werden nur auf der Folter verhört."

„Verzeihung, ich meinte nicht den Prätor, das Wort entschlüpfte mir wider Willen; ich meinte einen ganz andern, den fröhlichen Sallust."

„Oho! Und was willst du von ihm?"

„Glaukus war mein Gebieter, er kaufte mich von einem grausamen Herrn, er allein war gütig gegen mich und soll jetzt sterben. Ich werde nie wieder froh, wenn ich ihm in seiner Todesstunde nicht sagen kann, dass wenigstens ein dankbares Herz für ihn schlägt. Sallust ist sein Freund, er wird meinen Brief überliefern."

„Gewiss tut er das nicht. Glaukus wird zwischen heut und morgen genug zu denken haben, ohne dass man ihm erst den Kopf wegen eines blinden Mädchens verwirrt."

„Mensch“, erwiderte Nydia aufstehend, „willst du frei werden? Du hast die Möglichkeit in deiner Gewalt. Morgen ist es zu spät. Nie wurde die Freiheit besser erkauft, du kannst das Haus mit aller Bequemlichkeit, und ohne dass jemand nach dir fragt, verlassen. Deine Abwesenheit wird kaum eine halbe Stunde dauern. Einer solchen Kleinigkeit wegen wolltest du die Freiheit von der Hand weisen?“

Sosia war in großer Bewegung. Allerdings klang das Gesuch ausnehmend einfältig. Aber was ging das ihn an? Die Sache stand nur um so besser für ihn. Er konnte Nydia einschließen, und erfuhr Arbaces etwas von seiner Entfernung, so war diese ja ein ganz geringfügiges Vergehen, das höchstens einige Scheltworte zur Folge haben mochte. Indessen sollte Nydias Schreiben etwas mehr enthalten, als was sie angegeben hatte, sollte es, wie er schlauerweise vermutete, von ihrer Einkerkerung sprechen, was dann? Nun, Arbaces brauchte ja nie zu erfahren, dass er, sein Sklave, den Brief überbracht habe. Selbst im schlimmsten Fall war der Preis, der ihm geboten wurde, ungeheuer, die Gefahr gering, die Versuchung unwiderstehlich. Er zauderte nicht länger, er willigte in den Vor-schlag ein.

„Gib mir den Schmuck, und ich will den Brief überbringen. Doch halt! Du bist eine Sklavin, du hast kein Recht auf diese Dinge, sie gehören deinem Herrn.“

„Es sind Geschenke des Glaukus, er ist mein Herr. Kann er sie je von mir zurückfordern? Und wer außer ihm weiß, dass sie in meinem Besitz sind?“

„Genug, ich will den Papyrus bringen.“

In wenigen Minuten war Nydia mit dem Brief fertig, den sie aus Vorsicht griechisch abgefasst hatte, in der Sprache ihrer Kindheit, die damals fast jeder Italiener von etwas höherem Rang verstand. Sorgfältig wand sie den schützenden Faden um und verklebte den Knoten mit Wachs. Eh’ sie das Geschriebene in Sosias Hände übergab, wandte sie sich an ihn:

„Sosia, ich bin blind und eingekerkert, vielleicht hast du im Sinn, mich zu betrügen. Vielleicht gibst du nur vor, du trügest den Brief zu Sallust, ohne deinen Auftrag wirklich auszuführen. Aber feierlich weihe ich dein Haupt der Rache, deine Seele den unterirdischen Mächten, wenn du deine Zusage brichst. Lege deine rechte Hand in die meinige und sprich mir folgende Worte nach: Bei dem Boden, auf dem wir stehen, bei den Elementen, die Leben enthalten und zerstören, bei dem allsehenden Jupiter schwöre ich, dass ich mein Versprechen ehrlich halten und diesen Brief treulich in die Hände Sallusts übergeben will. Breche ich diesen Eid, so möge der volle Fluch des Himmels und der Erde auf mich hereinbrechen! – Genug, damit trau' ich dir, nimm deinen Lohn. Es ist schon dunkel, mach dich sogleich auf den Weg."

„Du bist ein seltsames Mädchen und hast mich furchtbar in Angst gejagt. Doch kann ich dich wohl begreifen, und ist Sallust aufzufinden, so geb' ich ihm diesen Brief. Meiner Treu, ich mag mir kleine Sünden vorzuwerfen haben, aber Meineid – nein! Den überlasse ich vornehmeren Leuten als ich bin."

Damit entfernte sich Sosia, nachdem er sorgfältig den schweren Riegel an Nydias Tür vorgezogen und die Vorlegschlösser ebenso sorgfältig verwahrt hatte. Er steckte den Schlüssel in seinen Gürtel, ging in sein eigenes Gemach, hüllte sich von Kopf bis zu Fuß in einen groben Mantel und schlüpfte durch das Hinterpförtchen ungehindert und unbemerkt hinaus.

Die Straßen waren leer, bald darauf hatte er Sallusts Haus erreicht. Der Pförtner hieß ihn den Brief dalassen und weggehen, denn Sallust sei über die Verurteilung des Glaukus so betrübt, dass er unter keiner Bedingung gestört sein wolle.

„Aber ich habe geschworen, diesen Brief in seine eigenen Hände zu legen und muss es also tun." Damit drückte Sosia ein halbes Dutzend Sesterze in die Hand des Pförtners.

„Gut, gut", entgegnete dieser, nachgiebiger geworden,

„du kannst eintreten, wenn du willst, aber, um dir die Wahrheit zu sagen, Sallust vertrinkt eben seinen Kummer. Das ist so seine Art, wenn ihm etwas in die Quere kommt. Er bestellt ein tüchtiges Essen und den besten Wein und lässt nicht nach, bis alles aus seinem Kopf ist – außer dem Falerner."

„Ein vortrefflicher Ausweg, ganz vortrefflich! Ach, was will es doch heißen, ein reicher Mann zu sein! Wäre ich Sallust, so wollt ich mir jeden Tag den einen oder den anderen Kummer gefallen lassen."

Sallust war zu traurig, um Besuch anzunehmen, aber er war auch zu traurig, um allein zu trinken. So ließ er sich also von seinem Lieblingsfreigelassenen Gesellschaft leisten, und nie sah man ein seltsameres Bankett. Denn von Zeit zu Zeit seufzte der gutmütige Schwelger, wimmerte und weinte laut. Dann wandte er sich wieder mit verdoppeltem Eifer zu einer neuen Schüssel oder dem frisch gefüllten Becher.

„Guter Bursche", sagte er zu seinem Gefährten, „es war ein schrecklicher Urteilsspruch! Ho, ho, nicht übel, das Zicklein, he? Armer, guter Glaukus! Was für einen Rachen der Löwe noch dazu hat! Ach, ach, ach!"

Und Sallust stöhnte laut. Der Schmerzensanfall wurde durcheinen Anfall von Schlucken unterbrochen.

„Nimm einen Schluck Wein", sagte der Freigelassene.

„Er ist ein wenig zu kalt, aber wie muss es erst den Glaukus frieren! Schließe morgen das Haus zu! Kein Sklave soll mir hinaus, keiner von meinen Leuten soll diese verdammte Arena durch seine Gegenwart ehren! Nein, nein!"

„Einen Becher Wein! Vor lauter Kummer vergisst du das Nächstliegende. Bei den Göttern so ist's! Ein Stück von dem Käsekuchen?"

In diesem günstigen Augenblick trat Sosia vor den trostlosen Zecher.

„Ha! Wer bist du?"

„Nur ein Bote an Sallust. Ich überbringe ihm diesen Brief

von einer jungen Dame. Braucht, soviel ich weiß, keine Antwort. Darf ich abtreten?“

So sprach der vorsichtige Sosia, das Antlitz in den Mantel gehüllt und mit verstellter Stimme redend, damit er später nicht als der Überbringer erkannt werden möchte.

„Bei den Göttern, ein Kuppler! Gefühlloser Bube! Siehst du meinen Schmerz nicht? Geh! Und den Fluch des Pandarus über dich!“

Sosia verlor keinen Augenblick, sich zurückzuziehen.

„Willst du den Brief lesen, Sallust?“, fragte der Freigelassene.

„Brief! Welchen Brief?“, entgegnete der Epikureer hin und her schwankend, denn er fing an, doppelt zu sehen. „Verdammt seien diese Dirnen, sag’ ich! Bin ich ein Mensch, um an Vergnügungen zu denken, wenn – wenn – mein Freund aufgefressen werden soll?“

„Noch ein Törtchen!“

„Nein, nein! Der Kummer erstickt mich.“

„Bring ihn zu Bett“, befahl der Freigelassene, und Sallust ward mit auf die Brust herabbaumelndem Kopf in sein Schlafgemach getragen, indem er immer noch Wehklagen über Glaukus und Flüche über die Zudringlichkeit herzloser Weltdamen vor sich hinmurmelte.

Unterdessen schritt Sosia entrüstet seiner Wohnung zu. „Ja doch, ein Kuppler!“, sagte er zu sich selbst. „Kuppler! Ein rechtes Schandmaul, dieser Sallust! Hätte er mich Schurke oder Dieb genannt, so wollt’ ich’s ihm noch verziehen haben, aber Kuppler! Pfui! In dem Wort liegt etwas, wogegen sich der zäheste Magen auf der Welt auflehnen würde. Ein Schurke ist ein Schurke zu seinem eigenen Vergnügen und ein Dieb ein Dieb zu seinem eigenen Nutzen! Aber ein Kuppler ist ein Ding, das sich selbst um eines anderen willen wegwirft! Ein Topf, der für die Suppe eines anderen ans Feuer gesetzt wird! Ein Tischtuch, woran jeder Gast sich die Hände abwischt! Ein Kuppler! Lieber wollte ich mich Vatermörder nennen lassen. Doch der Mensch war betrunken und wusste nicht, was er sagte. Überdies war ich ja vermummt. Hätte er gesehen, dass Sosia mit ihm sprach, würde es gelautet haben: ‚Ehrlicher Sosia!‘ und ‚Ehrlicher Kerl!‘ Ich wette drauf. Indessen wurde der Schmuck mit leichter Mühe gewonnen, das ist einiger Trost. O Göttin Feronia! In kurzer Zeit werde ich frei sein, und dann will ich den sehen, der mich Kuppler nennt, außer, er gebe mir ein schönes Stück Geld dafür!“

Während der Bote in diesem hochsinnigen Stil mit sich selbst sprach, durchkreuzte er ein Gässchen, das auf das Amphitheater und die Paläste in dessen Nähe zuführte. Als er um eine scharfe Ecke bog, geriet er mitten in einen beträchtlichen Volkshaufen. Männer, Weiber und Kinder liefen, lachten, schwatzten, gestikulierten, und ehe er sich's versah, war der würdige Sosia von dem lauten Strom mit fortgerissen.

„Was gibt's?“, fragte er seinen Nachbar, einen jungen Handwerker. „Was gibt's? Wohin drängen sich die guten Leute? Teilt ein reicher Patron heute Abend Almosen oder Speisen aus?“

„Nein, Kamerad, was viel Besseres!“, erwiderte der junge Handwerker. „Der edle Pansa, der Freund des Volks, hat erlaubt, die wilden Tiere in ihren Käfigen zu sehen. Beim Herkules! Es gibt ein paar Leute, die sie morgen nicht mit so heiler Haut betrachten werden!“

„Nun, das ist etwas, um die Augen zu erlustigen“, entgegnete der Sklave und ließ sich von der nachdrückenden Menge geduldig fortschieben. „Da ich morgen nicht zu den Spielen gehen darf, werde ich gut tun, heute Abend wenigstens einen Blick auf die Tiere zu werfen.“

„Jawohl“, antwortete sein neuer Bekannter, „einen Löwen und einen Tiger sieht man in Pompeji nicht alle Tage.“

Die Menge hatte jetzt einen ungleichen, weiten Platz erreicht, auf dem, da er bloß dürftig und aus der Ferne her beleuchtet war, das Gedränge für jeden gefährlich wurde, dessen Glieder und Schultern nicht unter einen Volkshaufen passten. Nichtsdestoweniger erschienen gerade die Weiber – viele von ihnen mit Kindern auf den Armen – am entschlossensten, sich einen Weg zu bahnen, und der kreischende Ruf ihrer Klagen oder Scheltworte tönte laut über die gemütlichen männlichen Stimmen hinaus. Doch vernahm man unter ihnen auch die Stimme eines jungen Mädchens.

„Ach“, rief sie einigen ihrer Begleiterinnen zu, „hab’s euch ja stets gesagt, behauptete immer, wir würden einen Menschen für den Löwen bekommen, und nun haben wir gar einen obendrein für den Tiger! Wär’s nur schon morgen!“

„Ein munteres Ding!“, bemerkte Sosia.

„Ja“, erwiderte eifersüchtig der junge Handwerker, „ja, die Weiber lieben die Gladiatoren.“

Man war jetzt an dem Ort, dem man zustrebte, angekommen, bei dem sehr beschränkten Raum, in dem sich die wilden Tiere befanden, wurde das Drücken und Pressen der Einlass Suchenden noch zehn Mal ärger, als es bisher gewesen war. Zwei am Eingang stehende Beamte des Amphitheaters milderten das Übel sehr weislich dadurch, dass sie den Vordersten nur eine beschränkte Zahl Einlasstäfelchen austeilten und keine neuen Zuschauer zuließen, bis die Vorgänger ihre Neugierde befriedigt hatten. Der ziemlich stämmige Sosia, dem Schüchternheit oder feine Sitte nie sonderlich Bedenk-lichkeit erregten, wusste es einzurichten, dass er unter die ersten kam, denen der Eintritt gestattet wurde.

Von seinem Gefährten, dem Handwerker, getrennt, fand er sich in einem engen, drückend heißen Gemach, das durch einige übel riechende flackernde Fackeln erhellt wurde.

Die Tiere, die in der Regel in verschiedenen Behältnissen gehalten wurden, waren jetzt, zum größeren Vergnügen der Zuschauer, in einen gemeinsamen Raum gebracht, jedoch immer noch durch starke, mit eisernen Stangen versehene Käfige voneinander gesondert.

Der Löwe, der, von Natur minder grausam als sein Geselle, durch längeren Hunger zur Wildheit aufgereizt worden war, schritt rastlos und blutgierig in seinem engen Käfig hin und her. Seine Augen funkelten vor Wut und Hunger, und wenn er dann und wann stillhielt und umherstarrte, drängten sich die Zuschauer angstvoll zurück und atmeten beklommener. Der Tiger dagegen lag ruhig, der ganzen Länge nach in seinem Käfig ausgestreckt und gab nur durch ein gelegentliches Spielen mit dem Schweif oder ein langes ungeduldiges Gähnen einige Aufmerksamkeit auf seinen Kerker oder die Menge, die ihn mit ihrer Gegenwart beehrte, zu erkennen.

„Selbst im Amphitheater in Rom hab' ich nie ein wilderes Tier gesehen als diesen Löwen", sagte ein riesenhafter, nervi-ger Kerl, der Sosia zur Rechten stand.

„Ich fühle mich gedemütigt, wenn ich seine Glieder betrachte", antwortete dem Sklaven zur Linken eine schlanke-re, jüngere Gestalt, mit über der Brust gekreuzten Armen.

Sosia sah den einen und dann den andern an. „Eine schöne Nachbarschaft für dich, Sosia! Ein Gladiator auf jeder Seite!"

„Da hast du recht, Lydon", erwiderte der ungeschlachtere Gladiator. Es ist mir ebenso zumute."

„Und zu denken", bemerkte Lydon mit einem Ton tiefer Empfindung, „zu denken, dass der edle Grieche, den wir noch vor wenigen Tagen voll Jugend, Gesundheit und Freude vor uns sahen, dem Ungetüm zur Speise dienen soll!",

„Warum nicht?", brummte Niger wild. „Manch ehrlicher Gladiator wurde zu einem solchen Kampf vom Kaiser gezwungen, warum sollte nicht auch einmal ein reicher Mörder vom Gesetz dazu genötigt werden?"

Lydon seufzte, zuckte die Achseln und blieb still. Mittlerweile hatten die gewöhnlichen Zuschauer mit starren Augen und offenen Lippen zugehört. Die Gladiatoren bildeten so gut als die Tiere Gegenstände des Interesses, sie waren Wesen von einerlei Art. So blickte denn auch die Menge abwechselnd bald auf die Menschen, bald auf die Bestien, flüsterte sich leise ihre Bemerkungen zu und machte ihre Schlüsse über den morgigen Tag.

„Nun“, sprach Lydon sich abwendend, „ich danke den Göttern, dass ich es nicht bin, der mit dem Löwen oder Tiger zu kämpfen hat, selbst du, Niger, bist ein milderer Gegner als sie.“

„Aber ein ebenso gefährlicher“, entgegnete jener mit stolzem Lachen, und die Umstehenden stimmten, von Bewunderung für seine gewaltigen Glieder und wilden Mienen erfüllt, grinsend mit ein.

„Mag sein, mag auch nicht sein“, antwortete Lydon leichthin, drängte sich durch die Menge und verließ den Raum.

„Ich kann mir seine Schultern wohl zunutze machen“, dachte der kluge Sosia und eilte ihm nach. „Die Leute weichen einem Gladiator immer aus, ich will mich also dicht hinter ihm halten und mir einen Teil seiner Wirksamkeit zueignen.“

Rasch schritt Medons Sohn durch den Haufen, unter dem sich viele der Züge des allbekannten Fechters erinnerten.

„Das ist der junge Lydon, ein braver Kerl! Er ficht morgen!“, rief einer.

„Ah! Ich habe auf ihn gewettet“, sprach ein anderer. „Seht, wie fest er auftritt!“

„Viel Glück, Lydon!“, sagte ein Dritter.

So stark auch die reineren Triebfedern Lydons waren und so gewiss er nur in der Hoffnung, seinem Vater die Freiheit zu gewinnen, diesen blutigen Beruf ergriffen hatte, blieb er gleichwohl nicht unempfindlich gegen die Aufmerksamkeit, die er erregte. Er vergaß, dass die Stimmen, die sich jetzt zu seinem Lob erhoben, vielleicht morgen über seine Todesqual jauchzten.

„Niger“, sprach er und wandte sich, als er etwas aus dem Gedränge herausgekommen, rasch um, „wir haben oft miteinander gezankt. Wir sind kein Paar gegeneinander, aber einer von uns wird vermutlich doch fallen. So gib mir deine Hand.“

„Von Herzen gern“, entgegnete Sosia und streckte die seinige aus.

„Ah! Was für ein Narr ist das? Glaubte ich doch, Niger folge mir auf den Fersen nach!“

„Ich verzeihe dir deinen Irrtum“, entgegnete Sosia herablassend. „Sprich nicht weiter davon. Der Missgriff war leicht, denn ich und Niger haben ungefähr den gleichen Bau.“

„Ha! Das ist herrlich! Niger würde dir die Kehle aufschneiden, wenn er so was hörte!“

„Ihr Herren von der Arena habt eine sehr angenehme Art, mit den Leuten zu sprechen“ entgegnete Sosia. „Unterhalten wir uns über etwas anderes.“

„Pah!“, antwortete Lydon ungeduldig. „Ich bin nicht gelaunt, mich mit dir zu unterhalten!“

„Freilich“, entgegnete der Sklave, „müssen dir manche ernste Gedanken den Kopf füllen. So viel ich weiß, versuchst du dich morgen zum ersten Mal in der Arena. Nun, ich bin überzeugt, du wirst recht mutig sterben!“

„Mögen deine Worte auf dein eigenes Haupt fallen!“, rief Lydon abergläubisch aus, denn der Segenswunsch Sosias war ihm durchaus nicht genehm. „Sterben! Nein, ich hoffe, meine Stunde ist noch nicht gekommen!“

„Wer mit dem Tod Würfel spielt, muss sich auf den Hundewurf gefasst machen“, erwiderte Sosia boshaft. „Indessen bist du ein starker Bursche, und ich wünsche dir alles mögliche Glück. Lebe wohl!“

Damit drehte sich der Sklave auf dem Absatz herum und schlug den Weg nach Hause ein.

„Hoffentlich sind die Worte des Schurken von keiner üblen Vorbedeutung“, sagte Lydon nachdenklich zu sich selbst. „Im Eifer für die Freiheit meines Vaters und im Vertrauen auf meine sehnigen Arme habe ich bisher nicht an die Möglichkeit des Todes gedacht. Mein armer Vater! Ich bin dein einziger Sohn – sollte ich fallen . . .“

Von dieser Vorstellung durchdrungen, eilte der Gladiator mit schnellerem, unruhigerem Schritt vorwärts, als er plötzlich in einer Querstraße die Gestalt dessen erblickte, der sein

Inneres so sehr in Anspruch nahm. Auf seinen Stab gelehnt, von Kummer und Alter niedergebeugt, die Augen zu Boden gesenkt, mit zitternden Schritten näherte sich der greise Medon langsam seinem Sohn. Lydon blieb einen Augenblick stehen. Er erriet sogleich, was den alten Mann zu so später Stunde herführte.

„Gewiss sucht er mich. Entsetzt über die Verdammung Olinths hält er die Arena für sündhafter und gehässiger als je und kommt, mich von dem Kampf abzumahnen. Ich muss ihm aus dem Weg gehen, ich vermag seine Bitten, seine Tränen nicht zu ertragen!“

Diese Gedanken, die zum Erzählen so vieler Worte bedürfen, durchzuckten den jungen Mann mit Blitzesschnelle. Hastig kehrte er um und entfloh schnell in entgegengesetzter Richtung. Er hielt nicht an, bis er beinahe erschöpft und atemlos auf den Gipfel einer kleinen Anhöhe gelangte, welcher den heitersten und glänzendsten Teil dieses Miniaturbildes einer Großstadt überschaute. Im Hinblick auf die ruhigen, im eben aufgegangenen Licht des Mondes glänzenden Straßen, dessen Schimmer die fern um das Amphitheater wogende und summende Menge stellenweise malerisch hervorhob, entging er, so rau und phantasielos seine Natur war, dem Eindruck eines solchen Schauspiels nicht. Er setzte sich auf die Stufen einer verlassenen Säulenhalle, und die Ruhe der Stunde beruhigte und kräftigte ihn. Ihm gegenüber funkelten die Lichter eines nahe liegenden Prachtgebäudes, dessen Besitzer eben einen Schmaus gab. Die Türen standen der Kühlung wegen offen, und der Gladiator sah die zahlreichen festlich gekleideten Gäste um die Tische versammelt, während hinter ihnen, die lange Durchsicht der erleuchtenden Zimmer abschließend, der Perlenschaum des fernen Springbrunnens im Mondschein flimmerte. Hier wanden sich Blumengehänge um die Säulen der Halle, dort glänzten still die vielen Marmorstatuen. Kurz darauf zog eine kleine Gesellschaft einfach gekleideter Menschen an seinem Ruheplatz vorüber. Sie waren in ernstem

Gespräch begriffen und schienen den Gladiator nicht zu bemerken oder nicht zu beachten.

„Schrecklich, schrecklich!“, sprach einer, „Olinth von uns gerissen! Unser rechter Arm abgehauen! Wann wird Christus herabsteigen, die Seinen zu schützen?“

„Kann menschlicher Blutdurst weitergehen?“, fragte ein anderer. „Einen Unschuldigen zum gleichen Kampf verdammen wie einen Mörder. Aber verzweifeln wir nicht, noch kann der Donner des Sinai gehört werden und der Herr seinen Heiligen erretten. Ein Narr spricht in seinem Herzen: Es ist kein Gott.“

Die Christen zogen vorüber und waren den Augen des Gladiators bald entschwunden. Von ihren geheimnisvollen Drohungen mit einer ihm selbst kaum erklärbaren Scheu erfüllt, erhob sich Lydon nach kurzer Pause, um heimzukehren.

Wie heiter schlief das Sternenlicht auf der lieblichen Stadt vor ihm! Wie geräuschlos ruhten die Säulen bekränzten Straßen in ihrer Sicherheit! Wie weich kräuselten sich jenseits die dunkelgrünen Wogen! Wie unbewölkt breitete sich in seinem hohen Blau der träumende Himmel Kampaniens aus! Und doch war dies die letzte Nacht für das fröhliche Pompeji! Ohne Zerstörung, ohne Beachtung war Jahrhundert auf Jahrhundert über diese Mauern hingerollt, und jetzt zitterte der letzte Sonnenstrahl auf dem Zifferblatt ihres Schicksals! Der Gladiator hörte leichte Schritte hinter sich. Eine Gruppe Frauen kehrte von dem Besuch des Amphitheaters nach Hause. Im Umwenden wurde sein Auge von einer plötzlichen, seltsamen Erscheinung gefesselt. Von dem dunklen, aus der Ferne herüberblickenden Gipfel des Vesuvs schoss ein blassblaues, meteorähnliches Licht auf, zitterte eine Sekunde lang und war wieder verschwunden.

Fünftes Buch

Erstes Kapitel

Die von Verderben schwangere Nacht vor der wilden Freude des Amphitheaters rollte schwer dahin. Grau erhob sich die Dämmerung des letzten Tages von Pompeji! Die Luft war ungewöhnlich ruhig und schwül. Ein dünner, stumpfer Nebel hing über den Tälern und Niederungen der breiten kampanischen Gefilde. Mit Verwunderung jedoch bemerkten die frühen Fischer, dass trotz der ausnehmenden Stille der Atmosphäre das Meer unruhig war und wie verstört vom Gestade zurückzuprallen schien, während den blauen prächtigen Sarnus entlang ein heiseres, verstecktes Gemurmel zu den lachenden Ebenen und prächtigen Villen der reichen Pompejaner hinübertönte. Klar über dem Nebel der Tiefe erhoben sich die verwitterten Türme der uralten Stadt, die roten Ziegel-dächer der blinkenden Straßen, die heiligen Säulen der vielen Tempel und die mit Statuen gekrönten Portale des Forums und des Triumphbogens. In weiter Ferne stieg der Umriss der umschließenden Berge über dem Dunst empor und verschwamm mit den wechselnden Farben des Morgenhimmels. Die Wolke, die so lang über der Kuppe des Vesuvs geruht hatte, war plötzlich verschwunden, und seine raue, stolze Stirn blickte zornlos auf die reizende Landschaft unter ihm herab.

Trotz der frühen Stunde standen die Stadttore offen. Reiter auf Reiter, Fuhrwerk auf Fuhrwerk eilten rasch herein, und die Stimmen zahlreicher Gruppen von Fußgängern in ihren Festtagskleidern schallten in fröhlichem Jubel weit dahin. Die Straßen waren von Bürgern und von Fremden aus der volkreichen Umgegend Pompejis bevölkert, und lärmend drängten sie dem verhängnisvollen Zirkus zu.

Trotz des ungeheuren Umfanges des Amphitheaters, das in so auffallendem Missverhältnis zu der Größe der Stadt zu stehen scheint, dass man glauben sollte, die ganze Bevölkerung von Pompeji habe darin Platz gehabt, war gleichwohl bei außerordentlichen Gelegenheiten der Zulauf von Fremden aus allen Teilen Kampaniens so stark, dass der Platz vor dem Gebäude in der Regel schon mehrere Stunden, ehe die Spiele begannen, von solchen Personen eingenommen war, die durch ihren Rang kein Recht auf besondere Sitze hatten. Dazu vermehrte die Neugier, welche durch die Verdammung zwei so merkwürdiger Verbrecher angeregt worden, die Menge an dem heutigen Tag zu einem beispiellosen Umfang. Während das gemeine Volk mit der dem kampanischen Blut eigentümlichen Lebhaftigkeit und Heftigkeit drängte, verfolgte eine seltsame Fremde ihren Weg zu des Ägypters abgelegenem Hause. Beim Anblick ihres wunderlichen, der Vorzeit entnommenen Anzugs, ihres wilden Ganges und Gebärdenspiels stießen sich die Vorübergehenden an und lächelten. Sobald sie aber das Auge auf ihre Züge geworfen hatten, war die Fröhlichkeit auf einmal verschwunden, denn das Gesicht war das Gesicht des Todes, und nach dem gespenstischen Antlitz und den veralteten Gewändern der Unbekannten hätte man glauben mögen, ein längst begrabenes Wesen sei wieder unter die Lebenden zurückgekehrt. Schweigend und schüchtern wich ihr jedermann aus, und bald erreichte sie den breiten Säulengang vor dem Palast des Ägypters.

Der schwarze Pförtner, der, wie die übrige Welt, in dieser ungewöhnlichen Stunde schon auf den Beinen war, fuhr zusammen, als er die Tür auf ihr Pochen öffnete.

Der Schlaf des Arbaces war während dieser Nacht ungewöhnlich tief gewesen, mit herannahender Morgendämmerung wurde er jedoch durch seltsame, unruhige Träume gestört, die einen tiefen Eindruck auf ihn machten.

Es war ihm, als sei er in die Eingeweide der Erde versetzt und stehe allein in einer mächtigen Höhle, umgeben von ungeheuren Säulen rauer, uralter, in unendliche Finsternis hinaufragender Felsen, durch deren ewige Nacht nie ein Strahl des Tages geblickt hatte. Zwischen diesen Säulen sah er riesenhafte Räder, die sich unaufhörlich mit rauschendem, donnerndem Schwung drehten. Am rechten und linken Ende der Höhle befand sich zwischen den Felsenpfeilern ein leerer Raum, der in Galerien überging; diese waren nicht ganz finster, sondern dämmerig erleuchtet von unsteten, irrenden Feuern, die meteorähnlich bald auf den rauen, feuchten Boden hinschlichen wie eine Schlange, bald wild aufschossen und in seltsamen Sprüngen durch das weite Dunkel hinhüpften.

Während er staunend auf die Galerie zur Linken blickte, tauchten dünne, nebelhafte Gestalten auf und schienen, als sie die Höhle erreichten, in die Höhe zu schweben und zu verschwinden, wie der Rauch im Emporsteigen verschwindet. Erschrocken wandte er sich zum entgegengesetzten Ende der Höhle, aber aus der Nacht über ihm kamen schnell ähnliche Gestalten und schwebten eilig in die Galerie zur rechten Seite ein, als würden sie unwillkürlich von den Fluten eines unsichtbaren Stromes getragen. Und die Gesichter dieser Schatten waren deutlicher als diejenigen, welche aus der entgegenstehenden Galerie herauskamen, einigen war Freude, anderen Schmerz aufgeprägt, einige glühten von froher Hoffnung, andere schienen von Angst und Grauen gänzlich niedergeschlagen. So zogen sie fort und fort schnell vorüber, bis die Augen des Zuschauers durch die ewig wechselnde Aufeinanderfolge von Dingen schwindlig und geblendet wurden.

Plötzlich änderte sich der Schauplatz. Arbaces war an einem Ort voller Menschengebeine, mitten unter ihnen lag ein Schädel, der im wirren Gestaltungszauber des Traumes langsam und seine fleischlosen Höhlen stets noch beibehaltend die Züge des Apäcides annahm. Und aus den grinsenden Kiefern wand sich ein kleiner Wurm und kroch bis zu den Füßen des Ägypters. Er wollte auf das Tier treten und es zermalmen, aber es wurde durch diese Bemühungen größer und breiter und schwoll, sich blähend, an, bis es zu einer ungeheuren Schlange wurde, die sich um seine Glieder schnürte, seine Gebeine eindrückte und die funkelnden Augen und den giftigen Rachen gegen sein Gesicht erhob. Umsonst kämpfte er. Er keuchte unter dem tödlichen Atem, er fühlte, wie der Tod ihn überkam. Da ging eine Stimme von dem Gewürm, das noch immer das Antlitz des Apäcides trug, aus und drang gellend in sein Ohr: „Dein Opfer ist dein Richter! Der Wurm, den du zertreten wolltest, wird zur Schlange, die dich erwürgt!“.

Mit einem Schrei der Wut, des Schmerzes und des verzweifelnden Widerstands wachte Arbaces auf, sein Haar stand zu Berge, die Stirn war in Schweiß gebadet, die starren Augen waren weit geöffnet, die mächtigen Glieder zitterten wie die eines Kindes von der Todesangst des Traumes. Er fuhr empor, gewann die Besinnung und segnete die Götter, an die er nicht glaubte, dass es nur ein Traum gewesen war. Er sah das Morgenlicht durch das kleine, hohe Fenster brechen, er war wieder im Reich des Tages, er freute sich, er lächelte. Da kehrte er sich abermals um und erblickte sich gegenüber die gespenstischen Züge, das leblose Auge, die blaue Lippe der Hexe des Vesuvs!

„Ha“, rief er und fuhr mit der Hand vor die Augen, wie um die schreckliche Erscheinung fortzubannen, „träume ich noch? Bin ich bei den Toten?“

„Mächtiger Hermes, nein! Bei einer Totenähnlichen bist du, aber bei keiner Toten. Erkenne deine Freundin und Magd.“

Ein langes Stillschweigen folgte. Langsam abnehmend rieselte Schauer um Schauer über die Glieder des Ägypters, bis die Zuckungen endlich erstarben und er wieder er selbst war.

„So ist es denn ein Traum gewesen!“, sprach er. „Möge ich nie mehr träumen, oder der Tag vermag die Qualen der

Nacht nicht aufzuwiegen. Weib, wie kommst du hierher und weshalb?“

„Ich kam, dich zu warnen“, erwiderte die Hexe.

„Mich zu warnen? Der Traum log also nicht! Vor welcher Gefahr?“

„Höre mich. Ein Unglück hängt drohend über dieser Stadt. Fliehe, solange es Zeit ist. Du weißt, dass ich auf dem Berg wohne, unter dem der alten Sage nach noch jetzt die Feuer brennen. In meiner Höhle ist ein tiefer Abgrund, in dem ich schon seit vielen Tagen einen dunkelroten Bach langsam dahinfließen sah. Dabei hörte ich ein Gezisch und Gebrüll durch die Finsternis. Als ich aber die vorige Nacht hinabschaute, war der Bach nicht mehr dunkel, sondern ganz flammenhell. Und während ich noch hinblickte, stieß das Tier, das bei mir lebt und an meiner Seite kauerte, ein gellendes Geheul aus, fiel nieder und starb, wobei Geifer und Schaum um seine Lippen standen.* Ich kroch auf mein Lager zurück, aber die ganze Nacht hindurch fühlte ich deutlich, wie der Fels schütterte und bebte, und obwohl die Luft schwül und still war, zischte es doch unter der Erde wie eingeschlossene Winde und als ob sich Räder am Boden rieben. Sobald ich mich diesen Morgen mit der ersten Frühe erhoben hatte, schaute ich wieder in den Abgrund und sah, dass große Felsstücke schwarz und wogend in dem funkelnden Bach dahinschwammen. Der Bach selbst war breiter, wilder und röter geworden. Da ging ich hinaus und stieg auf den Gipfel des Felsens, in den plötzlich eine große Öffnung gekommen war, die ich zuvor nie gesehen hatte und aus der ein nebeliger, schwacher Rauch aufstieg. Der Dunst war tödlich, und ich keuchte und wurde schwach und wäre beinah gestorben. Ich kehrte zurück, nahm mein Gold und meine Kräuter und verließ das Obdach langer Jahre, denn ich gedachte der dunklen etruskischen Verkündung, die da sagt: ‚Wenn sich der

* *Es wird hier angenommen, die Gase seien in ihrer Wirkung nach denjenigen der Grotta del Cane ähnlich gewesen.*

Berg auftut, wird die Stadt fallen – wenn der Rauch den Berg der heißen Felder krönt, wird Wehe und Weinen in den Herzen der Kinder der See sein.‘ Erhabener Meister, ehe ich mich aus diesen Mauern nach einem entlegeneren Wohnort entferne, komme ich zu dir. So gewiss du lebst, weiß ich in meinem Herzen, dass das Erdbeben, das vor sechzehn Jahren die Stadt in ihren Grundfesten erschütterte, nur der Vorbote eines tödlichen Geschickes ist. Die Mauern Pompejis sind über den Gefilden des Todes und den Strömen der schlaflosen Hölle erbaut. Lass dich warnen und flieh."

„Hexe, ich danke dir für deine Sorgfalt, du sollst es mit keinem Undankbaren zu tun haben. Auf jenem Tisch steht ein goldener Becher, nimm ihn, er gehört dir. Gedachte ich doch nimmer, dass außer der Priesterschaft der Isis noch ein Wesen lebe, das den Arbaces vor dem Untergang retten würde. Die Zeichen, die du im Bette des erloschenen Feuerbergs gesehen hast," fuhr der Ägypter nachdenklich fort, „deuten allerdings auf eine der Stadt drohende Gefahr, vielleicht auf ein zweites, stärkeres Erdbeben als das letzte. Sei dem, wie ihm wolle, so ist es für mich ein neuer Grund, aus diesen Mauern wegzueilen. Morgen will ich mich zur Abreise anschicken. Tochter Etruriens, wohin begibst du dich?"

„Ich lasse mich noch heute nach Herkulanum übersetzen. Dort wandere ich an der Küste fort und suche mir eine neue Heimat. Ich habe keinen Freund. Meine zwei Gefährten, der Fuchs und die Schlange, sind tot. Großer Hermes, du hast mir zwanzig weitere Jahre meines Lebens zugesagt!"

„Ja", erwiderte der Ägypter, „ich habe sie dir zugesagt. Aber Weib", fügte er hinzu, indem er sich, auf den Arm gestützt, emporrichtete und ihr neugierig ins Gesicht sah, „sprich, warum wünschest denn du zu leben? Welche Süßigkeiten bietet das Dasein dir?"

„Das Leben ist nicht süß, aber der Tod ist schrecklich", entgegnete die Hexe mit scharfem, eindringlichem Ton, der das Herz des eitlen Sternsehers traf. Er rang mit der Wahrheit dieser Antwort, und nicht länger geneigt, eine so wenig anmutende Gefährtin um sich zu haben, erwiderte er, „Die Zeit vergeht, ich muss mich für das feierliche Schauspiel des heutigen Tages rüsten. Schwester, lebe wohl! Freue dich über der Asche des Lebens, wie du es kannst.“

Die Hexe, die das kostbare Geschenk in die weiten Falten ihres Gewandes verborgen hatte, erhob sich zum Aufbruch. An der Tür hielt sie an, wandte sich um und sprach, „Dies ist vielleicht das letzte Mal, dass wir auf Erden beisammen waren. Aber wohin flieht die Flamme, wenn sie die Asche verlassen hat und wie ein Aushauch des Sumpfes auf und nieder wandelt? Man kann sie in dem Moor des Sees, weit in der Tiefe drunten sehen, und so treffen die Hexe und der Zauberer, die Schülerin und der Meister, der Mächtige und der Fluchbeladene vielleicht einst wieder zusammen. Lebe wohl!“

„Fort, krächzender Rabe!“, murmelte Arbaces vor sich hin, als sich die Tür hinter den zerrissenen Gewändern schloss, und um den eigenen Gedanken zu entfliehen, die sich von dem Traum der vorigen Nacht noch nicht gänzlich erholt hatten, rief er eilig seinen Sklaven.

Es war Sitte, den Spielen im Amphitheater in festlicher Kleidung beizuwohnen. Arbaces schmückte sich heute mit außergewöhnlicher Sorgfalt. Seine Tunika war vom glänzendsten Weiß, und die mannigfachen Schnallen daran bestanden aus den kostbarsten Steinen. Über die Tunika floss ein weites morgenländisches Gewand herab, halb Talar, halb Mantel, das in der reichsten Färbung des tyrischen Purpurs schimmerte. Die bis in die Mitte der Wade hinaufreichenden Sandalen waren mit Edelsteinen besetzt und mit Gold ausgelegt. Mit jenem Schaugepränge, das zu seiner Priesterstellung gehörte, versäumte Arbaces bei bedeutenden Gelegenheiten nie die Künste, welche den großen Haufen blenden und ihm imponieren. Und an dem heutigen Tage, der ihn durch die Opferung des Glaukus auf ewig von der Furcht vor einem Nebenbuhler und der Möglichkeit einer Entdeckung befreien sollte, war es ihm, als schmücke er sich zu einem Triumph oder zu einem Hochzeitsfest.

Gewöhnlich ließen sich Leute von Rang durch einen Zug von Sklaven und Freigelassenen zu den Spielen begleiten, und bereits jetzt stand das zahlreiche Haus des Arbaces in Reih und Glied und wartete auf die Sänfte des Herrn.

Bloß die Sklavinnen, welche Ione zu bedienen hatten, und der würdige Sosia, als Kerkermeister Nydias, sahen sich zu ihrem großen Verdruss verdammt, zurückzubleiben.

„Kallias", sprach Arbaces zu seinem Freigelassenen, der ihm den Gürtel umschnallte, „ich bin Pompejis müde und gedenke, wenn der Wind günstig ist, es in drei Tagen zu verlassen. Du kennst das Fahrzeug im Hafen, das dem Narses von Alexandria gehört, ich hab' es von ihm gekauft. Übermorgen wollen wir mit dem Hinschaffen meiner Sachen beginnen."

„Schon so bald? Gut! Arbaces' Befehl soll befolgt werden! Und sein Mündel Ione?"

„Begleitet mich. Genug! Ist der Morgen schön?"

„Trüb und schwül, wahrscheinlich wird es heute Vormittag sehr heiß."

„Die armen Gladiatoren und die noch unglücklicheren Verbrecher! Geh hinunter und sieh zu, dass die Sklaven sich in Ordnung stellen."

Wieder allein, schritt Arbaces in sein Studierzimmer und von da in den Portikus hinaus. Er sah die dichten Menschenmassen schnell zum Amphitheater strömen, hörte das Rufen der Arbeiter und das Knarren der Taue beim Aufspannen des gewaltigen Sonnenzeltes, unter dem die Einwohner, von keinem unbehaglichen Strahl belästigt, in schwelgerischem Behagen der Todesqual ihrer Mitgeschöpfe zuschauen konnten. Plötzlich erhob sich ein wildes, seltsames Getöse und erstarb ebenso schnell wieder, es war das

Brüllen des Löwen. Eine Stille entstand unter der fernen Menge, aber auf die Stille folgte freudiges Lachen. Man machte sich lustig über die hungrige Ungeduld des königlichen Tieres.

„Bestien“, murmelte Arbaces verächtlich, „seid ihr weniger Mörder als ich? Ich töte nur zu meiner Verteidigung, ihr macht den Mord zu einer Kurzweil.“

Mit rastlosem, neugierigem Auge wandte er sich gegen den Vesuv. Reizend glänzten die grünen Weingärten um die Brust des Berges, und ruhig wie die Ewigkeit tauchte seine gewaltige Gestalt in den lautlosen Himmel.

„Noch haben wir Zeit, wenn auch ein Erdbeben im Anzuge ist“, dachte Arbaces und verließ seinen Standpunkt. Er kam an dem Tisch vorüber, der seine geheimnisvollen Bücher und chaldäischen Berechnungen trug.

„Erhabene Kunst“, sprach er, „ich habe deine Orakel nicht befragt seit die Gefahr und der Wendepunkt, den du mir vorausgesagt, hinter mir sind. Was liegt daran! Weiß ich doch, dass fortan mein Pfad hell und glatt ist. Haben es die Ereignisse nicht bewiesen? Hinweg Zweifel! Hinweg Mitleid! Spiegle, mein Herz, künftig nur zwei Bilder wider: Herrschaft über die Menschen und Ione!“

Zweites Kapitel

Nydia, beruhigt durch den Bericht, den ihr Sosia bei seiner Zurückkunft erstattete, und zufrieden, dass ihr Brief in Sallusts Händen sei, gab sich noch einmal der Hoffnung hin. Gewiss verlor Sallust keine Zeit, sich zum Prätor zu begeben, zu dem Ägypter zu kommen, sie zu befreien, den Kerker des Kalenus zu erbrechen. Noch in der Nacht konnte Glaukus frei werden! Ach, die Nacht verging, der Morgen brach an; sie vernahm nichts als eilende Schritte der Sklaven in der Halle und im Peristyl und Worte, die nur von Vorbereitungen für das Schauspiel sprachen. Dann tönte die befehlende Stimme des Arbaces in ihr Ohr. Einzelne Töne einer lustigen Musik erklangen, der lange Zug bewegte sich nach dem Amphitheater, um die Augen an dem Todesschmerz des Atheners zu weiden.

Langsam und mit viel Feierlichkeit schritt der Zug des Ägypters dahin, bis endlich an dem Ort, wo alle, die in Sänften oder zu Wagen ankamen, absteigen mussten, Arbaces sein Gefährt verließ und sich zu dem für die angeseheneren Zuschauer bestimmten Eingang begab. Seine Sklaven, die sich dem geringeren Volk anschlossen, wurden von den Aufsehern gegen Abgabe ihrer Einlasszeichen auf die Sitze für das Volk gewiesen. Von der Stelle, wo Arbaces saß, überflog sein Auge die wimmelnde ungeduldige Menge, welche das ungeheure Theater füllte.

Auf den obersten Reihen, jedoch gesondert von den männlichen Zuschauern, saßen die Frauen, deren geputzte Kleider das Bild eines prächtigen Blumenbeetes gaben. Auf den unteren Reihen um die Arena her saßen die vornehmeren und reicheren Zuschauer, die öffentlichen Behörden und die Angehörigen des Senats und Ritterstandes. Die Zugänge, durch die man von den zwei Endpunkten der ovalen Arena, vermittelst eines rechts und links hinlaufenden Korridors, zu jenen Sitzen gelangte, bildeten auch den Eingang für die Kämpfer. Starkes Pfahlwerk vor diesen Zugängen schützte vor jeder exzentrischen Laune, welche die Tiere etwa hätte anwandeln können. In der am Rande der Arena hinlaufenden Brustwehr, von der sofort die Sitze stufenförmig aufstiegen, waren ringsumher gladiatorische Inschriften und Freskogemälde angebracht, die sich auf die Unterhaltung, wozu der Platz diente, bezogen. Durch das ganze Gebäude liefen unsichtbare Röhren, aus denen bei vorgeschrittener Hitze Schauer von kühlendem und wohl riechendem Wasser auf die Zuschauer ausgesprengt werden konnten. Noch waren die

Werkleute damit beschäftigt, das große Sonnendach zu befestigen. Infolge einer Ungeschicklichkeit der Arbeiter oder eines Fehlers in der Maschinerie war das Gezelt heute nicht so gut wie gewöhnlich aufgeschlagen. Wirklich erforderte diese Arbeit, des ungeheuren Umfangs wegen, stets große Kraftanstrengung und Kunst, sodass sie bei rauem oder windigem Wetter selten unternommen werden konnte. Der heutige Tag jedoch war so auffallend still, dass den Zuschauern die Ungeschicklichkeit der Arbeiter unverzeihlich schien. Und als vollends eine weite Öffnung im Hintergrund sichtbar blieb, wurde das Murren der Unzufriedenheit laut und allgemein.

Der Ädil Pansa, auf dessen Kosten das Schauspiel gegeben wurde, sah besonders verdrießlich über diesen Fehler aus und gelobte bittere Rache auf das Haupt des *Villicus* oder Oberaufsehers, der jagend, keuchend, schweißtriefend sich in nutzlosen Befehlen und eitlen Drohungen abmühte.

Plötzlich hörte das Gesumme auf, die Arbeiter verließen ihr Werk, die Menge war zum Stillschweigen gebracht, die Öffnung vergessen, denn unter lautem, kriegerischem Trompetenschmettern zogen die Gladiatoren in feierlicher Ordnung in die Arena. Langsam und bedächtig umschritten sie den ovalen Raum, um den Zuschauern ebensowohl volle Gelegenheit zur Bewunderung ihrer ernsten Heiterkeit, ihrer kräftigen Glieder und verschiedenen Waffen als zum Abschluss solcher Wetten zu geben, die etwa noch jetzt die Aufregung des Augenblicks veranlassen mochte.

„Oh!“, rief die Witwe Fulvia Pansas Frau zu, mit der sie von ihrem hohen Sitz herabschaute, „siehst du diesen riesigen Gladiator? Wie wunderlich er gekleidet ist!“

„Ja“, erwiderte die Gattin des Ädils mit wohlgefälliger Wichtigkeit, denn sie kannte Namen und Eigenschaften jedes Kämpfers. „Ein *Retiarius* oder Netzwerfer. Er ist, wie du siehst, nur mit einem dreizackigen Speer und einem Netz bewaffnet und trägt keine Rüstung, sondern bloß eine Binde und die Tunika. Er ist ein starker Mann und wird mit Sporus, jenem vierschrötigen Gladiator mit dem runden Schild und bloßen Schwert, der ebenfalls keine weitere Rüstung trägt, kämpfen, er hat jetzt keinen Helm auf, damit man sein Gesicht sehen kann, wie furchtlos es ist! Fechten aber wird er mit geschlossenem Visier."

„Aber ein Netz und ein Speer sind doch wahrhaftig ärmliche Waffen gegen Schild und Schwert."

„Ein Beweis, wie unschuldig du bist, meine teure Fulvia ‚gerade der Netzwerfer trägt in der Regel den Sieg davon."

„Aber wer ist jener hübsche Gladiator, beinahe ohne alle Bekleidung? Ist das nicht höchst unschicklich? Bei der Venus! Seine Glieder sind sehr schön geformt!"

„Es ist Lydon, ein junger, ungeübter Mensch, der die Verwegenheit hat, es mit jenem ebenso gekleideten oder vielmehr entkleideten Gladiator, dem Tetraides, aufzunehmen. Sie kämpfen zuerst auf griechische Art, nachher legen sie Rüstungen an und versuchen sich mit Schwert und Schild."

„Ein hübscher Mann, dieser Lydon, Gewiss sind die Weiber auf seiner Seite."

„Nicht so die Leute, die im Wetten Erfahrung haben. Clodius wettet drei gegen eins gegen ihn."

„O Jupiter, wie herrlich!", rief die Witwe, als zwei schwer bewaffnete Gladiatoren auf leichten, bäumenden Pferden um die Arena ritten. Den Kämpfern in den Turnieren des Mittelalters ziemlich ähnlich, trugen sie Lanzen und runde, prächtig eingelegte Schilde; ihre Rüstung war mit eisernen Bändern durchflochten, bedeckte aber nur die Schenkel und den rechten Arm. Kurze, bis auf den Sattel herabhängende Mäntel gaben ihrem Kostüm ein malerisches, anmutiges Aussehen. Ihre Beine waren nackt, mit Ausnahme von Sandalen. „Oh schön! Wer sind diese?", fragte die Witwe.

„Der eine heißt Berbix, er hat schon zwölf Mal den Sieg davongetragen. Der andere legt sich den stolzen Namen Nobilior bei. Beide sind Gallier."

Während dieses Gesprächs hatten die ersten Förmlichkeiten des Spiels geendigt. Auf sie folgte ein Scheingefecht mit hölzernen Schwertern zwischen den verschiedenen Kämpfern. Unter diesen wurde die Geschicklichkeit von zwei römischen, für diese Gelegenheit gemieteten Fechtern vornehmlich bewundert. Nächst ihnen war Lydon der anmutigste Kämpe. Indessen hielt diese Spiegelfechterei nicht über eine Stunde an und erregte keine besonders lebhafte Teilnahme als etwa bei denjenigen Kennern der Arena, welchen die Kunst über eine rohere Unterhaltung ging. Die Masse der Zuschauer war froh, als das Vorspiel endete und das Interesse sich zum Schrecken steigerte. Die Kämpfer wurden jetzt in die zuvor bestimmten Paare gereiht, ihre Waffen untersucht und das ernstere Spiel des Tages begann in tiefster Stille, die nur durch eine vorausgehende kriegerische Musik unterbrochen wurde.

Häufig eröffnete man die Spiele mit dem grausamsten von allen. Ein *Bestiarius* (zum Kampf mit wilden Tieren verdammter Gladiator) musste, gleichsam als einweihendes Opfer, zuerst sterben. Im vorliegenden Fall jedoch hielt es der erfahrene Pansa für besser, dass das blutige Drama an Interesse zu-, nicht abnehme. Darum blieb der Kampf Olinths und des Atheners für das Ende aufgespart. Die beiden Reiter sollten zuerst die Arena einnehmen, dann die zu Fuß fechtenden Gladiatoren in der vorausbestimmten Paarung zugleich auftreten. Dann sollten Glaukus und der Löwe ihre Rollen in dem blutigen Schauspiel spielen, und endlich der Tiger mit dem Nazarener das große Schlussstück bilden. Der Kenner der römischen Geschichte muss in Bezug auf die Belustigungen der Pompejaner seine Phantasie beschränken und sich nicht auf jene Schlächtereien im großartigsten, prächtigsten Stil gefasst machen, wie sie ein Nero oder Caligula den Bewoh-nern der Kaiserstadt zum Besten gaben. Pompeji erschien in dieser wie in jeder andern Hinsicht bloß als das Miniaturbild Roms. Immer jedoch blieb es ein furchtbares, imposantes Schauspiel, dem die neueren Zeiten glücklicherweise nichts Ähnliches an die Seite stellen können. Ein gewaltiges, Reihe über Reihe zu einer Höhe von beinahe fünfzig Fuß aufsteigendes Gebäude, wimmelnd von fünfzehn- bis achtzehntausend menschlichen Wesen, die auf keine Scheinvorstellung, keine Bühnentragödie, sondern auf wirklichen Sieg oder wirkliche Niederlage, das triumphierende Leben oder den blutigen Tod eines jeden, der die Arena betrat, herabsahen!

An jenem der zwei entgegengesetzten Endpunkte der Schranken befand sich jetzt einer der beiden Reiter. Auf ein von Pansa gegebenes Zeichen sprengten sie im gleichen Augenblick in vollem Rennen aufeinander los, jeder seinen runden Schild vorhaltend und den leichten, aber starken Wurfspieß hoch in der Luft schwingend. Jedoch drei Schritte vom Gegner entfernt hielt das Pferd des Berbix plötzlich an, wandte sich um, und indem Nobilior in vollem Lauf vorbeiflog, fiel ihm sein Widerpart in den Rücken. Nobiliors noch zu rechter Zeit emporgehaltener Schild fing einen Stoß auf, der sonst tödlich gewesen sein würde.

„Recht so, Nobilior!“, rief der Prätor und löste damit der aufgeregten Menge den Mund.

„Brav getroffen, mein Berbix!“, antwortete Clodius von seinem Sitz aus. Und von einer Seite zur anderen widerhallte ein wildes Gesumm, von manchem Zuruf angeschwellt.

Die Visiere beider Reiter waren gänzlich geschlossen wie bei den Rittern der späteren Zeiten. Nobilior, seinen Renner mit nicht geringerer Geschicklichkeit als zuvor sein Gegner herumwerfend, richtete seinen Speer nach dem Helm des Feindes. Berbix erhob den Schild, um sich zu decken, sein schnelläugiger Feind aber senkte die Waffe plötzlich weiter herab und durchbohrte ihm die Brust. Berbix taumelte und fiel.

„Nobilior! Nobilior!“, jauchzte das Volk.

„Ich habe zehn Sesterzien verloren,“ murmelte Clodius zwischen den Zähnen.

„Er hat es!“, sagte Pansa bedächtig.

Die Menge, noch nicht zur Grausamkeit verhärtet, gab das Zeichen der Begnadigung. Aber als die Diener der Arena hinzueilten, fanden sie, dass das Mitleid zu spät kam, Das Herz des Galliers war durchbohrt und seine Augen vom Tode geschlossen. Es war sein Lebensblut, das so schwarz über den Sand und das Sägemehl der Arena hinfloss.

„Schade, dass es schon so bald vorüber ist, man konnte sich nur kurze Zeit ängstigen“, bemerkte Witwe Fulvia.

„Ja, ich habe kein Mitleid mit Berbix. Konnte doch jedermann sehen, dass Nobilior nur eine Finte machte! Siehe, sie befestigen den Todeshaken an seinem Körper, sie schleppen ihn in das Spoliarium und streuen neuen Sand auf die Bühne. Pansa bedauert nichts mehr, als dass er nicht reich genug ist, um die Arena mit Borax und Zinnober überstreuen zu lassen, wie Nero zu tun pflegte.“

„Nun, wenn der Kampf kurz war, so folgt wenigstens schnell ein anderer darauf. Sieh da meinen hübschen Lydon auf dem Schauplatz! Ja, und auch den Netzwerfer sowie die Kämpfer mit dem Schwert! Herrlich!“

Wirklich hatten nunmehr sechs Kämpfer die Arena betreten: Niger mit seinem Netz und Dreizack gegen Sporus mit dem Schild und dem kurzen Schwert, Lydon und Tetraides, einen Gürtel um die Lenden ausgenommen, ganz nackt, jeder bloß mit einem schweren griechischen Fechthandschuh bewaffnet, und endlich zwei Gladiatoren aus Rom, völlig in Stahl gekleidet und gleichmäßig mit ungeheuren Schilden und spitzen Schwertern ausgerüstet.

Auf den ersten Blick konnte niemand ungleicher gepaart erscheinen als die beiden Gegner. Tetraides, obwohl nicht größer als Lydon, war um vieles beleibter. Die natürliche Derbheit seiner Muskeln wurde durch Massen von festem Fleisch für das Auge des oberflächlichen Beobachters noch vergrößert, denn da es eine allgemeine Meinung war, dass beim Faustkampf der Fleischigste am besten fahre, so hatte

Tetraides seine natürliche Anlage zur Wohlbeleibtheit auf alle Art unterstützt. Seine Schultern waren breit und seine Beine stramm und leicht auswärts gebogen. Lydon dagegen war, abgerechnet eine bis zur Magerkeit gehende Schlankheit, in schönen, zarten Verhältnissen gebaut, und Kennern konnte nicht entgehen, dass trotz einem bedeutend geringeren Muskelumfang als sein Feind, das was ihm blieb, gesünder, eisenfester und gedrungener war. Überdies durfte man annehmen, dass in dem Verhältnis, worin er weniger Fleisch besaß, ihm mehr Behendigkeit zu Gebot stehen würde. Ein stolzes Lächeln auf seinem entschlossenen Gesicht, das einen bedeutsamen Gegensatz zu der gewichtigen Schwere seines Gegners bildete, flößte denjenigen, die sich für ihn interessierten, Vertrauen ein und fügte Hoffnung zu ihrem Mitleid. So war denn trotz der scheinbaren Ungleichheit ihrer Kraft die Stimme des Volkes fast so laut für Lydon wie für Tetraides.

Wer einen Kampf moderner Boxer gesehen hat, wer die schweren, zermalmenden Schläge kennt, welche die menschliche Faust, richtig geführt, beizubringen vermag, begreift leicht, wie sehr diese Fähigkeit noch durch lederne Riemen verstärkt werden musste, die wie eine Binde bis zum Ellbogen um den Arm herumliefen und durch Eisenplatten, ja zuweilen durch bleierne Gewichte an den Knöcheln einen furchtbaren Zuwachs erhielten.

Indessen eben dieser Umstand, der das Interesse an dem Kampf vermehren sollte, verminderte es vielmehr, denn er kürzte notwendig die Dauer des Streites ab. Wenige glükklich und nach den Regeln der Kunst geführte Schläge konnten zu seiner Beendigung ausreichen, und so gab er denn nur selten hinlänglichen Spielraum für jene Energie, Unverzagtheit und Ausdauer, die häufig der höheren Kunst den Sieg abgewinnt und das Interesse an dem Kampf, die Teilnahme an dem Mutigen, zu einem schmerzlichen Vergnügen steigert.

„Nimm dich in acht!“, brummte Tetraides, der seinem Feind näher und näher auf den Leib rückte.

„Du bist heute unglücklich“, sagte Lepidus zu Clodius. „Du hast bereits eine Wette verloren und wirst bei der zweiten auch den Kürzeren ziehen.“

„Bei den Göttern! Meine Bildsäulen müssen in die Versteigerung, wenn das der Fall ist. Ich habe nicht weniger als fünfzig Sesterzien auf Tetraides gewettet. Aber sieh, sieh! Wie er sich wieder aufrafft! Das war ein tüchtiger Schlag! Er hat dem Lydon die Schulter aufgerissen. Ha, Tetraides!“

„Aber auch Lydon ist nicht entmutigt. Beim Pollux! Sieh, wie er die Geistesgegenwart behält. Wie geschickt er diesen hammermäßigen Fäusten ausweicht! Ah, armer Lydon! Da hat er wieder eins bekommen.“

„Noch immer drei gegen eins für Tetraides! Was meinst du, Lepidus?“

„Meinetwegen, neun Sesterzien gegen drei, sei's drum.“

„Was! Schon wieder, Lydon? Er hält an, er schnappt nach Luft. Bei den Göttern, er ist drunten! Nein! Kommt er wieder auf die Beine? Braver Lydon! Tetraides bekommt Mut, er lacht laut, er stürzt auf ihn los!“

„Der Tor! Das Glück blendet ihn, er sollte vorsichtiger sein! Lydon hat ein wahres Luchsauge!“, murmelte Clodius zwischen den Zähnen.

„Ha, Clodius! Sahst du? Dein Mann taumelt! Noch ein Streich! Er fällt, er fällt!“

„Und die Erde gibt ihm neues Leben. Schon wieder ist er auf, aber das Blut strömt ihm über das Gesicht.“

„Beim Donnerer! Lydon gewinnt den Kampf! Sieh, wie er auf ihn eindrängt. Dieser Schlag auf die Schläfen würde einen Ochsen niedergeschmettert haben, und wirklich schlug er auch den Tetraides nieder. Er fällt aufs neue – er kann sich nicht mehr rühren!“

„Habet, habet!“

„Habet!“, wiederholte Pansa. „Führt sie hinaus und gebt

ihnen Rüstung und Schwerter."

„Edler Editor", erwiderten die Aufseher, „wir fürchten, Tetraides erholt sich nicht so bald wieder, indessen wollen wir's versuchen." „Tut's."

Nach wenigen Minuten kehrten die Diener, die den betäubten, bewusstlosen Gladiator hinausgeschleppt hatten, mit trüber Miene zurück. Sie fürchteten für sein Leben. Er war gänzlich außerstande, die Arena wieder zu betreten.

„In diesem Fall", entgegnete Pansa, „haltet den Lydon bereit, und sobald ein Gladiator besiegt ist, möge Lydon seine Stelle dem Sieger gegenüber einnehmen."

Das Volk jauchzte diesem Befehl Beifall. Laut tönten die Trompeten. Die vier anderen Kämpfer standen einander in schlagfertiger Stellung gegenüber.

Während der Kampf im Amphitheater in dieser Weise begonnen hatte, saß ein Mensch in den oberen Reihen, für den er ein schmerzliches Erlebnis bot. Der greise Vater Lydons war, trotz seinem christlichen Abscheu gegen diese Spiele, in der Todesangst um den Sohn nicht fähig gewesen, der Versuchung, Zeuge seines Schicksals zu sein, zu widerstehen. Einsam unter einem blutdürstigen Haufen von Unbekannten, dem Auswurf des niedereren Volkes, sah, fühlte der alte Mann nichts als die Gestalt, die Gegenwart seines Sohnes! Kein Laut war seinen Lippen entschlüpft, als er ihn zwei Mal zu Boden fallen sah. Nur blässer war er geworden, und seine Glieder hatten gezittert. Aber einen leisen Ruf hatte er ausgestoßen, als er ihn als Sieger erblikkte, ohne Ahnung von dem furchtbaren Kampf, zu dem dieser Sieg nur das Vorspiel war.

„Mein tapferer Junge!", sprach er und wischte sich die Augen.

„Ist's dein Sohn?", fragte ein stämmiger Bursche zur Rechten des Nazareners. „Er hat wacker gekämpft. Sehen wir, wie er sich ferner halten wird. Höre, er muss mit dem Ersten, der Sieger wird, fechten. Bitte die Götter, alter Knabe, dass dieser Sieger keiner von den Römern und ebenso wenig der Riese Niger sei."

Der alte Mann setzte sich wieder und bedeckte das Gesicht. Das Spiel bot für den Augenblick nichts Anziehendes für ihn – Lydon war nicht unter den Kämpfern. Doch plötzlich durchzuckte ihn der Gedanke, dass der Kampf nur ein zu großes Anrecht auf seine Aufmerksamkeit habe: Der Erste, der fiel, machte ja dem Lydon Platz! Er fuhr auf und lehnte sich mit gespanntem Auge und gefalteten Händen hinaus, den Streitern zuzuschauen. Zunächst erregte das Gefecht zwischen Niger und Sporus die allgemeine Teilnahme, denn diese Art von Kampf war wegen des tödlichen Ausganges, der ihn gewöhnlich begleitete, und wegen der großen Kunst, die er von Seiten beider Gegner forderte, stets besonders anziehend für die Zuschauer.

Die beiden standen in beträchtlicher Entfernung voneinander. Das herabgelassene Visier an dem eigentümlichen Helm des Sporus verbarg dessen Gesicht. Dagegen zog Nigers Miene durch ihre zusammengedrängte, wachsame Wildheit aller Blicke nicht ohne einen gewissen Schauder auf sich. So blieben sie eine Weile, jeder den anderen fest ins Auge fassend, stehen, bis Sporus langsam und mit großer Vorsicht vorzuschreiten anfing, die Spitze seines Schwertes gerade auf die Brust des Feindes gerichtet. Niger zog sich zurück, sein Netz mit der rechten Hand ausbreitend und die kleinen, glänzenden Augen unverwandt auf die Bewegungen geheftet. Jählings, als ihm Sporus beinah auf Armeslänge nahe gekommen, beugte sich der *Retiarius* vorwärts und warf das Netz. Eine schnelle Wendung rettete den Gladiator von der tödlichen Schlinge. Er stieß einen gellenden Schrei der Freude und Wut aus und stürzte auf Niger los. Aber dieser hatte das Netz bereits wieder eingezogen, über die Schulter geworfen und floh jetzt mit einer Schnelligkeit um die Schranken, in welcher es ihm sein Gegner umsonst gleichzutun suchte. Das Volk lachte und jauchzte beim Anblick der erfolglosen Bemühung, womit der breitschultrige Gladiator den fliehenden Riesen einzuholen suchte, laut, plötzlich aber wurde seine Aufmerksamkeit von diesen ab auf die römischen Kämpfer gelenkt.

Sie hatten sich einander in der Entfernung moderner Fechter, Stirn gegen Stirn, gegenübergestellt, aber die ausnehmende Vorsicht, womit beide anfangs zu Werk gingen, hatte bis jetzt ein hitzigeres Gefecht unmöglich gemacht und den Zuschauern volle musse gelassen, ihre Aufmerksamkeit auf den Kampf zwischen Sporus und Niger zu richten. Jetzt aber waren auch die Römer zum vollen, wilden Streit erhitzt, sie drängten an, wichen zurück, nahten aufs Neue mit der ganzen umsichtigen, jedoch kaum wahrnehmbaren Behutsamkeit, die erfahrene, einander an Geschicklichkeit gleiche Männer bezeichnet. Und nun eben hatte Eumolpus, der ältere Gladiator, durch jenen geschickten Rückstoß, dem auszuweichen man in der Arena für so schwer hielt, den Nepimus in der Seite verwundet. Das Volk jauchzte. Lepidus wurde blass.

„Hoho!“, rief Clodius. „Das Spiel ist beinah zu Ende. Bleibt Eumolpus nur ruhig, so muss der andere verbluten.“

„Aber Dank sei den Göttern, er hält sich nicht bloß in der Verteidigung. Sieh, er dringt stark auf Nepimus ein! Beim Mars, Nepimus hat ihn jetzt! Clodius, ich gewinne noch!“

„Warum wette ich auch anders als auf die Würfel!“, seufzte Clodius, „oder warum kann ich nicht auch einen Gladiator mit Blei füllen!“

„Ha! Sporus, Sporus!“, jauchzte die Menge, als Niger plötzlich angehalten und sein Netz abermals und abermals erfolglos geworfen hatte. Diesmal war er nicht mit hinlänglicher Schnelligkeit entflohen, das Schwert des Sporus hatte eine tiefe Wunde in sein rechtes Bein gestoßen, dadurch an der Flucht gehindert, wurde er von dem wilden Schwertkämpfer hart bedrängt. Immer noch gaben ihm indessen sein hoher Wuchs und die Länge seines Armes nicht unbedeutende Vorteile. Den Dreizack der Stirn des Feindes fast entgegenhaltend, wehrte er diesen mehrere Minuten lang glücklich von sich ab. Da suchte Sporus durch schnelle Wendungen um seinen Gegner, der sich notwendigerweise nur langsam und mühevoll bewegen konnte, herumzukommen. Aber er verlor die Vorsicht, näherte sich dem Riesen zu sehr, erhob den Arm, einen Streich zu führen, und die drei Spitzen des tödlichen Speers drangen mit voller Gewalt in seine Brust! Er sank auf ein Knie. Im nächsten Augenblick war das Netz über ihn geworfen – umsonst kämpfte er gegen dessen Maschen an. Wieder und wieder krümmte er sich stumm unter den neuen Stößen des Dreizacks! Schnell floss das rote Blut durch das Netz über den Sand! Er senkte die Arme, seine Überwindung anerkennend.

Der siegende *Retiarius* zog sein Netz zurück und sah, auf seinen Speer gelehnt, zu den Zuschauern hinauf, erwartend, welches Urteil sie fällen würden. Zu gleicher Zeit rollte der überwundene Gladiator seine umnachteten, verzweifelten Blicke im Theater umher. Von Reihe zu Reihe, von Bank zu Bank starrten ihm nur erbarmungslose Augen entgegen!

Der Lärm, das Gesumse hatten aufgehört! Die Stille war furchtbar, denn kein Mitleid lag in ihr. Keine Hand, nicht einmal eine weibliche – gab das Zeichen der Gnade und des Lebens. Sporus war in der Arena nie beliebt gewesen, und in den letzten Augenblicken hatte sich das Interesse an dem Kampf dem verwundeten Niger zugewandt. Das Volk war zum Blutdurst erhitzt, das bloße Scheingefecht gewährte ihm keine Unterhaltung mehr. Seine Teilnahme an dem Schauspiel hatte sich zum Verlangen nach einem Opfer, zur Lust am Tode gesteigert!

Der Gladiator fühlte, dass sein Schicksal unwiderruflich sei, er ließ keine Bitte, keinen Seufzer hören. Das Volk gab das Zeichen des Todes! In entschlossener, knirschender Unter-würfigkeit beugte er den Nacken, um den tödlichen Streich zu empfangen. Da der Speer des Retiarius keine

Waffe war, um sofortigen, sicheren Tod zu geben, trat eine grauenvolle Gestalt, deren Züge unter dem Helm gänzlich verborgen waren, in die Arena und schwang ein kurzes, scharfes Schwert. Mit langsam abgemessenen Schritten näherte sich dieser furchtbare Henker dem immer noch knienden Gladiator, legte die linke Hand auf seinen gesenkten Helm, setzte die Schärfe der Klinge auf seinen Nacken, wandte sich rings gegen die Versammlung um, ob diese nicht etwa im letzten Moment noch Reue über ihren Beschluss anwandle. Das furchtbare Zeichen blieb dasselbe. Hell glänzte der Stahl in der Luft, fiel nieder und der Gladiator rollte auf den Sand, seine Glieder zuckten – wurden still – er war tot!

Sogleich wurde sein Körper durch das Todestor aus der Arena gezogen und in die dunkle Höhle geworfen, die man mit dem Namen Spoliarium bezeichnete. Ehe er noch recht an diesem Ort anlangte, war das Gefecht zwischen den beiden übrig gebliebenen Kämpfern entschieden. Das Schwert des Eumolpus hatte seinem weniger geübten Gegner die Todeswunde beigebracht. Ein neues Opfer wurde dem Behältnis der Erschlagenen zugefügt.

Eine allgemeine Bewegung ging durch die große Menschen menge, das Volk atmete freier und nahm aufs Neue seine Sitze ein. Aus den verborgenen Röhren ergoss sich ein angenehmer Spritzregen über jede Reihe des Amphitheaters. In üppigem Wohlbehagen unterhielten sich die Abgekühlten über die eben gesehene Blutszene. Eumolpus nahm den Helm ab und wischte sich die Stirn, das krause Haar, der kurze Bart, die edlen römischen Züge und das glänzende schwarze Auge erregten allgemeine Bewunderung. Er war frisch, unverwundet, unermüdet.

Nach einer Pause verkündigte der Editor Pansa mit lauter Stimme, dass Lydon der Nachfolger des erschlagenen Nepimus und der neue Gegner des Eumolpus sein solle. „Jedoch, Lydon“, fügte er hinzu, „willst du den Kampf mit einem so tapferen und geübten Feinde ablehnen, so hast du hierzu volle Freiheit. Eumolpus war dir nicht ursprünglich zum Gegner bestimmt. Du weißt am besten, inwieweit du dich mit ihm messen kannst. Unterliegst du, so ist ein ehrenvoller Tod dein Los. Siegst du, so will ich den festgesetzten Preis aus meiner eigenen Börse verdoppeln."

Das Volk jauchzte Beifall. Lydon stand in der Arena. Er sah umher. Hoch oben erblickte er das bleiche Gesicht, die gespannten Augen seines Vaters. Unentschlossen wandte er sich für einen Moment ab. Nein! Der Sieg mit dem Cestus reichte noch nicht. Er hatte den Preis noch nicht gewonnen – noch immer war sein Vater ein Sklave!

„Edler Ädil", antwortete er mit fester, tiefer Stimme, „ich fürchte mich vor diesem Kampfe nicht. Um der Ehre Pompejis willen fordere ich, ein Zögling dieser Stadt, mit dem Römer zu fechten!"

Das Volk jauchzte lauter als zuvor.

„Vier zu eins gegen Lydon", sagte Clodius zu Lepidus. „Nicht zu zwanzig gegen eins verständ' ich mich", entgegnete Lepidus. Ist doch Eumolpus ein wahrer Achill und dieser arme Kerl ein bloßer Anfänger."

Eumolpus blickte dem Lydon fest ins Gesicht. Er lächelte, aber dem Lächeln folgte ein leiser, kaum hörbarer Seufzer – ein Hauch mitleidiger Bewegung. Und so standen sie denn bald in vollständiger Rüstung, mit gezogenem Schwert und geschlossenem Visier, die beiden letzten Kämpfer der Arena, ehe Mensch und Tier den Kampf begannen, einander gegenüber.

In diesem Moment wurde dem Prätor von einem der Aufseher ein Brief überbracht. Er wickelte die Schnur auf, warf einen Blick auf den Inhalt und sein Gesicht deutete Verwunderung und Verlegenheit an. Noch einmal las er den Brief, warf ihn dann mit den hingemurmelten Worten „Pah! Unmöglich! Der Mensch muss schon am Vormittag betrunken sein, dass ihm solcher Unsinn einfallen kann!", nachlässig auf die Seite und setzte sich wieder gravitätisch zurecht, um den Spielen zuzuschauen.

Die Teilnahme der Zuschauer war auf den höchsten Grad gesteigert. Zuerst hatte Eumolpus ihre Gunst gewonnen, aber Lydons Heldenmut hatte sofort dem Letzteren in den Augen des Volks den Vorzug gegeben.

„Heda, alter Bursche“, wurde Medon von seinem Nachbar angeredet, „dein Sohn hat mit einem gewaltigen Gegner zu tun. Aber fürchte nichts, der Editor wird nicht zugeben, dass er umkommt – und auch das Volk nicht, er hat sich dafür zu wacker gehalten. Ha! Das war ein tüchtiger Hieb! Gut abgelenkt! Beim Pollux, noch einmal an ihn, Lydon! Sie halten an, um zu verschnaufen. Was murmelst du da, alter Junge?“

„Gebete“, entgegnete Medon mit ruhigerer und hoffnungsvollerer Miene, als er bis jetzt gezeigt.

„Gebete? Possen! Die Zeit, wo die Götter die Menschen in Wolken wegtrugen, ist vorbei. Ha, Jupiter! Welch ein Hieb! Deine Seite! Nimm deine Seite in Acht, Lydon!“

Ein krampfhafter Schauer zuckte durch die ganze Versammlung. Von einem mächtigen, mit voller Gewalt auf den Helmkamm geführten Hieb des Eumolpus war Lydon in die Knie gesunken.

„Habet! Er hat es!“, rief eine gellende weibliche Stimme „er hat es, hurra!“

Eben jetzt fing Lydon, der sich bisher mit großer Geschicklichkeit und Geistesgegenwart verteidigt hatte, dem kräftigen Angriff des geübten Römers zu weichen an. Sein Arm wurde müde, sein Auge schwindelig, er atmete schwer und mühsam. Abermals hielten die Kämpfer an, um Luft zu schöpfen.

„Junger Mensch!“, sagte Eumolpus mit leiser Stimme, „lass ab, ich will dich leicht verwunden, dann senke deine Arme. Du hast den Editor und das Volk gewonnen, du wirst mit Ehren losgesprochen werden!“

„Und mein Vater wird fort und fort ein Sklave bleiben“,

seufzte Lydon vor sich hin. „Nein, Tod oder seine Freiheit.“

In diesem Gedanken und im Gefühl, dass seine Kraft der Ausdauer des Römers nicht gewachsen sei, folglich alles von einer plötzlichen verzweifelten Anstrengung abhänge, stürzte er grimmig auf Eumolpus los. Behutsam wich der Römer zurück. Lydon tat einen zweiten Hieb. Eumolpus bog sich zur Seite, das Schwert streifte an seinem Panzer vorbei und Lydons Brust wurde bloßgestellt. Der Römer stieß den Stahl durch die Fugen der Rüstung, ohne eine tiefe Wunde beibringen zu wollen. Allein Lydon, matt und erschöpft, taumelte vorwärts und fiel gerade in die Spitze. Sie fuhr durch und durch und wieder zum Rücken heraus! Eumolpus zog die Klinge zurück. Noch versuchte Lydon das Gleichgewicht wieder zu gewinnen, aber die Waffe entsank seinem Griff, unwillkürlich vollendete er den Stoß nach dem Gladiator mit unbewehrter Hand und fiel der Länge nach zu Boden. Wie durch Verabredung machten Editor und Zuschauer das Zeichen der Gnade. Die Diener der Arena näherten sich, sie nahmen dem Besiegten den Helm ab. Noch atmete er. Seine Augen rollten grimmig gegen den Feind. Die Wildheit, die er in seinem Beruf erworben hatte, starrte aus seinem Blick und brütete auf der bereits von den Schatten des Todes umdunkelten Stirn. Dann wandte er, mit krampfhaftem Stöhnen sich halb emporbäumend, das Gesicht nach oben. Es weilte nicht auf dem Antlitz des Editors oder auf den mitleidvollen Zügen seiner milden Richter. Er sah sie nicht. Ihm war es, als wäre der große Raum leer und öde. Nur ein einziges, von Todesschmerz durchzucktes Antlitz erkannte er, nur ein einziger Schrei eines gebrochenen Herzens drang durch das Summen und Rufen der Menge zu seinem Ohr. Die Wildheit schwand aus seinen Augen, ein sanfter, zärtlicher Ausdruck heiligender, aber verzweifelnder Kindesliebe spielte um sie – spielte – floh – verdüsterte sich! Plötzlich wurde sein Gesicht wieder verschlossen und hart und nahm die vorige Wut an. Er sank auf die Erde zurück.

„Seht nach ihm!“, sprach der Ädil, „er hat seine Pflicht getan!“,

Die Diener schleppten ihn in das Spoliarium.

„Ein echtes Bild des Ruhms und seines Schicksals!“, flüsterte Arbaces vor sich hin, und in seinem über die Menge hinfliegenden Auge lag so viel Hohn und Verachtung, dass jedem, der diesem Blick begegnete, der Atem stillstand, und die Seele zu einem einzigen Gefühl der Demütigung und Furcht erstarrte.

Abermals ergossen sich reiche Düfte durch das Theater. Die Diener streuten frischen Sand auf die Arena.

„Bringt den Löwen und Glaukus, den Athener!“, rief der Editor.

Und eine tiefe, atemlose Stille der gespanntesten Teilnahme lag wie ein furchtbarer Traum über der Versammlung.

Drittes Kapitel

Drei Mal war Sallust aus dem Morgenschlaf erwacht und drei Mal hatte er sich bei der Erinnerung, dass sein Freund heute sterben sollte, mit einem tiefen Seufzer aufs neue einer kurzen Vergessenheit zugewandt. Sein einziges Ziel im Leben war, den Schmerz zu vermeiden, und wo er ihn nicht vermeiden konnte, ihn wenigstens zu vergessen.

Endlich unfähig, sein Bewusstsein länger in Schlaf zu senken, erhob er sich aus seiner liegenden Stellung und gewahrte den Lieblingsfreigelassenen, der wie gewöhnlich neben dem Bett saß. Sallust war nämlich gewöhnt, sich vor dem Aufstehen ein oder zwei Stunden lang vorlesen zu lassen.

„Keine Bücher heute: keinen Tibull, keinen Pindar für mich! Ach, schon sein Name ruft mir die Spiele vor die Seele, deren blutdürstige Nachfolgerin unsere Arena ist. Hat es begonnen im Amphitheater? Haben seine Vorstellungen angefangen?"

„Schon längst, o Sallust! Hörst du die Trompeten und das Getrampel der Füße nicht?"

„Ach ja, aber den Göttern sei Dank, ich war noch schlaftrunken und durfte mich bloß auf die andere Seite wenden, um wieder einzuschlummern."

„Die Gladiatoren müssen längst in der Arena sein."

„Die Unglücklichen! Es ist doch niemand von meinen Leuten zu dem Schauspiel gegangen?"

„O nein! Deine Befehle waren zu bestimmt."

„Gut. Wollte, der Tag wäre vorüber! Was ist das für ein Brief auf dem Tisch dort?"

„Der Brief, den du gestern Abend erhielst? Aber du warst zu betrunken, um ihn zu lesen, denk' ich wohl. Schadet nichts, er kann von großer Wichtigkeit sein."

„Soll ich ihn für dich öffnen, Sallust?"

„Tu es!"

Der Freigelassene nahm die Binde von dem Schreiben. „Was! Griechisch!", rief er. „Wohl von einer gebildeten Dame?" Er überflog den Inhalt. Sein Gesicht drückte dabei plötzlich Bewegung und Überraschung aus. „Gute Götter, was haben wir getan, edler Sallust, dass wir diesem Brief nicht früher Beachtung schenkten! Höre:

Nydia die Sklavin, an Sallust, den Freund des Glaukus! Ich bin eine Sklavin im Hause des Arbaces. Eile zum Prätor, bewirke meine Befreiung, und wir können Glaukus vom Löwen erretten! Es ist ein anderer Gefangener in diesen Mauern, dessen Zeugnis den Athener von der gegen ihn erhobenen Anklage zu befreien vermag, ein Mensch, der die Tat mit ansah, der den Verbrecher in einem Bösewicht nachweisen kann, auf dem bisher kein Verdacht ruhte. Fliege, eile! Schnell, schnell! Bringe Bewaffnete mit, für den Fall, dass du etwa auf Widerstand stoßen solltest, und einen geschickten, klugen Schmied, denn die Kerkertür meines Mitgefangenen ist dick und stark. Bei deiner rechten Hand, bei deines Vaters Asche – verliere keine Minute!“

„Große Götter!“, rief Sallust auffahrend. „Und heute, ja zu dieser Stunde vielleicht stirbt er. Was ist zu tun? Sogleich will ich zum Prätor.“

„Nein, nicht so. Der Prätor, wie der Editor Pansa selbst, sind Geschöpfe des Volkes. Und das Volk will von keinem Aufschub hören, will im Augenblick der gespannten Erwartung nicht leer ausgehen. Überdies würde die Öffentlichkeit eines solchen Schrittes den schlauen Ägypter zu früh warnen. Offenbar hat er sein Interesse dabei, Nydia und ihren Mitgefangenen verborgen zu halten. Nein, zum Glück sind deine Sklaven zu Haus.“

„Ich verstehe dich“, unterbrach ihn Sallust. „Bewaffne die Sklaven sogleich. Die Straßen sind leer. Wir selbst wollen nach dem Hause des Arbaces eilen und die Gefangenen befreien. Schnell! Schnell! Meinen Mantel und meine Sandalen, Papyrus und Rohr.* Ich will an den Prätor schreiben und ihn bitten, die Bestrafung des Glaukus noch aufzuschieben, indem wir binnen einer Stunde seine Unschuld beweisen könnten. Auf diese Art wird es gehen. Davus, eile mit diesem Brief zum Prätor im Amphitheater. Sorge, dass er in seine eigenen Hände kommt. Und jetzt fort! O ihr Götter, deren Vorsehung Epikur leugnete, steht mir bei, und ich will Epikur einen Lügner nennen!“

** Des Rohrs (calamus) bediente man sich, um auf Papyrus oder Pergament, des Stilus, um auf Wachstäfelchen, Baumblätter, Metallplatten und dergleichen zu schreiben. Briefe schreib man bald auf Papyrus, bald auf Täfelchen.*

Viertes Kapitel

Glaukus und Olinth waren zusammen in der dunklen, engen Zelle, worin die zur Arena verdammten Verbrecher ihren letzten, furchtbaren Kampf erwarteten. Jeder suchte mit seinen erst seit kurzem an das Dunkel gewöhnten Augen die Züge des anderen in dieser furchtbaren Stunde zu erforschen, und in dem düsteren Licht, dessen Blässe die natürlichen Farben von ihren Wangen verjagte, schienen beide von einem aschfarbenen, gespensterhaften Weiß übergossen. Allein ihre Stirn war kühn und unerschrocken, sie zitterten nicht, ihre Lippen waren zusammengedrückt und fest. Die Religion des einen, der Stolz des anderen, das Bewusstsein der Unschuld in beiden und vielleicht die Stütze, die jeder in der Anwesenheit des anderen fand, erhoben das Schlachtopfer zum Helden.

„Hörst du das Geschrei? Sie jauchzen über Menschenblut!“, sagte Olinth.

„Ich höre es, das Herz bebt mir darüber, aber die Götter stützen mich.“

„Die Götter! O unbesonnener junger Mann, erkenne wenigstens in dieser Stunde den einzigen Gott. Hab’ ich dich nicht im Kerker belehrt, für dich geweint, für dich gebetet, habe ich nicht in meinem Eifer und in meinem Schmerz mehr an die Rettung deiner Seele als an die der meinigen gedacht?“

„Braver Freund“, antwortete Glaukus feierlich, „mit Ehrfurcht, mit Erstaunen und mit einer geheimen Hinneigung zu deinem Glauben habe ich auf dich gehört. Blieben wir am Leben, so hätte ich mich vielleicht den Lehrsätzen meiner eigenen Religion entwöhnt und zu der deinigen geneigt. Aber in dieser letzten Stunde würde ich als eine erbärmliche Memme erscheinen, wenn die augenblickliche Angst bei mir hervorbrächte, was nur das Ergebnis langer Überlegung sein sollte. Wenn ich jetzt deinen Glauben annähme und die Götter meiner Väter verwürfe, könnte ich da nicht durch deine Zusage eines Himmels bestochen oder durch die Drohung der Hölle eingeschüchtert sein? Nein, Olinth! Wie mein Tun gewesen, so wird mein Lohn sein, und die höchste Macht wird nicht hart über Menschenirrtum urteilen, wenn er mit Ehrlichkeit der Vorsätze und Wahrheit des Herzens verbunden war. Sprechen wir nicht weiter hierüber. Still! Hörst du, wie sie einen schweren Leichnam durch den Gang schleppen! So wie er, werden bald auch wir Staub sein."

„O Himmel! O Christus! Schon sehe ich euch!", rief der glühende Olinth mit erhobenen Händen. „Ich zittere nicht, ich freue mich, dass mein Kerker bald gebrochen sein wird."

Glaukus neigte schweigend sein Haupt. Er fühlte den Unterschied zwischen seinem Mut und dem seines Mitgefangenen. Der Heide bebte nicht, aber der Christ jauchzte.

Knarrend öffnete sich die Tür und der Glanz von Speeren schimmerte an den Wänden.

„Glaukus von Athen, deine Zeit ist gekommen", sprach eine laute helle Stimme. „Der Löwe wartet auf dich."

„Ich bin bereit", sprach der Athener. „Bruder und Leidensgefährte, noch eine letzte Umarmung! Segne mich und lebe wohl!"

Der Christ öffnete die Arme. Er drückte den jungen Heiden an die Brust, küsste ihm Stirn und Wange, schluchzte laut, und heiß flossen seine Tränen über die Züge des Freundes.

„O hätt' ich dich bekehren können, so würde ich nicht weinen. O dass ich zu dir sagen könnte, wir beide werden heute Abend miteinander im Paradies sein!"

„Vielleicht ist dies dennoch der Fall", entgegnete Glaukus mit bebender Stimme. „Diejenigen, welche der Tod trennt, können sich jenseits des Grabes treffen. Erde, schöne geliebte Erde, lebe wohl für ewig! Würdiger Zenturio, ich bin bereit."

Er riss sich weg, und als er hinaus in die Luft kam, legte sich ihr Hauch, der heiß und trocken war, obwohl die Sonne nicht schien, schwer auf ihn. Sein von den Wirkungen des tödlichen Trankes noch nicht wiederhergestellter Körper schauderte und wankte. Die Soldaten mussten ihn stützen.

„Mut!“, sprach einer, „du bist jung, rüstig, gut gebaut. Man gibt dir eine Waffe, verzweifle nicht. Vielleicht trägst du noch den Sieg davon.“

Glaukus gab keine Antwort, aber beschämt über seine Schwäche gewann er durch eine verzweifelte, krampfhafte Anstrengung die Festigkeit seiner Nerven wieder. Man salbte seinen Körper, der bis auf einen Gürtel um die Lenden ganz nackt war, mit Öl, gab ihm den Stilus in die Hand und führte ihn in die Arena. Und als jetzt der Grieche die Augen von Tausenden und Abertausenden auf sich gerichtet sah, fühlte er sich nicht länger als ein Sterblicher. Alle Anzeichen von Furcht, alle Furcht selbst war fort. Eine stolze Röte verbreitete sich über die blassen Züge. Er richtete sich zu der ganzen Höhe seiner herrlichen Gestalt empor. In der elastischen Schönheit seiner Glieder, in der stolzen Verachtung, in dem unbezähmbaren Geist schien er ein lebendiges Abbild des Heldensinnes seines Landes.

Das Gemurmel des Hasses und Abscheus über sein Verbrechen, das bei seinem Eintritt ertönt war, erstarb im Stillschweigen unwillkürlicher Bewunderung und halb mitleidiger Ehrfurcht. Mit einem schnellen krampfhaften Seufzer, der aus der ganzen Menschenmasse, als wäre sie ein einziges Herz, hervorzudringen schien, wandte sich der Blick der Zuschauer von dem Athener auf ein dunkles, ungestaltes Ding mitten in der Arena. Es war der vergitterte Käfig des Löwen!

„Bei der Venus! Wie warm es ist“, sagte Fulvia, „und doch scheint keine Sonne. Hätten doch die einfältigen Matrosen das Loch in dem Sonnenzelt zugemacht!“

„Ja, es ist wirklich warm. Mir wird ganz übel!“, entgegnete Pansas Frau.

Der Löwe war vierundzwanzig Stunden lang ohne Nahrung gelassen worden. Das Tier hatte den ganzen Morgen über eine seltsame Unruhe und Unbehaglichkeit gezeigt, welche der Wärter dem quälenden Hunger zuschrieb. Allein sein Benehmen schien mehr auf Furcht als auf Wut zu deuten. Sein Gebrüll war peinlich und wie ein Angstschrei gewesen. Es hatte den Kopf hängen lassen, die Luft durch die Eisenstangen geschnuppert, sich niedergelegt, war wieder aufgefahren und hatte von neuem sein wildes, weit hallendes Geheul ertönen lassen. Jetzt aber lag es regungslos und stumm, mit weit geöffneten Nüstern, hart gegen das Gitter gedrängt, in seinem Käfig, mit schwerem Atem den Sand in der Arena aufwirbelnd. Die Lippe des Editors zitterte und seine Wange wurde bleich. Ängstlich sah er umher, zögerte, machte noch einen Aufschub. Die Menge wurde ungeduldig. Langsam gab er das Zeichen. Der hinter dem Käfig befindliche Wärter schob das Gitter behutsam auf die Seite, und mit einem mächtigen freudigen Gebrüll der Erlösung stürzte der Löwe heraus. Hastig zog sich der Wärter durch seinen schützenden Gang zurück.

Glaukus hatte die festeste Stellung gegen den erwarteten Anlauf des Tieres eingenommen, die kleine funkelnde Waffe hoch in der Hand, in der schwachen Hoffnung, dass vielleicht ein gut geführter Stoß, denn er wusste, dass er nur Zeit zu einem hatte, durch das Auge in das Gehirn seines grimmigen Feindes dringen werde.

Aber zum unaussprechlichen Erstaunen aller schien der Löwe nicht einmal die Gegenwart des Verbrechers wahrzunehmen. Schon im ersten Moment seiner Befreiung hielt er plötzlich an, erhob sich mit halbem Leibe und zog mit ängstlichem Stöhnen die Luft ein. Dann sprang er plötzlich vorwärts, aber nicht gegen den Athener. Halb eilig, halb zögernd kreiste er rund um die Arena und wandte den gewaltigen Kopf mit verstörtem Blick nach allen Seiten, als spüre er nur einen Ausweg zur Flucht auf. Mehrmals suchte er, über die Brustwehr zu springen, die ihn von den Zuschauern trennte, und stieß, als ihm dieses misslang, eher ein Schreckensgeheul als seinen furchtbaren königlichen Ruf aus. Er gab kein Zeichen von Zorn oder Hunger. Der Schweif, statt die mächtigen Seiten zu peitschen, schleppte auf dem Sand hin. Und obwohl sich das Auge bisweilen dem Glaukus zuwandte, rollte es doch wieder begierdelos von ihm weg. Endlich, wie des Versuches zur Flucht müde, kroch er murrend in seinen Käfig und legte sich nieder.

Das erste Staunen der Versammlung über die Apathie des Löwen verwandelte sich bald in Verdruss über seine Feigheit, und das Mitleid mit Glaukus ging im Ärger über die eigene Enttäuschung unter.

Der Editor rief dem Wärter zu:

„Was ist das? Nimm den Stachel, treibe ihn heraus und schließe dann die Tür des Käfigs."

Während sich der Wärter mit einiger Furcht und noch größerer Verwunderung anschickte, dem Befehl nachzukommen, vernahm man ein lautes Geschrei am Eingang der Arena. Es war eine Verwirrung, ein Durcheinander, scheltende Stimmen ließen sich plötzlich vernehmen und wurden durch die Antwort ebenso schnell zum Schweigen gebracht. Alle Augen wandten sich, erstaunt über die Unterbrechung, dem Ort des Getümmels zu. Die Menge machte Platz – und plötzlich erschien Sallust vor den Sitzen der Senatoren mit aufgelöstem Haar, atemlos, erhitzt, dem Umsinken nahe. Hastig warf er den Blick in der Arena umher. „Weg mit dem Athener!", rief er. „Schnell! Er ist unschuldig! Nehmt Arbaces den Ägypter fest! Er ist der Mörder des Apäcides!"

„Bist du verrückt, Sallust?", fragte der Prätor, sich von seinem Sitz erhebend. „Was soll dieses Wüten?"

„Weg mit dem Athener! Schnell, oder sein Blut komme auf dein Haupt! Prätor, zögere, und du hast es mit deinem eigenen Leben beim Kaiser zu verantworten. Ich bringe den Augenzeugen vom Tode des Priesters Apäcides. Platz da! Zurück! Ausgewichen! Bewohner Pompejis, richtet eure

Augen auf Arbaces – dort sitzt er! Platz da, Platz für den Priester Kalenus!“

Blass, abgemagert, dem Rachen des Hungertodes kaum entrissen, mit eingefallenem Gesicht, das Auge mit Blut unterlaufen, wurde Kalenus in die Sitzreihe getragen, in der Arbaces saß. Seine Befreier hatten ihm nur wenig Nahrung gegeben, aber die Hauptkräftigung für seine schwachen Glieder war die Rache!

„Der Priester Kalenus!“, rief das Volk! „Ist er's? Nein, es ist ein Gespenst!“

„Es ist der Priester Kalenus“, sprach der Prätor ernst. „Was hast du zu sagen?“

„Arbaces der Ägypter ist der Mörder des Apäcides, des Priesters der Isis. Meine Augen sahen ihn den Todesstreich führen. Aus dem Kerker, in den er mich gestürzt, aus der Nacht und den Schrecken des Hungertodes haben mich die Götter errettet, um seinen Frevel zu verkünden! Lasst den Athener los, er ist unschuldig!“

„Darum also hat ihn der Löwe verschont? Ein Wunder, ein Wunder!“, rief Pansa.

„Ein Wunder, ein Wunder!“, jauchzte das Volk. „Weg mit dem Athener – werft Arbaces dem Löwen vor!“

Und von Berg zu Tal, von der Küste zur See widerhallte der Ruf: „Werft Arbaces dem Löwen vor!“

„Aufseher, entfernt den Angeklagten Glaukus! Aber bewacht ihn noch“, befahl der Prätor. „Die Götter häufen ihre Wunder auf diesen Tag.“

Als der Prätor das Wort der Befreiung aussprach, erhob sich eine weibliche, kindliche Stimme in lautem Freudenruf. Mit elektrischer Kraft drang sie durch das Herz der Versammlung, sie war rührend, sie war heilig diese Kinderstimme! Und das Volk ließ sie in mitfühlendem Glückwunsch widerhallen.

„Still“, sprach ernst der Prätor. „Wer ist das?“

„Das blinde Mädchen, Nydia“, erwiderte Sallust. „Ihre Hand ist es, die den Kalenus aus dem Grab erhob und Glaukus von dem Löwen errettete.“

„Hiervon nachher", entgegnete der Prätor. „Kalenus, Priester der Isis, du klagst den Arbaces des Mordes an Apäcides an?"

„Ja!"

„Du sahst die Tat?"

„Prätor, mit diesen meinen Augen . . ."

„Genug für jetzt, das Nähere muss für einen passenderen Zeitpunkt und Ort vorbehalten bleiben. Arbaces von Ägypten, du hörst die Anklage gegen dich! Du hast noch nicht gesprochen! Was hast du zu erwidern?"

Der Blick der Menge haftete schon lange auf Arbaces, aber die Betroffenheit, die er bei der ersten Beschuldigung Sallusts und der Erscheinung des Kalenus gezeigt hatte, war wieder gewichen. Bei dem Ruf, „Werft Arbaces dem Löwen vor!", hatte er allerdings gezittert und das dunkle Braun seiner Wange war blässer geworden, aber schnell hatte er seine Würde und Selbstbeherrschung wiedergewonnen. Stolz erwiderte er den Zornblick zahlloser Augen um ihn her, und als er nunmehr auf die Frage des Prätors antwortete, geschah es in jenem eigentümlich ruhigen, befehlenden Ton, der seine Rede stets bezeichnete.

„Prätor, diese Anschuldigung ist so toll, dass sie kaum eine Widerlegung verdient. Mein erster Ankläger ist der edle Sallust, der vertrauteste Freund des Glaukus! Mein zweiter ein Priester. Ich verehre sein Kleid und seinen Beruf, aber, Bürger Pompejis, ihr kennt einigermaßen den Charakter des Kalenus. Seine Habsucht und Geldgier sind sprichwörtlich. Das Zeugnis eines solchen Menschen kann erkauft werden! Prätor – ich bin unschuldig!"

„Sallust", fragte der Richter, „wo fandest du den Kalenus?"
„In dem Kerker des Arbaces."

„Ägypter", sprach der Prätor mit gefurchter Stirn, „du hast dir also herausgenommen, einen Priester der Götter einzukerkern. Und weshalb?"

„Höre mich", entgegnete Arbaces ruhig aufstehend, aber mit sichtbarer Bewegung in den Zügen, „dieser Mensch kam und drohte mir mit der jetzt wirklich vorgebrachten Anklage, falls ich sein Stillschweigen nicht mit der Hälfte meines Vermögens erkaufen würde. Ich machte Gegenvorstellungen, umsonst! Edler Prätor und ihr, o Bürger, ich war ein Fremder im Lande! Ich wusste mich unschuldig an dem Verbrechen, aber das Zeugnis eines Priesters gegen mich mochte mich gleichwohl ins Verderben stürzen! In der Verlegenheit lockte ich ihn in das Verlies, aus dem er soeben befreit worden ist, unter dem Vorwand, als sei es die Vorratskammer meines Goldes. Dort wollte ich ihn festhalten, bis das Schicksal des wirklichen Verbrechers besiegelt wäre, wo dann seine Drohungen von keinem weiteren Erfolg sein konnten. Aber ich hatte nichts Übles mit ihm vor. Ich kann einen Missgriff begangen haben. Doch wer von euch wird die, Billigkeit der Selbsterhaltung nicht anerkennen? War ich schuldig, warum legte dieser Priester sein Zeugnis nicht während der gerichtlichen Verhandlung ab? In diesem Fall würde ich ihn weder zurückgehalten noch versteckt haben. Warum brachte er meine Schuld nicht vor, als ich die Schuld des Glaukus vorbrachte? Prätor, das bedarf wohl einer Antwort. Im Übrigen berufe ich mich auf eure Gesetze. Ich verlange ihren Schutz. Bringt den Angeklagten und den Ankläger von hier fort. Willig werde ich der Entscheidung des gesetzlichen Gerichtes gegenübertreten und mich derselben fügen. Hier aber ist nicht der Ort zu weiterer Unterredung."

„Er hat recht"; erwiderte der Prätor. „He, Wachen! Entfernt den Arbaces und hütet den Kalenus! Sallust, du bleibst uns für deine Anklage verantwortlich. Fahrt jetzt in den Spielen fort."

„Was?", rief Kalenus und wandte sich gegen das Volk. „Soll Isis so verachtet werden? Soll das Blut des armen Apäcides immer noch um Rache schreien? Soll der Lauf der Gerechtigkeit jetzt stocken, damit sie später vereitelt werde? Soll der Löwe um all seine gesetzliche Beute betrogen werden? Ein Gott – ein Gott! Ich fühle, dass Gott durch meine

Lippen ruft. Vor den Löwen – vor den Löwen mit Arbaces!"

Der erschöpfte Körper des Priesters vermochte den Sturm seines wilden Grimmes nicht länger zu tragen. In Krämpfen sank er zu Boden, der Schaum stand ihm vor dem Munde, er war wirklich ein Mensch, den eine übernatürliche Macht besessen hielt! Das Volk sah ihn und schauderte.

„Ein Gott ist's, der den heiligen Mann begeistert. Vor den Löwen mit dem Ägypter!"

Mit diesem Ruf sprangen Tausende auf und stürzten herbei, sie stürmten von ihren hohen Sitzen herab und strömten auf den Ägypter zu: Umsonst befahl der Ädil. Umsonst erhob der Prätor seine Stimme zur Verkündigung des Gesetzes. Das Volk war durch den Anblick des Blutes bereits wild geworden – es dürstete nach mehr. Sein Aberglaube kam der Grausamkeit zu Hilfe. Aufgeregt, entflammt durch die schon geschlachteten Opfer, vergaß es das Ansehen seiner Behörden. Die Gewalt des Prätors war wie ein Schilf im Wirbelwind. Doch hatten sich auf seinen Befehl die Wachen längs der niederen Bänke aufgestellt, wo die vornehmeren Stände gesondert von der Menge saßen. Die Herbeigerufenen bildeten nur eine schwache Schutzwehr. Die Wellen des Menschenmeeres hielten einen Augenblick an, aber nur um Arbaces in den Stand zu setzen, den Augenblick, wo ihn sein unabweisliches Schicksal erreichen sollte, zu berechnen. Noch blickte er in Verzweiflung und Angst, die selbst seinen Stolz niederwarfen, auf den heranwälzenden Haufen, als er plötzlich über sich durch die weite Öffnung, die in der Belaria gelassen worden, eine seltsame, grauenhafte Erscheinung wahrnahm. Er nahm sie wahr und List gab ihm den Mut wieder.

Er streckte die Hand empor. Über seine hohe Stirn und die königlichen Züge kam ein Ausdruck unaussprechlicher Majestät und Herrschermacht.

„Seht!", rief er mit einer Donnerstimme, die das Gebrüll des Volkes zum Schweigen brachte. „Seht", rief er, „wie die

Götter den Unschuldigen beschützen! Die Feuer des rächenden Orkus brechen hervor gegen das falsche Zeugnis meiner Ankläger!“

Die Augen der Menge folgten der Bewegung des Ägypters und sahen mit unaussprechlichem Schrecken, dass ein ungeheurer Dampf, in Gestalt eines riesenhaften Fichtenbaumes, vom Gipfel des Vesuvs aufstieg: der Stamm schwarz, die Äste Feuer, dessen Farben jeden Augenblick wechselten, jetzt furchtbar hell, jetzt von stumpfem, sterbendem Rot, das aufs Neue in ein unerträglich blendendes Licht überging!

Es war eine schauerliche Totenstille, durch die plötzlich das Gebrüll des Löwen brach, und aus dem Innern des Gebäudes antwortete ihm das schärfere, wildere Geheul des Tigers. Den veränderten Druck der Atmosphäre empfindend, waren die Tiere grässliche Verkünder des nahenden Verderbens!

Sofort erhob sich oben ein allgemeines Geschrei der Weiber. Die Männer starrten einander stumm an. In diesem Moment fühlten sie die Erde unter ihren Füßen zittern. Die Mauern des Theaters wankten, und in der Entfernung vernahm man das Gekrach stürzender Dächer. Noch einen Augenblick, und die Bergwolke schien schwarz und schnell wie ein Strom gegen sie heranzurollen. Zugleich warf sie einen Aschenregen, vermischt mit großen Trümmern brennenden Gesteins, aus ihrem Schoß! Über die zermalmten Weinbaugelände, über die verlassenen Straßen, über das Amphitheater selbst fiel dieser furchtbare Schauer!

Nicht länger dachte die Menge an Gerechtigkeit oder an Arbaces. Rettung für sich selbst war ihr einziger Gedanke. Jeder wandte sich zur Flucht, jeder schob, presste, drängte gegen den anderen an. Rücksichtslos über die Gefallenen hinschreitend, unter Stöhnen, Bitten und plötzlichen Schreckensrufen strömte der Haufen durch die zahlreichen Ausgänge. Wohin sollten sie fliehen? Einige, ein zweites Erdbeben vermutend, eilten heim, ihre kostbarste Habe aufzuladen und zu entrinnen, solange es noch Zeit war. Andere, die Aschenregen fürchtend, die jetzt rasch, Strom auf Strom, auf die Straßen niederstürzten, drängten sich unter die Dächer der benachbarten Häuser, Tempel oder Hütten, um einen Schutz gegen die Schrecken der freien Luft zu gewinnen. Aber schwärzer und größer und dichter breitete sich die Wolke über ihnen aus. Es war eine schauderhafte Nacht, die jäh in das Reich des Mittags brach.

Fünftes Kapitel

Betäubt von seiner plötzlichen Befreiung, zweifelnd ob er wache, war Glaukus von den Dienern der Arena in eine kleine Zelle innerhalb der Mauern des Theaters geführt worden. Sie warfen ein loses Gewand über seinen Körper und drängten sich Glück wünschend staunend um ihn her. Da vernahm man draußen einen ungeduldigen, leidenschaftlichen Ruf. Man machte Platz, und das blinde Mädchen, von einer mitleidvollen Hand geführt, stürzte sich Glaukus zu Füßen.

„Ich bin es, die dich gerettet hat“, schluchzte sie. „Jetzt will ich gern sterben!“

„Nydia, mein Kind! Meine Erhalterin!“

„O lass mich deine Berührung, deinen Atem fühlen! Wir sind nicht zu spät gekommen! Die entsetzliche Tür, ich glaubte, sie werde sich nie öffnen! Und Kalenus! Seine Stimme war wie der sterbende Wind zwischen Gräbern! Wir mussten warten! Götter! Mir schien es, ganze Stunden seien verflossen, ehe Speise und Trank ihm wieder zu einiger Kraft verholfen hatten. Aber du lebst! Und ich – ich habe dich gerettet!“

Dieser rührende Auftritt wurde bald durch das eben beschriebene Ereignis unterbrochen.

„Der Berg! Das Erdbeben!“, widerhallte es von allen Seiten. Die Diener flohen mit den übrigen und überließen es Glaukus und Nydia, sich zu retten, so gut sie konnten.

Sobald die drohende Gefahr dem Athener zu Bewusstsein gekommen war, erinnerte sein edles Herz ihn an Olinth. Auch er war durch die Hand der Götter von dem Tiger erlöst. Sollte er in der Zelle nebenan einem nicht minder schrecklichen Tode zur Beute werden? Nydia bei der Hand fassend, stürzte Glaukus durch die Gänge fort und erreichte den Kerker des Christen, der betend auf den Knien lag.

„Auf, auf, mein Freund!“, rief er. „Rette dich und fliehe! Siehe, die Natur ist deine furchtbare Befreierin!“, Er führte den Bestürzten heraus, zeigte ihm die Wolke, die, schwärzer und schwärzer, Regen von Asche und Bimsstein entladend, herannahte und machte ihn auf das Geschrei und die lärmende Flucht der Menge aufmerksam.

„Dies ist Gottes Hand! Gott sei gelobt!“, rief Olinth andächtig.

„Flieh, suche deine Brüder, berate dich mit ihnen, wie du entkommen willst. Lebe wohl!“

Olinth gab weder eine Antwort, noch bemerkte er, dass sein Freund sich entfernte. Erhabene Gedanken nahmen seine ganze Seele in Anspruch. Im begeisterten Herzen frohlockte er eher über die Barmherzigkeit Gottes, als dass er über die sichtbaren Zeichen seiner Macht gezittert hätte.

Endlich erhob er sich und stürzte fort, kaum wusste er wohin. Plötzlich traten ihm die offenen Tore einer dunklen, öden Zelle entgegen. Durch ihre Finsternis flackerte eine einzige Lampe, bei deren Licht er drei schreckliche, nackte Gestalten tot auf dem Boden ausgestreckt sah. Jäh hielt er in seiner Flucht an, denn mitten durch die Schrecken dieses Schauerbehältnisses – des Spoliariums der Arena – hörte er eine leise Stimme den Namen Christi aussprechen!

Er betrat das Gemach, und seine Füße wurden vom Blutstrom benetzt, der von den Leichen über den Sand hinrieselte.

„Wer“, fragte der Nazarener, „ruft den Sohn Gottes an?“

Keine Antwort erfolgte. Umherblickend gewahrte Olinth einen alten, grauhaarigen Mann, der auf dem Boden saß und in seinem Schoß das Haupt eines eben Gestorbenen hielt. Die Züge des Toten waren fest und streng geschlossen vom letzten Schlaf. Aber um die Lippen spielte ein wildes Lächeln, nicht das Hoffnungslächeln des Christen, sondern der finstere Hohn des Hasses und Trotzes. Gleichwohl weilte auf dem Gesicht noch die schöne Fülle der Jugend. Über dieses Gesicht beugte sich das andere in unaussprechlichem Gram, in sehnsüchtiger Zärtlichkeit, in liebender, tiefer Verzweiflung!

Schnell und heiß flossen die Tränen des Greises, aber er fühlte sie nicht, und als er seine Lippen bewegte und das Gebet seines milden, hoffnungsvollen Glaubens aussprach, waren weder sein Herz noch sein Sinn bei den Worten. Sein Sohn war tot, war für ihn gestorben, und das Herz des alten Mannes war gebrochen!

„Medon“, sprach Olinth mitleidig, „stehe auf und fliehe! Gott naht auf den Schwingen des Sturmwindes! Das neue Gomorrha hat sein Schicksal erreicht! Flieh, ehe dich das Feuer verzehrt!“

„Er war immer so voll Leben! Er kann nicht tot sein! Komm her, lege deine Hand auf sein Herz! Gewiss schlägt es noch!“

„Bruder, die Seele ist entflohen! Wir wollen ihrer in unseren Gebeten gedenken! Du kannst den toten Staub nicht wieder erwecken! Komm, komm! Horch! Während ich da spreche, krachen die Mauern! Horch! Das Geschrei der Todesangst! Kein Augenblick ist zu verlieren – komm!“

„Ich höre nichts“, erwiderte Medon, die grauen Locken schüttelnd. „Der arme Junge, seine Liebe hat ihn getötet!“

„Komm, komm!“

„Was! Wer will den Vater von dem Sohn trennen?“

Damit fasste Medon den Leichnam fest in die Arme und

bedeckte ihn mit leidenschaftlichen Küssen. „Geh du“, sprach er, das Gesicht einen Augenblick aufrichtend. „Geh du, wir müssen allein bleiben!“

„Ach!“, erwiderte der mitfühlende Nazarener, „der Tod hat euch ja bereits getrennt!“

Der alte Mann lächelte ruhig. „Nein, nein, nein“, flüsterte er, indem seine Stimme bei jeder Silbe leiser wurde, „der Tod ist gütiger gewesen!“

Sein Haupt sank auf die Brust seines Sohnes. Olinth fasste seine Hand – der Puls hatte aufgehört zu schlagen. Die letzten Worte des Vaters waren Worte der Wahrheit: Der Tod war gütiger gewesen!

Unterdessen schritten Glaukus und Nydia durch die gefährlichen, schreckerfüllten Straßen. Der Athener hatte von seiner Retterin erfahren, dass Ione noch im Hause des Arbaces sei. Dorthin flog er, sie zu erretten, sie zu erlösen! Die wenigen Sklaven, die der Ägypter zurückgelassen hatte, als er sich in langem Zuge nach dem Amphitheater begab, hatten nicht vermocht, der bewaffneten Schar Sallusts Widerstand zu leisten. Und als nachher der Ausbruch des Vulkans erfolgte, waren sie betäubt und erschrocken in die innersten Winkel des Hauses zusammengekrochen. Selbst der lange Äthiopier hatte seinen Posten an der Tür verlassen, und Glaukus, der Nydia außen warten ließ, eilte durch die große Halle, ohne auf jemanden zu treffen, von dem er das Zimmer Iones hätte erfahren können. Gerade in diesem Augenblick nahm die Finsternis, die den Himmel bedeckte, so rasch zu, dass er seinen Weg nur mit Schwierigkeit zu verfolgen vermochte. Die mit Blumen bekränzten Säulen schienen zu wanken und zu beben, und jede Sekunde hörte er die Asche knisternd in das dachlose Peristyl fallen. Atemlos eilte er weiter und rief laut nach Ione. Endlich hörte er am Ende einer Galerie eine Stimme – ihre Stimme. Ione in seine Arme nehmen und aus dem Hause eilen, war für ihn das Werk eines Augenblicks. Kaum hatte er den Ort erreicht, wo Nydia ihn erwartete, als er Schritte auf das Haus zukommen hörte und die Stimme des Arbaces erkannte, der zurückkehrte, um seine Schätze und Ione zu holen, ehe er aus dem Fluchbelas-teten Pompeji floh. Aber so dicht war bereits die raucherfüllte Atmosphäre, dass die Feinde einander selbst in dieser Nähe nicht zu Gesicht bekamen und Glaukus nur den Umriss der weißen Kleider des Ägypters undeutlich in dem Nebel wahrnahm.

Die drei eilten vorwärts. Aber wohin? Sie sahen keinen Schritt mehr vor sich. Völlige Finsternis herrschte überall. Sie waren von Zweifel und Schrecken umschlossen – und der Tod, dem Glaukus für einen Moment entgangen war, schien nur seine Gestalt verändert, seine Opfer vermehrt zu haben.

Sechstes Kapitel

Die plötzliche Umwälzung, welche die Bande der Gesellschaft gesprengt und Gefangene und Kerkermeister gleichmäßig in Freiheit gesetzt hatte, entband auch den Kalenus von den Wächtern, deren Obhut er vom Prätor übergeben worden. Nicht so bald hatten Dunkelheit und Menschengewühl ihn von seinen Begleitern getrennt, als er mit zitternden Schritten dem Tempel seiner Göttin zueilte. Unterwegs, ehe noch die Dunkelheit vollkommen geworden, fühlte er sich plötzlich am Gewand gefasst und eine Stimme flüsterte in sein Ohr: „Pst! Kalenus! Eine schreck-liche Stunde!"

„Ja, bei meines Vaters Haupt! Wer bist du? Dein Gesicht ist mit Nacht bedeckt, und deine Stimme ist mir fremd!"

„Deinen Burbo nicht kennen? Pfui!"

„Götter! Wie das Dunkel zunimmt! Ha, wie es bei jenem furchtbaren Berg auf einmal blitzt! Wie die Feuer sich schlängeln und zappeln! Die Hölle ist auf Erden los!"

„Still! Glaubst du doch an dergleichen nicht, Kalenus! Jetzt ist die Zeit, unser Glück zu machen!“

„Ha!“

„Höre, dein Tempel ist voll Gold und kostbaren Mummereien! Packen wir uns dieselben auf, fliehen damit ans Meer und schiffen uns ein! Niemand wird je über das Rechenschaft fordern, was heute geschieht!“

„Burbo, du hast Recht! Folge mir in den Tempel. Wer kümmert sich jetzt darum, ob du ein Priester bist oder nicht? Folge mir, und wir wollen teilen!“

In den Vorhallen des Tempels waren viele Priester um die Altäre versammelt, betend, weinend in den Staub geworfen. Kalenus ging an ihnen vorüber und trat in das Zimmer, das noch jetzt auf der Südseite des Hofes zu sehen ist. Burbo folgte ihm. Der Priester schlug Licht an – Wein und Speisen, die Überbleibsel eines Opfermahles, bedeckten den Tisch.

„Ein Mensch, der achtundvierzig Stunden gefastet“, murmelte Kalenus, „hat selbst in solchem Augenblick Appetit.“

Er machte sich über die Speisen her und aß mit grimmiger Gier. Vielleicht lässt sich nichts so unnatürlich Schauderhaftes denken, als die selbstsüchtige Gemeinheit dieser beiden Bösewichter.

„Wirst du nie zu Ende kommen?“, rief Burbo ungeduldig. „Dein Gesicht ist schon ganz rot und deine Augen starr.“

„Man hat nicht jeden Tag ein solches Recht, hungrig zu sein. O Jupiter! Was für ein Geräusch! Das Zischen von heißem Wasser! Was! Kann die Wolke ebenso gut regnen als brennen! Geschrei? Und wie still jetzt auf einmal! Sieh doch nach, Burbo.“

Unter anderen Schrecknissen warf der Berg jetzt auch Säulen kochenden Wassers aus. Mit der halb brennenden Asche zu einer Art Teig geknetet, fielen die Ströme gleich einem siedenden Schlamm schnell nacheinander auf die Straßen. Und gerade dorthin, wo die Priester der Isis um die Altäre knieten, auf denen sie umsonst Feuer und Weihrauch anzündeten, hatte einer von diesen tödlichen Güssen, vermischt mit ungeheuren Schlacken, seine Wut ausgeströmt. Er schlug auf die gebeugten Gestalten der Priester nieder. Das Geschrei war der Ruf des Todes, die Stille das Schweigen der Ewigkeit gewesen! Die Asche, der pechige Strom bespritzten die Altäre, deckten das Pflaster und begrub halb die zuckenden Leichen der Tempeldiener.

„Sie sind tot!“, rief Burbo voller Angst und stürzte in die Zelle zurück. „Ich glaubte nicht, dass die Gefahr so nah und so tödlich sei.“

Die beiden Elenden starrten einander an. Man hätte ihre Herzen schlagen hören können! Kalenus, von Natur minder kühn, aber habsüchtiger, fasste sich zuerst wieder.

„Wir müssen ans Werk und dann fort!“, flüsterte er leise, als fürchte er die eigene Stimme. Er ging auf die Schwelle zu, hielt einen Augenblick still, schritt dann über den heißen Boden und die Leichen seiner toten Brüder zum Heiligtum und rief Burbo, ihm zu folgen. Aber der Gladiator zagte und wich zurück.

„Um so besser!“, dachte Kalenus, „meine Beute wird nur um so größer sein.“

Hastig belud er sich mit den am leichtesten wegzutragenden Schätzen des Tempels und eilte, ohne weiter an seinen Gefährten zu denken, von der heiligen Stätte. Ein plötzlicher Blitz von dem Berge zeigte Burbo, der bewegungslos auf der Schwelle stand, den fliehenden schwer beladenen Priester. Er fasste sich ein Herz, er trat einen Schritt vorwärts, sich ihm beizugesellen, als ein furchtbarer Aschenregen gerade vor seinen Füßen niederstürzte. Noch einmal bebte der Gladiator zurück. Finsternis schloss ihn ein. Aber der Regen dauerte fort! Hoch und erstickend stieg der Aschenhaufen empor, tödliche Dünste strömten davon aus. Der Unglückliche schnappte nach Luft, in Verzweiflung suchte er, abermals zu fliehen. Die Asche hatte die Tür versperrt. Er schrie laut auf und sein Fuß fuhr vor der kochenden Masse zurück. Wie sollte er entkommen? Er konnte nicht ins Freie hinausklettern, und wäre er hinausgekommen, so vermochte er doch den Schrecken, die draußen wüteten, nicht zu trotzen. Am besten war's, in der Zelle zu bleiben, die ihn wenigstens gegen die tödliche Luft schützte. Mit knirschenden Zäh-nen setzte er sich nieder. Allmählich jedoch drang die äußere Atmosphäre erstikkend und Gift giftig in das Gemach. Er konnte es nicht länger aushalten. Seine umherstierenden Augen fielen auf ein Opferbeil, das ein Priester zurückgelassen hatte. Er ergriff es. Mit der verzweiflungsvollen Kraft seines Riesen-armes suchte er sich einen Weg durch die Mauer zu bahnen.

Mittlerweile waren die Straßen bereits menschenleer geworden. Die Menge hatte sich beeilt, unter Dach zu kommen. Die Asche fing an, die niedrigeren Gegenden der Stadt anzufüllen. Nur da und dort vernahm man noch die Schritte von behutsam einherwatenden Flüchtlingen oder sah ihre blassen, verzerrten Gesichter beim blauen Licht der Blitze oder dem unsteteren Glanz von Fackeln. Aber gar oft löschten das kochende Wasser oder die umherliegende Asche oder rätselhafte Windstöße, die sich im Nu erhoben und wieder schwanden, diese wandernden Lichter, und mit ihnen die letzte Lebenshoffnung derer, die sie trugen.

In der Straße, die zum Herkulanum-Tor führt, verfolgte jetzt eben Clodius seinen unsicheren, irren Weg. „Erreiche ich das Freie“, dachte er, „so sind ohne Zweifel Fuhrwerke vor dem Tor, und Herkulanum ist nicht weit entfernt. Dank dem Merkur, ich habe wenig zu verlieren, und dieses Wenige führe ich mit mir!“

„Heda! Hilfe, Hilfe!“, rief eine klägliche, angstvolle Stimme. „Ich bin gefallen, meine Fackel ist aus, meine Sklaven haben mich verlassen. Ich bin Diomed, der reiche Diomed. Zehntausend Sesterzien dem, der mir hilft!“

Im gleichen Augenblick fühlte sich Clodius am Fuß gepackt. „Verderben über dich! Lass mich los, Narr!“, rief der Spieler.

„O hilf mir auf, gib mir deine Hand!“

„Da! Steh auf.“

„Ist das Clodius? Ich kenne die Stimme! Wohin fliehst du?“

„Nach Herkulanum.“

„Gesegnet seien die Götter! So ist denn unser Weg bis zum Tor der gleiche. Warum rettest du dich nicht in meine Villa? Du kennst die lange Reihe unterirdischer Keller unter dem Fundament. Welcher Regen kann durch dieses Schutzdach dringen?“

„Du hast Recht“, entgegnete Clodius nachdenklich, „und wenn wir den Keller mit Lebensmitteln versehen, können wir dort sogar mehrere Tage aushalten, falls diese wunderbaren Stürme so lange dauern sollten.“

„Hochgepriesen sei der Erfinder der Stadttore!“, rief Diomed. „Siehe! Sie haben eine Leuchte unter jenen Bogen gestellt. Die soll unsere Schritte leiten.“

Die Luft war jetzt für einige Minuten ruhig. Die Lampe unter dem Tor strömte ihr Licht weit und hell aus. Die Flüchtlinge eilten vorwärts. Sie erreichten das Tor und kamen an der römischen Schildwache vorbei. Die Blitze zuckten über das bleiche Gesicht und den blanken Helm des Mannes hin, aber seine ernsten Züge waren selbst im Schrecken gefasst! Aufrecht und bewegungslos blieb er auf seinem Posten. Selbst diese Stunde hatte die Maschine der unerbittlichen Majestät Roms nicht zu einem aus eigenem Antrieb handelnden Menschen umgeschaffen! Da stand er mitten im Kampf der Elemente! Er hatte nicht die Erlaubnis erhalten, seinen Standort zu verlassen und zu fliehen!

Diomed befahl seinen Sklaven, eine hinreichende Menge Nahrungsmittel und Öl für den Bedarf der Lampen in die unterirdischen Gewölbe zu schaffen. Und dort suchten jetzt Julia, Clodius, der größere Teil der Sklaven und einige angstvolle Freunde und Klienten aus der Nachbarschaft, die sich hergeflüchtet hatten, ein schützendes Obdach.

Siebentes Kapitel

Die Wolke, die einen so trüben Nebel über den Tag verbreitet hatte, war jetzt zu einer festen, undurchdringlichen Masse verdichtet. Und je schwärzer es wurde, desto mehr nahmen auch die Blitze vom Vesuv her in grellem, blendendem Glanze zu. Dabei blieb ihre furchtbare Schönheit nicht auf die gewöhnlichen Farben des Feuers beschränkt. Nie kam ein Regenbogen ihrem wechselnden, reichen Kolorit gleich. Jetzt glänzte es blau wie die azurne Tiefe des südlichen Himmels. Jetzt zuckte es in einem gelblichen, schlangenartigen Grün rastlos hin und her wie die Windungen eines ungeheuren Gewürms. Jetzt erleuchtete es in einem schauerlichen, unerträglichen Rot, das weit und breit aus den Rauchsäulen emporfuhr, die ganze Stadt. Dann erstarb es wieder jäh zu einer krankhaften Blässe.

In den Pausen des Aschenregens hörte man unterirdisches Rollen und die seufzenden Wellen der bewegten See, oder wohl auch leiser, und nur der Aufmerksamkeit der höchsten Angst vernehmbar, das zischende Geräusch der Gase, die durch die Spalten des fernen Berges entwichen. Bisweilen schien die feste Masse zu brechen und beim Schein des Blitzes seltsame riesige Gestalten von Menschen oder Ungeheuern anzunehmen, die durch das Dunkel hinschritten, gegeneinander stießen und schnell wieder in den wirbelnden Abgrund der Finsternis verschwanden, sodass dem Auge und der Einbildungskraft der geängstigten Flüchtlinge die wesenlosen Dünste wie die Leiber gigantischer Dämonen erschienen.

An manchen Orten lag die Asche bereis knietief, die siedenden Wasserströme, die der dampfende Hauch des Vulkans herjagte, drangen in die Häuser und erfüllten sie mit einem starken, beklemmenden Dampf. An einigen Orten schlugen ungeheure, auf die Dächer geschleuderte Felsstücke Massen wirren Getrümmers in die Straßen nieder. Mit dem Vorrücken des Tages wurde die Bewegung der Erde fühlbarer. Wo man den Fuß hinsetzte, schien der Boden wegzugleiten und zu kreisen, und ebenso wenig konnte ein Wagen oder eine Sänfte selbst auf dem ebensten Grunde aufrecht gehalten werden.

Bisweilen brachen größere Steine, im Niedersturz aneinander stoßend, in zahllose Stücke und sprühten Feuerfunken aus, die jeden brennbaren Gegenstand in ihrer Nähe entzündeten, sodass die Finsternis um die Stadt furchtbar erhellt wurde, denn mehrere Häuser und sogar Weingärten waren in Flammen geraten. Der teilweisen Erleuchtung zu Hilfe kommend, hatten die Bewohner hie und da an den öffentlichen Plätzen, wie den Säulenhallen der Tempel und den Zugängen auf das Forum, Reihen von Fackeln aufzustellen gesucht. Aber diese hielten selten lange aus, denn Regen und Winde löschten sie, und die plötzliche Finsternis, in die das plötzliche Licht verwandelt wurde, hatte etwas doppelt Schreckhaftes, das der Ohnmacht menschlicher Hoffnung die Lehre der Verzweiflung doppelt einprägte.

Häufig begegneten einander bei diesem Fackelschein Haufen von Flüchtlingen, einige dem Meer zueilend, andere von dem Meere zum Lande zurück fliehend. Denn der Ozean hatte sich schnell vom Ufer zurückgezogen. Eine undurchdringliche Nacht lag über demselben. Auf seine stöhnenden Wogen fiel der Regen der Asche und Steine ohne den Schutz, den auf dem Lande Straßen und Dächer gewährten. Wild, verzerrt, Gespenstern gleich, trafen diese Gruppen aufeinander, ohne sich die Zeit zu nehmen zu sprechen, um Rat zu fragen oder Rat zu geben, denn immer häufiger, wenn auch nicht ohne Unterbrechung, stürzte das Wasser herab, löschte die Lichter aus, die einer vorbeieilenden Gruppe die totenähnlichen Gesichter der anderen zeigten, und jagte alle dem nächsten Obdach zu. Alle Elemente der gesellschaftlichen Ordnung waren zerstört. Da und dort sah man bei den flakkernden Lichtern einen Dieb an den höchsten Behörden des Gesetzes vorübereilen, taumelnd und keuchend unter der Last seines schnellen Raubes. Kam in der Finsternis die Gattin von dem Gatten, das Kind von den Eltern ab, so war die Hoffnung auf Wiedervereinigung umsonst. Alles stürmte blind und wirr dahin. Nichts blieb als das Urgesetz der Selbsterhaltung!

In dieser grauenhaften Umgebung verfolgte der Athener watend seinen Weg, begleitet von Ione und dem blinden Mädchen. Plötzlich stürzte ein Haufe von mehreren Hunderten, die nach der See eilten, an ihm vorüber. Nydia wurde von der Seite des Glaukus weggerissen, während die Menge ihn selbst mit Ione schnell vorwärts drängte, und als das Getümmel, dessen einzelne Gestalten man in der dichten Nacht nicht zu erkennen vermochte, vorüber war, blieb Nydia noch immer von ihren Freunden getrennt.Glaukus schrie laut ihren Namen. Umsonst, sie vermochten das Kind nicht aufzufinden. Offenbar hatte es der Menschenstrom in eine ganz andere Richtung hingetrieben. Ihre Freundin, ihre Erretterin war verloren! Und auch ihre Führerin war Nydia bis jetzt gewesen. Ihre Blindheit allein war mit der Gegend vertraut. Gewöhnt, die Windungen der Straßen in ewigem Dunkel zu verfolgen, hatte sie das Paar ohne zu irren dem Ufer des Meeres zugeführt, von wo aus sie einen Versuch zur Flucht wagen wollten. Welchen Weg sollten sie jetzt einschlagen? Alles war finster für sie – ein Labyrinth ohne Ausgang! Matt, entmutigt, verstört, setzten sie ihren Gang noch eine Zeit lang fort, während die Asche ihnen auf das Haupt fiel und Steintrümmer Funken schlagend zu ihren Füßen niederstürzten.

„Ach“, flüsterte Ione, „ich kann nicht weitergehen, meine Schritte versinken in der glühenden Asche. Geliebter, flieh! Ich überlass mich meinem Schicksal.“

„Still, meine Verlobte, meine Braut! Der Tod mit dir ist süßer als das Leben ohne dich! Aber wohin sollen wir uns in diesem Dunkel wenden? Ich glaube, wir hätten nur einen Kreis gemacht und seien wieder auf derselben Stelle, die wir vor einer Stunde verließen.“

„Götter! Jenes Felsstück, sieh, es hat das Dach neben uns zerschmettert. Der Weg durch die Straßen ist tödlich!“

„Gesegneter Blitz! Sieh, Ione, sieh, der Portikus des Fortunatempels ist vor uns. lass uns hin, er wird uns gegen die Regengüsse schützen!“

Er fasste die Geliebte in die Arme und erreichte mit Mühe den Tempel. Er trug sie in den entfernteren, besser gedeckten Teil des Portikus und lehnte sich über sie, sie mit dem eigenen Körper gegen Blitz und Aschenregen zu schützen.

„Wer ist da?“, fragte die bebende, hohle Stimme eines Menschen, der sich vor ihnen an diesen Zufluchtsort gerettet hatte. „Doch gleichviel! Das Getöse der einstürzenden Welt bietet Feind und Freund Trotz.“

Ione wandte sich bei dem Ton um, stieß einen schwachen Schrei aus und verbarg sich in Glaukus' Armen. Er sah nach der Richtung hin, von der die Stimme gekommen war, und erblickte den Gegenstand ihres Schreckens. Durch die Dunkelheit stierten ihm zwei brennende Augen entgegen. Ein langer Blitz zuckte um den Tempel. Und mit Schaudern erkannte Glaukus den Löwen, dem er hätte vorgeworfen werden sollen, still zwischen die Säulen gekauert. Hart neben ihm lag, eine solche Nachbarschaft nicht ahnend, die riesige Gestalt des Gladiators Niger.

Der Löwe kroch näher zu dem Gladiator, wie um einen Gefährten zu haben. Niger zitterte nicht, wich nicht zurück. Der Umsturz der Natur hatte ihre leichteren Schrecken und gewohnten Gesetze vernichtet.

Während jene sich unter diesem schreckensvollen Obdach befanden, kam eine Gruppe Männer und Frauen mit Fackeln vorbei. Sie gehörten zu der Gemeinde der Nazarener. Eine erhabene, über allen irdischen Verhältnissen schwebende Gemütsstimmung hatte den natürlichen Schrecken in ihnen zwar nicht zu ersticken vermocht, wohl aber dem Schrecken die Angst genommen. Schon längst nämlich glaubten sie gemäß einem allgemeinen Irrtum der ersten Christen, der

Jüngste Tag stehe bevor und jetzt, meinten sie, sei dieser Tag gekommen.

„Wehe, wehe!“, rief mit lauter, durchbohrender Stimme der Älteste an ihrer Spitze. „Siehe, der Herr steigt herab zum Gericht! Er lässt Feuer vom Himmel in das Antlitz der Menschen fallen! Wehe, wehe, ihr Mächtigen und Starken! Wehe den Götzendienern und den Verehrern des Tieres! Wehe euch, die ihr das Blut der Heiligen vergießt und euch an den Todesqualen der Söhne Gottes weidet! Wehe der verbuhlten Königin der Meere! Wehe, wehe!“

Die Nazarener zogen langsam vorüber. Ihre Fackeln flackerten im Sturm. Ihre Stimmen stiegen drohend und furchtbar warnend empor, bis sie sich endlich in den Straßenwindungen verloren hatten. Und das Dunkel der Luft, die Stille des Todes sank aufs Neue auf den Tempel nieder.

Es war eine Pause des heißen Regens eingetreten. Glaukus ermutigte Ione zum Weitergehen. Noch standen sie zaudernd auf der letzten Stufe der Säulenhalle, als ein alter Mann, auf einen Jüngling gestützt und einen Sack in der rechten Hand tragend, an ihnen vorüberschwankte. Der Jüngling hielt eine Fackel. Glaukus erkannte in den beiden Vater und Sohn, einen Geizhals und einen Verschwender.

„Vater“, sagte der Jüngling, „wenn du nicht schneller gehen kannst, so muss ich dich verlassen, oder wir gehen beide zugrunde!“

„So flieh, Knabe, und verlass deinen Vater!“

„Aber ich kann nicht fliehen, um Hungers zu sterben. Gib mir deinen Sack mit Gold!“ Und der Jüngling griff nach dem Sack in des Alten Hand.

„Elender! Willst du den eigenen Vater bestehlen?“

„Ja, wer könnte es nach einer solchen Stunde weitererzählen? Stirb, Knauser!“

Der Sohn schlug den Greis zu Boden, riss ihm den Beutel aus der schwachen Hand und floh mit einem gellenden Geschrei davon.

„Ihr Götter", rief Glaukus, „so seid denn auch ihr blind in diesem Dunkel? Wohl können solche Frevel den Schuldlosen mit dem Schuldigen in ein gemeinsames Verderben reißen. Komm Ione, komm!"

Achtes Kapitel

Wie Menschen in einem Kerker nach einer Öffnung tappen, setzten Ione und ihr Geliebter ihren unsicheren Weg fort. In den Momenten, wo die vulkanischen Blitze über den Straßen weilten, waren sie imstande, bei dieser furchtbaren Leuchte ihre Schritte zu bestimmen. Allein der Anblick, der sich ihnen dann jedes Mal darbot, war nicht zur Ermutigung oder zur Erleichterung ihrer Herzen geeignet. An einigen Stellen, wo die Asche trocken und unvermischt mit dem siedenden Wasser war, das der Berg in launenhafter Abwechslung ausgeworfen hatte, bedeckte ein bleiches, aussatzartiges Weiß die Oberfläche der Erde. An anderen Orten lagen Kohlen und Steine in hohen Haufen, unter welchen halb versteckt die Glieder zermalmter und zerschmetterter Menschen hervorsahen. Die Seufzer der Sterbenden wurden bald nah, bald fern von wildem Geschrei angsterfüllter Weiber unterbrochen, das in der gänzlichen Finsternis durch das Gefühl der vollendeten Hilflosigkeit und Unsicherheit gegen die umgebenden Gefahren doppelt schauderhaft wurde. Durch alles hindurch vernahm man klar und deutlich das mächtige Getöse des unglückschwangeren Berges, seine ausströmenden Winde, seine Wasserwirbel und von Zeit zu Zeit das Geheul und Gebrüll eines stärkeren Flammenausbruchs. Sooft der Wind wimmernd über die Straßen hinfegte, führte er Ströme brennenden Staubes und so giftige Dämpfe mit sich, dass für den Augenblick dem Getroffenen Atem und Bewusstsein schwand.

„Glaukus, mein Geliebter! Mein Alles! Fasse mich in deine Arme! Lass mich deine Arme um mich fühlen, und in dieser Umarmung lass mich sterben! Ich kann nicht mehr!“

„Um meines Lebens willen, Mut, süße Ione! Mein Leben ist mit dem deinigen verflochten! Und siehe, dort kommen Fackeln! Siehe, wie sie mit dem Wind kämpfen! Der Sturm vermag sie nicht auszulöschen. Ohne Zweifel Flüchtlinge, die dem Meer zueilen. Wir wollen uns ihnen beigesellen.“

Wie um die Liebenden zu ermuntern, trat plötzlich ein Stillstand des Windes und des Regens ein. Die Luft wurde ganz still, der Berg schien zu ruhen, vielleicht neue Wut zum nächsten Ausbruch sammelnd. Schnell schritten die Fackelträger voran.

„Wir nähern uns der See“, sprach mit ruhiger Stimme ein Mann an ihrer Spitze. „Freiheit und Reichtum jedem Sklaven, der diesen Tag überlebt! Mut! Ich sage euch, die Götter selbst haben mir eure Errettung zugesagt. Vorwärts!“

Rot und fest leuchteten die Fackeln in die Augen des Atheners und seiner erschöpften Geliebten.

Einige Sklaven trugen schwer beladene Körbe und Kisten. Vor ihnen ragte, ein blankes Schwert in der Hand, die hohe Gestalt des – Arbaces empor.

„Bei meinen Vätern!“, rief der Ägypter. „Das Schicksal lächelt mir selbst durch diese Schrecken zu und verkündet mir mitten unter den Gestalten des Jammers und Todes Glück und Liebe. Hinweg Grieche, ich fordere mein Mündel Ione!“

„Verräter und Mörder!“, rief Glaukus und blickte seinem Feind fest ins Auge. „Die Nemesis hat dich meiner Rache zugeführt! Ein gerechtes Opfer für die Schatten des Hades, der jetzt auf die Erde losgelassen scheint. Nähere dich, berühre nur die Hand Iones, und deine Waffe soll sein wie ein Schilfrohr! Glied um Glied will ich dich zerreißen!“

Noch sprach er, als der Ort, wo sie standen, jählings von einem starken bläulichen Glanz erleuchtet wurde. Hell und riesig durch das Dunkel, das ihn wie die Wände der Hölle umgab, flammte der Berg auf – eine einzige Glutsäule! Sein Gipfel schien auseinander gespalten. Der untere Teil des Berges aber war noch finster und verhüllt, ausgenommen an drei Orten, über die Ströme geschmolzener Lava flossen. Dunkelrot rieselten sie langsam daher, wie es schien, gerade auf die unglückliche Stadt zu. Und durch die stille Luft vernahm man das Geprassel der von den feurigen Katarakten gegeneinander geschmetterten Felsstücke.

Die Sklaven schrien laut auf und verbargen niederkauernd ihr Gesicht. Der Ägypter selbst stand wie an den Boden gewurzelt. Die Glut leuchtete auf seine Herrschermiene und sein von Juwelen schimmerndes Gewand. Hinter ihm erhob sich hoch eine schlanke Säule, welche die eherne Statue des Augustus trug. Das Kaiserbild schien in eine Flammengestalt verwandelt.

Den linken Arm um Ione geschlungen, den rechten drohend erhoben und den Stilus, der seine Waffe in der Arena gewesen und den er glücklicherweise noch bei sich trug, in fester Hand haltend, die Stirn gefurcht, die Lippen geöffnet, die ganze Wut menschlicher Leidenschaften wie durch einen Zauber drohend auf seine Züge gebannt, stand Glaukus dem Ägypter gegenüber!

Arbaces wandte seine Augen vom Berge ab. Sie fielen auf die Gestalt des Glaukus. Er hielt einen Moment inne.

„Warum soll ich zaudern? Sagten mir nicht die Sterne die einzige Gefahr, die mir droht, voraus? Ist diese Gefahr nicht vorüber? Die Seele kann dem Umsturz von Welten und dem Zorn eingebildeter Götter trotzen! Durch diese Seele will ich siegen bis zum letzten Augenblick! Herbei, Sklaven! Athener, widersteh mir, und dein Blut komme auf dein eigenes Haupt! So wird denn Ione wieder mein!“

Er tat einen Schritt vorwärts, es war sein letzter auf Erden! Der Boden schwankte unter ihm in einer Zuckung, die ringsumher alles niederwarf. Durch die ganze Stadt dröhnte ein gleichzeitiges Gekrach vom Niedersturz der Dächer und

Pfeiler! Ein Blitz, wie von dem Metall angelockt, verweilte einen Augenblick über dem Kaiserbild und zersplitterte dann Erz und Säule! Zertrümmert stürzte sie nieder. Lange tönte der Widerhall in der Straße nach, das feste Pflaster spaltete sich, wo sie aufschlug! Die Verkündung der Sterne war erfüllt!

Das Getöse, die Erschütterung betäubten den Athener eine Zeit lang. Als er sich wieder erholt hatte, erhellte das Licht noch immer den Ort. Die Erde wankte und bebte noch immer! Ione lag bewusstlos am Boden. Aber nicht sie sah er jetzt. Seine Blicke waren auf ein grauenhaftes Antlitz geheftet, das ohne Rumpf und Glieder aus den Trümmern der zerschmetterten Säule hervorragte – ein Antlitz von unaussprechlicher Qual und Verzweiflung! Die Augen schlossen und öffneten sich rasch, als wäre ihm die Besinnung noch nicht entflohen, die Lippen zitterten und grinsten, dann kam plötzlich Stille und Dunkelheit über das Antlitz, das gleichwohl jenen unvergesslichen Ausdruck des Grauens beibehielt!

So starb der weise Magier, der große Arbaces, der Hermes vom brennenden Gürtel, der Letzte vom Königsstamme Ägyptens.

Neuntes Kapitel

Indessen hatte Nydia, die durch das Gedränge von Glaukus und Ione weggerissen worden war, umsonst versucht, die beiden wiederzufinden. Umsonst erhob sie jenen, den Blinden so eigentümlichen Klageruf; er verlor sich unter dem tausendfachen Geschrei der ängstlichen Menge. Wieder und wieder kehrte sie zu dem Fleck zurück, wo sie voneinander getrennt worden waren, um nach Glaukus zu fragen, um jeden Vorübereilenden festzuhalten, um ungeduldig auf die

Seite geschleudert zu werden, um zu finden, dass ihre Gefährten nicht mehr da waren! Wer hatte in dieser Stunde einen Gedanken für seinen Nachbarn übrig? Vielleicht das Grauenhafteste in Augenblicken des allgemeinen Grauens ist die unnatürliche Selbstsucht, die durch sie hervorgerufen wird!

Endlich fiel es Nydia ein, ihre Freunde hätten ja beschlossen, an die Küste zu fliehen. So half sie sich denn auf den Stab gestützt, den sie immer bei sich führte, mit unglaublicher Gewandtheit durch die Trümmerhaufen, die ihren Weg versperrten, verfolgte Straße um Straße und nahm, ohne zu irren, die nächste Richtung zur Küste.

Armes Mädchen! Wie schön war ihr Mut! Auch schien das Schicksal die Hilflose zu begünstigen. Die siedenden Wassergüsse berührten sie nicht weiter als etwa der allgemeine Regen, der diese Niederschläge begleitete. Die ungeheuren Schlackentrümmer zerschmetterten das Pflaster vor und neben ihr, verschonten aber ihre zarte Gestalt. Die lockere Asche, die auf sie fiel, schüttelte sie mit leichtem Beben ab und setzte uneingeschüchtert ihren Pfad fort.

Schwach, allen Gefahren ausgesetzt und doch furchtlos, von einem einzigen Wunsch aufrecht gehalten, war sie das wahre Bild der wandernden Psyche, der Hoffnung, die durch das Tal der Schatten wallt, der Seele selbst, einsam, aber gestärkt unter den Gefahren und Fallstricken des Lebens!

Indessen wurde ihr Weg fortwährend durch Menschenhaufen erschwert, die bald im Dunkel dahintappten, bald beim Schein der Blitze vorüberflohen, und als endlich eine Gruppe Fackelträger in vollem Lauf gegen sie anstürzte, wurde sie mit einiger Heftigkeit niedergeworfen.

„Was“, rief eine Stimme aus der Schar hervor, „ist das nicht das wackere blinde Mädchen? Beim Bacchus! Wir dürfen es nicht hier sterben lassen! Auf, meine Thessalierin! So, so. Hast du dich nicht verletzt? Das ist recht! Komm mit uns! Wir eilen zur Küste.“

„Ah, Sallust, deine Stimme! Dank sei den Göttern! Glaukus, Glaukus, hast du ihn gesehen?“

„Ich nicht. Ohne Zweifel ist er bereits aus der Stadt fort. Die Götter, die ihn von dem Löwen errettet haben, werden ihn auch vor dem Feuerberg retten.“

Während der freundliche Epikureer Nydia in dieser Weise ermutigte, zog er sie mit sich gegen die See zu, ohne auf die heißen Bitten zu achten, mit denen sie ihn anflehte, er sollte noch etwas verweilen und Glaukus suchen. Immer noch fuhr sie im Ton der Verzweiflung fort, den geliebten Namen laut auszurufen, der mitten im Aufruhr der tobenden Elemente ihrem Herzen eine Musik blieb.

Die plötzliche Helle, der Ausbruch der Lavaströme und das Erdbeben trafen ein, als Sallust und seine Begleiter eben den Weg von der Stadt zum Hafen erreicht hatten. Hier wurden sie von einem ungeheueren Gedränge von mehr als der halben Bevölkerung der Stadt angehalten. Tausende über Tausende waren, ungewiss, wohin sie fliehen sollten, auf den Feldern außerhalb der Stadtmauern verstreut. Das Meer war weit vom Ufer zurückgewichen und die, welche die Flucht dorthin genommen hatten, waren von der Bewegung und dem unnatürlichen Zurückweichen des Elementes, von den schnappenden, ungestalten Seegeschöpfen, die die Wellen auf dem Sand zurückgelassen, und von dem Getöse der gewaltigen Steine, die der Berg in die Tiefe schleuderte, so erschreckt worden, dass sie zum Land umkehrten, das immer noch einen weniger grässlichen Anblick darbot.

„Die Welt muss durch Feuer untergehen“, sagte ein alter Mann in einem langen, weiten Gewand, ein Philosoph von der Schule der Stoiker.

„Ja, die Stunde ist gekommen!“, rief eine laute Stimme feierlich, aber furchtlos. Die Nächststehenden sahen sich erschreckt um. Die Worte kamen von oben. Es war die Stimme Olinths, der, von seinen christlichen Brüdern umgeben, auf einer schroffen Anhöhe stand, auf der die alten griechischen Ansiedler dem Apollo einen längst verwitterten und halb verfallenen Tempel erbaut hatten.

Noch während er sprach, kam die plötzliche Helle, die Vorbotin von Arbaces' Tod. Sie erleuchtete die gewaltige, geängstete, niedergekrümmte, atemlose Menge, und nie auf Erden hatten Menschengesichter so gespensterhaft ausgesehen! Nie war einer Versammlung von Sterblichen die Furchtbarkeit und Majestät des Jenseits so aufgedrückt! Nie, bis die letzte Posaune ertönt, wird man eine solche Versammlung wieder sehen! Hoch oben ragte die Gestalt Olinths mit dem ausgestreckten Arm und der Prophetenstimme empor, umgeben von zuckenden Flammen. Und die Menge erkannte das Gesicht dessen, den sie dem Rachen der wilden Tiere vorgeworfen hatte – damals ihres Opfers, jetzt ihres Warners. Und wieder erscholl durch das Schweigen die verkündende Stimme: „Die Stunde ist gekommen!"

Die Christen wiederholten den Ruf. Er wurde aufgegriffen und klang von allen Seiten im Echo nach. Mann und Weib, Kind und Greis sprachen nicht laut, sondern mit gedämpftem, angstvollem Geflüster: „Die Stunde ist gekommen!"

In diesem Augenblick durchschnitt ein wildes Geheul die Luft, und nur auf Flucht bedacht, ohne zu wissen wohin, kam der furchtbare Tiger der afrikanischen Wüste in wilden Sprüngen durch den Haufen daher und stürzte durch ihre sich teilenden Wogen. Dann kam das Erdbeben und wiederum sank Finsternis über die Erde.

Neue Flüchtlinge langten an. Im Besitz der Schätze, die jetzt nicht mehr dem Arbaces gehörten, gesellten sich dessen Sklaven der Menge bei. Nur eine einzige von ihren Fackeln flackerte noch, sie wurde von Sosia getragen. Bei dem Licht, das auf Nydias Antlitz fiel, erkannte dieser die Thessalierin.

„Was hilft dir nun deine Freiheit, blindes Mädchen?", fragte der Sklave.

„Wer bist du? Kannst du mir etwas von Glaukus sagen?"

„O ja, noch vor wenigen Minuten sah ich ihn."

„Gesegnet sei dein Haupt! Wo?“

„Unter dem Bogen des Forums, tot oder sterbend, im Begriff, den Arbaces einzuholen, der nicht mehr ist!“

Nydia sprach kein Wort. Sie stahl sich von Sallusts Seite weg. Schweigend schlich sie durch das Gedränge und schlug wieder den Weg zur Stadt ein. Sie erreichte das Forum und seinen Bogen, sie hielt an, fühlte umher, rief den Namen des Glaukus. Eine schwache Stimme antwortete: „Wer ruft mich? Ist es die Stimme der Schatten? Ich bin bereit!“

„Steh auf, folge mir! Fasse meine Hand! Glaukus, du sollst gerettet werden.“

Staunend und mit rasch zurückkehrender Hoffnung stand Glaukus auf: „Noch einmal Nydia? So hast du denn keinen Schaden genommen?“

Der zärtliche Ton seiner Freude drang der armen Thessalierin durchs Herz, und sie segnete ihn für diesen Gedanken an sie. Ione halb leitend, halb tragend folgte Glaukus seiner Führerin. Mit bewundernswerter Besonnenheit vermied diese den Weg, der zu dem eben von ihr verlassenen Menschengewühl führte und suchte die Küste auf einem anderen Wege.

Nach manchem Stillstand und unglaublicher Ausdauer erreichten sie die See und kamen zu einer Gruppe Flüchtiger, die, kühner als die übrigen, entschlossen waren, sich lieber jeder Gefahr auszusetzen, als länger in einer solchen Umgebung zu bleiben. Im Dunkel stießen sie ab. Als sie sich aber etwas weiter vom Lande entfernt hatten, sodass sich ihnen der Berg von einer anderen Seite darstellte, warfen seine Lavaströme einen roten Schimmer über die Wellen.

Ganz erschöpft und ermattet schlief Ione an der Brust des Atheners. Nydia setzte sich zu seinen Füßen nieder. Die noch immer in der Höhe dahinfliegenden Staub- und Aschenregen fielen in die Fluten und spritzten ihren

Schlamm über das Deck aus. Weit und breit von den Winden fortgeführt, stürzten diese Schauer auf die fernsten Gegenden nieder, schreckten selbst das dunkle Afrika und wirbelten über den alten Boden Syriens und Ägyptens hin!

Zehntes Kapitel

Weich, mild, schön dämmerte endlich das Licht über der zitternden Tiefe auf. Die Winde sanken zur Ruhe, der Schaum schwand von dem herrlichen Azur der leuchtenden See. Im Osten nahmen dünne Nebel die rosigen Farben an, die Boten des Morgens sind. Das Licht begann, wieder in seine Herrschaft einzutreten. Aber dunkel und fest lagerten in der Ferne die zerbrochenen Trümmer der zerstörenden Wolke, deren rote Streifen, schwächer und schwächer glühend, die immer noch fortrollenden Feuer des Flammenberges andeuteten. Die weißen Mauern und schimmernden Säulen, die die liebliche Küste geschmückt hatten, waren nicht mehr! Traurig und öde standen die Ufer, auf denen noch eben die Städte Herkulanum und Pompeji emporgeragt hatten. Die Lieblinge des Ozeans waren seiner Umarmung entrissen! Jahrhundert um Jahrhundert sollte fortan der mächtige Vater seine blauen Arme ausstrecken und, klagend um die Gräber der Verlorenen, sie nicht mehr finden.

Kein Aufjauchzen erhob sich unter den Schiffern bei dem aufdämmernden Licht, aber ein leises, tiefes Gefühl des Dankes entstieg ihnen nach der langen, durchwachten Nacht. Sie sahen einander an und lächelten, sie fassten Mut, sie empfanden wieder, dass es eine Welt um sie her und einen Gott über ihnen gebe! Und im Gefühl, dass das Schlimmste vorüber sei, drehten sich die Abgemattеten um und sanken ruhig in Schlaf. Mit dem aufsteigenden Licht des Himmels kam auch jene Stille, die der Nacht gefehlt hatte. Lautlos schwebte die Barke dem Hafen zu. Einige andere Fahrzeuge, ebenfalls von Flüchtlingen eingenommen, konnte man auf der weiten Fläche wahrnehmen, in scheinbarer Bewegungslosigkeit gleichmäßig dahingleitend. Der Anblick ihrer schlanken Masten und weißen Segel gab ein Gefühl von Sicherheit, von Genossenschaft, von Hoffnung. Welche teuren Freunde, die man im Dunkel verloren, konnten sie dem schützenden Hafen zutragen!

In der Stille des allgemeinen Schlafes erhob sich Nydia leise. Sie beugte sich über das Gesicht des Atheners. Sie sog den tiefen Atem seines schweren Schlummers ein. Furchtsam und gramvoll küsste sie seine Stirn, seine Lippen. Sie fühlte nach seiner Hand – sie war mit Iones Hand verschlungen. Nydia seufzte tief, und ein Schatten strich über ihr Antlitz. „Mögen die Götter dich segnen“, flüsterte sie, „mögest du glücklich sein mit deiner Geliebten, mögest du zuweilen Nydias gedenken! Ach, sie ist zu nichts mehr auf Erden nütze.“

Mit diesen Worten wandte sie sich ab. Langsam schlich sie längs der Ruderbänke an die Hinterseite des Schiffes und neigte sich über die Tiefe. Der kühle Schaum spritzte zu ihrer fieberheißen Stirn empor. „Es ist der kuß des Todes“, sprach sie, „er ist willkommen.“ Die würzige Luft spielte durch ihre flatternden Locken, sie streifte sie aus dem Gesicht und erhob die zärtlichen, lichtlosen Augen zum Himmel, dessen mildes Antlitz sie nie gesehen hatte.

„Nein, nein“, sprach sie halblaut in sinnendem Ton, „ich kann es nicht ertragen. Diese eifersüchtige, tyrannische Liebe zertrümmert meine Seele in Wahnsinn. Ich könnte ihm aufs Neue ein Leid zufügen! Unglückliche, die ich war! Ich hab’ ihn gerettet, zwei Mal gerettet! Beglückender, beseligender Gedanke! Warum soll ich nun nicht glücklich sterben? Es ist das letzte frohe Bewusstsein, das mir je zuteil werden kann. O heiliges Meer, ich höre deine einladende Stimme! Dein Ruf ist erfrischend und freudig. Man sagt, deine Umarmung bringe Unehre, deine Opfer kämen nicht über den Styx, sei es so! Ich möchte ihn nicht unter den Schatten treffen, denn auch dort noch würde ich sie bei ihm finden! Ruhe! Ruhe! Ruhe! Es gibt kein anderes Elysium für ein Herz wie das meinige!",

Ein auf Deck halb schlummernder Matrose hörte ein leises Geplätscher im Wasser. Schläfrig blickte er auf, und während das Schiff fröhlich dahinflog, war ihm, als sehe er hinten etwas Weißes über den Wellen. Aber es verschwand im Nu. Er wandte sich wieder ab und träumte von seinem Hause und seinen Kindern.

Als die Liebenden erwachten, war ihr erster Gedanke Nydia! Sie war nicht zu finden. Niemand hatte sie seit Tagesanbruch gesehen. Jeder Winkel des Schiffes wurde durchsucht. Nirgends eine Spur von ihr! Geheimnisvoll von Anfang bis zu Ende war die blinde Thessalierin für immer aus der Welt der Lebenden entschwunden. Glaukus und Ione ahnten ihr Schicksal schweigend. Indem sie sich näher aneinander schmiegten und jeder die Welt im anderen fühlte, vergaßen sie die eigene Rettung und weinten wie um eine tote Schwester.

Letztes Kapitel

„Glaukus seinem geliebten Sallust Gruß und Gesundheit! Du forderst mich zu einem Besuch in Rom auf. Komm lieber zu mir nach Athen! Ich habe der Kaiserstadt, ihren gewaltigen Lärm und hohlen Genuss verschworen! In meinem eigenen Lande will ich fortan immer wohnen. Der Geist unserer hingeschiedenen Größe ist mir teurer als das prunkende Leben eures lauten Glückes. Du sagst mir, ich könne das Leben in diesem düsteren Sitz gefallener Hoheit nicht genießen. Du verweilst mit Entzücken auf der Herrlichkeit Roms und den Genüssen des Kaiserhofs. Mein Sallust, ich bin nicht mehr

der, der ich war! Die Ereignisse meines Lebens haben das schäumende Blut der Jugend ernüchtert. Meine Gesundheit hat nie mehr die ganze Federkraft zurückerhalten, die sie besaß, ehe sie die Schmerzen der Vergiftung empfand und in dem dunstigen Kerker eines Verbrechers schmachtete. Mein Gemüt hat nie mehr den dunklen Schatten des letzten Tages von Pompeji, nie mehr das Grauen und die Trostlosigkeit, die um jene furchtbaren Trümmer schweben, abgeschüttelt. Unsere geliebte, unvergessene Nydia! Ich habe ihrem Schatten ein Grabmal errichtet und sehe es täglich vom Fenster meines Zimmers aus. Er hält eine zärtliche Erinnerung, eine nicht unangenehme Trauer in mir lebendig, der gebührende Zoll für ihre Treue und ihren geheimnisvollen, frühzeitigen Tod. Ione pflückt die Blumen, und meine Hand windet sie täglich um die Urne. Nydia war eines Grabes in Athen würdig!

Du sprichst von der anwachsenden Sekte der Christianer in Rom. Sallust, dir kann ich mein Geheimnis anvertrauen, Ich habe viel über diesen Glauben nachgedacht – ich habe ihn angenommen. Nach der Zerstörung Pompejis traf ich noch einmal mit Olinth zusammen, der nur für kurze Zeit gerettet war und bald nachher als ein Märtyrer seines unbezähmbaren Eifers fiel. Er zeigte mir in meiner Rettung von dem Löwen und aus dem Erdbeben die Hand des unbekannten Gottes! Ich hörte – glaubte – betete an! Auch meine mehr als je geliebte Ione hat sich zu diesem Glauben gewandt, einem Glauben, Sallust, der Licht über diese Welt ausströmt, während er für die nächste, wie eine sinkende Sonne, seine volle Glorie vorbehält! Wir wissen, dass wir der Seele, wie hier dem Leibe nach, für ewig miteinander verbunden sind! Jahrhunderte mögen dahinrollen, unser Staub sich auflösen, die Erde wie ein Blatt einschrumpfen, aber rund um den Kreis der Ewigkeit läuft das Rad des Lebens – unvergänglich, unendlich! Und wie die Erde von der Sonne, so trinkt die Unsterblichkeit ihr Glück aus der Tugend, die das Lächeln auf dem Antlitz Gottes ist! Besuche mich also, Sallust. Bring die Schriften eines Epikur, Pythagoras, Diogenes mit. Mache Dich auf eine Niederlage gefasst, und lass uns in den Hainen der Akademie unter einem sichereren Führer als er unsern Vätern je gegönnt war, das große Problem der wahren Zwecke des Lebens und das Wesen der Seele erörtern.

Ione – bei diesem Namen schlägt mein Herz noch jetzt – ist an meiner Seite, während ich schreibe. Ich erhebe die Augen, und sie begegnen ihrem Lächeln. Ob ich glücklich sei, fragst du? Was kann Rom mir geben, das dem gleichkäme, was ich in Athen besitze! Hier erweckt alles die Seele und haucht sie mit Liebe an: Bäume, Wasser, Berge, Himmel sind die von Athen, der auch in der Trauer noch schönen Mutter der Poesie und Weisheit der Welt. In meiner Halle sehe ich die Züge meiner Ahnen in Marmor. Im Keramikus betrachte ich ihre Gräber. In den Straßen tritt mir die Hand des Phidias, die Seele des Perikles, Harmodios, Aristogeiton entgegen, sie sind überall, und in unseren Herzen, in dem meinigen wenigstens, sollen sie nie untergehen! Kann irgend etwas mich vergessen machen, dass ich ein Athener und nicht frei bin, so ist es die lindernde, wachsame, lebendige, nie schlummernde Liebe Iones, eine Liebe, die aus unserem neuen Glauben ein neues Gefühl geschöpft hat, eine Liebe, von der keiner unserer Dichter, so herrlich sie auch immer sind, ein Bild gegeben hat, denn aus der Religion hervorgehend, wird sie selbst gleichsam zur Religion. Sie verbindet sich mit reinen, überirdischen Gedanken, sie ist das, was uns, wie wir hoffen dürfen, durch die ganze Ewigkeit begleiten wird und was wir daher rein und unbefleckt erhalten, damit sein Bekennen uns vor Gott nicht beschäme. Sie ist der wahre Ausdruck jener dunklen Fabel von Eros und Psyche – von der Seele, die in den Armen der Liebe schlummert. Und hält mich schon diese unsere Liebe der fieberhaften Sehnsucht nach Freiheit gegenüber einigermaßen aufrecht, so tut dies noch mehr meine Religion. Ich schaudere über die Religion

Andersgläubiger nicht. Ich wage nicht, sie zu verfluchen; ich bete zu dem großen Vater, er möge sie bekehren.

Dies, oh Sallust, ist mein Leben. Dies sind meine Meinungen. In solcher Art sehe ich das irdische Dasein an und erwarte ich den Tod. Und du, frohherziger und liebevoller Jünger Epikurs, du komme doch hierher, sieh unsere Genüsse, unsere Hoffnungen, und du wirst weder in dem Glanz der kaiserlichen Gelage, noch in dem Jubel des vollgedrängten Zirkus, noch im lärmenden Forum, noch im schimmernden Theater, noch in den üppigen Gärten, noch in den schwelgerischen Bädern Roms ein Leben von so wahrer und ununterbrochener Glückseligkeit finden wie dasjenige, um dessentwillen du so grundlos das Los des Atheners Glaukus bemitleidest. – Lebe wohl!"

Beinahe siebzehn Jahrhunderte waren dahingerollt, als die Stadt Pompeji mit noch unverblichenen Farben ihrem stillen Grabe wieder entrissen wurde.* Die Wände noch frisch, als wären sie erst gestern gemalt. Keine Farbe verblichen in dem reichen Mosaik der Fußböden. Auf dem Forum die halb vollendeten Säulen noch so, wie sie der Arbeiter eben verlassen hatte. Vor den Bäumen, in den Gärten das dreifüßige Opferbecken. In den Vorhallen die Schatztruhe. In den Bädern das Reibeisen. In den Theatern die Einlassmarken. In den Sälen das Gerät und die Lampe. Auf den Tischen die Reste des letzten Mahles. In den Schlafgemächern die Parfümerien und Schminken der Schönen. Und überall die Gebeine und Gerippe derjenigen, welche einst die Triebfedern dieser kleinen, aber prächtigen Maschine der Üppigkeit und des Lebens in Bewegung gesetzt hatten!

Im Hause Diomeds, in den unterirdischen Gewölben, wurden zwanzig Gerippe auf einem Fleck nahe bei der Tür gefunden, bedeckt von feinem Aschenstaub, der augenscheinlich durch die Öffnungen langsam hereingerieselt war,

** Zerstört am 24. August 79, wiederentdeckt im Jahre 1748*

bis er den ganzen Raum erfüllt hatte. Auch entdeckte man dort Edelsteine und Geld, Kandelaber und in den Amphoren eingetrockneten Wein: eitle Vorsichtsmaßregeln, um das mit dem Tode ringende Leben zu fristen! Der durch die Feuchtigkeit zusammengekittete Sand hatte die Formen der Körper wie in einem Abguss angenommen, und noch jetzt kann der Reisende den Abdruck eines weiblichen Halses und Busens in jugendlichen, runden Umrissen wahrnehmen – Spuren der unglücklichen Julia. Bei näherer Prüfung scheint es, die Luft habe sich allmählich in einen Schwefeldampf verwandelt. Die Menschen, die sich in das Gewölbe gerettet, waren zur Tür gestürzt, hatten diese aber durch die außen gefallenen Schlacken versperrt gefunden und waren im Versuch, sie gewaltsam aufzusprengen, erstickt.

Im Garten fand man ein Skelett mit einem Schlüssel in der knöchernen Hand und neben ihm einen Beutel mit Geld. In ihm glaubte man den Herrn des Hauses, den armen Diomed, zu erkennen, der wahrscheinlich durch den Garten zu entkommen gesucht hatte und entweder von den Dünsten oder einem herabgeschleuderten Stein getötet worden war. Neben einigen silbernen Gefäßen lag ein anderes Gerippe, wahrscheinlich ein Sklave.

Die Häuser Sallusts und Pansas, der Tempel der Isis mit den Gauklerverstecken hinter den Statuen, den Schlupfwinkeln seiner heilig gehaltenen Orakel, sind jetzt dem Blick der Neugierigen bloßgestellt. In einem Gemach dieses Tempels fand man ein riesiges Skelett mit einem Beil neben sich, zwei Wände waren von dem Beil durchgehauen – weiter vermochte der Unglückliche nicht zu dringen. Mitten in der Stadt wurde ein anderes Gerippe, beladen mit Geld und vielen mystischen Zieraten des Isistempels, gefunden. Der Tod hatte sein Opfer mitten in seiner Habsucht ereilt, Kalenus war zugleich mit Burbo untergegangen! Beim Wegräumen eines Trümmerhaufens stießen die Arbeiter auf das Gerippe eines Mannes, der von einer umgestürzten Säule buchstäblich in zwei Hälften getrennt war. Und noch jetzt, nach achtzehn hinabgerollten Jahrhunderten, kann der Wanderer die stolze Halle überschauen, in deren künstlich gewundenen Gängen und sinnreich ausgearbeiteten Gemächern die Seele des Ägypters Arbaces einst dachte, klügelte, träumte und sündigte.

Im Angesicht der Ruinen des untergegangenen Pompejis verweilte ein Fremdling von jener fernen Barbareninsel Britannien, bei deren Nennung der römische Gebieter schauderte, unter der milden Sonne Kampaniens und schrieb vorliegende Geschichte.